Estaba la pájara pinta sentada en el verde limón

Albalucía Ángel

Estaba la pájara pinta sentada en el verde limón

Navona

Primera edición
Junio de 2022

Publicado en Barcelona por Editorial Navona SL
Editorial Navona es una marca registrada de Suma Llibres SL
Aribau 153, 08036 Barcelona
navonaed.com

Dirección editorial Ernest Folch
Edición Xènia Pérez
Diseño gráfico Alex Velasco y Gerard Joan
Maquetación y corrección Digital Books
Papel tripa Oria Ivory
Tipografías Heldane y Studio Feixen Sans
Distribución en España UDL Libros

ISBN 978-84-19179-87-6
Depósito Legal B 3922-2022
Impresión Romanyà-Valls, Capellades
Impreso en España

© Albalucía Ángel, 1975, 2022
Todos los derechos reservados
© de la presente edición: Editorial Navona SL, 2022

Navona apoya el copyright y la propiedad intelectual. El copyright estimula
la creatividad intelectual, produce nuevas voces y crea una cultura dinámica.
Gracias por confiar en Navona, comprar una edición legal y autorizada
y respetar las leyes del copyright, evitando reproducir, escanear o distribuir
parcial o totalmente cualquier parte de este libro sin el permiso de los titulares.
Con este libro, apoya a los autores y ayuda a Navona a seguir publicando.

A Jóse

Joven colombiano: Si quieres ver por mis ojos las grandezas y miserias de la más oscura noche de tu patria, lee este horario, vivido más que escrito. En él recojo los hechos en que intervine, que presencié o de los cuales tuve una información autorizada e inmediata durante el desarrollo de los sucesos.

Incluyo algunos detalles ambientales, porque sé, por propia experiencia, su utilidad para quienes vuelvan mañana sobre ellos. Lo he escrito sobre notas instantáneas que tuve el cuidado de tomar en las propias pausas de los acontecimientos, para asegurarle a la memoria puntos fijos de reconstrucción y para que, en caso de subsistir, no todo quede sepultado bajo el silencio de las ruinas morales y físicas. Si de paso te encuentras alguna flecha, no voló de mi carcaj: ella es apenas señal de tránsito en este laberinto de hechos, hombres y juicios. No sigas apretándote el corazón únicamente ante el hacina miento de los escombros materiales. Apriétatelo, sí, ante los escombros morales. Y levántate sobre las ruinas, ¡así no más eres hombre!

JOAQUÍN ESTRADA MONSALVE
El 9 de abril en Palacio

Vendrán seguramente de Tailandia. Imposible. Se ve por el plumaje, dijiste dando una chupada profunda al cigarrillo, y las volutas se fueron dispersando: se quedaron inquietas, vagarosas, moviéndose al garete, y a gran distancia lo demás. La silla roja, tu chaqueta colgando, la camisa. Todo impecable, perfecto, todo en orden. Las líneas rectas delimitando la ventana, las curvas enredándose en la chimenea, dando una vuelta por el atizador; desenroscándose en la lámpara Coleman que colgaba del cielorraso, ya sin aire, y difundía apenas un resplandor descolorido. La pared blanca, blanquísima. Un ligero calambre caminándome por la palma de la mano, moví los dedos: ¿tienes calambre?, sí: siempre me da en el lado izquierdo, y entonces tu cabeza se levantó algunos centímetros, ¿así? Todo armonioso, en calma. Todo pintado de felicidad y camuflado por ese aroma a ruda que penetraba a rachas desde el río (el canto de las chicharras) como si no supiéramos la farsa, el juego, la trampa colocada con precisión de artífice. Yo no me creo la historia que ellos cuentan, que se la traguen los pendejos, fueron ellos: no te la creas nunca: claro que no, te aseguré mientras oía el ruido del arrayán que el viento batuqueaba contra los tanques de agua, y te miré los ojos de ese color extraño, brillantes por la fiebre, mientras seguías diciendo cosas y disponiendo de mi miedo como si en realidad lo que tuvieras en la mano fuera otra vez mi sexo descubierto y penetraras en él, como buscando. ¿Qué buscabas? ¿Cuál era el hilo que te sacó del laberinto con paso tan seguro?

¿Por qué decidiste abatir el gran secreto? Dime. Ahora que todo viene y va como una rueda de molino, se deshace en partículas, gira, se agranda y se achiquita, es ahora el momento de saberlo. De mirar para atrás. Terminar de una vez con este cosmos inflamado de imágenes sin lógica. La raíz, por ejemplo, porque la vi en aquel instante. Un árbol gigantesco, seco, las ramazones desprendiéndose, todo cayendo igual que un escenario de cartón: es la felicidad, te oí que murmurabas, mientras que se expandía aquel calor por dentro, aquel olor a dulce de guayaba.

¿Tú te acuerdas? Aquel sabor de cuando nos quedábamos tardes enteras en las ramas: mañana lloverá, se me ocurrió, pero también podría ser el equivalente de mañana, entonces, por consecuencia ilógica va a ser el fin del mundo, sin remedio, porque todo tendrá que liberarse de una vez de esta burbuja incandescente, ¿podrá decirse burbuja incandescente?, no creo que se pueda, pero no se me ocurre nada más. La raíz me desborda. Me taladra los huesos. Me acogota. Da vueltas y se proyecta luego contra el techo: trataré de explicarte, no puede ser difícil. Son figuras ya viejas, imágenes borrosas, desteñidas, a lo mejor también lo estás pensando. ¿Podré olvidarme un día de que nací de un vientre, de un orgasmo, de un acto como todos los actos de otros días, de un espermatozoide unido con un óvulo, de algo que hizo que hoy yo esté presente, aquí, muy quieta, sintiendo cómo tu piel respira, cómo todo por dentro se revela, se queda en vilo y nos asombra? ¿Podrá decirse burbuja incandescente?, te pregunté mientras que tú, ya en el delirio, hacías el gesto de quien sobreagua en remolino. ¿Podremos esperar a que la noche pase, y el alba, y después otro día?, contestaste en voz baja como si no confiaras ni en ti mismo y cerraste los ojos, te dormiste: bajaste al fondo del misterio y te quedaste en él como si hubieras sido siempre un pececito de agua dulce: no sé... le respondí al vacío, no sé si al fin podremos, puesto que a lo mejor esto es un sueño y mañana, mañana, me respondió en un eco el viento que sin cesar golpeaba el árbol, y un leve resplandor se comenzó a filtrar por las rendijas (las chicharras callaron), y me deshice entonces, sin violencias. Me desgarré mil veces, pero esta vez no había señales. El cosmos daba sus vueltas de costumbre, se ordenaba tenaz, infracto, riguroso. La silla con tu camisa seguía en el mismo sitio y nada indicó el terror: el sudor frío que desató el comienzo de otra visión definitiva. Ningún signo auguró que esta vez sí era el salto. El derrumbe de cosas cotidianas como el ir por el pan o el caminar del brazo por el parque, y mientras que tú duermes yo identifico esta dulzura dolorosa que llegó así, de pronto, igual que las catástrofes (o los milagros, simplemente) desalojándonos del cosmos. Condenándonos.

Revelando la identidad del miedo y del azul. Del vuelo de esas aves, que vienen de Tailandia o de quién sabe dónde, pero que existen, son. Para qué entonces preguntarse cuándo vendrá de nuevo el alba, y sus trompetas. Dónde está el pregonero. Por qué hoy es hoy y por qué mejor no lo fue nunca. Ya son casi las cuatro, ya es muy tarde, ya es hora del regreso: tienes que devolver tu sueño de Teseo. Pero la fiebre y el delirio te han agotado el cuerpo, que se estremece todo el tiempo vencido por la sed que no se sacia: me quemarán la pinga metiéndome un alambre, me obligarán a abrir la propia fosa y me colgarán entonces de los pies y las manos, como un mico, me explicas con una voz que tiembla de iracundia: y así hasta que me muera: como le hicieron a los otros.

*The memories of chilhood
have no order, and no end.*

DYLAN THOMAS

Como una taza de plata, Sabina. A la señora no le gusta que el bidé esté sucio ni que el water esté sucio ni que en el piso del baño haya pelos ni mugre en los rincones debajo del calentador tampoco polvo en el zócalo de la ventana que da al patio detesta cuando dejas tus huellas en las manillas de las puertas hay que usar guantes para hacer esas cosas, pero el agua del lavamanos chorrea a toda madre gorgoreando como cuando hay inundaciones las chinelas chancleteando sin parar y lógicamente un día de estos vamos a necesitar un arca o algo así ¿ya fregaste con Ajax? no te olvides que desinfecta desengrasa deja olor a limpio dos gardenias para ti, canta, mientras pule los biselados y quita el polvo y friega el mugre y qué vamos a hacer con esta vida, Sabinita: qué con este dolor de cabeza que tengo desde ayer y que me está empezando otra vez, maldita sea.

Le dijeron, Sabina. Las malas lenguas le vinieron a contar con quién ando, cuántos paquetes de papas fritas me comí en vespertina, si tenía cara de aburrida o de contenta, vamos a ver: ¿tú qué opinas entonces de la tan pregonada libertad individual? Le dijeron. Y siempre es alguien que ni por equivocación me he tropezado. Las Aparicio me contaron que el sábado a las ocho estuviste en El Lago, y yo te había dicho que después de las siete ni se te ocurriera. Además, con esa muchacha, por ahí. Pero si esas señoras tienen ciento noventa y tres años cada una y no me pueden, no nos pueden haber visto a las ocho, cómo podían, ni con un catalejo; pero lo habrán comprado, de seguro: tendrán un telescopio instalado en el balcón, y un oráculo falso también, si no, cómo se atreven a asegurar que yo estuve en El Lago si por donde yo anduve ese día fue en Cerritos. Pero así son las cosas. Dijo muchacha con el deje con que a veces te ordena lavar esos limpiones de la cocina porque se están cayendo de mugre, con ese mismo asco, ya comprendes, con el mismo temor de que qué va a pensar la gente si los ve allí colgados. Que piense lo que quiera. Yo me largo esta tarde para la Arenosa así se hunda el mundo, y cuando las Aparicio le cuenten cómo son las cosas, las cosas ya serán como son y no como ellas las están contando. ¿Esa no era la hija de Ignacia?, comentará Felicinda, tan sorda, tan empingorotada, tan con ganas de marido desde el siglo de las luces, claro que sí, mija querida, la que le planchaba la ropa blanca a misiá Domitila, ¡por Dios, cómo está el mundo! añadirá frunciendo cumbamba y entrecejo al mismo tiempo, gesto inaudito pero muy propio de ella, María Gertrudis Aparicio, la más flaca, ojerosa, piernicorta y coqueta de las cinco hermanas. Esa misma, señoritas insignes. Nos dejaban chapucear en la bañera de latón instalada en el patio, a pleno sol, íntegra la mañana rocheleando biringas, creo que cuando más tendríamos cuatro y siete años, pero me acuerdo como si fuera ayer. Me veo siempre chapuceando en esa tina azul de peltre, al lado del guayabo, es la visión que más se me repite: mi abuela vigilando desde el enchambranado y yo haciendo ranitas con el agua, pero eso entre nosotras es como si no hubiera ocurrido. Jamás hemos hablado de esas cosas.

A lo mejor se le ha olvidado. O a lo mejor no me lo dice porque le da vergüenza. Quién crees tú que tiene la razón:

ella con su vergüenza o mi mamá pensando que la gente va a decir que. Me parece que si continuamos empeñados en barrer muy bien la casa y en dejar los biseles del bidet como un espejo nos va a agarrar tarde o temprano la menguante. Jamás supe por qué a uno lo agarraba la menguante, ni quién era esa señora. Vaya ligero, Chucho, porque si no, lo agarra *la Menguante,* aconsejaba mi abuela con aire de prudencia, y debió de ser pariente de *la Patasola* o de *la Madremonte,* figuras terroríficas que no me dejaron dormir tranquila hasta los doce por lo menos. Me las soñaba siempre, aullando por los montes, robándose a los niños que no les gustaba levantarse temprano, y por qué, me pregunto, tener que resistir todo de un golpe, desde tan tierna edad.

8:30 a.m. Llega Gaitán al edificio Agustín Nieto. El portero le abre la reja y lo felicita por la audiencia de la noche anterior. «Me trasnoché por oírlo, doctor». De una modesta casa del barrio Ricaurte sale el embaldosinador Juan Roa Sierra; pasa a la residencia de su amante María Forero, esposa separada de un empleado de telégrafos, le da tres pesos para el diario y se marcha.

Un día me dijeron que si no me tomaba la sopa venía el *Sietecueros* y con eso tuve. Jamás pude volver a tomar una sopa sin sentir el Sietecueros observándome con sus ojos de color de azufre y su cola escamada, y quién te dice que el Sietecueros no existía, yo por si acaso me tomaba la sopa, creo que todavía me la tomo a veces con un cierto temor, y entonces ya te digo: a darle duro a los biseles, pero ella insiste en dos gardenias para ti, mientras el reloj de la iglesia da las nueve.

No demora en venir a despertarla. En jalar la cortina y subir la persiana de dos tirones para que el ruido sea insoportable y la luz desbarate implacable la penumbra vaga de la alcoba, la última imagen de ella desde el maizal viendo la casa con el enchambranado de macana rojo y el techo entreverado como los de las casas de los americanos: el corredor de atrás, el lavadero y las pilastras grandes de cemento con el tanque de Eternit que sirve para almacenar agua, y Enriqueta, como siempre, cuidando las bifloras. Quitando las hojitas secas, removiendo las eras, echándoles encima un puñado de tierra de capote y regándolas con la bacenilla de los orines, porque son de primera para las matas, fertilizan, decía su mamá, y todos ellos tenían que hacer pipí por las mañanas en la bacenilla de las bifloras. El resto está tapado por el seto de pinos. El modelo de la casa lo sacó su mamá de un *House & Garden*. Después Elías, el maestro de obra, la fue construyendo con otro par de peones y por fin un día la llevaron en el Ford colepato de su papá, cargados de canastos y de ropa de cama. Desde entonces volvieron todas las vacaciones de Navidad y las Semanas Santas, los quince días de julio, y muchas veces los fines de semana.

Sube la cuesta sembrada de pasto Imperial y al llegar a la loma, ve cómo la Leona va crecida. El agua, que normalmente no llega a cubrir el playón de la cañada, se monta por encima del barranco y llega hasta el guadual. Es por eso que la llaman así. Porque cuando crece no hay quien se enfrente a esa corriente enfurecida, es muy matrera, dice Pacho cuando ve la creciente, y ellos le tienen miedo. Se mete un par de mazorcas al bolsillo y sube por el camino bordeado de moras de castilla y allí es cuando empezó el alboroto de las chinelas de Sabina y el agua a todo chorro, maldición.

9:30 a.m. El Presidente Ospina, acompañado de su esposa doña Bertha y un edecán aéreo, sale de Palacio hacia el coliseo de Ferias, para visitar la exposición equina.

Juan José nació allí. Una mañana la mandaron con Enriqueta a verla ordeñar las vacas en la pesebrera: Pacho y Emilia y las muchachas: chisss chasss, ordeñando a la Normanda y a la Mariposa, qué antojo, pero no la dejaron porque se les va la leche, tú no sabes, y las manos diestrísimas, chiss chass, jalando muy parejo y el chorrito saliendo disparado de la teta a la ponchera, donde formaba una capa espesa, blanquísima, ¿puedo probar?, ponte aquí, se acurrucó debajo de la ubre: abre la boca, y Emilia le disparó un chorrazo que le dio en plena cara, caliente, espumosito: ábrela bien, pero ella no podía de la risa y la leche le embadurnó la cara hasta que al fin cogió práctica, se puso en cuatro patas como el ternerito de la vaca Paturra, espernancada, las manos agarradas a las pezuñas de la Mariposa, los pies trancados con la tinaja de barro, hay que mamar despacio, como chupándose un helado de curuba, tonta, y al fin la leche comenzó a manar, a llenar suavemente la cavidad sobrante de la boca, a bajar por la laringe como corriente dulce, esponjosa: a ver si al fin engordas, filimisca, dijeron las muchachas, dejándola que aprendiera luego a desmanear las vacas. Tiraban de una punta de la soga y las patas les quedaban libres, pero era peligroso y sobre todo no pisar las bostas de boñiga que andan regadas por íntegro el establo. Después lavaron todo con la manguera y Emilia dijo, bueno, ahora para la casa porque tienes un hermanito, y ella, sí, cómo no, que no es el día de Inocentes, pero cuando llegó y vio a su mamá en la cama y le explicó que le dolía mucho porque el doctor Isaza le había hecho como una operación, y la cuna de Juan José estaba allí, llena de borlas y campanas azules y cubierta con un toldillo color rosa, se quedó atortolada, muda. Sin saber qué decir.

Esa noche no pudo pegar ojo. Ya vería cómo le quedaba la fachada a Camila, a la idiota Camila que no hacía sino carearla porque mi hermano tal, porque mi hermano cual, y se creía la vaca que más pasto tapaba porque ella era la única con hermano a la vista, va a cambiar mucho la historia, Camilita, porque mi hermano Juan José es el que más bien se clava desde las peñas de Termales, hace el salto del ángel como nadie, es campeón olímpico: ¡claro que juega al golf!, es el mejor de la categoría Junior, tiene handicap siete y hace menos de un año que empezó a practicar, ella con la cara torcida, los ojos legañosos chiquitos de la envidia: me lleva al cine, por supuesto, no es como el tuyo que hay que untarle la mano con mínimo diez centavos para que te acompañe al matinée, mañana iremos a una repichinga donde las González y él será mi parejo, no dirás que no es muy buen mozo, todas las de la barra están que se les caen las medias, baila tan bien... y lloraba como nadie el condenado, había que ver: cómo haría una cosa tan chiquita para berrear así. No tuvo más remedio que irse gateando hasta la cuna pues su mamá parecía dormir como una piedra. Mecerlo despacito, arrullarlo a media voz, rru rru, mi niño, que tengo que hacer, como dos horas, hasta que al fin él se calmó.

10:12 a.m. El policía Efraín Silva toma su segundo pocillo de tinto en el café Windsor, después de pasar revista al banco de la República.

Siempre fue un niño llorón, Juan José. Conflictivo. Cuando él nació a ella le faltaban cuatro meses para cumplir los cinco y no volvió a tener vida porque hay que caminar en puntillas el niño está durmiendo o no enciendas la luz porque se despierta o levántate a ver si el tetero está listo, como si fuera el Niño Dios de Praga, en colchones de plumas, ambientes perfumados, baños con agua de rosas, talco Menen por aquí, Pomada Cero para que no se queme el culito por allá, y ella sola, resola, sin poder confiar ni al gato que esta mañana se le cayó un diente porque nadie va a prestar atención, a quién iba a importarle si hoy al niño precisamente le comenzó a salir la primerita muela, llamemos al doctor Echeverri a ver qué dice; y al final fue Sabina la que le dio el secreto.

—Pero, ¿quién es el ratón Pérez?

—El que se encarga de traerle plata a los niños cuando se les cae un diente.

—¿Y cómo hace él para encontrar el diente?

—Pues uno lo pone debajo de la almohada y entonces él viene por la noche y deja los cincuenta centavos.

—Dónde los deja. ¿Debajo de la almohada?

—Claro. Debajo, donde uno había puesto el diente.

—¿Y cómo hace el ratón Pérez para poner debajo de la almohada los cincuenta centavos si es muy chiquito y no tiene manos?

Pero Sabina no quiso explicarle más. Dijo que si no se manejaba bien no le traía nada el ratón Pérez y entonces ella se metió el diente en el bolsillo y se fue para el colegio.

1:00 P.M. En el batallón Guardia Presidencial el teniente Silvio Carvajal se retira a reposar, mientras la tropa toma el almuerzo. El capitán León, comandante de la unidad, sale a almorzar a su casa en Fontibón. Gaitán, acompañado de Mendoza Neira, Cruz, Padilla y Vallejo, sale de su oficina a almorzar en el hotel Continental. Su secretaria le dice: «Cuídese, doctor». Y él le responde: «¡Déjese de pendejadas!». Un hombre pequeño, de muy pobre apariencia, está recostado contra la pared, a la entrada del edificio Agustín Nieto, acera occidental de la carrera séptima.

En la Plaza de Bolívar se encontró con Irma y la Pecosa Velázquez, que la invitaron a comer guayaba agria con sal. Se sentaron en un escaño a ver jugar trompo a los muchachos y allí estuvieron como hasta las dos menos cinco, más o menos, porque ya va a ser hora de entrar, estaba diciendo la Pecosa, cuando se dieron cuenta de que la plaza estaba llena de hombres. Parecía que hubieran bajado de las fincas de tierra fría: todos endomingados, sus ruanas blancas encima del hombro, bien plegadas, sus carrieles y sombreros de fieltro, qué cosa más rara, comentó la Pecosa que es la que siempre anda descubriendo agujas en pajares, ¿raro qué?, y realmente los hombres hacían gestos poco usuales: formaban grupos cerrados al lado de los árboles, discutían pero en voz tan baja que parecían diciéndose secretos; vamos a ver, insinuó, pero qué vamos a ver ni qué pan caliente, a lo mejor va a haber una manifestación, lo más prudente es entrar al colegio, dedujo la Pecosa. ¿A que no les preguntas?, le apostó Irma a quemarropa: o es que le daba miedo. ¡Claro que no!, ninguno, ya verás: y se acercó a un tipo que estaba recostado a una palma fumando una calilla. Señor, ¿puede decirnos por qué es que hay tanta gente en la plaza, es que va a haber algo, o qué?, y aunque había dicho que de miedo nada, le dio un escalofrío cuando él la miró con esos ojos tan de animal arrecho, tan pálido; porque lo que más la impresionó fue ese tinte ceroso como el de la piel de los niños que sufren paludismo y aquel bigote lacio, negrísimo, de cerdas mal cortadas, que le llegaban casi hasta la barbilla y que lo hacía parecerse al retrato de su abuelo Antero cuando joven: ¿no saben todavía?, inquirió de mal talante mientras seguía aspirando a grandes bocanadas, echando el humo como los dragones, mirándola desde sus ojos hundidos, pequeñitos, medio cubiertos por el ala del sombrero de fieltro, y Ana dijo que no señor: no tenemos ni idea, y observó que hacía un gesto con la boca como cuando se va a hacer buches, después vio el salivazo salir como una flecha por entre el colmillo y caer en el pasto a más de un metro de distancia, y solo entonces se dio cuenta que un camión del ejército comenzó a descargar hombres armados en la esquina de la catedral. Los soldados corrían a trote corto hasta sus posiciones y empezaron a acordonar la plaza por fuera de los mangos: ya llegaron, oyó que decía el hombre, y después la miró como si esperara a que ella diera una respuesta. ¿Estaba donde las monjas?, sí, señor: en tercero primaria. Entonces él la observó con sus ojos pequeños: ¿ya sabía leer?, sí, dijo Ana, y también hacer sumas, pero él siguió escrutándola desde detrás del ala del sombrero de fieltro como pensando en otra cosa. Hace una hora que cayó asesinado en Bogotá el caudillo del pueblo el doctor Jorge Eliécer Gaitán Jefe del Gran Partido Liberal, soltó de pronto, de un tirón, con acento muy paisa y en tono de discurso: lo mató un comemierda, añadió en voz más baja, y Ana vio que los ojos le brillaban como si fuera a llorar, pero él dio una chupada a su tabaco, escupió de nuevo por entre el colmillo y apagó de un golpe la calilla contra el tronco de la palma: son unos hijueputas, dijo: unos verriondos malparidos. ¡Váyanse pa' la escuela, muchachitas!

1:05':15" p.m. Al salir Gaitán a la calle, se oye una detonación.

¿Le vieron los colmillos?, ¡eran de oro! La Pecosa dijo que había visto el machete como de seis pulgadas que llevaba medio tapado con la ruana. Era una cosa así, les estaba mostrando, cuando la monja las hizo formar fila de a dos y bajar al patio de atrás porque era hora de deporte.

1:05':20" p.m. Rápidamente dos detonaciones más. El hombrecillo vestido pobremente, en posición de experto tirador, dispara su revólver. Gaitán gira sobre sí mismo, trata de mantenerse en pie...

¿Tú crees que habrá guerra?, preguntó la Pecosa muerta de miedo, pero Irma le contestó que no podía haber porque su papá era coronel del ejército y no les había dicho nada a la hora del almuerzo; no va a haber guerra solamente porque mataron a Gaitán, aseguró como si ella entendiera de esas cosas: ¿tu papá es liberal?, preguntó Ana, pensando que su papá sí era; qué iba a pasar ahora, mejor jugar sin preocuparse; la Pecosa había sido siempre una alarmista. La prueba de que no había guerra ni pasaba nada era que ellas estaban jugando basket en el patio y que las monjas daban clase, tan tranquilas.

1:05':22" p.m.... el líder cae sobre el pavimento, boca arriba, sangrando profusamente.

Las campanas del patio de recreo y la del patio de formar empezaron a tocar a rebato como si hubiera temblor o se hubiera incendiado el Santísimo Sacramento: todo el mundo a las clases a recoger sus útiles, gritaba desde arriba la madre Marcelina, pero ellas siguieron encanastando como si nada fuera, hasta que tuvo que bajar y gritarles que ¡a recoger sus útiles!, histérica, poniendo la caja de dientes en peligro de salir rumbando porque al primer ¡a recoger...! se la tuvo que encajar, ¡sus útiles...!, y agarrarse la toca con la mano izquierda, porque el alfiler no estaba por ninguna parte, mientras con la derecha buscaba inútilmente debajo del refajo otro alfiler o algo que se la sujetara: ¿tú crees que Marcelina es calva?, yo digo que sí, ¿apostamos?, la había careado en varias ocasiones la insensata de Mariela -la rubia-, y la ocasión la pintaban que ni mandada a hacer: la toca más ladeada que la torre de Pisa, la pobre sin saber si la historia de los útiles o el alfiler o aquella caja que baileteaba cada vez que abría la boca, y entonces todas a la expectativa: a un paso de ver cumplidos sus temores, o mejor dicho, sus anhelos, para mejor hablar en plata blanca: porque desde aquel día en que en el tablero de los anuncios del cine amaneció con lo «la madre Marcelina es prima de Chepe, el flacuchento», y el colegio en pleno pagó el pato, lo único que en el fondo hubiera resarcido aquella aberración (que fue el castigo de TRES DÍAS SIN VENTA DE COCA-COLA, escrito, por supuesto, en el mismo tablero, y debajo: EL MIÉRCOLES NO HAY CINE, cuando ya habían anunciado hacía dos días Los Toreros, con el Gordo y el Flaco), la sola cosa que podría borrar el mal sabor a agua que tuvieron por fuerza que ingerir esos tres días, era sin duda alguna ver cómo el bastión caía derrumbado, la toca descubriendo aquel terreno sin vegetación, el campo liso, la arboleda perdida, pero ¡la que no forme fila inmediatamente, perderá veinte puntos!, amenazó con gran alarde de poder, manoseando, encajando en su sitio de un golpe y para siempre la prótesis rebelde, todo porque encontró un alfiler en quién sabe cuál de los mil bolsillitos que le hacen a los hábitos debajo de esa como faltriquera donde ellas guardan el libro de meditación, las libretas de apuntes, un carrete de hilo por si acaso, tres lapiceros de tinta azul y uno de roja, el rosario pequeño, un ejemplar de *Las florecillas de Asís*, las medallas del Papa y la plata menuda; mala suerte, ¡carajo!, susurró la Pecosa: yo creí que esta vez sí le veíamos el fuselaje, o sea, la cabeza pelona, dijo Irma, o sea que mejor nos vamos por los útiles porque aquí lo que es, ya no nos dan ni agua bendita, aconsejó Julieta, y salieron embaladas, en tropel, escalera de caracol arriba: ¡la guerra!, ¡la guerra!, ¡aauuu...!, gritaban como los Comanches, ¡que ya estalló la guerra...!, mientras la pobre se quedaba en el patio, más pálida que un muerto, flaca, reflaca, zanquilarga: igual que Chepe, el esqueleto que conservaban en vitrina las de segundo bachiller.

> *1:18 p.m. El policía Efraín Silva intima a rendición a un hombre caído que es arrastrado brutalmente por la muchedumbre. Lo despoja del revólver cuando ya casi entra en la Droguería Granada. «¿Por qué lo mató?», le preguntan. Y el infeliz responde: «Hay cosas que no se pueden decir». Luego exclama: «Virgen del Carmen, ¡auxíliame!» Un embolador lo deja inconsciente al golpearlo con su caja. El agente Silva ha tomado el único papel de identidad que carga. Una libreta militar expedida a nombre de Juan Roa Sierra.*

Sabina descorre la cortina, levanta la persiana de dos tirones y Ana siente en los párpados el reflejo de la luz que entra por la ventana a chorro vivo. Son las nueve, dice en voz alta, rezongona, y sigue con ellas quiero decir te quiero, te adoro, mi viiida, con una música que no tiene nada que ver y que sin duda alguna forma parte del plan, de la tramoya, porque ningún oído más o menos sensible soportaría esa cadencia destemplada, ramplona, monocorde: o te entonas o te callas el pico, va a tener que gritar tarde o temprano, lo que la despabilará definitivamente, por supuesto. Ya son las nueve. Y qué. Quién decretó que esa es la hora universal de levantarse, dónde carajo lo escribieron, o es que te lo dijo un pajarito, voy a contarte un cuento: los esquimales solo duermen cuando les da sueño y comen a la hora del hambre, pero es que esos pobres desgraciados son pueblos bárbaros, le contestó una vez su tía Lucrecia, con aire de saber lo que estaba diciendo; si lo único que sabe es ir y volver donde la modista la querida señora. Lo que sucede es que las cosas son así. La sublime manía de desconectar todo. La aberrante y malsana costumbre de irrespetar el más elemental de los principios, simplemente porque su mamá dijo que, y como la tía Lucrecia se descuide, un día de estos se va a encontrar con que monsieur Dior, en París, resolvió que lo más chic del mundo es llevar anorak y entonces dónde crees que nos va a dar el agua, Sabina: aquí está el desayuno, dice poniendo la bandeja en la mesa, revolviendo las cosas del nochero, haciendo bulla por hacer: y no se me haga la dormida porque yo sé que está despierta. Si esto fuera un iglú. Un delicioso iglú forrado en piel de foca, diatérmano, hipocáustico, inodoro, a prueba de ruidos, por supuesto, quién aguanta ese obsceno rumor de chancleteo, pero causa perdida, estoy temiendo: a lo mejor mamá esquimal también madrugaría con la cantaleta, tienes que levantarte, son las nueve, las mamás son así. No me hago la dormida, cotorra lengüilarga. Cómo me voy a hacer si ahora mismo estoy tratando de entender. Porque sabemos y no entendemos nunca el por qué de las cosas. Qué desgracia. Al menos para mí es un misterio esa consigna con sospechoso olor a onceno mandamiento, un acuerdo con los Manes tendrás, estoy segura, y ni siquiera entremos a considerar tu cara de pavo real hinchado cuando comienzas con yo los vi a todos, a toditos, pirringos, salir casi del vientre de su mamá, ¡avemaríapurísima!; lo que te da la potestad de decidir la hora de la diana, levantar las persianas, correr las cortinas de un tirón, e interrumpir mi sueño como si esto fuera un campamento. Asqueroso.

1:20 p.m. Un taxi «Roxi» negro pita desesperadamen-
te y vuela hacia la clínica Bogotá, con el ilustre herido.
En el carro, el médico Pedro Elíseo Cruz dice a Vallejo:
«No hay nada que hacer, ¡nos lo mataron!».

Cierra otra vez los ojos. Se relaja, trata de concentrarse en las sábanas tibias, en su cuerpo que se acomoda a la horma que ya tiene el colchón, como un nido, se rebulle con voluptuosidad, despacito, qué bien, qué caliente, qué rico, el ruido de la silla le destempla los dientes, dos gardenias para ti, se hace que barre: levanta la alfombra, puja, sale hasta el corredor, la sacude, vuelve a entrar, ¿por qué no te estás quieta?, ¡maldita sea, carajo!, ¿por qué no te callas de una vez?

—Qué son esas palabras, ¡avemaría! Si la oye su mamá la castiga. Una señorita no dice esas cosas.

—¿Ah, no...?

—Pues no. La gente boquisucia es la que no tiene educación, los arrieros, yo no digo nada, pero usted.

Interrumpirla. No dejar que manipule a su antojo la compuerta y que definitivamente, sin remedio, la letanía de nuestra muerte amén y sin pecado concebida la deje de nuevo sin resuello, sin ganas de pensar en la delicia que es estar flotando en un ambiente algodonoso, nunca piensa en aquellos niños castos, dice, mientras que jalonea la alfombra por las puntas para que quede rectilínea, perfecta: esta alfombra, ¡caracho!, porque seguramente no concuerda la línea con una pata de la mesa de noche y mejor que así sea porque al fin va a olvidarse lo de las catacumbas pero ella no, que no: que dale con la historia, y el ruido seco que produce la alfombra acomodándose y el aire que comienza a zarandear el vidrio de las ventanas que dan al corredor, ¡hay corriente, Sabina...!, pero mejor se calla, se queda quietecita en su tercera fila para que no se pierda el colorido, el vocerío, las banderas flotando: Kirk Douglas en la arena, bronceado, apolíneo, desafiante, esperando con la rodilla en tierra a las fieras hambrientas sin otro escudo que la pelambre de su pecho y sin más arma que un crucifijo que a última hora Yvonne de Carlo alcanzó a pasarle por detrás de las rejas: definitivamente no cabe un alfiler parado: emoción, sudor, ¡sangre!, los leones husmean con fruición aquel aroma que golpea en las tripas, agita los ácidos y los aminoácidos hasta el extremo de sacudir la región glútea, disecar las mucosas, acelerar la corriente sanguínea y enardecer los ijares relucientes, brillosos, un viento ligerísimo sopla desde el Gianicolo, silencio, expectativa, por fin uno de los leones, el más viejo, parece, avanza con fingido desgano hacia la víctima y le prometo que nunca, jamás de los jamases ellos dijeron una sola mentira ni fueron boquisucios porque Jesús bendito les prometió la Gloria Eterna y preferían la muerte a ¡por Dios! ¡Interrumpirla como sea!

«*Una de la tarde.* –En la puerta, a la una y diez minutos, el doctor Alberto Durán Laserna, director de la Radio Nacional, transfigurado bajo el impacto de una viva impresión nos dice: "acaban de asesinar al doctor Gaitán en la puerta del edificio de su oficina, y estoy llamando a palacio". Me resisto a creerlo. ¿Hace poco no corrió también la noticia de la muerte en Santa María del doctor Laureano Gómez? Sin embargo, dejo ir solo al campo de aterrizaje al doctor Velázquez y sigo para el Ministerio de Educación. Al cruzar la carrera séptima no observo movimiento ninguno irregular. Todo aún tranquilo, la calle soleada, las gentes en actitud normal.

Solo hacia el sitio de los sucesos miro un grupo de curiosos, como tantos que se forman en nuestras calles a raíz de un accidente de tránsito. Sigo al Ministerio. En la puerta, el periodista Jaime Soto, demacrado, lívido, me confirma la cruel noticia. "Qué vergonzosa infamia", le contesto. Subo aprisa al Ministerio en busca del teléfono directo a Palacio. Pero la puerta está cerrada y el ascensor no funciona. Salgo al andén, donde me confirma la noticia Víctor Aragón, pálido pero sereno. En este instante, las gentes, en grupos presurosos, comienzan a desprenderse sobre el sitio del asesinato, pues las radios ya difundieron el hecho. El ambiente se caldea por segundos. Un transeúnte grita, "a matar godos". Despacho el carro oficial para evitar la identificación de la placa y salgo acompañado del doctor Jorge Luis Aragón para la casa, a pie. Los grupos que bajan, van en actitud colérica, corren pidiendo a gritos las cabezas de Laureano Gómez, Montalvo y la mía. Pensar que esta la tenían tan cerca. Pero la angustia con que, más que corrían, se disparaban hacia el lugar trágico, no les dejaba observar al transeúnte que iba en dirección opuesta. Llego a mi casa, me armo, ordeno a la familia que cambie de residencia y parto para Palacio. No hay vehículos. Pasa un jeep de la policía y ordeno: "Estrada Monsalve, ministro de Educación, lléveme a Palacio". El teniente de la policía y el agente que lo conduce van llorando de cólera y angustia».

La madre superiora ordenó que se formaran, no en filas por año, como siempre, sino que las que vivían de la calle dieciocho para arriba formaran a la izquierda, las de la veinte hacia el Lago, a la derecha. Que las mayores se encargaran de las pequeñas y que apenas salieran a la puerta de la plaza, corrieran lo que más pudieran.

La Pecosa se agarró de la mano de Ana, temblaba y lloraba diciendo que su papá estaba en Bogotá, que lo iban a matar, y Ana le dijo que no llorara más, que si seguía, la dejaba que se fuera sola. Irma se tuvo que formar en la fila de las del Lago y Julieta se le aferró a la otra mano, mi papá es liberal, ¿y el tuyo?, le preguntó con su carita seria, muy pálida, y Ana le dijo que el de ella también, ¿y tú crees que los pueden volar a todos los liberales con dinamita?, pero Ana le contestó que no, que eso ni hablar, que dejara de pensar en Ricaurte en San Mateo en átomos volando. Pero Julieta dijo que no estaba pensando en ningún Ricaurte en San Mateo sino en el buey de ese señor al que le habían puesto dinamita hacía como tres días y que ella oyó cuando la hermana de Flora, la señora que vende empanadas en la esquina de la séptima con diecisiete, le contaba a misiá Benilda, la mamá de Gregorio, el carpintero, que tiene la carpintería al frente de las Aristizábal, que ese señor, el dueño del buey, se llamaba don Crisóstomo o don Crisanto no sé qué. Y que por cierto en esos días pasados ella lo había visto, la señora de las empanadas, en la manifestación que hicieron cuando estuvo Gaitán, con un pañuelo raboegallo amarrado al cuello y gritando ¡A LA CARGA!; y después siguieron comentando, pero ella no oyó el resto porque la señora le dijo bueno, qué más quiere, y ella no tenía plata para más empanadas y no se atrevió a preguntar que cómo habían hecho para ponerle un taco de dinamita en la cola del animal, pero esa noche oyó que su mamá le comentaba a su papá que qué cosa tan espantosa, que los conservadores eran capaces de cualquier acto de barbarie, así dijo, y ella no entendió lo que quería decir barbarie pero debía de ser una cosa horrible porque ponerle dinamita a un buey solo porque era liberal, los bueyes no son liberales ni son nada, zorombática, la interrumpió Ana, que ya estaba cansándose de una historia tan larga: agárrese bien el maletín, por si acaso. Y se amarró el suyo a la espalda, con las correas apretadas.

«*Dos de la tarde.* —Ya la multitud, en un ataque relámpago, cayó sobre Palacio. Ni un vidrio sano en los ventanales, ni una bomba eléctrica ilesa. Fue tal la furia, que el asfalto está cubierto de cristales en polvo, como bajo la acción minuciosa de una piedra de molino. Abandonadas junto al andén, hay tres gruesas vigas, con las cuales trataron de forzar las puertas, en acción de ariete y por el sistema de cuña. Una de las puertas quedó casi vencida. Y en medio del esparcimiento de piedras, ladrillos, garrotes y cristales, al pie de la entrada principal, el cadáver del asesino, desnudo, bocarriba, los brazos y las piernas en cruz, con un ojo fuera y el otro convertido en un coágulo de sangre. Allí lo había dejado la hiena para volver por su presa. Ya un agente de la policía, desde el andén del frente, había hecho el primer disparo sobre Palacio».

La plaza estaba chota, llena de hombres y soldados, de gente con banderas rojas, muchachos subidos a los mangos, ¡VIVA EL PARTIDO LIBERAL! ¡ABAJO EL GOBIERNO! ¡VIVA EL GRAN PARTIDO LIBERAL!, en un griterío confuso, banderas y pañuelos agitándose al aire, ¡VIVA EL DOCTOR JORGE ELIECER GAITÁN!, voces enardecidas, miles de brazos levantando machetes, picos, palos, armas de todas clases, vio a dos muchachos tratando de cortar un cable de la luz a punta de cuchillo. Alcanzó a ver las bayonetas casadas de los soldados que en posición de firmes desaparecían prácticamente tragados por la muchedumbre. La gente rompía el cordón con que ellos trataban de cercarla y los distinguía apenas en medio de tanta bandera y tanta confusión. ¡ABAJO EL GOBIERNO!, gritaron desde la copa de los árboles y presenció cómo una lluvia de mangos empezaba a caer encima de los cascos, las frutas rebotaban como si fueran de caucho y entonces oyó la voz de alguien que lanzaba una orden y observó cómo los uniformes verdes se movieron dos pasos adelante, las bayonetas apuntando en posición horizontal, ¡ATENNNN-CIÓN!, pero nadie retrocedió ante el filo que amenazaba directamente a las tripas, ¡VIVA EL PARTIDO LIBERAL! Había que llegar como fuera a la esquina, y sin soltar la mano de Julieta ni la de la Pecosa salió empujando gente. Dejen pasar las niñas, oyó que chillaban desde el balcón las monjas, pero eran gritos perdidos, imposible atravesar la marea iracunda, no avanzaban ni un metro, y menos mal que la Pecosa ya no lloraba tanto. Se quedaron un rato pegadas a la pared. El corazón a veces le latía muy fuerte y otras se le apagaba, batía tan pasito que parecía que se le había parado, ay virgencitalinda que no nos pase nada, hasta que al fin un brazo de hombre les abrió una trocha, caminen, corran, y ella reconoció al señor de la Rangel: métanse en la droguería, dijo tratando de que se protegieran en el quicio, pero Ana no paró de correr calle abajo.

—¿Te acuerdas que el día que mataron a Gaitán se me cayó el primer diente?

—¡Virgensanta! De las cosas que se acuerda a estas horas de la vida. Qué me voy a acordar deso.

«Yo me encontraba almorzando en mi casa, cuando alguna persona de la familia llamó para avisar que la radio estaba dando noticias de que el doctor Jorge Eliécer Gaitán había sido asesinado.

»Inmediatamente me di cuenta de la gravedad del suceso y de las consecuencias de perturbación que iba a provocar en el país. Pocos segundos más tarde, y cuando yo ya me preparaba para trasladarme a Bogotá —al centro de Bogotá— porque comprendía que iba a ser necesario intervenir para que el país no se precipitara al caos, recibí la llamada del doctor Pedro Gómez Valderrama: "Doctor Lleras, me anunció: la situación está muy grave". Le dije que yo salía para el centro de la ciudad, y que lo recogería en la esquina de su casa, que estaba bastante próxima a la mía. Juntos llegamos hasta frente a la iglesia de San Francisco, donde encontramos ya una turba que rodeó mi automóvil. Vimos que en ese momento estaba ardiendo la Gobernación de Cundinamarca, y que había mucha gente, con distintas armas, y en estado de desesperación».

—Yo sí me acuerdo. Dijiste que lo pusiera debajo de la almohada, que el ratón Pérez me iba a traer cincuenta centavos.

—¡Pues claro! Y le trajo cincuenta, ¿no es cierto?

—¡Qué va!

«Alguna persona abrió la puerta de mi automóvil y alcanzó a tender un revólver contra mí, pero luego me reconoció y no ocurrió el disparo. En vista de que no podíamos avanzar en el vehículo, nos bajamos el doctor Gómez y yo, y le di orden al chofer de que se volviera para Chapinero, porque estaba seguro que los vehículos que permanecieran estacionados en el centro iban a ser destruidos por la multitud».

1:30 p.m. El carro del Presidente Ospina es alcanzado, de regreso a Palacio, por un grupo de revoltosos que gritan: «¡Mueran los asesinos de Gaitán!». El chofer acelera pero, enfrente de la casa presidencial, el auto es cercado de nuevo. En una peligrosa maniobra, el conductor entra el carro al garaje, en un solo tiempo. El sargento Héctor Orejuela Atehortúa logra cerrar la puerta y salvar por segundos la vida de Ospina y doña Bertha.

—Yo creo que ese día perdí la inocencia para siempre.

—¿Cómo así? ¿Qué día...? ¿Por qué perdió la inocencia...? ¡Santocristo!

—El día en que me di cuenta que lo del ratón Pérez era un puro cuento de viejas: así se lo dije a Irma y a la Pecosa, para que no se dejaran engatusar ellas tampoco.

—A lo mejor sí le trajo y usted no se dio ni siquiera cuenta con todo lo que pasó, Jesusmariayjosé, mi Dios nos ampare y nos favorezca... yo no sé por qué es que le ha dado por acordarse de tanta cosa maluca.

—¿Qué no me iba a dar cuenta...? Pero dónde crees tú que uno está cuando se le cae el primer diente y le dicen que el ratón Pérez le va a traer cincuenta, que lo deje debajo de la almohada, que mañana verá, y uno tragándose todo, creyéndose la más rica del pueblo porque al otro día se va a comprar una tonelada de mecato en el recreo y todo el colegio verde y uno dándoselas de a mucho y al fin la idiota de Camila y toda la barra aplanchadas sin poder decir ni mu porque si se alebrestan no les doy ni pite de coco ni de caramelo y hasta Irma y la Pecosa mansiticas sin chistar porque si no tampoco les doy a ellas ni cinco y todo el mundo achantado y yo como si me hubiera agarrado una piñata para mí sola qué dicha y por lo menos tres días iba a durar el botín, pero, qué pendejadas estás diciendo: cómo se te ocurre: ¿crees que yo iba a estar pendiente de otra cosa?

«Llegábamos a la puerta del Palacio Presidencial, después de haber asistido a la inauguración de la exposición agropecuaria con mi marido, el Presidente de Colombia, Mariano Ospina, Pérez, el jefe de la casa militar, mayor lván Berrío y el teniente de aviación Jaime Carvajal.

»Veníamos en un carro largo y lujoso marca Packard, de ocho puestos, manejado por el segundo chofer de Palacio, señor Marco T. Álvarez.

»Subimos por la calle octava, y doblamos sobre la carrera séptima. Como el automóvil era de carrocería larga y la calle estrecha, era necesario hacer una curva forzada para que pudiera entrar fácilmente por la puerta, que también es angosta.

»Mientras la maniobra se hacía, alcanzaron a pasar tres taxis llenos de gente que gritaba vivas al Partido Liberal y empezaron a aglomerarse las muchedumbres, que notamos estaban exaltadas y fuera de tono. Pero en ese momento también salían a nuestro encuentro los soldados del Batallón Guardia Presidencial, al mando del teniente Héctor Orejuela, a presentar armas y rendir honores al presidente, como era la costumbre al entrar y salir el primer mandatario.

»Tan pronto bajamos del carro, se dirigió a hablarle al presidente el general Sánchez Amaya, quien estaba esperándolo en uno de los salones de la Casa Militar, en la planta baja del Palacio. Yo lo saludé y seguí hacia nuestros apartamentos o sea lo que se llama *la casa privada*.

»En el camino a esta, a la cual se llega por estrechos y largos pasadizos, me salió al encuentro Gustavo Torres, el intendente de Palacio y me dijo: "Sabe, señora, ¡mataron a Gaitán!".

»Desagradablemente sorprendida por esta noticia que me pareció muy grave, nada contesté, pero pensé: ¡esto se prende!».

Por la carrera séptima venía una montonera con banderas y palos. Muchos tenían pañuelos rojos amarrados al cuello y casi todos eran estudiantes. Traían en guando un muñeco de trapo y mientras unos gritaban lo mismo que la muchedumbre en la plaza, los otros agitaban banderas rojas y banderas tricolores, y cantaban el himno. Las mujeres los miraban pasar desde la acera y lloraban como si fuera un entierro.

Una mujer anciana trataba de gritar viva el doctor Gaitán, pero solo se oía su quejido ronco, su vocecita rota en dos. Las lágrimas corrían por su cara arrugada como pasa y mojaban su pañolón de lana sin que ella tratara siquiera de enjugarlas: «Viva el doctor», decía, pero de ahí no pasaba, y seguía gimiendo, traspasada. Como una Dolorosa.

Ana siguió corriendo a pesar de que una amiga de su mamá les hizo señas de que se refugiaran en su casa: vengan, no paró; como un bólido. A todo lo que daba, si fuera Peter Pan, Julieta y la Pecosa volaban también. Las sentía agarradas a sus manos como grapas, ya vamos a llegar, ya vamos, sin respirar siquiera, con unas ganas horribles de llorar y no sabía por qué. La carrera quinta le parecía que estaba a dos kilómetros. Las Piedrahíta también trataron de que se entraran al zaguán, ni hablar, no se paren. El maletín de la Pecosa se cayó en plena calle y los cuadernos salieron desparramados: recógelos tú, le dijo, y siguió disparada, con Julieta de la mano, hasta que al fin llegaron a la carrera quinta.

1:50 p.m. Incontenible, baja la multitud de los barrios Egipto, Santa Bárbara y El Guavio, dispuesta a vengar la muerte del caudillo.

¿No le han enseñado que para eso está el timbre?, le abrió el portón Sabina, rezongando: qué es eso de tocar a patadas, valiente educación; y siguió regañándola hasta llegar al patio, donde vio a su mamá, que los brazos en cruz, y arrodillada, recitaba el *Trisagio* a voz en cuello.

«Yo estaba con mi papá en la esquina de la Jiménez, y eran casi las doce: yo me voy a almorzar, tengo una cita, dijo, y entonces decidí tomarme un batido de tamarindo y subí hasta el Monte Blanco, donde me encontré con mis hermanas. Estábamos charlando cuando de pronto oímos tres disparos. Después otro. Creímos al principio que eran petardos de esos que tiran los muchachos, porque sonaron igual que los petardos, y nadie le hizo caso pero como la ventana estaba al lado yo me asomé por la novelería, más que todo, y entonces vi al doctor Alejandro Vallejo, que caminaba rengo, y a un tipo que corría por la carrera séptima, atropellando gente, y a mi papá tratando de sostener a alguien, que vestido de negro, se desplomaba en el andén en ese mismo instante. Era Gaitán. Me contó después que iba agarrado de su brazo y que cuando vio al hombre a dos metros, apuntándole, volteó la cabeza tratando de esquivarlo pero las balas le dieron en la nuca. Bajamos a mil las escaleras, y ya la gente corría detrás del hombre que había disparado y el doctor Cruz le estaba diciendo a mi papá, todavía está vivo, vamos a una clínica inmediatamente, y pararon un taxi y mis hermanas se pusieron a llorar, yo no sé qué sentía en ese momento porque ni tiempo tuve. Mi papá tenía las manos llenas de sangre y se las miraba como si no creyera lo que estaba viendo, y ni el doctor Vallejo ni Jorge Padilla ni nadie atinaba a decir nada, hasta que una mujercita empezó a lamentarse, ¡mataron a Forfeliécer! ¡nos mataron al Negro...!, lloraba, y cuando vio que un policía se acercaba al tumulto se le encaró a los alaridos: ¡máteme a mí también!, gritaba como histérica, pero el hombre no tenía tiempo de calmarla porque estaba azarado, le temblaban las manos ¡abran paso! ¡abran paso!, le gritaba a la gente que comenzaba apretujarse en montonera alrededor del taxi y no dejaban hacer nada hasta que al fin lograron meter el cuerpo de Gaitán y arrancaron pitando a todo taco y con pañuelos blancos fuera de las ventanillas y el policía entonces le dijo a la señora que cálmese mi doña, que yo también daría lo que no tengo para que el jefe salga de esta, y la señora se calló y el policía ¡ábranse! ¡ábranse!, tratando de evitar que nadie se acercara pero la gente no hacía caso y se arremolinaba a ver aquel reguero de sangre y mejor nos largamos, le dije a mis hermanas, y nos fuimos a la esquina de la Jiménez, a esperar un tranvía. Qué es lo que pasa —preguntó el conductor—, cuando vio a mis hermanas como unas Magdalenas y entonces le expliqué que era que habían matado a Gaitán y entonces frenó en seco: ¡bájese todo el mundo porque lo que es este tranvía no sigue andando ni una cuadra!, gritó desencajado, y se bajó también, abandonó el tranvía: lo dejó allí chantado, en plena séptima».

2:05 p.m. El corazón de Gaitán deja de latir.

Acordaos Oh piadosísima Virgen María que jamás se ha oído decir, con acento de plañideras, Sabina y su mamá, que ninguno de vuestros devotos reclamada vuestra asistencia e implorado vuestro socorro haya sido abandonado de Vos... nadie le hacía caso. Su papá oía las noticias al lado de la radio. El papá de la Pecosa está en Bogotá, en el hotel San Francisco, dijo, pero él siguió pendiente de la voz que anunciaba, aquí la Nueva Granada de Bogotá, habla Pedro Acosta Borrero: anunciamos a la ciudadanía que hemos ocupado esta emisora en nombre del pueblo y de la libertad, ¡oh buen Jesús misericordioso, hijo de María y de José!, clamaron las mujeres, para qué se meterán esos muchachos en esas cosas, comentó su papá: lo único que consiguen con eso es que la situación se vuelva más caótica. Ella no supo qué decir. Otro locutor comentaba que el hotel San Francisco era presa de las llamas; pobre Pecosa, pobre papá de la Pecosa. Que de las farolas de la Plaza de Bolívar colgaban las cabezas de Laureano Gómez, Ospina Pérez, Urdaneta y Pabón Núñez: ¿quiénes son esos?, pero nadie le respondió. ¿Quiénes son esos?, porque ya estaba harta de que la trataran como un cero a la izquierda, ¡godos!, dijeron a una su papá y su mamá; él sin mover ni un ápice la cabeza, pegada al receptor, y ella con sus brazos en cruz: los godos son muy malos, ¿verdad?, pero otra vez silencio, solo la voz del hombre transmitiendo y las plegarias de las dos plañideras. A Ana le dieron ganas de que apagaran de una vez la radio y así no se oyeran más noticias. Imaginarse las cabezas colgando de faroles le producía náuseas.

Papá, ¿va a haber guerra? Pero él siguió ignorándola porque ahora el locutor chillaba desatado diciendo que miles de hombres y mujeres por la carrera séptima rompían con martillos las vitrinas de los almacenes de licores, las puertas de los cafés y restaurantes, y que al señor Parmenio Rodríguez, un periodista que tomaba fotos en la calle, le habían pegado un balazo que atravesó su cámara y cabeza al mismo tiempo y ella se imaginó el pegote que eso habría hecho y otra vez la sensación de que todo andaba revuelto en el estómago y estaba a punto de gritar ¡apaguen ese radio! cuando su mamá tuvo casi la misma idea. ¿Por qué no cambias de estación?, le preguntó a su papá, y entonces él puso la aguja en el 45 y se oyó una voz profunda, templadísima, que a pesar de no temblar ni gritar ni decir cosas desaforadas, parecía retumbar como un trueno en el salón pequeño, en la casa, en el patio, en el espacio entero. Les habla Jorge Zalamea, desde la Radio Nacional de Colombia. Transmitimos un mensaje de libertad, de dolor y esperanza, al pueblo colombiano que hoy llora la muerte de su líder, ¡ese asqueroso comunista!, ¡chissst!, porque por una vez que alguien recitaba poemas en el radio en vez de gritar desenfrenados que la revolución, que los incendios, que el señor Presidente había dispuesto, su papá interrumpía, pero fue inútil, porque él cambió de número la aguja y solo quedó como en un eco aquella voz tan grave, tan perentoria y dulce, repitiendo:

si pudiera llorar de miedo en una casa sola
si pudiera arrancar los ojos y comérmelos
lo haría por tu voz de naranjo enlutado...

Es un pasillo húmedo que parece infinito. Sin embargo presiente que al irlo desandando, al alcanzar por fin aquella luz del fondo todo será distinto. Que el blanco será negro como en los negativos, que el cielo cubierto de nubes pequeñitas y aquel olor a agua podrida, de flores podridas, de algo descuidado y putrefactado yaciendo detrás de aquellas piedras encaladas a brochazos gordos, desaparecerán como por una orden, pero hace el gesto y nada se desplaza. Todo queda inmutable. El aire contagiado de cosas tumefactas, el blanco terroso de los muros, los nombres puestos en hilera, la galería con arcos disparejos, mal hechos, los senderos de tierra cubiertos de basura y de maleza. Y sobre todo el miedo. Un miedo extraño a los colores, al olor, a los pinos que ahora son cipreses y que entonces, de eso se acuerda bien porque Irma dijo: son abedules como los del libro de botánica, y a ella jamás se le olvidó ese nombre, ¿abedules aquí?, ¡qué atembada!, si eso no crece sino en las tierras nórdicas, rebatió la Pecosa con su aire de Enciclopedia Espasa, pero se lo anotó después en la libreta de palabras lindas: «abe-dul», escribió con un guion y luego hizo un acróstico con el nombre de Julieta y se lo puso al lado pintado de acuarela. Se recuerda patente.

Cuando ella vino con Julieta no era así. A lo mejor es un alarde de la imaginación porque en verdad ese día había salido huyendo sin hacer ningún caso de la madre Crescencia que trató de agarrarla por un brazo: ¡cero en conducta!, gritaba zamarreándola, ¡cero en conducta si te mueves de aquí!, pero ella se escurrió cual comadreja y comenzó a correr sin ton ni son pisoteando los tarros de claveles marchitos y las coronas que estaban en el suelo, ¡una semana sin recreo...! ¡niña...!, insistía frenética la monja, pero siguió pitada, abriendo campo a los codazos mientras las otras aterradas hacían calle de honor y la Pecosa la miraba con cara de a lo mejor te expulsan. Peor para ti, qué carajo me importa, ahora no tendrás a quién robarle las guayabas agrias. Y sin saber por qué ni para dónde se lanzó disparada al laberinto.

La encontraron después, detrás de una mata de platanillo, llorando como una condenada y repitiendo entre hipidos que a Julieta no tenían por qué darle la medalla porque era ella la que se había ganado el primer puesto. Horror, egoísta, desnaturalizada, eso no es propio de una niña buena, de un Cruzado Eucarístico, le gritaba Crescencia sacándola a empujones de detrás de las matas, se lo voy a decir a la madre superiora, no faltaría más, se lo podía contar a San Francisco de Asís por ahí derecho, o a la Virgen de Fátima si eso la hacía feliz, porque lo que era ella iría a ponerle la queja a su papá, dijo con un berrido que dejó sembrada a Crescencia: vamos a ver quién tiene la razón pues fui la única que esta semana sacó cien en conducta; y sin pensar en más se desató la pataleta. Los zapatos blancos se le volvieron un desastre pero no podía parar en darse contra el mundo, contra los tiestos y las piedras que encontraba a su paso, desconcierto en las barras: ¡mein Gott!, ¡esta muchacha la poseyó el demonio!, voy en seguida por la madre Pulqueria... dijo Crescencia como quien ve un espanto, y las otras mirándola, acusándola. Retándola a ser buena como todas ellas. Esperando con ansia que de un momento a otro le saliera la cola en el trasero, imbéciles: ¿yo tengo micos en la cara, o qué?, les dijo con aire de a mí me importa un rábano si ahora mismo me sale un diablo por la boca, por la nariz fue que empezó a salirle una tupia de mocos que la dejó gangosa, no podía ni hablar, ¿me prestas tu pañuelo?, pero Irma no tenía y entonces se limpió con una hoja de platanillo, como veía que hacían los peones en la finca. Si llega a ser hoja de rascadera se le caía hasta el pelo de la rasquiña que le podía dar, esperemos que no. Una vez se pringó y le duró el picor tres días y su mamá le dijo a su papá: esta niñita se va a tragar un día cualquier cosa y nos va a dar un susto. Qué tal si sabe que apostó con Marcos a comerse una iguana y el muy bruto se la comió de un tarascazo. Todos lo vieron. Marcos tapándose la boca para que el animal no se saliera y la cola por fuera, chilinguiando un buen rato por entre los dedos hasta que se desprendió y comenzó a dar saltitos por la carretera: una iguana sin cola ¡chito matola!, dijeron todos muertos de la risa, unos irresponsables, claro, no se daban ni cuenta del drama que podían desatar, que se les vino encima sin remedio cuando a su primo se le ocurrió quejarse por dos días seguidos de mamá tengo dolor de estómago, y qué será mijito y ellos callados, hasta que su tía Lucrecia resolvió que mejor aprovecho y les damos a todos leche de Higuerón porque deben estar repletos de lombrices: siempre pasaba igual. La tía Lucrecia era una especialista en mortificar niñitos. Se cebaba con ellos desde su tierna infancia y no paraba nunca, hasta que indefectiblemente lograba su objetivo. Torturarlos. Darles vermífugo hasta que se morían de vomitar el bacalao. Dejarlos sin dulce de breva, por ejemplo, porque mañana vienen las Montoya y qué les damos de postre, habráse visto. Ojalá que algún día ella no pueda entrar por el ojo de la aguja, como dice Jesús en la Escritura. Así sabrá lo que es candela.

Siente unas ganas inmensas de vaciarse por dentro. De correr como entonces a esconderse detrás de cualquier cosa y dejar que aquella sensación de grito trunco desaloje de una vez sus entrañas, o el cerebro, o simplemente le relaje los brazos, el picor en los ojos, ese dolor profundo que se instala en no sabe cuál región del cuerpo y que golpea sin parar, como un yunque pequeño. Aquí es el purgatorio. En medio de estos pinos y estas losas deshechas. Hay que escapar de esta emboscada. Pero se queda inmóvil delante del pasillo que no termina nunca y el cielo que la aplasta con sus nubes pequeñas. Ese olor a podrido. A lo mejor se lo imagina: no es el hedor ni son las nubes ni tampoco aquel cielo de color de sandía, absurdo, cómo puede explicarse que un día como este sea precisamente de un color semejante. Ve los pinos torcidos, vencidos por el tiempo, raquíticos, qué lástima. Los cipreses son árboles que llegan hasta Dios. Y ella miraba atónita aquellas puntas grises que se elevaban, se elevaban. ¿Y es por eso que los plantan aquí? Sí, contestó la abuela señalando las cruces: siempre los siembran en los camposantos, y fue la primera vez entonces, que oyó aquella palabra. Aquí es el purgatorio, pensó, piensa de nuevo, y está segura de que la abuela sabe. Es por eso que el hombre se convierte en raíz. Luego en rama y en hojas y da sombra al cansado. Al que reposa. Al que flota a la búsqueda del camino perdido. Sí, abuela, es así. Tiene que ser así. Porque luego da fruto y cae nuevamente. La tierra lo recibe y entonces él germina, regresa, resucita.

Es la ley del Samsara, ¡qué ocurrente!, hubiera dicho ella: ¡qué es lo que está diciendo, mi pirringa! Que es la Ley del regreso. La de la rueda del arcano diez. Nadie puede escaparse y quién va a saber quién fuiste entonces, quién serás ahora mismo, abuela, llama con voz bajita, y ve cómo de un árbol se desprenden las hojas por respuesta. Es un enorme carbonero que empieza a florecer, y ya muy pronto, parece que le dice, y entonces también oye la risa de Julieta. ¡Que me sueltes las trenzas...! El moño azul se le queda en las manos y es la señal para salir desaforadas. Los pasos persiguiéndola, y la risa que la azuza, ¡a que te cojo ratón! ¡a que no, gato ladrón!, y al fin alcanza la valla del solar de don Cleto de primera: ¡gané!, bueno, ganaste, pero ahora a componer las trenzas porque si no esta tarde una palera: ¿ya te aprendiste los quebrados?, y cuando está por contestarle ella le apuesta, ¿otra carrera?, cuando ya está arrancando, muerta de risa. Siempre le hacía trampas de esas.

Que allá viene Pulqueria... Que allá viene Pulqueria... decían las más lambonas haciéndose las moscas muertas, pero qué madre Pulqueria ni qué diablos. Ella se había portado como cualquier Santa Cecilia en las clases de piano. Bautista misma fue la primera que no se lo creyó cuando tranquilamente, muy oronda, interpretó el ejercicio de Czerny con los fa sostenidos im-pe-ca-bles, dijo muy sorprendida: estamos progrrresando, con su erre arrastrada, gracias madre Bautista. Ahora sí que ganarremos buen terreno, continuó elucubrando. Nos ganaremos bicicleta, dirá su reverencia, porque la abuela pronosticó al principio del año: a la primera Excelencia, ¡bicicleta!, y he aquí que no volvió a comer caramelo con coco debajo del pupitre, no le hizo caso a los chistes de loras de la Pecosa en clase de aritmética, no se comió las uñas por diez días, se aprendió el *Patria le adoro en mi silencio mudo* de memoria, en la fila se portó como el bobo Emeterio, si parecía idiota, inmutable ante la manotada de grosellas con que Irma trataba de sobornarla con sonrisita de te nos volviste zorombática. ¡Tentaciones! Todo un sartal de tentaciones y ella como Santa Teresita del Niño Jesús: buena, buenísima. Pasándose de raya. Llegó a la insensatez de hacer la venia cuatro veces por día a madre Leovigilda, ¡alabadoseajesucristomadreleovigilda!, habráse visto; ¡no! Si lo que fue, realmente, no se puede transcribir en palabras. Para qué comenzar a enumerar los méritos. Si hasta Romualda un día se permitió darle una cachetadita e insinuar, ¡muy bien!: como los mártires cristianos. ¡Madre santísima! Y la muy inocente qué entendía de martirios. Qué sabía una monja de lo que era estar en el *coso* rodeada de fantasmas, ¡ah, no! Eso sí que no le vinieran con el cuento, porque si alguna de ellas sospechara la cantidad que había que despachar a punta de rosarios cada encierro, jamás dirían sandeces, ¡por favor! Si las especialistas ya habían dictaminado que media hora de castigo equivalía a dos misas de rodillas o a resistir como un estoico la oferta de un pedazo de mango de los que vende Débora en la entrada, y la madre Romualda lanzando juicios temerarios. Que dizque mártires cristianos. ¡Ah, no!

Por mi parte, ni más: se prometió en el fondo. De ahora en adelante que ¡niña, avemaría!: qué envidia San Tarsicio, que si hay que ser como María Goretti, que Fray Martín de Porres, todos muy buenos, sí, muy sufridos, muy lindo estar a diestra de Dios Padre, todo muy razonable, pero lo que era a ella no se le enmochilaban una bicicleta solo porque Julieta, pobrecita. Pobrecita por qué. A ella qué más le da. Si le colgaron la medalla fue por pura apariencia, como cuando a los soldados los matan en la guerra y todo el mundo dice, pobrecitos, y se lavan las manos haciendo el monumento. A ella ya no le importa, ¿no?, ¿verdad que no...?, gritó, pero las niñas continuaron calladas, muy atónitas. Mirando la escena sin entender por qué decía esas cosas, si eran siempre uña y mugre. Todo el colegio lo sabía.

«Llegué a mi alcoba donde me encontré con Lalita Guzmán, una de mis mejores amigas, quien estaba con Ángela, mi hermana menor y quien había venido para asistir a algunos de los actos de la Conferencia Panamericana.

»Dicen que mataron a Gaitán —les dije— y esto me parece gravísimo. Entré, me quité el sombrero y lo puse sobre un asiento junto con los guantes y la cartera. Abrí luego mi clóset y saqué de allí dos revólveres que siempre llevo conmigo cuando salgo de viaje. Uno se lo di a mi hermana Ángela y el otro me lo colgué yo y no lo dejé durante esos quince días.

»Seguidamente llamé por teléfono al colegio de los padres Jesuitas donde estudiaba Gonzalo, el menor de mis hijos, de once años de edad. "Padre, tenga la bondad de llevar a mi hijo a la Embajada Americana lo más pronto posible", le pedí.

»Después llamé a la Embajada y les dije: "Les entrego a mi hijo Gonzalo, no a la Embajada sino a su Gobierno, para que me respondan por él. Y si los hechos se agravan, les ruego sacarlo del país para que se reúna en Nueva York con sus hermanos".

»La salida del país de mi hijo Gonzalo se efectuó en esos días, causándonos una pena enorme y no volvimos a verlo hasta el año siguiente cuando nació la niña, en Nueva York...

4:32 p.m. Cae la torre de Santa Bárbara con sus francotiradores. Laureano Gómez aconseja telefónicamente a Ospina que renuncie para dar paso a una Junta Militar.

»Sin vacilar salimos a la calle de nuevo y nos dirigimos a la calle doce, donde estaba situada la Clínica Central, en medio de multitudes en las cuales ya era visible la exasperación (el efecto de las bebidas alcohólicas que se habían sustraído de los almacenes y de las cigarrerías de la zona, y que se estaban consumiendo en grande escala). Difícilmente pude entrar a la clínica y allí en medio de gran confusión, empezamos a cambiar ideas sobre la situación nacional, el doctor Echandía, el doctor Alfonso Araujo —quien ya también había llegado a la clínica—, el doctor Plinio Mendoza, y algunas otras personas.

»Algún tiempo después el doctor Araujo nos llamó al doctor Echandía, al doctor Mendoza, al doctor Julio Roberto Salazar Ferro y algunos otros y nos dijo que de Palacio nos mandaban llamar».

4:45 p.m. Las turbas llegan al Capitolio donde están reunidos los diplomáticos en la Conferencia Panamericana. La periodista Eva Dane, del Miami Times, cuenta cincuenta y dos cadáveres en la Plaza de Bolívar.

¡Oh Virgen madre de Jesús!, rezaban su mamá y Sabina, ¡Oh Virgen Prudentísima!, Sabina: era mejor que fuera a la tienda y comprara lo que hiciera falta, azúcar, sobre todo, y arroz, sí señora, y tal vez una arroba de res de primera, Dios mío, pensar que en estos días subió a doce pesos. También manteca y eso que ya no hay con qué comprarla, veinticuatro pesos la arroba: vaya Sabina, ¡ah!, y de paso chocolate. Habrá que ganarse la lotería de Manizales porque si el chocolate vale a setenta centavos la libra, los veinticinco mil dentro de muy poquito no van a alcanzar ni para el gasto del mercado, mejor no ir esta tarde a la Salve, nunca se sabe, Virgen Santa, qué cosa tan horrible. El locutor decía que la capital sufría saqueos por todas las esquinas. Que la multitud marchaba enardecida hacia Palacio. Lo van a quemar: de seguro que lo van a quemar también: ¡ese godo asqueroso!, vaya a cambiarse el uniforme, mija, pero ella se quedó al lado del radio oyendo cómo la chusma había invadido los almacenes Ley y el Tía de la séptima: los cacos andan por las calles con el producto del botín: mujeres y hombres vestidos con pieles saqueadas a la peletería Ramírez de Chapinero, arrastran máquinas Singer o lavadoras o neveras: no quedó ni una nevera ni una lavadora ni una sola cocina en la Westinghouse de las trece: los que no pueden con ellas las dejan en plena vía hechas astillas, Corazón de Jesús, qué vandalismo, ¿usted sí cerró el almacén con rejas y todo, don Genaro?

«Todos salimos. El presidente y yo nos dirigimos al comedor grande que da sobre el primer patio, con vista a la puerta de entrada del Palacio. Subamos a su oficina, le dije. No —me respondió—. Yo no me voy a esconder. No es a esconderse —repliqué—. Usted es el presidente y el presidente debe estar en su despacho. Logré que subiera, lo cual hizo de muy mal humor pues él quería estar al frente del peligro.

»Allí permanecimos unos cuantos minutos perfectamente solos. ¿Qué opina usted?, me preguntó Mariano y yo le contesté: Aquí tendremos que esperar lo que suceda; no nos preocupemos por los hijos que son hombres y sabrán defenderse y hacer frente a la vida. Pedí por teléfono al comedor un poco de whisky para Mariano y yo me tomé otro, pues pensé que ya no podíamos bajar a almorzar. En tales circunstancias, ¿quién iba a almorzar?».

5:00 p.m. Don Luis Cano propone abiertamente la posibilidad de que Ospina Pérez renuncie a la presidencia.

Sabina caminaba de aquí para allá como una gallina clueca y se persignaba cada dos por tres: acordaos oh piadosísima Virgen María... Su papá estaba cada vez más pálido y más callado oyendo las noticias. Su mamá entró llorando al cuarto y encendió otra lamparita a la Inmaculada: mami, ¿tú crees que el papá de la Pecosa se murió? y ella dijo que no, que por qué se tenía que haber muerto que mucha gente se salvaba de los incendios. Pero el locutor decía que los bomberos no daban abasto. Que había francotiradores en las iglesias de San Diego y de las Nieves. Que la Jiménez de Quesada estaba completamente bloqueada por un grupo de hombres armados que amenazaban con romper las puertas de *El Tiempo*. Eso sería lo único que faltaba. Lo último. Maniobras de los godos, por supuesto. ¡Atención! Dentro de breves instantes el doctor Ospina Pérez se dirigirá al país: ¿qué son francotiradores? —aprovechó la pausa—: deja oír. ¿Tú crees que va a anunciar que se retira? ¡Qué va! A ese hombre no lo sacan de ahí sino con los pies para adelante: la única solución es Echandía, contestó su papá. O el doctor Santos, insinuó su mamá, lástima que está en Nueva York: ¡qué espanto los milicos! ni Dios ni la Virgen lo permitan, San Judas Tadeo, ¡favorécenos!

«Subo al salón presidencial. Donde creo encontrar un hormigueo de militares y civiles, solo hallo la soledad casi completa. Al pie del escritorio, el presidente, doña Bertha de Ospina, el doctor Azula Barrera y doña Cecilia Piñero Corpas. Los militares de Palacio no están porque han volado a sus puestos. Clavo los ojos en el rostro del presidente y encuentro lo que esperaba: un semblante de irritada cólera por el asesinato y de firme expectativa ante los sucesos del tumulto. Ministro, me dice, cuál es su noticia. La multitud regresa por la séptima sobre Palacio armada ya con el saqueo de las ferreterías, y están débiles las líneas de defensa, le contesto. Vuelo sobre las dos portadas de la séptima y la octava, a inspeccionar las guarniciones. Noto en la tropa que está convencida de la gravedad de la hora y adivino en su actitud firme y sin precipitaciones la fiereza con que sabrán compensar su escaso número. Pido que se levante el cadáver del asesino, y se guarde en una de las casas de enfrente, para que su visión no enardezca más los ánimos.

»Abrimos los radios y escuchamos, en el lenguaje más violento e irresponsable a los incitadores: a armarse cada uno. Nómbrense juntas revolucionarias de gobierno en todos los municipios, deponiendo a las autoridades. La revolución está triunfante, y se ha creado en Bogotá la Junta Revolucionaria que ha asumido el gobierno. Una voz da la instrucción: cada cual debe proporcionarse el cocktail Molotov: tome una botella de gasolina, clávele en el corcho un alambre en la punta de este y colóquele una mota entrapada en combustible, enciéndala y láncela. Otro grita: preséntense todos los partidarios de la revolución a pedir armas a las divisiones de la policía. Otro anuncia: el ejército está ya con la revolución. Entretanto, las columnas populares han iniciado el segundo ataque sobre Palacio, haciendo fuego sobre la patrulla que comanda el teniente Carvajal y que está apostada en la carrera séptima, en la mitad del costado oriental del Capitolio».

¿Qué estaba haciendo ahí parada? ¿Por qué es que no se había ido a cambiar el uniforme...?

«Tratamos de dirigirnos a Palacio por la carrera séptima, pero la multitud fue rodeándonos y en vano el doctor Echandía, que me dijo, hay que apaciguar a la gente, doctor Lleras, y entonces él desde la puerta de la antigua iglesia de Santo Domingo, y yo, desde un balcón situado casi en la esquina de la calle doce con la carrera séptima, intentamos arengar a las multitudes para que permanecieran tranquilas y nos permitieran ir solos a Palacio para discutir la situación nacional, pero era imposible, absolutamente, hacerse oír en medio de la indescriptible confusión que reinaba.

»Entretanto, y mientras el doctor Echandía y yo hacíamos esfuerzos por hablar a las gentes, el doctor Araujo, el doctor Gómez Valderrama y otras personas habían avanzando por la carrera séptima. Cuando iban acercándose a la calle once, la tropa que se encontraba en la Plaza de Bolívar, disparó. Una señora que iba colgada del brazo del doctor Araujo cayó muerta».

Ana sintió un hueco en el estómago y se acordó que no le habían dado todavía el chocolate con parva. Se fue a buscarlo a la cocina, pero Sabina le contestó muy malgeniada que ahora no era el momento de tomar meriendas. Ospina es el presidente, ¿verdad?, pero tampoco era hora de preguntar esas cosas, esta muchachita es atea, váyase pa' dentro: ¿por qué no reza un Credo en vez de andar porai bobiando?, ¿no ve que tengo oficio?, que era pilar sobre un maíz que ya estaba pilado, y entonces se devolvió al salón y se quedó otra vez al lado de la mecedora, acurrucada.

«La turba viene armada de fusiles, pistolas, machetes y garrotes. Como han saqueado también las ventas de licor la mayor parte de los agitantes están ya ebrios. De un golpe de filo al aire rompen el pico de las botellas de whisky y champaña, y bogan en el resto del recipiente. A la amenaza se suma la vergonzosa noticia: la policía ha defeccionado. Sus armas están en poder del pueblo, y muchos agentes van vestidos de civiles y encabezan la chusma. No son menos de diez mil hombres. El fuego de los revolucionarios es intenso por todas partes. Disparan de la calle y de los edificios circunstantes de cuyos tejados y balcones se han adueñado. El mayor Iván Berrío, desafiando la muerte, desde el balcón de Palacio por la entrada de la séptima dirige la defensa y ordena el fuego».

¡Santamariapurísima! ¡Qué irá a pasar, usted qué dice, qué habrá de la pobre Lucrecia, menos mal que en Chapinero no puede pasar nada porque queda muy lejos del centro, o usted qué cree, quién va a atajar a unos desharrapados enloquecidos por tanta chicha y tanto guarapo y eso que hasta champaña andan tomando, peor: ¡cuándo se ha visto! Hasta se envenenarán de la perra porque un chiroso de esos emborracharse con Armagnac, en su vida, jamás se había soñado, y claro: envalentonados que están, ahora sí. A robarle a la gente bien, al hombre acomodado, es lo primero que piensan porque como ellos no trabajan... por Dios y por la Virgen, yo me voy a volver loca, cómo hiciéramos. Y pensar que esta noche cantaba Carlos Julio Ramírez en el Colón y Lucrecia me dijo que iba a ir con una de las Restrepo, ya habrán quemado también el Colón, seguro, mi Dios santo bendito, ¡qué jauría!

«Dotada de armas de fuego de largo alcance, la turba concentra su asedio con una furia casi incontenible. La defensa hace fuego vigorosamente. Me asomo a la ventana de Palacio: es tal la intrepidez de los atacantes, que los que vienen detrás de las avanzadas, arrojan de los cabellos y de los brazos a los caídos, para abrirse paso por entre los cadáveres hacia las ametralladoras. Escenas de espanto, de valor, de suicidio. Los proyectiles revolucionarios silban por encima del salón presidencial. El presidente dice: señores ministros de Gobierno y Correos: ¿por qué aún siguen las emisoras en poder de los revolucionarios? Que envíen patrullas a tomarlas a toda costa. Al pie suyo, con tanto valor como él, está su esposa, vivaz, alerta sobre el peligro, con una pistola al cinto, bajo una especie de manto de tela floreada, sin una vacilación, ni un abatimiento, ni una angustia, firme en su deber como el mejor de los varones posibles. "Si no fuera porque usted es una dama, la llamaría doña Manuelita por su valor y su serenidad", le digo. Ella sonríe, y se reacomoda su pistola al cinto».

Alma de Cristo santifícame cuerpo de Cristo sálvame agua del costado de Cristo lávame pasión de Cristo confórtame oh mi buen Jesús óyeme dentro de tus llagas escóndeme no permitas que me aparte de ti del maligno enemigo defiéndeme en la hora de mi muerte llámame y mándame ir a ti para que con tus santos te alabe por los siglos de los siglos amén, no aguanto más, no aguanto más. Sabina, tráigase unas velitas para ponerle a la Virgen y dos o tres veladoras, estas no van a alcanzar, sí, señora, ahorita mismo salgo para donde don Tobías, ¡ánimasbenditasdelpurgatorio! Y al fin llegó con las veladoras y el arroz y la carne y dos sacos de harina de trigo y aceite y cuatro paquetes de sal y un kilo de fríjoles y dos racimos de plátanos hartones y el chocolate Luker y naranjas ombligonas y una lata de manteca La Fina y desempacaban y desempacaban, metían en la nevera, en los cajones de la despensa grande, en las estanterías, San Miguel Arcángel defiéndenos en la pelea y sé nuestro amparo contra las acechanzas del demonio reprímale Dios como debidamente se lo suplicamos, la manteca la dejamos en la despensa de atrás, a ver la carne, sí, es de lomo, muy buena, cuánto le cobró don Tobías, ¿usted cree que con esto nos va a alcanzar?, y Ana pensó que a lo mejor no. Que al final tendrían que comerse los ratones y hasta las suelas de los zapatos como en el sitio de Cartagena, cuando los españoles la asediaron en 1815, y todo el mundo prefirió morirse de hambre o de peste o de cualquier cosa, con tal de no rendirse ante los gachupines, quién sabe... Hasta los niños tendrán que luchar como en el tiempo de las cruzadas. Envuelta en la bandera tricolor, al pie de la muralla. Haciendo frente a las ametralladoras y pondrán una placa en plena Plaza de Bolívar: aquí ofrendó su sangre por la Patria y es la tercera y última vez que te digo que te vayas a cambiar el uniforme: ¡Ana!, sí señora, y salió desterrada de la cocina mientras Sabina y su mamá continuaba y tú Príncipe de la milicia celestial armado del Poder Divino precipita al infierno a Satanás y a todos los espíritus malignos que para perdición de las almas andan por el mundo, amén.

«Cuatro de la tarde. —Simultáneamente al ataque a Palacio, se está librando otro no menos encarnizado y aún más aleve: el ataque contra Bogotá. Turbas enardecidas, ebrias, vociferantes, largamente fermentadas en sus almas por la demagogia sistemática, caen sobre almacenes y edificios, como una tempestad. A machete rompen las puertas o las vuelan con tacos de dinamita. En un instante desocupan. Desde chicos de ocho años hasta ancianos, salen cargados de mercaderías y enseres domésticos. Luego, cuando nada dejan, un tarro de gasolina, un fósforo, y entregan el local a las llamas. Si el dueño se interpone lo asesinan. Cuatro mil presos se han fugado de las cárceles y comenzaron su acción incendiando el Palacio de Justicia para eliminar sumarios y juicios. Por teléfono, las noticias se suman en Palacio: incendio en la cancillería, de los Ministerios de Gobierno, de Justicia, de Comunicaciones, del edificio de la Gobernación, de todo el sector de San Victorino. Las columnas de humo y ceniza indican la destrucción de la ciudad. Llega la noticia de la vergüenza internacional: los delegados de la IX Conferencia Panamericana, han tenido que refugiarse en los cuarteles del batallón de la Guardia Presidencial, amenazados de muerte, mientras gran parte del mobiliario del Capitolio donde se reúnen, arde en la Plaza de Bolívar sacado por la chusma».

Las oficinas de *El Siglo* están en llamas: El Gobierno se ha reunido en pleno y un grupo de parlamentarios encabezados por los doctores Carlos Lleras Restrepo y Darío Echandía se dirigen al Palacio de San Carlos con el fin de conferenciar con el señor Presidente. Se anuncia una posible coalición. No entendía ni la mitad de las palabras que los locutores transmitían, su mamá preguntó que qué iba a pasar si el ejército no podía con la chusma, ¿estás loca?, el ejército puede con lo que le echen: no faltaba sino que el Gobierno se decidiera a trancarles tieso y parejo, no había más remedio, explicó su papá, y de paso acabar con todos los chulavitas insurrectos: traidores a la patria, abusadores, desagradecidos, menos mal que el ministro no era ningún pintiparado, comentó su mamá: me voy a tomar dos Mejorales, se me está reventando la cabeza...

«En vista de que cualquier intento nuestro para seguir avanzando por la carrera séptima rodeados de multitudes, habría desembocado indiscutiblemente en nuevos disparos, y en una matanza, deliberamos apresuradamente. Resolvimos refugiarnos en un teatro, cuyo nombre no recuerdo en este momento. Allí logramos aislarnos de la multitud, unas veinte o veintidós personas, reunidas al azar. Y se hizo una nueva deliberación, muy desordenada, pero que terminó de nuevo con la decisión de ir a Palacio, en lugar de permanecer dejando que se desarrollaran hechos que escapaban completamente a nuestro control, como ya nos lo mostraban las circunstancias. Resolvimos salir por detrás del teatro, franqueando la tapia trasera y tomando la carrera sexta. Así lo hicimos.

»Recuerdo que pasamos por delante del Palacio de Justicia que expedía un tremendo calor, porque ya estaba ardiendo por los cuatro costados. Así llegamos a la calle novena, con el propósito de bajar al Palacio de la Carrera. Pero en la esquina de la carrera séptima con la calle novena, se habían situado soldados con ametralladoras y fusiles que estaban disparando para evitar que cualquiera se acercara a Palacio.

»Afortunadamente pudimos hacer señas a un oficial, o no recuerdo si alguien llamó por teléfono de una tienda y pidió que algún oficial saliera a encontrarnos: es un incidente que no tengo bien claro. El hecho fue que un oficial se encontró con nosotros, nos pidió que nos colocáramos en fila india, con él a la cabeza, para ir adelantando, pegados a las paredes, a fin de evitar que se hiciera fuego sobre nosotros.

»Llegamos frente a Palacio. A la puerta de este estaba tirado un cadáver, que no sé si era el de Roa Sierra».

—Tú estabas muerta de miedo y te persignabas a cada rato.

—¿Quién... yo?

—Sí. Me acuerdo.

—¡Eavemariapurísima! A quién no le iba a dar. El radio decía un mundo de cosas. Decía que las mujeres de mala vida andaban borrachas por la calle vestidas con las pieles robadas y que había incendios por tuiticas partes, avemaría qué miedo, menos mal que no vivimos en Bogotá, a mí nunca me han gustado las capitales, siempre le tocan los tiroteos y las peloteras, jamás se supo cuántos muertos hubo. Los enterraban en una fosa común como si fueran puras bestias, pobres, ni una cruz ni nada, dijeron que había habido más de tres mil, quién sabe, la gente es siempre muy exagerada, pero que hubo un poco de muertos, eso sí, por cantidades, aquí hubo dos o tres, ¿no se acuerda de ese de la esquina? Y siempre hubo robos. La chusma en Bogotá como que arrió con todo. El alcalde de aquí, alma bendita que Dios tenga en su Gloria, ese señor se manejó con guante blanco. No dejó que los bandidos hicieran las pascuas. Puso a sonar la sirena de los bomberos, el toque de queda que le dicen, a las siete de la noche y tuito el mundo pa' su casa, así tenía que ser. Toda esa montonera de pájaros armando pelotera en la plaza, había que ver, santabárbarabendita. Y ese aguacero.

De eso sí no me acuerdo. Cómo quieres que le parara bolas a un aguacero en Bogotá cuando me tocó ver tanta vaina. Por dónde quieres que empiece, no sé. Yo iba a tomar el bus de la séptima con veintidós, ahora me acuerdo que me estaba escampando en el alero de una pastelería, cuando oí que un tipo le iba diciendo a otro: de esta sí no se salvan, godos malparidos, hay que armarla esta vez y bien grande, ¡coño!, yo lo que es me hago tostar, qué carajo... y me di cuenta de que iba llorando a moco tendido, como un niño chiquito, te lo juro, me quedé impresionado. Oiga, qué es lo que pasa, le pregunté al otro, que estaba demacrado, más blanco que un papel y tembloroso, pues que mataron al Jefe, compañero: lo acaban de asesinar en la esquina de la Jiménez y lo que es ahora sí la armamos aunque nos lleve la Pelona, ¡vaya!: ¡ármese!: la policía está repartiendo fusiles al que quiera; y si te digo que el corazón me dejó de latir en ese momento no te miento. Fue algo así como si me hubieran dado una patada en los cojones, ¡mierda!, me acuerdo que fue lo único que atiné a contestar: ¡mierda y media!, no pierda el tiempo, compañero, camine con nosotros, y los seguí al trote por la séptima hasta la veintiséis con quinta donde nos entregaron unos máuseres que pesaban como una tonelada y me voy a sacar un ojo con esto pensé pero ni tiempo de ver cómo se manejaban. Todo el mundo corría desbocado por la falda de la veinticinco y cuando llegamos al circo de toros eso se había vuelto una pelotera, mi hermano: aquí se armó y ya no hay tutía, y me acordé de la ranchera y pues si me han de matar mañana que me maten de una vez, qué carajo. La gentecita pasaba como un río alborotado, en creciente, la masa iba subiendo de proporciones cuando llegamos a la diecisiete, ni se podía caminar, el rifle atravesado, no sabía cómo agarrarlo y todo el tiempo pensaba: cómo voy a hacer para disparar esta vaina, y si se me sale el tiro por la culata, te juro, ni miedo ni nada, solo la preocupación de tal rifle, y unos hombres en turbamulta enloquecida, armados de machetes, de palos, de cuanta arma hubiera, comenzaron a romper las vitrinas y a saquear los almacenes y los cócteles Molotov empezaron a volar bajito, zumbaban por encima de la cabeza de uno y buuummm, hermano, ahí sí que empezó el hormigueo en las canillas y en los huevos. Cuando vi que el Palacio de Justicia parecía un rancho de paja ardiendo y ni modo de rajarse, ya te digo, las llamas eran como lenguaradas de dos y tres metros, un calorón violento y seguir arrastrando el máuser porque mataron a Gaitán, hijueputas, que se mueran todos, que cuelguen a Laureano, ¡VIVA EL PARTIDO LIBERAL!, comencé a gritar enardecido, como todo el mundo, ¡que lo cuelguen del pito, gran verraco!, y me emperré a llorar a lágrima viva, por mi Dios. Era como si hubieran matado a mi mamá y a mi papá y a toda la familia junta, qué rabia, qué impotencia, hermano. Aquí lo que hay que hacer es hacerse matar, no hay más remedio, y en esas llegamos a la esquina de la calle décima y ya el tiroteo era cerrado porque los del ejército abrieron fuego contra la muchedumbre a pura tartamuda, sí, te lo juro, era un tablilleo que enloquecía a cualquiera, y claro, ¡a tierra!, como fuera, muchacho, y así como un cuarto de hora, bala que daba miedo y yo pegado al cemento, sin respirar, sofocado por el cuerpo de un tipo que cayó encima de mí y que daba estertores y manotazos como cuando uno se está asfixiando y sentí que una cosa caliente me corría por la nuca y pensé que era sangre pero después me di cuenta que apestaba a orines, estaba lleno de meados hasta la coronilla, el pobre tipo vuelto un colador, y bueno: se pararon los tiros y ahora sí, en estampida. A salir como locos de esa maldita ratonera pero no era tan fácil arrastrarse por en medio de ese pocotón de heridos que gritaban auxilio, de cuerpos mutilados y ya inánimes que estorbaban el paso, no sé. La hora llegada, el acabose, ¿entiendes? Un cabo segundo del ejército le decía al otro, que se acomodaba la pistola al cinto: mi teniente, déjeme dar la orden del paso *pinchahuesos,* yo lo vi te juro que lo vi con estos ojos y lo oí con estos oídos que se han de comer los gusanos, por mi madre. Que no, hombre, que no, pero el otro insistía, solo un tirito, mi teniente, ¿sí?, hasta que al fin el tenientico dijo, bueno pues, y entonces el cabo se apretó bien el casco, se enfrentó al batallón, estiró el brazo con el fusil al aire y vociferó: ¡atennnción, bayonetacalaaaaa-da!

Se revuelve en la cama. Sabina sigue hurgando en los cajones, cambiando de sitio los potes de las cremas, el cenicero, los libros que dejó en el suelo, hace calor y habrá que levantarse. Ya son las nueve y cuarto, rezonga esta vez sin mucha convicción rondándole la cama por si ella se decide, y menos mal que ya no canta. La imagen se disuelve poco a poco, se difumina pero no del todo, trata de no escuchar pero la voz regresa como si alguien le hubiera conectado al cerebro una grabadora con las historias del flaco Bejarano: y que se me quede floja de por vida si te digo mentiras, ¡qué terronera! No sé cuántos serían. El envite era fuerte porque la carga se cumplía al trote, ¡maricones!: bayoneta calada contra la multitud que esperó quieta, impávida, como si fuera un rebaño de ovejas que van al matadero, no me preguntes, qué sé yo por qué coño nadie entendió que esa vaina era seria, que se trataba de ensartarlos y que eso no era cuento. Me acuerdo como si lo estuviera viendo. Un muchacho parando el envión con su bandera roja, ¡ooolé!, gritó, mientras hacía una manoletina con aire pinturero, pero el de atrás no falló. Lo ensartó por el cuello como a cualquier chorizo. Lo levantó casi en vilo, hasta que el cuerpo dejó de zangolotear como un pescado. Se lo llevó arrastrando hasta el muro que daba al parqueadero y allí lo recostó contra la tapia. Hizo palanca apoyando la pierna en el estómago del que ya era un cadáver y entonces a mí se me fue el mundo, vi todo borronoso, el sol se ennegreció y me empezó una vomitona de esas y cuando menos me di cuenta estaba en la Jiménez y vi la gente que corría, tranvías bloqueados, incendiados, mujercitas envueltas en pañolones negros que ponían banderas en la acera al lado de ese charco que dejó Gaitán. Otras traían pañuelos para emparlos en la sangre. Otras dejaban flores. Otras montaban guardia al lado de los hombres, que serios, muy callados, permanecían en posición de firmes sin pestañear siquiera, ganas de que se abriera la tierra y me tragara, te prometo. Ya no podía más.

—Ese café se le va a volver sebo.

Y la paciencia ya se me va a acabar, no creas. Eres peor que las viejas que me asustaban con sus cuentos. Al menos ellas eran viejas sádicas dedicadas a eso, a no dejar dormir tranquilos a los niños, pero tú eres peor: tú lo haces porque te lo mandaron, su mamá dijo que cuando ella venga de la peluquería quiere que usted ya esté arreglada, y comienza a echar leche en el pocillo como quien no quiere la cosa, ¿no lo ves?: mi mamá. La historia no se acaba. El devenir de las mamás ha sido y será siempre el mismo en la trayectoria sin fin de esta pobre humanidad agobiada y doliente, qué más dijo, lambona. ¿Te dijo que no me dieras las razones cuando Valeria llamara por teléfono? Apuesto a que sí. A que te estás muriendo de miedo. Su mamá dijo que. La cucharilla tintinea dentro de la taza, la mano robusta revuelve el Nescafé con movimiento escrupuloso, lo bate con minuciosidad, lentamente, hasta que los grumos se disuelven del todo y el café con leche queda cremosito, como a ella le gusta. Tres cucharadas. No le eches dos y media, dice con voz quejosa, y se vuelve para el rincón, hecha un bultico, como los puercoespines.

«Quiero llamar la atención sobre la tranquilidad y resolución que se notaba entre las mujeres. Ninguna de las seis que estábamos reunidas derramó una lágrima, ni a ninguna le dio vértigo. Esto es de admirar, pues el valor de nuestro sexo está muy desprestigiado. Yo siempre he creído que somos iguales o más valientes que los hombres. Y que no se diga que es tal vez porque no nos dábamos cuenta. Vimos hombres que temblaban y supimos de otros que estaban escondidos.

»Todo el personal de Palacio, hasta el más humilde, se portó admirablemente. Y no faltaron las escenas tristes, que no deberían sucederse y que, aun para describirlas es doloroso: como a las tres y media de la tarde llegó el señor general

X, tembloroso como una hoja que azota el viento y nos dijo: "¡Es imposible! ¡No podemos contener la multitud!". Los hombres que esto oyeron volvieron la espalda y se retiraron a sus puestos. Yo ordené que trajeran medio vaso de whisky para que pudiera tener el valor de retirarse a cumplir la orden del presidente, de ocupar su puesto».

—Este Nescafé sí es de primera, bien aromático, ese que venden en el *Blanco y Rojo* es una pura pasilla, dos y media, ¿no?

—¡Tres! ¿No llamó nadie a preguntar por mí...?

Pero ella se hace la zonza, la que está desempolvando el chiffonier, examina la virgen holandesa que le regaló su abuela, a lo mejor se puede pegar con clara de huevo, comenta, mientras soba y resoba con un retazo de dulceabrigo las flores policromadas y la bata escocesa del Niño, parece un marinero... y esas alpargatas tan charras.

—Son zuecos: ¡deja quieta esa Virgen!

«A eso de las siete y media de la noche, entraron a Palacio los siguientes señores liberales: doctor Darío Echandía, Carlos Lleras Restrepo, Alfonso Araujo, Plinio Mendoza Neira, Luis Cano, Jorge Padilla, Roberto Salazar Ferro, Alfonso Aragón Quintero y Alberto Arango Tavera.

»A duras penas saludé a esos señores. Estaba profundamente indignada por el motivo que los había traído hasta Palacio.

»El más desesperado de todos y que no hubiera vacilado un instante para llegar a su propósito, fue Carlos Lleras Restrepo. Pero no es cierto como se ha dicho por la calle, que se hubiera atrevido a coger por las solapas al presidente.

»Solo a don Luis Cano yo misma le ofrecí una taza de café con leche, en atención a que había ayudado al presidente por medio de su periódico El Espectador y a que estaba segura de que no pedía nada para él. Además, por su salud, que era delicada. A los demás no permití que les ofrecieran nada».

—¿Llamó o no llamó nadie?

Continúa impertérrita, inconsecuente, idiota, abriendo la casita suiza y diciendo como todos los días: ¡esto sí es una pura belleza, avemaría!

—¿Se te atascaron los oídos, o qué...?

—¿Ah...? No. No ha llamado naides... esto parece un milagro, tan chiquito y con toda esa música ahí metida...

Un milagro, sí, y te voy a decir por qué es que te tienen tan prohibido pasarme las llamadas. El milagro va a ser el de mañana, ya verás, y entonces aquello de su mamá le dejó dicho, va a formar parte del socorrido cantar de los cantares. Porque cuando ella ordena: a mi vuelta que todo esté como una taza de plata, y el clóset de esta niña ordenado, impecable, y para asegurar que así sea vacía ella misma una por una las gavetas en medio de la pieza para que así no quede duda. Ni el más mínimo chance de ahorrarse el trabajo, porque blusas, sweters, pañuelos, pantalones, enaguas, camisetas y medias, zapatos, chucherías y las cajas de fotos, quedan hechos pirámide en el cuarto, cúmulo apretujado, desdoblado, disperso, hay que tener cada cosa en su sitio y un sitio para cada cosa o sea más o menos el lema de los tres Mosqueteros, no te olvides. Que además eran cuatro, mi estimada. Y así, hasta el último aliento patria o muerte hasta no verte Jesús mío. Yo te aseguro que mañana, cuando ella se entere y quiera armar un escándalo, se va a quedar petrificada, vas a ver: de una pieza. Igual que la mujer de Lot. Qué dejó dicho.

«Aun cuando yo había expuesto con cierta energía algunas ideas respecto a los antecedentes del asesinato de Gaitán y de la violencia, que ya se estaba sintiendo desde antes en el país, y que había provocado la manifestación del Silencio del 7 de febrero, no es cierto que yo hubiera tenido un choque personal con el doctor Ospina. Simplemente había expresado cómo era necesario que el Partido Liberal recibiera muy efectivas garantías con respecto al ejercicio de sus derechos, y que no se le persiguiera, ni se ejerciera violencia sobre él.

»Ha habido muchas discusiones con respecto al llamamiento que se nos hizo para que concurriéramos a Palacio. Yo tuve la impresión, en el momento en que el doctor Araujo nos comunicó ese llamado, que se trataba algo, hecho directamente por el señor Presidente de la República, doctor Ospina Pérez, o por encargo de este. Después, ya cuando llegamos a Palacio, y por la forma misma como se nos recibió, empecé a sospechar que no había existido una intervención directa del doctor Ospina. Este, por su parte, según entiendo, ha afirmado que él nunca dio orden de que se nos llamara».

—¿Oyes lo que te digo, Sabina?

—¿Ah...?

—Te pregunto que qué dejó dicho mi mamá. Porque si ordenó que cuando llamara Valeria te hicieras la de la oreja mocha, te va a pesar un día de estos.

—¿De cuál oreja mocha? Yo qué voy a saber. Ese teléfono no para en todo el día, ya me tiene hasta el bozo... bendita la gracia un aparato haciéndolo correr a uno escaleras abajo y escaleras arriba, yo qué voy a saber, y decide encender la aspiradora y pasar el cepillo por debajo de las puertas, en los zócalos, limpiar con deleite inusitado la cornisa de la ventana que da al patio, armar un pandemónium de cepillos, tubos intercambiables, la manguera atrancándose entre las patas de la cama y ella jalando y rezongando porque esta máquina parece endemoniada y en realidad hace más el efecto de una potranca salvaje que de un aparato de aspirar. Porque no sabes manejarla. Porque así no se tira del cordón. Pero si sabe tanto por qué no viene usted, ¿ah?, a ver: ¡venga arréglela!, y preferible dejar que ella se las apañe como pueda, que la amanse solita. Lo malo es que con el ruido no va a oír el teléfono.

«Desde luego, fui partidario de que concurriéramos a Palacio para tratar de buscar una solución pacífica a la situación creada, porque desde el primer momento tuve la impresión de que un choque entre las gentes exacerbadas y las fuerzas de la policía y del ejército —tomando naturalmente en cuenta la circunstancia de que buena parte de la policía estaba participando con las multitudes en las manifestaciones de protesta— conduciría casi inevitablemente al país a una guerra civil.

»En ningún momento compartí la ilusión de algunos de que si mediante un golpe de mano se podía tomar el Palacio de la Carrera y poner preso al doctor Ospina Pérez, quedaría solucionada la situación con el retorno del liberalismo a la jefatura del Estado.

»Se discutió claramente la posibilidad de que el doctor Ospina Pérez se separara de la presidencia. En ese caso habría quedado encargado, como designado, mientras se convocaba a elecciones, el doctor Eduardo Santos, que en ese momento estaba ausente del país. De seguro habría tenido que encargarse, mientras tanto, el ministro de Gobierno, que estaba en manos del doctor Ospina designar.

»El doctor Ospina no fue partidario de esa fórmula».

Es que estos aparatos son como los niños resabiados. Hay que trancarles duro y no dejar que se te envalentonen. ¿Vio...? Ya está... Ahora sí funcionó como Dios manda.

Que Dios sea loado, entonces. Que le sean dadas gracias infinitas porque en su misericordia te permitió vencer al fin los elementos y ahora la tal aspiradora arma un estruendo que de seguir así me va a romper los nervios y los tímpanos. ¡Para esa vaina... Sabina! ¡Te digo que la pares...! Pero es inútil, porque la vibración de aquella zumbadora no deja oír ni lo que está pensando.

«Esos señores liberales no vinieron a Palacio llamados por el presidente, como después se le ocurrió decir a uno de los periódicos, afirmando que habían venido llamados por Camilo de Brigard, en nombre del presidente.

»Luego que el presidente hubo oído el motivo de la visita de dichos señores a Palacio, salió a comunicarles a los ministros que estaban allí. Desde ese momento pensé y así le dije: Esos señores están desempeñando un papel muy ruin y bajo. En vez de venir a ofrecer apoyo al Gobierno, para normalizar la situación, vienen a pedir el poder para ellos —y agregué— pero no creo que don Luis Cano, aun cuando los acompaña, pida el poder para él. Y el doctor Echandía no recibe el Poder si no se lo ofrecen y se lo ponen en sus manos.

»Al doctor Araujo lo convidé a sentarse cerca de mí, y le dije: Dígale a Lleras Restrepo y a su grupo, que el presidente no renuncia, y que yo, su señora, le advierto que de aquí no saldrá sino muerto. Que sepan también que tenemos cuatro hijos hombres que en el momento oportuno no están a su alcance, y que ellos sabrán vengar a su padre, pues así se los he enseñado desde niños.

»Repito que la conversación fue muy dilatada.

»El doctor Ospina —hasta donde llegan mis recuerdos— expresó que si él estuviera seguro de que su retiro garantizaba la paz del país, no tendría ninguna vacilación en retirarse del poder, pero que él, por el contrario, veía que su retirada solo sería la señal de una tremenda lucha entre los dos partidos, cosa en la cual tenía razón. Tuve oportunidad de ver más tarde, esa misma noche, un telegrama del gobernador de Antioquia, en que se daba cuenta que empezaban a llegar a Medellín campesinos conservadores de origen antioqueño, convocados por él, para organizar la defensa del Gobierno. Y de que se estaba dirigiendo por cable a Panamá, con el objeto de comprar armas».

¡Ah...! Su mamá dejó dicho que cuando ella vuelva, su cuarto tiene que estar arreglado, dice de pronto, como caída del zarzo, apagando por fin la aspiradora y dedicándose con fruición a dar vuelta a las aspas del molino por medio de soplidos que parecen tifones y que el pobre molino no soporta, por supuesto. ¡Lo vas a romper otra vez!, deja quieta esa cosa, quién va a volver a Grecia a comprar otro. ¿Es de la pura Grecia? ¿Verdad viene de allá? Y dónde queda eso, muy lejos, ¿no? En el carajo queda. En los quintos infiernos. ¿Y usted no ha ido, no? Qué voy a haber ido, sino me dejan ir más lejos que Cerritos o es que no entiendes lo que te estoy diciendo. Un Sabú sin alfombra voladora, el gato sin sus botas, Aladino sin lámpara, Alicia sin espejo, una imbécil sin alas como cualquier mortal, ¿no lo ves?

Son cuentos de hadas chinos. Todos los días lo mismo. Que cuando ella regrese todo tiene que estar cual patena, y para qué reincidir en argumentos repelentes si ya hace rato hablamos de eso. Pero ya que por azar hemos caído en el tema de objetos religiosos, aludiré al otro sí inevitable. A aquella retahíla de esta tarde no inventes lo de la vespertina porque el padre Puncet dijo en el púlpito que excomunión para la del cine Consota *Las Bellas de noche* creo que se llama y que será una de esas porquerías que hacen los franceses: ¿no la habrás visto, no? Por supuesto que sí. Cómo perderse una obra que hizo el maestro Clair con tal delectación, tanto genio y cariño, transportada desde los Apeninos a los Andes por Avianca, además. Ni que estuviera loca de remate. Lo que pasa es que esta es una casa sobre la que gravita una maldición: la de los Canterville, te juro. O sea: es mi sueño. Porque me paso las mañanas eligiendo entre un fantasma que arrastre sus cadenas, haga crujir los muros y castañear los dientes con sus gemidos, sus carcajadas de espectro impenitente, que se licue o aparezca con su capucha blanca, en fin, que arme su Troya, la batahola, el despelote, lo que quieras, ¿comprendes? Te juro que me lo llevo envuelto, le preparo yo misma los ladrillos, lo emparedo, lo dejo dormidito, lo abrigo si hace frío, con tal que todo eso suceda al filo de la medianoche, hora en que cumplen su ditirambo los gallos, los grillos, las cigarras, y a cambio nunca más, ¿me oyes?, nunca más tenga que soportar este alegato, este fragor-zarabanda-tremolina, esta feraz y sempiterna cantaleta en horas en que apenas si acaba de cantar la alondra. Y te repito. El milagro va a ser el de mañana.

«A los liberales les causó una gran contrariedad la propuesta de los generales y el doctor Echandía tuvo el cinismo de decirles: "Pero esto es fuera de la Constitución". Y yo pregunto: Y los señores liberales, ¿qué estaban haciendo en Palacio? Pidiendo el mismo Poder, pero para ellos. ¿Y eso sí no era inconstitucional?».

Si su mamá se empeña en oponerse, claro está. En aducir como siempre que lo que pasa es que ella tiene un espíritu de contradicción que no lo aguanta nadie, si empieza con los dramas, jura que toda esa historia va a terminar muy mal. Igual que cuando llega de la vespertina. ¿Todo este rato para venir desde el *Karká?* No señora. ¿Ah, no? Entonces, ¿qué es lo que hace...? Ella nada. Conversar en la esquina. Comentar lo estupendo que estaba Humprey Bogart con su paraguas y su sombrero coco, o lo divina que sale Audrey Hepburn cuando él la ve con su perro lanetas, la maravilla de vestido que ella se pone el día del cóctel, todo escotado, con una cola atrás, lleno de tules, y cuando William Holden se vuelve flecos el trasero con las copas de champaña, y la cancha de tenis, sensacional, toda cubierta. Lo más chistoso es cuando le tienen que sacar los trozos de baccarat, uno por uno, con todo el culo al aire. ¿Y cuando ella se quiere suicidar? Ya son las ocho y cuarto, ¡bestia!, me va a matar mi mamá. Salir corriendo antes que den las ocho y media; qué crees tú que hacemos. Comentar, nada más. Charlar un rato en la carrera sexta, sabiendo que las Aparicio estarán con el catalejo puesto, apuntándonos. La lástima es que no tengan magnetofón también. Un micrófono oculto. Cómo sería la gozadera de esas viejas si pudieran oír lo que decimos, avemaría, qué cosa tan horrible, menos mal que no pueden, ¿no te parece un acto de vandalismo? Eso es ultrajar los derechos humanos. Es meter las narices donde no les importa. Al día siguiente se entera todo el pueblo, por supuesto,

75

ellas son como el radioperiódico, si el cura les dijera que hicieran lo de la gallina, eso de recoger pluma por pluma, las Aparicio no acabarían nunca, ni a los doscientos años, son capaces de seguir vivas a esa edad, viejas arpías.

Terminarán muy mal, Sabina. Y te lo digo en serio. Si sigue preguntándome que yo qué estaba haciendo desde las ocho y cuarto hasta las ocho y media, que el teatro Karká queda a dos cuadras, que qué es lo que ando haciendo con esa muchacha por ahí, el día menos pensado le voy a contestar, te lo juro. Y se va a oír entonces lo que nunca se ha oído: y que mi Dios nos coja confesados. No pueden pretender que las cosas se queden donde estuvieron hace cincuenta años. Que yo no vaya mañana a La Arenosa, que me pliegue, que ceda, que borre todo de un plumazo. Ella va y viene con su trapo, sacude que sacude: desempolva también la librería no te olvides de asolear el tapete regar las siemprevivas de limpiar el espejo con Bonbrill los vidrios con Cristasol sacudir la repisa la señora se ofusca cuando te olvidas de limpiar los trofeos con la pomada Brasso iah! y no te olvides: ¡Glostora! Embellece el cabello. El radio sigue dando noticias como enloquecido.

El señor comandante de las Fuerzas Armadas y el señor ministro de Gobierno, han declarado que las perturbaciones de orden público que en estos momentos sufre el país se resolverán en el término de veinticuatro horas...

—¿No te dije?

—Se me va a reventar la cabeza, ni siquiera con los Mejorales...

Ana preguntó a su papá que qué era la chusma y su mamá, ¡por Dios!, esta muchachita: ¿cuántas horas hace que la mandé a que se cambiara el uniforme?

Desde su cuarto oyó cómo su papá comentaba que eso eran puras bolas. Que quién sabía cuál de las noticias era la verdadera. Que ahora era el momento en que los alarmistas y los azuzadores profesionales se iban a aprovechar de todo para lanzar al país al desorden, no hay que alarmarse tanto, explicaba, pero su mamá siguió llorando, rezando jaculatorias, implorándole a San Judas y a María Auxiliadora que los salvara de todo mal y peligro, hasta que entró Sabina y dijo que menos mal que había empezado a llover. Así la chusma se dispersa y todos tendrán que ir para sus casas.

Qué van a hacer en la calle con este aguacero, no le dé tanta pensión, consoló a su mamá, y en tono tranquilizador: mañana se habrán cansado de hacer guerra, ya verá. Tómese esta agüita aromática.

Se siente tan cansada como aquellos árboles. Tan sola. Tan inerte. Terriblemente llena de savia vegetal vencida. Hace un movimiento con la nuca, hacia atrás, pero no logra que el cuerpo se relaje, que ese peso en la tercera vértebra ceda un poquito y la deje moverse sin sentir aquel como tornillo que la atraviesa de una parte del esternón a otra y le impide respirar normalmente. Quisiera sentarse pero no hay ningún banco. Tampoco un tronco. Nada. Solo un montón de piedras mal dispuestas y pasadizos desteñidos.

Oye las voces que vienen del pasillo y sabe que de un momento a otro verá desembocar la gente del cortejo. Las coronas, el monaguillo con el Cristo en alto, mujeres y hombres de luto riguroso. Ellos sin el sombrero, ellas cubiertas con mantillas de tela muy opaca, apretadas unas contra las otras o agarradas del brazo, *requiem æternam dona eis domine,* recitan unas con la mirada fija en el vacío, *et lux perpetua luceat eis,* responden otras en coro disparejo, y así los ve pasar delante suyo, sin reparar siquiera que ella está en medio del camino, semiparalizada, *requiem æternam dona eis domine,* se da cuenta que reza, mientras la procesión sigue andando detrás de aquella caja que se bambolea. Ellas desgranando el rosario muy de prisa, como si todo fuera una carrera que está por terminar, y ellos adustos, mirando para el suelo, con los brazos cruzados en la espalda y arrastrando los pies como si les pesaran los zapatos.

Decide caminar un poco más hacia lo que parece una salida pero es una puerta herrumbrosa que han clausurado con alambres. Vuelve sobre sus pasos, entra en un corredor que se parece a los demás y ve entonces al hombre, que igual que ella vaga por las galerías con aire de sonámbulo.

Hay algo en él que la hace detenerse. Mirar una lápida cualquiera mientras lo observa de reojo: Macario Ruiz, está escrito grandes letras de imprenta y hay azaleas frescas, blanquísimas, puestas en dos floreritos también blancos, de plástico. Él se mueve sin prisa como si a su vez hubiera decidido leer los nombres de las tumbas, quién será, quién sería aquel Macario, y se acuerda de aquel viejo que les hacía los trompos y que un día encontraron difunto en la carpintería: ¡don Macario!, gritaban al pasar del colegio: ¡don Carioma! ¡Marioca!, y su mamá los regañó por inventarle apodos. Él la mira de frente solo un par de segundos y apenas hace el gesto de consultarle algo, a lo mejor va a preguntar dónde está la salida, pero no más inicia el ademán y al ver que ella lo nota regresa de nuevo a la lectura de las losas, alterado, parece, y es un relampagueo: un fogonazo gris lo que ella alcanza a vislumbrar porque le da la espalda casi inmediatamente. Son igual que los míos, recalcaba las veces en que una extraña nostalgia le hacía hablarle de él. Contarle por milésima vez que un buen día se largó el muy cabrón, con una de esas que viven en el caño. Son de color arena. Arena del Pacífico. Un silencio cargado, un deje rencoroso que traslucía la falta de ternura que aquella ausencia le produjo: apenas si lo veíamos cada muerte de obispo... Metido debajo de las carrocerías todo el bendito día, quihubo, ¿qué tal?, les gruñía, y allí permanecía tirado panza arriba, empegotado de grasa y con cara de cansancio. Eran los mismos ojos y la misma expresión, solo que en más agotado y en más viejo; cómo no se le había ocurrido antes, si hasta en aquel andar de hombros ligeramente alzados era exacto. ¿Podría indicarme dónde está la salida? Y ella se sobresalta porque estaba leyendo el nombre escrito en letras de oro, en una lápida de mármol de Carrara, y un ángel de alas grandes que protegía el espacio como diciendo que no temas, que volar no es difícil, yo te ayudo, y de sopetón él preguntando, y ahora tenía que decirle; explicárselo todo. Porque lo prometió para que no viviera en el engaño. Inventaron la historia porque los muertos pesan a veces toneladas y era mejor salirse del enredo para evitar complicaciones, le diría, pero se le atraganta todo cuando lo ve tan cerca y apenas balbucea, no lo sé, creo que por allí, doblando a la derecha. ¡Ah, muy bien... muchas gracias!, responde él en el tono de ahí pasándola, qué más se le va a hacer. Como decía siempre, al verlos muy plantados delante del garaje. Tiempo en el que ellos jamás le echaron nada en cara porque por algo era mi padre, ¿no?, claro que sí, tenía que contestar conciliadora: no voy a preguntártelo más. Nunca. Entonces él sacaba un billete de a cinco del bolsillo y esto se lo reparten, y adiós sanseacabó, como quien de un manotazo espanta dos zancudos. ¿Y no más...? ¿Qué más quieres? Y ella mejor callada. Para evitar peleas prefería continuar con el tema del sitio donde habían vivido cuando estaban pequeños. La historia de la hora en que comenzaban a culequear las gallinas en el patio de atrás, o el sueño en el que abría la puerta de un tirón y les gritaba: ¡ahora sí que nos fuimos a sacudir este polvero... empaquen sus trebejos!, y entonces todo el mundo a revolar. A agarrar al perro y las gallinas. A organizar los trastos en el baúl de lata y la ropa en los hatos, muy contentos, otra vez para el mar, a la casita con ventanas verdes donde en su cuarto nada más había tres, de cara al patio, y repetía con énfasis agrandando los ojos: ¡tres ventanas!, como quien cuenta que habitaba donde el señor marqués de Carabás. Y el sol entraba por todos los postigos y las trinitarias se descolgaban por el canal del desagüe invadiendo la casa, y había mucho matarratón y mucho almendro y de noche, en la playa, podían hacer fogatas, revolcarse en la arena o bañarse desnudos, pero todo era un sueño, qué desgracia. Las malditas gallinas que picoteaban la puerta todo el día o entraban a la cocina a hacer desastres y ese olor tan sabroso de mar y almendro y trinitaria de repente se iban. Se cortaba la magia y entonces había que levantarse, de mal genio, muy triste, sin saber muchas veces si de verdad había soñado o si de veras la casita existía. Si era cierto que él sí había vuelto y que estaba por ahí, andareguiando, con el pocillo de café en la mano. Está segura que es el padre. El hombre pasa por un lado, sin mirarla, y dobla el corredor con pasos indecisos, muy lentos, como una bestia vieja.

El calor la atosiga. Un humus pegajoso que se levanta desde el piso de tierra y sube aquel olor a cagajón de chivo que se mete hasta el tuétano, ¿por qué no rezas como las otras niñas?, sí, ya voy, madre, Dios te salve María llena eres de gracia... ¡Imposible! No puede ser que todo se repita. Que el tiempo ande y desande sin variar de camino. Que el cielo y los cipreses y toda esa tristeza pasen de nuevo como si fueran arcaduz de noria, cuál día, cuáles noches, en qué momento fue el regreso. A-b-e-d-u-l, silabea como si fuera aquella la clave del conjuro pero los pinos siguen inalterables, vencidos, llenos de polvo y de maleza. Ni una brizna de viento que sacuda la ramazón enclenque. Que haga vibrar esa vegetación desvencijada que sombrea mansamente a la muerte. Los dedos se agarrotan al tocar el papel que cae al suelo junto con el pañuelo. Se agacha a recogerlos y ve la letra de garabatos verdes, lo sabe de memoria, no hay que temblar por eso. Pero su mano suda, se estremece al desdoblar las hojas y algo muy hondo la sacude hasta un límite insostenible en el que trata de conservar el equilibrio, de afirmarse. Es un espacio vago, sin aristas ni puntos de referencia claros. Algo agudo, parece, que se clava y que duele muy adentro, en las costillas, algo que no sabe pararse y que la arroja de lleno en la memoria perdida, porque no es más que eso: otro testigo inútil. Un papel donde desde la ausencia garrapateó con tinta verde: *como quisiera encontrarte ahora, tierra desolada la mía, muros indestructibles, y ¿qué sentido tiene?* Hoy no tiene ninguno. Aunque clamara al cielo, o cavara cien tumbas, o recorriera el orbe con la linterna de aquel que buscó un hombre, no encontraría nunca la respuesta. Jamás podría tocar el dolor de su grito, o su nostalgia, o la clarividencia con que añadió *porque ahora solo queda el único punto vital: el de estar solos. Una vasta paranoia de sueños, de pájaros, de resplandores que se desvanecen, ¿tú sientes esto?, ¿eres capaz de oírme desde aquí?* Por qué. Cuándo y con quién anduvo vados parecidos. De qué región se alzaban entonces los poderes, las órdenes. Ya Dios se está perdiendo en la distancia cósmica y apenas si nos queda rezago de su nombre, Santa María madre de Dios ruega por nosotros pecadores, ¿tú también sientes esto?, ¿eres capaz de oírme desde aquí...? ¿Qué es lo que andas pensando?, yo en nada: estoy rezando, madre. *Esta vez puede decirse de verdad que algún océano nos separa, lento, inmenso, como la misma agua antiquísima, la madre primordial que nos une*... Los cipreses y el cielo comienzan a opacarse y ella siente el vacío, el cansancio, el hedor, ¡ojalá que lloviera!, pero nada sucede y como entonces sabe que algo en la entraña va a desmoronarse, no te vayas, suplica, no te mueras, Julieta, que no vaya a morirse, madre Rudolfina, te digo que más alto, le susurró la monja: Santa María madre de Dios... ¡repite!, pero ella no es capaz. Porque algo muy amargo se está atrancando en la garganta.

¡Santamariamadrededios!, retumban las voces en un coro infinito y entonces permanece clavada, rígida, hipnotizada por la luz opaca que se filtra oblicua a través del visillo de una ventana del segundo piso. Las sombras recorren la habitación de un lado a otro como extraños fantasmas con auras diferentes. Si no rezas más alto te castigo, insiste, pero lo único que le sale es repetir que no se muera, que no vaya a morirse, pensando que estará allí, muy pálida, con sus trenzas rubias y sin una pierna como la madre Rudolfina les contó esta mañana. Se la tuvieron que amputar, dijo con cara de que si no se portaban bien tarde o temprano les iba a suceder lo mismo o algo así, y entonces fue cuando se puso a llorar como una huérfana.

Los enfermos salen a fisgonear por todas las ventanas y le da rabia de que sean mirones con ganas de no perderse el espectáculo. Quinto misterio doloroso, dice la monja sin importarle nada, ni la llovizna que comienza a caer levemente por debajo de los árboles: a calar la cabeza, la blusa, los zapatos. ¡Jesssuuús muereeeenlacruuuuzz...!, porque la cerradura se atasca y ella tire que tire hasta que aquello al fin despliega de

84

un tacazo: Jesús muere en la cruz, imperturbable, es claro, serena y abrigada debajo del paraguas, mientras que a ellas el aguacero les ensopa hasta el alma.

El cielo vela el patio con un toldo negruzco y el coro declina en sonsonete cansino, aletargado, ¿por qué no rezas como las otras niñas?, ¡van en el Glorialpadre!, pero es difícil concentrarse, rezar con el fervor que ella quisiera, no es posible. Por mucho que lo intenta solo puede acordarse del miércoles pasado, cuando la madre Córdula le hizo escribir en clase de gramática: *haber se escribe con la b de burro*, y ella, con displicencia pero con buena letra, rellenaba el tablero con la tiza amarilla: haber se escribe con la b de burro, ¡después lo copiarás doscientas veces en el cuaderno de borrador!: no se me da un chorizo; fue el comentario cuando salieron a recreo. Ya la he de ver escribiendo millonadas de planas con *me arrepiento de haber sido mala con la pobre Julieta*, ¡ja!: la he de ver, allá en *la Paila mocha*. Le da un escalofrío. Nada más de pensar que estará padeciendo igual que San Tarcisio, le encoge el corazón. ¿Y le va a doler mucho?, preguntó a su mamá y ella dijo que no, que no le dolería porque seguramente le aplicarían morfina, pero tenía que dolerle: debe de ser horrible. Sí, era horrible; les contó Melba, que la había visto sacar de debajo del tranvía. Lo más horrible que había visto en su vida, pero que no creía que sintiera pues parecía muerta. ¿Y si se muere se va para el cielo?, le preguntó a madre Romualda, y ella le aseguró que sí, que derechito, porque acababa de hacer la Primera Comunión: de todos modos la iban a celebrar en mayo próximo. Habían jurado recitar juntas el renuncio a Satanás. Se lo ensayaron muchas veces. También tenían planeado ser *girlscouts* y más tarde ingresar a Hijas de María. Lo del miércoles de seguro que fue pecado mortal, Virgen del Carmen, ojalá se lo haya dicho al padre. Cuando uno se muere después de comulgar no toca purgatorio, les explicaron en las clases de preparación, era imposible que no fuera a salvarse. ¡Las planas! ¡Lo que dijiste de las planas de la madre Córdula!, la acusaría el demonio con su trincho afilado y su cola y sus cuernos mientras el Ángel de la Guarda esperaría callado en un rincón, ojalá lo confiese ¡renuncio a Satanás sus pompas y sus obras!, Julieta, no te mueras, *¡vade retro!*, Dios mío bendito, tengo frío. La lluvia pone el patio como un charco fangoso y empieza a anochecer. Las voces repiten en tono más agudo, más rápido, Dios-te-salve-reina-y-madre-vida-y-dulzura-y-esperanza-nuestra, yo te prometo que de mañana en adelante me voy a levantar sin alegar más con Sabina. Te prometo Diosito que nunca más diré mentiras. Que no le pegaré a mi hermano cuando se ponga repelente ni le haré fieros a mi mamá cuando ella no me vea. Y sigue prometiendo hasta que se le agotan los pecados, las culpas, y empieza entonces a sollozar despacio. A lamentarse sin quejidos. A permitirle al corazón que se le salga así, a puros pedacitos; aunque la madre Romualda la amenace que ahora rece, porque si no la va a dejar mañana sin recreo.

Era como estar viendo una de esas películas en las que de pronto hay un bombardeo y la gente grita y corre sin saber para dónde y las casas se incendian y se caen y no se veía sino el humero y las llamas en la carrera cuarta porque del Palacio de la Nunciatura Apostólica y del Arzobispal no estaba quedando ni el pegado, dijeron unos tipos, y en esas pasó el Tuerto Jaramillo: qué estás haciendo aquí parado, me preguntó acezando, vamos a apertrecharnos porque lo que es hoy al que no se ponga las pilas se lo come el tigre, y cuando menos pensé me estaba embolsillando latas de sardinas que él me tiraba a manotadas por entre un hueco que quién sabe quién había hecho en la pared de un almacén de Rancho de la quince, y que él atravesó en un santiamén. Hasta champaña y vodka se agarró por ahí derecho, era una fiera el hombre. Hasta caviar, te digo. Atiborrados hasta los calzoncillos y después a volar. Arriados. Pegados a los quicios porque las balas de los francotiradores nos rumbaban bajito, o entrarse a las iglesias para escampar, porque llovía a chuzos, ahora sí que me acuerdo, estábamos como pollos, y un frío... Hay que seguir camino porque a este pueblo se lo llevó la loca, resolvió, y al salir de la iglesia vimos algo que no sé si ahora explicándote va a tener ese efecto. Porque una cosa es salir de una iglesia como despavorido, bajar de dos saltos las escalas del atrio, tropezarte con algo grandotote, caer cuan largo, las latas de sardinas por un lado, la botella hecha cisco por el otro,

87

la mano con una cortadota de aquí a aquí y la puta que te parió, ¡carajo!: ¡una botella de champaña...!, empezó el Tuerto, pero no gritó más y cuando me apoyé en el cadáver para levantarme, el hombre hacía una cara... qué te pasa, mi hermano, todo por una vergaja botella de champaña, mira la cortadota, pero él ni cortada ni nada: seguía allí como de piedra, pálido, ¡coño, qué vaina!, dijo y se puso a llorar, a llorar, a llorar: Tuerto... y fue apenas entonces que vi el cuadro, ¡pucha! No dormí en muchos días.

—Andabas repartiendo agua aromática por todos los rincones y convenciendo a mi mamá de que eso no era nada, que al otro día los buscapleitos esos amanecían mansitos, que eran patadas de ahogado.

—¡Jesúscredo! La Trinidad Santísima nos favorezca de que pase otra vez una cosa tan horrible. No hable más de eso.

—Me dijiste que el ratón Pérez no me iba a traer nada si no me manejaba bien y yo creí que era por eso que no me había dejado al fin los cincuenta.

—¿Por qué cosa...?

—Porque esa noche le desobedecí a mi papá y me asomé al postigo.

Y otra vez, ¡Jesúscredo!, y a persignarse a diestra y a siniestra, como si todo aquello lo tuviera enfrente.

La monja estaba en medio de la calle. Se ve que había caído de muy alto porque la cabeza se había desprendido con el golpe y se distinguía lo que era porque el rosario seguía amarrado a la cintura y en una mano se veía ese anillo que ellas tienen, de oro, con una crucecita, y el resto un puro chicharrón, hermano, y ella quería gritarle ¡basta!, ¡no más!, no quiero... pero él seguía describiendo aquella cosa despanzurrada, chueca, aquel puré de monja que había en el pavimento y por primera vez en muchos años le dieron ganas de persignarse como Sabina ante el peligro.

¿Te imaginas? Y ella dijo que sí, con la cabeza apenas, porque la voz no le salía. Pero eso no era nada, olvídate.

Con lo que yo me tropecé y me caí cuan largo, fue con un banco de la iglesia que habían dejado allí los saqueadores y al otro lado vi los otros dos cadáveres. Un mujer aindiada, joven, y un niño muy pequeño, ambos con las caras abiertas a machetazo limpio, y explícame por qué, porque yo no lo entiendo, o sea, que a lo mejor ella sí andaba de angurrienta por un abrigo de astracán o una botella de ron o una cartera de lentejuelas, eso sí te lo admito, pero el niño por qué, a ver, tú qué dices por qué lo machetearon, qué carajo de velas iba a tener una criatura en ese entierro, ¿ah...?, ¡pura mierda! La monja de este lado, la india con el niñito aquí en este otro, la banca en medio, y plantado en el centro un San José en pelota porque a alguien se le ocurrió largarse con la túnica, y eso también es una vaina rara, San José en bola con la varita florecida, para qué diablos una túnica, pero ni tiempo de pensar, volemos de aquí, hermano: ¡Tuerto!, tuve que zamarrearlo, porque él seguía diciendo como poseso, sin parar de llorar, ¡qué vaina, coño! ¡qué vaina...!, hasta que al fin logré arrancarlo, y no paramos. Hasta mi apartamento.

8:13 p.m. En la Plaza de los Mártires y en la de las Cruces son incinerados los primeros montones de cadáveres. La ciudad entera arde.

Subí de tres zancadas las escaleras cuando oí unos gemidos como de gatico asustado en el apartamento de mi amiga Flower, es la niñita de Flower, le dije al Tuerto, vamos a ver qué pasa: a lo mejor Flower no está y tiene susto con tanta pelotera, pobrecita, y tocamos el timbre y la niña salió toda llorosa, con un vestido azul de marinero, me acuerdo, sin zapatos. ¿Qué te pasa?, no llores: ¿dónde están tus zapatos?, pero ella seguía con su maullido de gatico asustado y el Tuerto me dijo, mira el pelo, porque lo tenía lleno de una materia pegotuda que le chorreaba hasta la cara y se veía que ella había tratado de quitársela pero ese mazacote no salía tan fácil. ¿Qué te pasó?, no llores, vamos a limpiar eso, y me explicó entre hipidos que yo ya me lavé pero es que no me sale; y entonces fui hasta el baño para sacarle el mugre y al pasar frente al cuarto vi como de refilón, ya sabes, de esas cosas que uno va sin mirar pero que nota algo, seguí tranquilamente y casi llegando al lavamanos me di cuenta de que la había visto: ¡es Flower!, y me lancé cual rayo hasta la ventana donde estaba tirada pero no había que hacer. El tiro le había dado en plena frente y la masa encefálica había volado entera y la niña de seguro estaba detrás de ella, ¿ves?, por eso estaba así. Embadurnada de sesos.

9:19 p.m. Eduardo Zuleta Ángel pide a doña Bertha que se dé algo de comer a los liberales. La respuesta de la primera dama es breve: «¡Ni agua!».

Yo ya estoy que no aguanto, yo me voy, Flaco, en mi casa van a pensar quién sabe qué si no aparezco, me va a agarrar la noche; hasta luego, y yo le dije, bueno, hasta luego pues, Tuerto, y me quedé con ella y con la niña, mirando como lelo su cuerpo tan sensual y tan muerto, tan distinto de cuando hacía estriptis, ¡madre mía! ¿Me trajiste algo, Flaco?, y luego las cosquillas en la oreja y el hacer que cacheaba los bolsillos como buscando cosas y después poco a poco se estiraba en la cama, era un delirio. Yo con la vaina tiesa sin poder aguantarme y ese pelo azabache tan revuelto y tan liso: pareces reina de los Incas, y la risa atorada, sí, claro, ahora te muestro lo que tenían las reinas Incas. Los muslos muy morenos, muy viriles si quieres pero como ella nadie, te lo juro que nadie en mi vida, en fin, son cosas. Se llamaba Merceditas Moreno pero ella resolvió que ese era nombre de bibliotecaria solterona y que lo que era ella de solterona nada y entonces decidió que en un sueño había viajado a Marte y que allí los marcianos la bautizaron Flower y que por algo era. ¿No te parece un nombre muy bonito? Hablaba todo el día de platillos voladores porque decía que ella había visto un día uno encima de Monserrate y otro día otro sobrevolando la Sabana, le dio ahí, no sé por qué: por hablar de planetas donde también vivía gente y se ponía furiosa cuando uno le decía que platillos voladores no había y te trataba entonces de imbécil ignorante y cada loco con su tema, yo la dejaba, claro... Siempre inventando sueños, siempre dispuesta a desvestirse; Flower... ¡Dios mío! No sé cuánto tiempo me estuve sentado en esa cama que ella quería tanto y a la que le cambiaba edredón todos los días viéndola allí tirada, pobre. Con el deshabillé de nylon medio puesto y el cráneo hecho una mierda.

11:00 p.m. En la plazuela de San Victorino, patrullas policiales y del ejército combaten encarnizadamente. Los tanques aplastan los cadáveres. Se imparte una orden terminante: ¡Disparen a matar contra la policía!

Encima del comedor había una torta con mi nombre, y con velas y todo, las conté, diecinueve, ¿y sabes qué?, me la agarré a patadas.

—Pero si amaneció como obsesionada con el nueve de abril.

—Cuéntame. No seas mala.

—Qué le voy a contar.

—No sé. Lo que tú viste.

—¡Madremíabendita! Tenía que ser año bisiesto...

«El doctor Zuleta estaba con los señores liberales. Entonces el presidente se dirigió hacia mí y me dijo: "Es esto: los generales han venido a proponerme una Junta Militar". Yo me acordé del golpe de Estado en Venezuela, al cual había seguido un gobierno de Junta Militar y le contesté: "Y... ¿usted?". "Yo quedo por fuera" —respondió—. "Esto me parece una falta de lealtad" —añadí—. "No —me contestó—, no es cosa de ellos. Se lo insinuó el doctor Gómez". "¿Usted comprobó esto?" —pregunté—. "Sí", me dijo mirando hacia un lado, como buscando a una persona (al doctor Zuleta o al doctor Camilo de Brigard, quienes se estaban entendiendo con el doctor Gómez por teléfono).

»A pesar de eso —le respondí— es una deslealtad, pues si a usted le dicen, tírese por este balcón... ¿usted lo hace? Es una deslealtad de los generales venir a proponerle semejante solución».

—¿Tú qué viste...?

¡Virgensantadelcielo! Me acuerdo que hacía muy poquito que ese señor Gaitán había venido dizque a hablar porque

92

habían matado a unos hombres aquí. Vino al entierro un sábado, y dijo un discurso en el cementerio de San Camilo, yo no fui, y me contó misiá Natalia, la mamá de Elvia, que sí fue, que dizque la gente lloraba a moco tendido, y a esas alturas no se sabía que era tan importante, o sea, yo no tenía ni malicia: venir a ver después lo que pasó. ¡Cristo bendito!, y ese tendal de muertos...

«Más tarde, cuando hablé con el general Mora Angueira sobre el asunto, él me manifestó lo siguiente: Primero, que cuando él vino con los otros generales a hablar con el presidente, creía que eso había sido una cosa convenida entre el doctor Gómez y el doctor Ospina Pérez y segundo, que a la salida del Palacio pensaba que habían *hecho el oso*».

«El presidente se dirigió de nuevo a los señores liberales y les dijo: "He resuelto nombrar como ministro de Guerra al teniente general Ocampo; y el doctor Echandía ministro de Gobierno". Y ordenó a su secretaria, señorita Cecilia Piñeros, que escribiera el decreto correspondiente, a lo cual Lleras Restrepo manifestó: "¿Y los otros ministros?". El presidente contestó: "Eso lo decidiré yo". El doctor Echandía dijo entonces al presidente: "Después de conocer la lista de los demás ministros, tendré el gusto de contestarle si le acepto"».

—Tenía cara de indio pero era hasta buen mozo. Dicen que tenía una labia desas. ¡Un pico de oro! Yo me puse a llorar como una bendita cuando retransmitieron el entierro por la Nueva Granada; eso como que estaba tuquio de gente. A mí me hubiera gustado atisbar por un rotico, cómo sería eso... No cabían las coronas. Los periódicos dijeron que había flores hasta pa' tirar pa' lo alto. La gentecita pobre dizque llevaba lo que tenía. Una viejita se apareció con una taza de arroz, imagínese. Eso pa' qué...

«Una de la mañana. Unos potes de aceitunas saboreadas con whisky inician el nuevo día. Una bandeja de plata con colaciones de coco, pasa de mano en mano. El ambiente es amable. Los visitantes liberales se han refundido entre el personal de Palacio, en corrillos gratos dejando esa incómoda posición de atrincheramiento diplomático en que estaban. El presidente, para seguir "estudiando la situación" les ha ofrecido que hará llamar los ministros conservadores ausentes.

»Dentro de la gran tragedia, se produce en este amanecer una pequeña-gran tragedia: los cigarrillos se han acabado en todo el Palacio. Todos andamos en busca de un pitillo, inútilmente».

—Porque los indios acostumbraban llevar viandas a los muertos. A lo mejor esa viejita todavía se acordaba de la costumbre. Tú qué vas a saber.

—¡Eavemaría!, qué ocurrencia...

«Se oyen tiroteos esporádicos en varios puntos del norte de la ciudad. El siniestro resplandor de los incendios continúa ensombreciendo la noche. Después de inmensos trabajos se ha podido establecer un semiservicio con la radio Nacional desde Palacio. El presidente, con voz vigorosa, lee un mensaje que termina: "Hombres y mujeres de mi patria: no olvidéis que en este momento la historia vigila nuestros actos y aun nuestros pensamientos. Espero que cada uno de vosotros sepa cumplir con su deber como yo sabré cumplir hasta la muerte con la totalidad de la misión que me habéis confiado"».

El señor comandante de las Fuerzas Armadas y el señor ministro de Gobierno han declarado que las perturbaciones de orden público que en estos momentos sufre el país se resolverán en el término de veinticuatro horas. Y ya van tres veces que lo dicen, ojalá que sea cierto, yo ya no puedo más de la cabeza. Sabina, por Dios y por la Virgen: lleve a esta muchachita a que se cambie el uniforme, me voy a volver zorombática si sigo oyendo estas noticias: ¿qué hora es? La única salvación es Echandía, Virgensantabendita, la única salvación es Echandía, seguía diciendo su mamá y su papá contestó que ya eran casi las cinco pero el cielo estaba completamente apizarrado: parecían más de las siete.

Ana se asomó a la ventana de su cuarto y vio que la gente caminaba bajo la lluvia sin paraguas ni nada. Un Willys de la Policía Militar patrullaba la carrera sexta y los canutos de los fusiles se salían por la parte de atrás, debajo de la lona: no te vayas a asomar a la ventana, es peligroso: no señor, y continuó arrepechada a la chambrana, mirando caer papeles desde el segundo piso de la Alcaldía. Caían como otra lluvia encima de la muchedumbre que los apañaba en el aire, los destrozaba en medio de una gran alharaca y apilaba por último junto a otros objetos que ya formaban un montón en el suelo. Después fueron máquinas de escribir las que empezaron a salir disparadas por los balcones, a caer descuartizadas contra el pavimento con un ruido que se oía desde allí, más gritos, más euforia, más objetos cayendo desde el segundo piso, dos paragüeros, sillas y mesas pintadas de color naranja, un perchero, un armario metálico, ¿te estás asomando? ¡Ana!, ¡sí, señora...!, no me estoy asomando... y vio cómo las llamas lamían lentamente la pira hasta que todo se convirtió en un fogón voraz, en una hoguera inmensa que iluminaba los mangos y la noche y el almacén de Coltejer. Cerró el postigo con aldaba y se metió en la cama con la levantadora puesta. Ya estoy acostada, dijo; y apagó la lámpara de la mesita de noche, pero por mucho rato siguió pintado en su retina aquel como castillo de pólvora que chisporroteaba aferrado a la lluvia, y subía y subía hasta sobrepasar la torre de la iglesia.

—¿Tú no has visto esa botija de barro que yo tengo? Pues ahí mismo, en otras botijas igualitas a esa, los indios le dejaban la comida a sus muertos.

—¿Cómo así que dejaban la comida a los muertos? ¿Y para qué tanta botadera de alimento?

—Se los dejaban con las cosas que ellos más habían querido en la vida para que pudieran hacer su último viaje bien contentos, pero ella interrumpió que ¡Santocristo!, que usted sí que es atea, Virgensanta. Eso era el fruto de atiborrarse de pasquines hasta la madrugada; como decía su mamá cuando la veía con un libro cualquiera, podía ser Alicia que en seguida clamaba: ¡otra vez compró más mugres de esos!, un día de estos nos va a salir con cualquier cosa estrambótica, Dios nos ampare, ¿qué es lo que está leyendo? Yo no sé por qué a esta muchacha siempre le ha dado por ahí, desde chiquita, ¿es que nunca se cansa de leer?, a ver: claro, tiene los ojos como dos pimentones, échese estas goticas de Eye-mo y deje de estar quemándose las pestañas con tanto Peneca. Le he visto la luz hasta las tantas y por eso es que por la mañana se anda cayendo de sueño. ¿No sabe qué hora es?, siguió cantaleteando, y como si estuviera de acuerdo con Sabina, el carillón de la Pobreza comenzó con su diiiin doooon alta fidelidad, confirmando que otra vez, sin remedio, eran las nueve y media.

¿Oyó las campanadas, no?

Las oí. Las oí. Eran las dos y cinco de la tarde en todos los relojes, Sabina de mi alma, pero tú qué sabrás de esos dolores, de esas muertes, de esa rotura de corazón y de ese duelo con olor a naranjo enlutado como decía Neruda. Como lo recitaba Jorge Zalamea, llorando, y el poeta Gaitán, y Álvaro Mutis, desesperado de impotencia, verraquísimos, convencidos de que había llegado la hora y de que ahora otra alba, otro gallo le cantaría al pueblo, pero la cosa no fue así, no había manera. Quién sabe cuándo sonará una campanada de esas que se oyen hasta en los quintos infiernos, como dirías tú misma una vez hecho el gesto que exorcisa, ¡avemariapurísima! Pero no nos salgamos del asunto y dejemos que el ministro nos siga con su crónica:

«Las horas corren. Comienza a clarear y los camiones del ejército recogen en torno a Palacio los cadáveres. Más o menos sesenta en las calles adyacentes. Una particularidad: casi todos aparecen heridos en el entrecejo, lo que prueba la puntería de la tropa.

»Por las vidrieras se asoma ya el amanecer. Miren ustedes cómo es de misteriosa aún la poesía más simple, digo a un grupo que observa el horizonte. Apenas ahora vengo a comprender el verso de Hugo: *el alba está pálida de haber sido noche*».

Muy bonito. Aquí las cosas se están poniendo ya de otro color. Tú ya estás roja, de bufar como un búfalo. Mi mamá se va a poner azul, cuando se entere que me largo. Mi papá, es muy probable, se quedará amarillo. Yo ya estoy negra por no poder dormir tranquila. Todo como quien dice de un precioso y sutil color hormiga, mi estimada Sabina, como lo estaban en Palacio aquel amanecer del alba pálida, cuando «seguía el tiroteo y la situación continuaba delicada». Como nos cuenta doña Bertha.

«El ejército dominaba la ciudad, pero quedaba la incógnita del entierro del cadáver del doctor Gaitán, de lo cual se estaban aprovechando liberales para ganar posiciones en el Gobierno», o sea, Carlos Lleras, parlamentario otrora joven, que trémulo, demudado, mientras la turba en lágrimas lo escuchaba en silencio, lo despidió en el cementerio:

«Se inicia aquí el desfile de las masas del pueblo que van a rendir un postrer homenaje a quien hasta hace pocos días vieron a su cabeza, indomable y fuerte, como un símbolo de todos los anhelos populares, como una enseña radical de reivindicaciones...» y no me digas que no te entran ahora mismo ganas de llorar tú también: de dejar de una vez esa maldita aspiradora; no fregar la paciencia con lo de son las nueve y media y su mamá va a decir que, porque hoy no es el día, Sabina, te lo advierto.

«Cuesta trabajo concebir que al final de esta peregrinación dolorosa tengamos que encontrar tan solo la urna que encierra, muda, el cuerpo del capitán caído. Una terrible sensación de orfandad pesa sobre el pueblo que acompañó tantas veces con su viva presencia la marcha victoriosa de Jorge Eliécer Gaitán, y que hoy habrá de desfilar, oh hondo dolor inmenso, sin oír de sus labios las consignas que tantas veces se esparcieron a los vientos como simientes de esperanzas...». Mientras que allá, en Palacio, la vida continuaba, y doña Bertha repartía a «cada uno de nuestros compañeros cepillos de dientes y cuchillas de afeitar, para que, bañados, presentaran un aspecto correcto y tranquilo, digno de ese puñado de valientes».

«Con espermas y lámparas de gas nos alumbrábamos y había que ver el aspecto tan tenebroso que presentaba esa vieja casa, rodeada de los resplandores de los incendios producidos en la ciudad», qué aflicción, qué agonía, ¡qué congoja tan grande! Cómo decir lo que no tiene nombre. Cómo narrar una historia que el viento se llevó pero esta vez sin Scarlett O' Hara ni Clark Gable, porque una muerte así, en un país de América Latina en esa época, no merecía ni tan siquiera un mal cortometraje de dieciséis milímetros. No estábamos de moda. Que un hombre se pusiera a gritar en las plazas que ¡A LA CARGA!, y pregonara como Daniel Viglietti que *a desalambrar porque esta tierra es de nosotros y no del que tenga más*, era de risa casi, de opereta italiana. Pero los muertos, qué. Quién los puso.

No se preocupe tanto, me acuerdo que le decías a mi mamá que ya iba como en seis Mejorales y el dolor en su fina. Si se toma este agüita se le va a ir *ipso facto*; como si dominaras el latín y los efectos de la masa encefálica sobre la sinus inflamada y además conocieras la dialéctica, los resortes que impulsan a los pueblos a desatar su fuerza contra lo que mi papá llama el *establishment*. Pero no había remedio porque por más que tú arguyeras que es buena para los nervios y que a esos patinchados se les acabará la cuerda en unas horas, allá, en el otro lado de la cordillera, en el Valle del Cauca, en Pasto, en Ibagué, a todo lo largo del río Magdalena, e incluso aquí, a dos cuadras de la carrera quinta, el pueblo continuaba arrastrando con rabia su dolor impotente. Devastando, quemando, asesinándose. Convirtiendo el país en un vértigo desolador y al fin y al cabo inútil.

Pero sigamos al ministro, que en su «opaca mañana sabanera, sin un toque de sol...».

«...desayunamos en un ambiente tranquilo, viendo evaporarse, con las brumas del amanecer, las amenazas del ataque de la medianoche. Vencida de sobresalto, la ciudad duerme todavía en sus lechos habituales o en los sombríos hacinamientos humanos que los camiones del ejército van acumulando en las galerías del cementerio.

»Pasado el último sorbo, doña Bertha nos reparte a todos sendas cuchillas *Gillette,* para afeitarnos. Este detalle indica la solicitud con que la gran dama atiende a todos los pormenores, por nimios que fueran, como si se tratase de una reunión de veraneo en su casa. Las barbas trasnochadas darían una impresión de gentes enfermizas y nerviosas. Salgo a rasurarme y bajo al patio principal a conversar con los soldados. Están sonrientes, orgullosos de sí mismos. Varios de ellos me muestran su colección de lo que ellos llaman *vainillas premiadas,* es decir, las cápsulas que lograron hacer blanco.

»En la Secretaría General se comenta la gravedad de la noche vivida y de los peligros superados. Desde la Independencia, afirma Azula Barrera, Palacio no ha tenido una noche como esta. Sí, agrego. Tal vez solo el 25 de septiembre, porque la prisión de Mosquera fue una celada doméstica. Y esta ha sido una batalla de fondo contra el poder. En los orígenes de la revolución emancipadora, sí. Incluso por esto: entonces ganamos la Independencia del despotismo monárquico de España, y hoy hemos ganado la independencia del despotismo rojo de Moscú. La ruptura de un florero precipitó aquella, mientras ahora el reactivo que precipitó los planes ocultos fue el deplorable asesinato de un gran jefe popular. Sí: esta es la Independencia americana de Moscú.

»Después de un discurso del señor Presidente a sus ministros, Ramírez Moreno declara:

»He estado con mi vida y mi espíritu con su Excelencia. Su Excelencia ha visto que vine preparado, incluso trayendo un maletín de pijamas, para permanecer con su Excelencia y morir a su lado si fuera necesario. Todo lo que ha dicho su Excelencia me ha parecido, no solo grandioso, y glorioso, sino sublime». Y levantándose de su asiento, apoyando las manos sobre el borde del escritorio e inclinándose sobre su persona, termina: «El valor de su Excelencia no es el de un héroe sino el de un semidios». Tú qué opinas. Espero que ahora entiendas por qué hoy precisamente no es el día. Ni jamás lo será. Las nueve o las diez de la mañana no son ni mucho menos la aguja que indique la temperatura ni el índice que asesore a mi madre sobre mi estado anímico, mi humor, mis lecturas secretas. Mi ansia recóndita de propinarle al mundo una patada donde se lo merece, comprende de una vez fregona asustaniños, pero ella imperturbable, olímpica, eficiente, cambia el agua al florero. Tira las flores que ya están ajadas. Pone las otras que cogió muy temprano y que tienen los palos demasiado largos: con ellas quiero decir... la oye que recomienza, mientras corta los tallos. Les hace una ranura a filo de tijera. Acomoda de nuevo. Rocía un poco los pétalos, con una brizna de agua.

El sol ya va alcanzando la punta de la cama, llega casi a los pies, y se mueve hacia el centro, despacito, para que no descubra que se está acomodando, que las sábanas frescas son una gloria inmarcesible. Que Morfeo la arrulla dulcemente entre sus brazos de aire tibio, de olor a manjar blanco subiendo de la cocina, del canto de canarios que reclaman su alpiste mañanero, ¡Sabina!, grita su hermano desde algún sitio de la casa, lejos, lejísimos, ¡ya voy...! ¡qué quiere...! y los ruidos se mezclan como cuando alguien da vueltas a una rueda de carrusel de circo y una nube pequeña con figura de oca se detiene un momento enfrente de la ventana. A lo mejor hay muertos. A esa gente no le tiembla la mano en el gatillo, piensa acordándose que a las diez y media es la manifestación y que Valeria dijo que la iba a llamar a mediodía. Tengo que levantarme... Pero los brazos no responden ni el cuerpo está dispuesto a abandonar su nido: ¿ya se volvió a dormir?, avemaría qué roncadera, pero ella no contesta. A lo mejor se va a armar un escándalo cuando diga que se va con Valeria a La Arenosa. Quién sabe cómo sigue Lorenzo. No le alcanzó a contar sino que no fue grave, que ya estaba escondido, que no había peligro, pero siempre esas cosas pueden gangrenarse si no se cuidan bien y uno se muere por cualquier pendejada y por eso le dijo que le pusiera sulfa. Que en las farmacias le vendían sin preguntarle nada, ¡por Dios santo y bendito!, ¡un día de estos se la va a comer la pereza!, la interrumpe, obligándola a entreabrir los párpados, y entonces hace el gesto de despertarse a medias. Soporta sin chistar el se le va a volver sebo ese café con leche, ya le dije. Un sopor delicioso la hace poner de nuevo la cabeza en la almohada: hay que llevar la máquina de escribir y el papel esténcil, piensa, mientras ve de reojo cómo Sabina coge la arepa y comienza a untarle mantequilla.

Se despertó envuelta en un ruido. Gente corriendo por la calle, porque eran pasos, un tropel, alguien que gritaba algo.

El agua caía con un rumor parejo, sin tormenta, y en el cuarto la única luz era el reflejo del espejo de la cómoda que daba a la pared, y el tictac del reloj era un eco distante que apenas si se oía, pero otra vez las voces: qué pasa, qué pasó. Se incorporó de un salto y a pesar de la prohibición de esa tarde corrió el pestillo de la contraventana con cuidado, para que su papá no fuera a despertarse. Abrió el postigo tres pulgadas. ¡Alto o disparo! ¡alto!, gritaba el policía parándose en mitad de la calle y apuntando con el brazo extendido. El hombre corría despavorido, calle abajo. Tenía un traje gris, una camisa blanca, una expresión que a ella no se le iba a olvidar. Se apoyó dos segundos en el enchambranado de la ventana, y ella sintió su corazón que se quería salir, o era el de él, que le batía como un ariete, a cincuenta centímetros del suyo, ¡Virgensantabendita!, oyó que dijo el hombre entre jadeos, y no tuvo tiempo de abrir más el postigo, apenas de empinarse para verlo escapar sin mirar para atrás, encogido, haciendo eses. De una acera a la otra. Las luces de la tienda se encendieron y distinguió la cabeza de don Tobías asomándose, después los fogonazos, los disparos sonando como si fueran papeletas, tres, uno detrás del otro, el policía estaba con una rodilla en tierra y Ana vio el quepis en el suelo. La figura de gris se paró en seco. Dio algunos pasos con brazos extendidos como si alguna pared se atravesara y luego retrocedió, queriendo devolverse, puso las manos en la espalda, tanteando los riñones, después se fue de bruces contra el hidrante de la esquina, se abrazó a él, se deslizó muy suavecito, y ella lo vio caer entonces. De cara a los tejados.

El policía ni se acercó siquiera. Se volvió calle arriba. Recogió el quepis tirado al lado de la acera. Lo frotó contra el muslo. Se lo puso. Sacudió con tres golpes el polvo de la rodilla. Se estiró bien el cinto. Le dio un soplido fuerte al cañón del revólver, y con mucha mañita se lo enfundó en la cartuchera.

El cerebro se embota y siente la necesidad de acezar como un perro, de beber cualquier cosa, pero no hay ni una fuente. Ni una gota de brisa que amortigüe siquiera la sensación ilógica de espacio intemporal, de vacío. De miedo a aquel olor de esos vigías mustios que yacen sin aroma a los pies de la muerte. La muerte. Y es como si se hubiera cumplido más de una vez el rito. Como si en un espacio sin recuerdo fijo hubieran celebrado esa gran ceremonia con coronas y música. Con tambores, quizás. Con flautas de caña y con lamentos dulces, aquí yací, estoy segura: me rodearon de tierra porque yo les rogué, me aterran esos nichos, no quiero que me dejen en ese hueco horrible. Tal vez porque intuía lo que sufren los cuerpos cuando de golpe cruzan por aquel laberinto de mares y galaxias, donde seres perdidos navegan sin saberlo en barcos que no existen. No son más que cadáveres que añoran la montaña, los árboles, el mar. Que piensan en la muerte como en una leyenda, sin saber que ellos mismos son tránsfugas del cosmos, transmigrantes sin alas, oficiantes ignaros de los ritos de Anubis, *porque es la puerta de la Verdad angosta, y muy pocos son los que la encuentran.* La materia se aferra, se va descomponiendo sin demasiada prisa mientras el alma vaga por un tiempo cualquiera, recorre inconsecuente caminos repetidos. Vive en la eternidad como un niño extraviado y es por eso que trata de acercarse al canto de los pájaros, al crujir de la arena, y así, de puerta en puerta, una y otra vez, interminable tránsito. ¿De verdad lo he sentido?

¿Dónde estoy? ¿Dónde aquellas manzanas tan verdes y tan ácidas que su mamá custodiaba en el huerto de la finca y ellos acaparaban después del aguacero?

De nuevo aquel espacio sin respuesta. Deshabitado. Estéril. Aquel camino largo que no la acerca a nada. El sentir sin sentir. La sensación de estar moviéndose sobre tela de araña mientras ese maldito cielo continúa agrediéndola con su color sandía y las frases punzando, machacando. Dejando aquel sabor de cal entre los dientes.

Estoy aquí y me siento como un ser perdido, extraperdido

Eso era ella, en medio de lápidas y cosas descompuestas. Un ser extraperdido, fatigado de caminar con todo encima. Con el hombro que duele pero no deja que Irma la reemplace, ya vamos a llegar, quiero ser yo la que la deje de última. El uniforme se le adhiere al cuerpo, la blusa y el corpiño la apretujan, el sol está pegando como un endemoniado y no sabe si eso que escurre por la cara es de sudor o lágrimas, no aflojes, no aflojaba. Ya vamos a llegar.

cuando se deja atrás la isla que constituyó el pasado,
es, después, tan infinitamente largo de encontrar de
nuevo el trecho, la realidad que constituye el presente

Las galerías se parecen unas a otras. Blancas. Interminables. Un hedor a marchito le empieza a revolver lentamente el estómago, me voy a vomitar, no puedo, no puedes vomitar en medio de esa gente, te va a matar la monja. Pero la náusea le invade la cabeza y todo se pone a dar mil vueltas, como en los caballitos del parque de atracciones. Se agarra con más fuerza a la caja y el contacto de aquella superficie con olor a pino le repele: ¿qué te pasa?, a mí nada. Se queda de repente como suspendida en el sabor que corre por la mejilla abajo, en ese olor a flor podrida, en aquel peso que le aplasta el hombro y que se convertirá en una peladura tan grande como una moneda de cincuenta. Seguro.

Soy un pez en el aire, un pájaro en el agua: tengo necesidad de saldar aquel pasado que me oprime... los vínculos de amor...

Como si el tiempo regresara sin intermitencias. Repitiera las voces, los olores, *requiem aeternam dona eis domine*, y el coro en indolente letanía, *et lux perpetua luceat eis*, mientras ella camina a pasos cortos: arrastrando los pies, como en las pesadillas. ¿Quieres que te reemplace?, no quería, no quiero, tengo que ser yo misma quien te lleve hasta allí. Se acuerda que el domingo habían quedado en ir al circo, a ver a Tina y los payasos. Son requetedivertidos. Tocan la flauta y el trombón y hacen el juego de abejita abejita me das la mielecita y uno de ellos le da vuelta a los brazos como si fueran alas: abejita, abejita, y el otro con los cachetes gordos, hinchados de Freskola, zzzummm zzzummm, que quiere decir no, pero el zángano insiste porque es muy pedigüeño: abejita, abejita, hasta que la abejita se va poniendo colorada retinta, o sea colorado retinto de embuchar la Freskola. Comienza a dar saltitos alrededor del zángano. Zuuummm zuuummm le contesta mientras bate las alas a todo lo que da, y el muy guasón desternillándose, ¿me vas a dar la mielecita, abejita, abejita...?, ella que no, que no, hasta que de repente deja caer las alas, aspira muy profunda, pone los labios como boca de manguera y se la vacía ¡fuazzz!, al zángano, en la cara. Lo deja enmelotado hasta la coronilla y ellas dos se retuercen como el resto de los niños que están desbaratándose de puras carcajadas y el zángano muy serio, con la corbata rucia y el trombón escurriendo por todos los costados, ¡ya te dieron la miel...! ¡a tomarla con queso...!, mientras más gritería más pucheros inventa, hasta que al fin se emperra y entonces ahí sí. Ellas se pipisean de tanta gozadera, ¡qué número tan chévere! También el otro, donde el payaso negro mete la cabeza dentro de la boca del león, qué miedo. Qué risa cuando el león se quita la cabeza, y resulta también otro payaso.

Tina contó que sus hermanos la regañaban mucho cuando ella no era capaz de hacer bien las pruebas. Tenía que encaramarse en las rodillas de uno, luego en los hombros de otro, todo como volando, como si fuera etérea porque si alguno perdía el equilibrio y se desbarataba la pirámide se lo achacaban siempre; había que posarse como las mariposas. Era muy trabajoso y se moría de sueño. Lo hacían en las horas en que ni los tominejos de la plaza Olaya, ni los viejos, ni nadie se había despertado. Cuando ellos empezaban a hacer los ejercicios no se escuchaba ni un rumor, ni un ladrido, ni tan siquiera las escobas de los barrenderos. La carpa a esas horas parecía más sucia, más llena de presagios. No le gustaba nada. La arena era más húmeda y el silencio aplastante: como el que se producía cuando los trapecistas ejecutaban algún salto mortal o algo así, escalofriante; ¿por eso llegas tarde a clase de aritmética?, claro: por eso mismo. Quince minutos tarde y sin desayunar. Apenas con un buche de agua de panela.

Julieta le prestaba el libro de *Iniciación a las ciencias* y ella le dejaba los miércoles la *Geografía* y la *Aritmética* de Bruño. El de *Historia patria* se lo aprendían juntas, en las horas de estudio. Cuando los conquistadores llegaron a nuestras tierras y encontraron numerosas tribus o familias de indios, entre ellas estaban los Aztecas en México, los Ladogas en Centroamérica, los Chibchas en Colombia y los Incas en el Perú.

Chibchas: Fisonomía: eran de piel morena, cabello negro y lacio, nariz ancha, boca grande y estatura regular. Yo no soy chibcha: ¡qué va! Con ese pelo de gringa desteñida eres por lo menos de la familia del *Príncipe Valiente.* Yo sí. Mi abuela me contó un día que su tatarabuela había sido una princesa Quimbava. ¡Ja: qué más quisieras...! Bueno, y peor para ti si no te lo crees, y tengo documentos que lo prueban y mi tía me contó que...

Bueno: dejen ya la pelea, que mañana es la previa.

Habitaciones: Vivían en chozas o bajíos de paja.

Alimentación: Principal alimento era la yuca, la papa y el maíz.

A mí me encantan las arepas de choclo al desayuno con mantequilla, y quedan ricas, tostaditas. Mi abuela las hace con un poco de... Basta. Tú porque te puedes llevar el libro, pero yo, qué.

Oficios: Su ocupación era con el oro y la agricultura.

Comunicaciones: Las comunicaciones generalmente las hacían a pie, por trochas y caminos, también por medio de los ríos. También usaban comunicarse por medio de tambores, los cuales se oían a gran distancia.

Comercio: Entre los indios también existía, en forma de intercambio de productos, ¿inter qué?: ¡intercambio! atembada,

¿no le oíste explicar a madre Rudolfina? Pues no. Pues es cuando cambias una cosa por otra: tú me da una guayaba y yo te doy mi estilógrafo. ¿Así era el intercambio? Eso es muy mal negocio, porque tu estilógrafo vale como veinte guayabas y yo las puedo coger en el patio de mi abuela, ¿vas a estudiar o no? Va a tocar la campana y tú con los mismos cuentos de tu abuela; ¡me estás cayendo gorda!

Educación: Su nivel de cultura era muy bajo. Generalmente consistía en preparar a los pequeños para la guerra, la caza y la pesca, y la confección de mantas y armas. ¡No es verdad! Mi tía tiene un libro donde hay unas ciudades más bonitas que Bogotá y que Barranquilla: hacían las casas como en Venecia: sobre el agua. ¿Dónde queda Venecia? En Europa: está llena de canales y la gente va en barcas que allá las llaman góndolas, pero estas ciudades que les digo las construían los Aztecas, con pirámides que mi tía dice que nadie las ha podido volver a construir así de maravillosas, que apenas en Egipto, y ahora no me preguntes que dónde queda Egipto: no me creo ni pizca de lo que dice aquí. ¿Ah, no?, y mañana cuando la monja te pregunte ¿qué le vas a decir?, ¿que tu tía te dijo que los indios eran superdotados y que los españoles unos bestias? ¿Y por qué no? Mira esto. La desaparición de la población indígena no se puede atribuir a la destrucción sistemática por parte de los españoles, aunque indudablemente en la lucha por defender sus dominios perecieron muchos... y yo no sé lo que quiere decir sistemática, pero en la historia de los Aztecas que tiene mi tía dice que Cortés engañó a Moctezuma, que lo mató haciéndole trampa y que asesinó a íntegro el pueblo en una encerrona donde no quedaron ni niños ni viejos ni nada, exagerada, ¿no?, mira esto otro: en el valle de Aburrá, una vez derrotados, se ahorcaron con sus mantas de las ramas de los árboles, no pocos sucumbieron al contagio de las enfermedades que traían los europeos y que no estaban preparados para contrarrestar... yo me estoy maluquiando de leer, si quieres lo dejamos. Yo también me aburrí, te lo puedes llevar para tu casa. Hasta que un día la madre Rudolfina las regañó y les dijo que estaba prohibido: que cada una tenía que llevar sus propios libros. Y entonces Tina jamás volvió al colegio.

Esa no va a llegar a nada, predijo la monja con cierto retintín: va a ser una ignorante. Pero lo que ella ignora, la madre Rudolfina, por supuesto, es que Tina se balancea en la cuerda como los mismos ángeles. Se agarra a un palo largo y a tres metros de altura revolotea con la misma alegría de un colibrí libando, después se vuelve una gaviota, una cometa suelta, los músicos interpretan lo de Danubio Azul y ella mira hechizada ese vestido blanco de tela de organdí del que cuelgan las rosas de color amarillo y caireles y lazos, y al mismo tiempo le causan un repelús extraño las zapatillas de ballet. El público la aplaude y Tina hace una inclinación casi hasta las rodillas, pone los brazos como las bailarinas que tiene la tía Ligia en la vitrina de las porcelanas, igualita igualita. ¿Vieron a Margaret O'Brien en *Las zapatillas Rojas*? ¡Yo seré bailarina...!, se las da desde ya. Qué más quisiera ella si Margaret O'Brien tiene el pelo negro, larguísimo, y además asistía a la academia de ballet de Hollywood, pero no dice nada porque en ese momento Tina hace un paso de punta que las deja pasmadas, turulatas, ¡qué bien!, tú te pareces mucho, solo que Margaret O'Brien era muy mala y la señora pelirroja se quebró las piernas por su culpa, ¿te acuerdas? Lo que origina la acción acostumbrada. Se infla como los pavos reales y luego agarra la mano de Julieta, la cepillona, por supuesto, la que decía siempre: tú te pareces mucho a Margaret O'Brien o lambonadas de ese estilo, y a ella la mira como quien dice bueno, te perdono la vida: nos vamos a la carpa. Hoy te podrás poner el disfraz de enanito. Y Julieta derretida, embobada, convertida en melcocha, quién lo duda. Cayéndose las babas.

En qué estará pensando. En que hay que comprar la miel de abejas para la afonía de su hermano, vigilar el teléfono, barrer el patio de abajo y desyerbar un poco porque al naranjo se lo está comiendo el matapalo, llamar a Pastor para que arregle la hornilla y desentuquie el desagüe del lavadero y coja las goteras que están volviendo una pozanga la despensa y si le alcanza el tiempo a don Polifacético, como lo llama su mamá, que le dé una manito de pintura a la ventana de la cocina porque Roberto se la comió de tanto picotear, no soporto ese loro, le voy a regalar, y así desde hace un año, y total, no hay madera que aguante ni cortina sana en la parte de abajo y Roberto sigue tan campante, gritando: ¡Sabina! ¡los sobrados!, y ella tiene que volar con el baldado de sobras, bajar las escaleras como un tiro porque alguna de las Marines la está esperando para dar de comer a las gallinas y resulta que ni Marines ni nada, ¡ah, loro, desgraciado!, yo me lo voy a asar un día de estos, todos sabemos que son bravuconadas. Que si Roberto no te despierta con el ¡patojiiitorrreal! a las seis menos cuarto, lo vas a echar de menos como si fuera un hijo en el ejército, pobre Sabina. Si supieras.

Valeria no es como las demás. No creas. Es alguien con algo que mucha gente envidia, que te quisieras tú, que me quisiera yo, inclusive. No sé definirte ese algo con palabras. Es su manera de pisar la tierra, de estar en ella, de ser como los árboles, ¿entiendes? Con la raíz clavada muy adentro, en las profundidades, no lo sé: algo enredado de explicar. Jamás la verás dándoselas de café con leche, mejor dicho: y es lo más importante. El día que nos volvimos a encontrar, que nos reconocimos en la calle, me di cuenta. Iba colgada del brazo de un tipo muy buen mozo, adiós... oí que me decía, y se quedó esperando a que yo averiguara dónde había visto antes esos ojos, y yo piense que piense hasta que al fin ella soltó la carcajada, soy Valeria, ¿se acuerda?, y claro. Cómo quieres que pudiera asociar aquel cuerpo apanterado, desenvuelto, con el moreno, biringuito, que hacía ranitas en la tina de peltre. Y charle que charle, hasta que me invitaron a tomar un café: todo muy natural. Al entrar a su casa yo pensé, qué carajo, es distinto pero ellos se sentían tan bien, tan en su salsa, que entonces fui yo la que sentí vergüenza por ser tan tiquismiquis, tan pendeja, sí, claro, no digas groserías, pero si hubieras visto aquella casa, yo te aseguro que te caes de espaldas. Tú la púdica. La que pule biselitos con Ajax y deja todo limpio, sin mácula. A ver si te lo puedo contar bien: no era tan fácil. Me dejé intimidar por aquella cama desguarnecida, pintada de pajaritos amarillos o al menos algo que quería ser pajaritos, porque a primera vista yo creí que eran patos, y luego me di cuenta: qué bonito, dije por decir cualquier cosa, porque las sábanas de tela de liencillo me intimidaban más, si quieres. Nunca había visto nada tan aseado, tan pulcro. El piso de tabla relucía como encerado con Wax y te juro que era pulido con un papel de lija, ¿quieres un tinto?, y fue la salvación, como comprenderás, sí, muy cargado, dije, con mi mejor sonrisa, haciéndome la que no me enteraba de aquel olor a gato. A orines de gato, que entraba ve tú a saber de dónde, y que apestaba toda la casa, insoportable. ¿Te parece muy justo?, yo hablando como si nada fuera. Muriéndome de asco dentro. Sí, vomitándome. Valeria contando cosas increíbles, ofreciéndome un café que sabía a media, yo saboreando aquello con la cara de ¡hummm!, qué rico... es el mejor café, no lo olvide, señora: ¡SELLO ROJO!, ¡ciento por ciento concentrado!, y no vas a creerme, ya lo sé. Yo que te cantaleteo todo el día que me quites las natas, que eso sabe a pasilla, me lo tomaba como si fuera café *Excelso* para la exportación. Ella no paraba de contar los proyectos que tenían en la universidad todos sus compañeros, y yo sintiéndome ridícula. Muy parecida a esas encopetadas que se sienten el ombligo del mundo porque viven en los barrios altos y su casa la perfuman con inciensos hindúes y las sábanas son Canon traídas de Miami y las camas de Artecto Ltda., y la casa la diseñó Obregón & Valenzuela, más o menos así, cuando ella me preguntó que qué pensaba hacer cuando saliera del colegio. Me atraganté y tosí un rato larguísimo mientras trataba de pensar, y entonces empecé a inventar cuentos. Voy a estudiar probablemente en la Universidad de los Andes. A estudiar qué, preguntó y lógicamente no supe qué decirle porque si hablaba de Economía o Arquitectura y esas cosas, nadie me iba a creer. No sé. A lo mejor Filosofía, me atreví a predecir y ella dijo, qué bien, y yo me puse como un pimiento, roja hasta el pelo, creo, porque lo que es Platón, latines y casuística, de eso ni oste ni moste. Lo importante es que lo que hagas le sirva a los demás. Y a ti misma, añadió, cuando me vio cortada y yo dije que sí, que por supuesto, como un loro perico, incómoda, solo Dios sabe lo que yo hubiera dado por ser otra, comprenderás por qué. La embarrada.

Hablamos de otro montón de cosas. De lo que hacía mi hermano. Yo no lo conocí, dijo Valeria, y le expliqué que más bien se parecía a mi papá: alto y flaco como un pabilo de sebo pero con la nariz de mi mamá, muy respingada: van a seleccionarlo para el campeonato de Interclubes de golf del año entrante y pasará a primero bachiller. Los hermanos le tienen cargadilla porque es un buen deportista pero ninguna lumbrera en matemáticas, y me guardé bien de explicarles que ya eran dos las veces que hacía quinto primaria, porque no daba pie con bola. Tal vez lo mandan a una universidad americana, para que pueda hacer *Business Administration* pero caí en la cuenta que no era un tema apasionante, porque Valeria me cortó, muy discreta: yo de la que me acuerdo bien es de tu abuela. Del patio de azaleas. Y entonces fue cuando creí que me iban a hablar de la bañera azul de peltre al lado del guayabo: ¿te acuerdas...?, nos bañábamos, pero ella interrumpió: ¿no quieres otro tinto?, y se levantó a abrir la ventana porque hacía calor. Nada de brisa. La tarde se convirtió por un momento en un recuerdo con nostalgia. En una-isla-dulce-amor-sin-más-testigos-que-tú-y-yo, que entonábamos a gritos encaramadas en la veranda del patio, mientras la abuela, desgranando los fríjoles o cortando rabitos a una canastada de habichuelas, cantaba en voz bajita: *si oyes, en el ukelele, una canción triste de dolor*... y nosotras, ¡enséñanosla!, y Valeria insistía, cuéntame más, cuéntame muchas cosas, y yo viendo los huecos que roían las paredes, los boquetes que habían tratado de disimular con una silla, o con las cuatro tablas que les servían de armario. No sabes lo que fue.

Ella me había dicho en la calle: este es Lorenzo, y cómo sería, que al principio yo creí que era el novio. Me acuerdo que le decían Bonnie, qué me iba a imaginar. Jamás se me pasó que ese patito feo, desmirriado, llorón, ese barrigón lleno de lombrices que se sorbía los mocos todo el día y que vivía pegado de las faldas de la Ignacia, se había convertido en ese tipo tan sensacional. Me acuerdo que pasábamos las tardes enteras subidos al guayabo y cuando nos llamaban a comer yo le decía, no te bajes, y él se ranchaba entonces, porque si no, no lo dejaba que volviera a subir, pues el guayabo era *mi casa,* y no valían los ruegos de la Ignacia, chantajes ni ultimátums, y mi mamá diciendo peor para ellos, déjenlos, los va a sitiar el hambre, hasta que al fin llegaba Valeria con el canasto de frutas. No parecían hermanos. No se pelearon ni una vez, ni se dijeron las cosas que nos decimos día y noche Juan José y yo. Hablaban de lo que había que hacer con una seguridad, él le decía, ¿verdad que sí tal cosa?, como si la palabra de Valeria fuera el Corán y ella le sonreía, lo miraba como a un niño pequeño que sabe su lección y contestaba siempre con un tono distinto, dulcísimo, sin alegar ni nada, lo convencía de que la acción no era por ahí. Que había que comenzar a preparar otra más eficaz, pues de seguir así, aquella historia se iba a volver un matadero. La novatada la habían pagado muy duro con la muerte de Uriel: mañana ya veremos, y fue cuando propuso: si quieres ayudarnos también puedes, pero yo estaba elevada, contemplando un vasito con tres rosas. Acordándome de los imponderables floripondios de plástico que no faltan en el salón de abajo, y que tú arreglas con tanto cariño y tanta arena y pensando, qué maravilla, tiene rosas, cuando ella se dio cuenta que estaba idiotizada. Cuando observó que yo notaba, se sonrió y comentó que su hermano se las traía siempre a ella y a la Ignacia; que apareció en ese momento, y todo fue una fiesta, como si hiciera siglos no la vieran: son muy bonitas, dije, poniéndome otra vez cual ají-pique, como si hubiera sido un crimen participar de aquella sintonía, de un cuadro tan bonito, tan bien hecho, a ver si entiendes de una vez. Yo no los puedo defraudar. Yo prometí que sí aquel día. Que yo me unía a ellos porque la dictadura era terrible. Eso le había oído decir a mi papá, y otra vez repetí, como una guacamaya, sin entender siquiera de la misa la media. Ignorando de plano cuál era la jugada que iba a justificar entonces aquel final de doble filo: ¡qué impudicia! Salté por encima de mi vergüenza ajena y mi bochorno imbécil como si la barricada tuviera el mismo grueso, ¿te das cuenta? Ellos en su cuarto pequeño, con la cama pintada de pajaritos, y yo aquí, apertrechada, en mi jaulita de oro, en mi caja de vidrio, protegida. En mi casita blanca de dos pisos con garaje y un Chevrolet Bel-Air, tres patios interiores, jardín, tres baños, uno rosa, uno azul, y el otro verde con bañera, para el servicio de los huéspedes. Comedor, living, cocina, un salón grande y la sala de estar, televisor Sylvania de dieciséis pulgadas, tres teléfonos, cuarto del forastero, de estudio, costurero, sin contar con el tuyo, con servicio, el de la lavadora y el de los trastos viejos, yo no sé cómo pude, te confieso, pero la mano viene y va. El cuchillo trabaja igual a las espátulas de los albañiles. Deja la superficie lisa, pulidita, grasienta. Ella sigue cantando dos gardenias y la mira muy fijo, no me mires así, no vas a remachar que son casi las diez, soy capaz de matarte, ¿se te rayó el disco, o qué carajo? ¿Cuándo vas a acabar de echarle mantequilla a esa arepa?

Mejor no discutir. Dejar que acabe de una vez de recoger las cosas en santa paz y calma, y cuando salga del cuarto dar un salto, cerrar de un golpe la persiana, meterse otra vez dentro del sobre y dormir por lo menos hasta las diez y media. Inútil buscar pleito desde tan temprano.

Recuperar el sueño donde ella corría por en medio de una roza de maíz abriendo los capachos, sacándoles el pelo sedosito que servía para hacer agua de chócolo y que les repartían a todos a la hora de la oración, porque ayuda a dormir, era muy rica. La casa estilo House & Garden se columbraba desde abajo, cuando uno se horqueteaba a comer moras verdes en el horcón más alto de la talanquera o a echar maíz a las gallinas que se amontonaban con sus pasitos chuecos a picotear los granos. Enriqueta, como siempre, cuidando sus bifloras. Quitando las hojitas, removiendo las eras, echando encima un puñado de tierra de capote, regándolas con la bacenilla donde ellos religiosamente habían hecho su pipí matutino porque son buenos para las matas, sobre todo en menguante, decía su mamá, y a veces se los echaba a todos en el pelo. Masajeaba y masajeaba: tienen que ser del niño más pequeño para que se les fortalezca, contiene menos amoníaco, a lo mejor. Costumbres bárbaras.

La tierra de capote también se utilizaba para fertilizar los manzanos, fruta que les tenían prohibida como si en vez de ser traídos de Salamina lo hubieran sido del mismo Paraíso. Porque son muy escasas, finísimas, carísimas, son para las visitas, y entonces se contentaba con aprovisionarse de zanahorias de la huerta, una en cada bolsillo del bluyín, para irlas masticando durante las cabalgatas en Gitana.

En la finca todo era distinto. Ellos haciendo cabalgatas. O la cocina de las Álvarez, con Lola y Aura y Ana Feliz pilando mazamorra. Asando choclos en la parrilla del fogón de leña, quemando ramas de eucaliptos para que así se vayan los microbios, y comenzaban con los cuentos y ellos trémulos, quietos, con los ojos cuadrados, imaginándose al *Hojarasquín del monte* comiendo niños crudos y oyendo aullar la *Patasola*. Ana Feliz decía que si hacían cosas malas, la Patasola se enteraba, aunque uno creyera que nadie lo veía, pues era igual que Dios, la Patasola: estaba en todas partes, y Ana dedujo que a lo mejor fue ella la que había ido con el cuento, cuando Saturia la convidó esa vez, al cuarto del picadero. Vamos allí, le dijo, voy a enseñarte algo, pero ella no veía porque eso estaba igual que boca de lobo, no veo ni hebra, no le hace que esté oscuro, no tienes que ver nada, ponte aquí, qué vas a hacer... ¡estás muy fría...! porque sintió la mano de Saturia que se metía debajo del suéter, ¡chissst...! y se empezaron a reír y a corretear como ratones, ven que te muestro, ¡qué...! ¡no quiero!, pero Saturia le insistió que es una cosa que Alirio me enseñó y que es muy rica, y la hizo que se acostara encima de un montón de Imperial que estaba sin cortar y ella sintió otra vez la mano helada que le bajaba por la espalda, ¿te hace cosquillas?, sí, me hace muchas, ahora verás lo rico que es, pero lo único que sentía era un frío maluco y además este pasto me pica, dijo cuando Saturia empezó a quitarle el overol, pero es que si no es así no vale, y si de pronto vienen, quién va a venir, idiota, a ver, quítalo bien, y comenzó a hacer con dos dedos como si caminaran del cuello hasta el estómago. Y siguieron bajando, bajando, y ella, qué vas a hacer, ya lo verás, no tengas miedo, tonta, luego retrocediendo hasta el ombligo y otra vez hacia abajo y las cosquillas fueron entonces un hormigueo calientico, ¿ya?, ¿sientes algo caliente?, y apenas dijo sí con un esfuerzo porque ni voz salía, y entonces los dos dedos siguieron caminando hasta la misma horqueta, recorriendo los muslos suavecito, después el caminito, y uno de ellos como si fuera a entrar, Saturia se reía, tun-tun, quién es, la vieja Inés, y Ana muy tiesa, envarillada, mientras aquel calor le daba escalofríos porque sentía los dedos como algo electrizado que le pegara correntazos. ¡La vieja Inés, te digo...!, y ella quería y no quería, hasta que al fin dijo qué quiere, y Saturia, que si yo puedo entrar mijita, haciendo voz de vieja, y comenzó a temblar de arriba abajo pensando ya no aguanto el pipí, me voy a hacer encima, pero le dijo entre, y le alcanzó a notar su piel morena, porque la oscuridad no era ya tanta, y el pelo alborotado, y la cara de risa cuando se devolvía ombligo arriba haciéndose la loca: te dije que sí, idiota, y ella calmada, espérate, hay que poner suspenso, un poco de emoción para que sea más rico. Y Ana quieta, sudando, con la corriente que subía despacio por las piernas, y los dedos bajando. El hormigueo. Un remezón por dentro que le aflojaba hasta el esfínter, me voy a hacer pipí, apúrate, atembada, pero cuando los dedos comenzaron a desandar el caminito dijo de pronto, ¡no!, y se voltió hacia la pared, sintiendo ese temblor que no paraba. ¡Melindrosa!, le estaba echando en cara la Saturia, cuando en esas se abrió la puerta del picadero y entró Aura: ¡Qué están haciendo!, a todo grito, la muy escandalosa, ¡se lo voy a contar a su papá cuando venga esta tarde! y aquí me agarran a fuetazos, pensó, y aprovechando que la luz que entraba por la puerta no daba en el rincón donde ella estaba, se subió el overol de un tirón y contestó con la voz más inocente del mundo: por qué, qué tiene de malo estar contando cuentos de fantasmas. De fantasmas te va a hablar tu papá después de que se entere, y la Primera Comunión se te fue al agua, la siguió amenazando, segurito,

121

mientras prácticamente las llevaba arrastradas por todo el corredor, las empujó hacia el cuarto donde misiá Mercedes costureaba, las colocó en sendos rincones: ¡se me arrodillan mirando a la pared!, y allí toda la tarde, ¡melindrosa!, te lo perdiste por pura melindrosa, ¡y usted, a callarse que no demora en venir su mamá con un zurriago! ¿Podemos coger moras?, pedían siempre al final de las historias, y se metían al huerto. Se llenaban los bolsillos de moras de Castilla, verdes, para comer con sal: ¿Quién si no ella, la misma Patasola, pudo haber ido con el cuento?

Las cabalgatas las hacían a diario, salvo en los días en que los castigaban por cualquier cosa idiota. Generalmente porque a Marcos le prohibían que corriera mucho en la Tomineja, que en ese tiempo estaba criando y él apostando carreras en la recta de los tanques y claro, la pobre Tomineja llegaba más juagada que las otras y entonces Pacho iba en seguida: este muchacho volvió a correr la yegua y su tía Angélica, mañana nadie monta, van a acabar con esas bestias, y ellos maldiciendo su suerte, furiosos contra Marcos, yéndose con la cauchera a tirarle a los pájaros y sin dejarlo que se acercara en todo el día, ¡imbécil!, dizque Llanero Solitario. Hasta que la bula les era levantada y otra vez a recorrer los montes. La carretera vieja que los llevaba hasta la fonda *La Traviata* donde se hacía un alto de rigor, se pedía Freskola de Tamarindo, se introducían quince en la radiola y cantaban a coro, *un amor que se me fue otro amor que me olvidó por el mundo yo voy penando...* Y el disco se repetía y repetía porque cada vuelta valía cinco centavos, *amorcito que soliiito va, pobrecito que perdió su nido, sin hallar abrigo, en el vendaval,* hasta que un día a la Tomineja le dio por revolcarse en el establo y su tía Angélica mandó llamar a don Gildardo el veterinario de Santa Rosa, y don Gildardo diagnosticó poniendo cara de circunstancias: esta yegüita no amanece, cólico miserere, y hasta ahí llegaron las cabalgatas de su primo. Y las de la Tomineja, por supuesto.

Todos los días cabalgaban como quince kilómetros sin contar con las horas que se pasaban entrenando salto en el barranco del durumoco. Cuando Ana apremiaba a la Gitana, ¡a volar!, ella agarraba ventaja a galope cortito, se iba de refilón como si jaripeara y apenas a diez metros del barranco se desataba a paso largo, saltaba los tres metros como si nada, fresca, muy briosa, muy contenta: tú crees que tu yegua es la no-va-más, y por qué no, a ver: ¿la tuya salta tanto?, te apuesto a que no salta de aquí a allá, y ni el Mosquetero, ni la Barrigona, ni ninguna saltaba, por supuesto. Los primos le tenían pique, eso era claro.

La Gitana siempre iba adelante abriendo trocha, porque era la más baquiana y conocía el camino como nadie. Bajaba hacia la ladera del río San Eugenio, cortaba luego monte arriba por entre cafetales y sembrados de plátano donde la tierra es menos árida de andar, y a veces, como oteando malos vientos o presintiendo algún peligro, se negaba a cruzar la talanquera de los Santacoloma: ese es un raque resabiado, ¡dale fuerte! Pero Ana sabía que el animal tenía razón y entonces daban el rodeo por el Alto del Nudo y subían a la Julia por la parte de atrás; por donde estaban los guaduales donde Pacho les advertía siempre que mucho cuidado con andar por ahí porque está lleno de tarántulas, pero jamás se tropezaron ni una, ni tampoco guatines: que decían que fabricaban sus cuevas en la raíz de guadua.

123

La Julia era otra finquita que su papá compró porque dizque era buena tierra para sembrar café, pero la tuvo que dejar sin ni siquiera recoger la primera cosecha, porque un domingo vino un hombre que lo saludó, cómo le va yendo, don Genaro, y su papá, muy bien hombre, ahí: viendo a ver si podemos sacarle una platica a esta tierra pero es que el cafecito no pelecha, está lloviendo mucho, y el hombre, no se preocupe don Genaro, yo se lo hago pelechar, ya verá, le traigo unas buenas chapoleras para el tiempo de traviesa, si quiere me nombra mayordomo y me da la mitad, así quedamos si le parece, yo me llamo Medardo. Medardo Castañeda, para servir a usted y a Dios. Y su papá, pues es que yo no sé. Yo no he pensado que esto valga la pena de ponerle un administrador, son seis hectáreas apenas, y Medardo Castañeda, pero es que las seis hectáreas se las vamos a hacer rendir el doble, ¿quiere un aguardientico? Y sacó de su jícara una botella de anisado de Caldas y su papá que no bebía nunca no se atrevió a decir que no, porque la cara de Medardo Castañeda era una cara muy particular y el revólver que se descubrió cuando se echó la ruana para atrás, para sacar la jícara era también un argumento convincente. Se tomó como tres aguardientes. Uno detrás del otro, porque yo soy un aguardientero de racamandaca, eso sí, ¡salud!, decía, y se lo vaciaba de un tirón, después su raja de limón bien chupado y a ver: otro, y su papá ya estaba viendo chiribitas y pensando que ojalá que eso no acabara a golpe de plomo, y a lo mejor estaba ya poniendo cara de miedo, porque Medardo lo tranquilizó: no se preocupe, don Genaro, resulta que nosotros necesitamos esta tierrita, ¿me entiende?, y su papá, claro que sí, Medardo, no faltaría más, y el hombre a los abrazos. Era un tipo canijo pero con unos brazos como barras de acero, casi me parte en dos, les contó cuando volvió a la casa hablando hasta por los codos, con una borrachera de tres pisos, explicando que Castañeda le había dicho que don Genaro tenía fama entre los muchachos de ser muy buena gente, y su mamá tuvo que darle como tres Alka-Seltzer para que se aliviara, y al otro día La Julia amaneció plagada de bandoleros, y a ellos les prohibieron que volvieran.

El mayor encanto del paseo a La Julia, era precisamente el cafetal, porque pegados a los yarumos: unos árboles altos de troncos blanquiñosos y con buen musgo que sirven de sombrío a los cafetos, crecían unos bejucos gordotes con los que se podían lanzar de rama en rama y aterrizar en los arbustos o en el terreno húmedo, cuyo piso cubierto por las hojas podridas y las pepas maduras de café, servía de pista. Amarraban también una soga a uno de los guamos; que son siempre más altos, más frondosos que el árbol de yarumo y que además tienen las frutas con una piel motosa, blanca, parece terciopelo, pero que si uno come muchas le da cólico y fiebre por la noche; y la agarraban bien de un saco de café vacío que hacía de ascensor, pues se metían por turnos y dele para arriba, qué horror Dios mío, qué peligro, dirían su mamá y la tía Angélica si por acaso se enteraban, pero era igual a una aventura en el espacio. Delicioso. Un día en que Francisco y Pablo estaban a punto de agarrarse a trompadas por uno de los bejucos del yarumo más alto, oyeron unos gritos, vamos a ver quién es, les dijo Juan José que nunca tenía miedo, pero Francisco aconsejó que no, que mejor se rajaran antes de que fuera la Madremonte la que andaba por ahí, pero los chillidos seguían y Juan José resolvió qué carajada, qué cuento de Madremonte, yo voy a ver, y se fue entonces arrastrando, de cafeto en cafeto, como una lombricita, y ellos callados, esperando y sin saber qué hacer, porque los gritos arreciaban, hasta que al fin, al rato, Juan José volvió pálido, vengan, les dijo, todo excitado, tembloroso, yo creo que es Saturia, hay un hombre que me parece que le pega, y se fueron rastreando por debajo de las matas, uno detrás del otro, hasta que vieron al hombre y a Saturia, o mejor, las piernas de Saturia porque el cuerpo del hombre la cubría y Saturia chillaba ya no más, un poquito no más, decía él, no seas malita, te voy a regalar una muñeca grande desas que tiene don Severiano en la vitrina, y Saturia que no, que yo no quiero, y otra vez con los gritos, y entonces el hombre le taponó la boca con la ruana y Francisco, qué hacemos, y Pablo dijo ¡chissst, que de pronto nos oye!, pero él no parecía, y ellos no modularon, no respiraron casi cuando empezó a quejarse como si le doliera también algo, a refregarse como un desesperado contra la pobre de Saturia, que se calló de pronto y comenzó a hacer bizcos, hasta que al fin dio un alarido y los ojos en blanco, muy abiertos, y el hombre entonces se solivió un poquito como si fuera a levantarse pero en lugar dio tres enviones más, con mucha fuerza, y después quedó inmóvil. Ahora nos ve y nos prende a zurriagazos, alcanzó a pensar Ana, que sentía la camisa pegada a las costillas y un estremecimiento en todo el cuerpo, pero él ni tan siquiera se apercibió que ellos estaban debajo del cafeto, a menos de tres metros. Se levantó de encima de Saturia, que se quedó en el suelo sin moverse, y fue cuando le vieron la sangre que le bajaba por las piernas. ¿Tú crees que-que-que la-la ma-ma-tó?, le preguntó Francisco, pero no estaba muerta. Apenas el hombre se terció el machete, se templó el cinturón, y comenzó a perderse por entre el cafetal, Saturia se volteó bocabajo y se puso a llorar, y ellos le vieron todo el pelo entierrado, y el vestido en chirajos, y notaron que se le había perdido una alpargata. ¡Es Lisandro!, el peón de los Montoya... yo lo vi patentico, dijo Pablo, cuando al fin pudo hablar, pero entre todos resolvieron que era mejor no irle a contar a nadie. Para qué.

De vez en cuando iban por los alrededores, pero jamás vieron a los bandidos. No pasaban de la cañada de abajo y tenían la precaución de dejar los caballos amarrados al lado de la acequia por si tenían que escapar no correr mucho trecho: por ahí anda el *Capitán Venganza,* les advirtieron unos peones que los vieron un día pasándose por entre un alambrado: no se arrimen de a mucho, no vaya a ser que se los topen; y se acordaron de que misiá Imelda, la de la casa de Quebradanegra, contaba que esos diablos no respetaban ni a los niños. Que les cortaban la cabeza y se las metían después entre los huecos que les hacían en las tripas, *corte de mica,* lo llamaban: mejor no aparecerse más por esos lados. Juan José dijo que lo que era a él no lo asustaban y siguió solo, a ver qué pasa, dándoselas de macho, pues que te van a dejar engarzado de un palo como a los de Cañasgordas, yo qué le digo a mi mamá. Tú no te pongas de acusetas. Di que me quedé con las Tobones cogiendo unas moriscas para el pastel del veinticuatro, y se metió por entre la hojarasca. ¡No nos movemos de la acequia!, le gritó Ana, pero él hizo el gesto de Rin Rin renacuajo, muy orondo, y siguió monte adentro.

Pablo empezó a contar que él había oído decir a los arrieros que los bandidos perjudicaban a las mujeres y que a los hombres les cortaban el vergajo y que a los niños también los mataban a machetazo limpio y después los dejaban chamuscarse con casa y todo y que esa gente no tenía corazón sino una víbora en el pecho y Ana pensó que qué sería perjudicar pero no se atrevió a preguntar nada porque a lo mejor si le contaban se lo iba a soñar esa noche: qué es vergajo, le preguntó Francisco a Pablo, preocupado también por lo que hacían con los hombres, yo no sé, me imagino que es esto, y mostró la bragueta, y después de eso siguió un silencio en el que solo se oía el masticar de uñas de Marcos: no te comas las uñas, cuando ella tenía también unas ganas horribles de comérselas. Y si los bandoleros le hacen algo, Virgen del Carmen, ¿qué hacemos si no vuelve?, pero nadie sabía qué se podía hacer en esos casos y entonces no quedó más remedio que ponerse a rezar tres Padrenuestros y tres Glorias, hasta que al mucho rato otra vez Juan José, como el hijo de Rana, tieso y muy majo, con su machete al cinto. ¡Los vi...!, y en los ojos esa risita de cuando no quiere soltar prenda para que uno le ruegue: cuéntame, ¡cuéntanos!, ¡cuéntanos!, y él hermético, poniéndole misterio; repelente y odioso, tósigo como siempre. Bueno... Y otra vez la risita. Pero con condiciones... y ellos dijeron sí, y él empezó que lo primero es que yo pueda saltar en Gitana cuando quiera; lo segundo que también pueda fumar Kool como los grandes y no ese Pielroja tan maluco, y lo tercero, pero lo interrumpió te lo embolsillas, porque no te admitimos el chantaje: yo también puedo contar que tú te fuiste hasta La Julia, y él, ¡ja!, ¿y si le cuento a mi mamá que fumas y que te estás leyendo *El árabe* a punta de linterna, debajo de las cobijas? Yo te presto el puñal cuando juguemos a Tarzán en la quebrada, propuso Marcos; que no dejaba tocar ese cuchillo como si fuera de oro porque su mamá se lo había traído de Miami y cuando se zambullían a matar cocodrilos ellos tenían que usar pedazos de palos por puñales mientras que el de él parecía de verdad y no de caucho, con la hoja plateada y mango negro; y lo agarró de sorpresa, por supuesto. ¿Y cuántas veces me puedo zambullir? Las que quieras, ¡cagón!, ¿vas a contar o no? Y al fin comenzó el cuento.

Los bandidos estaban reunidos en el corredor. Cuatro repantigados en unos taburetes de vaqueta, cuatro jugando tute muy tranquilos, y otros dos prendiendo candela en un fogón que habían armado con tres piedras y con el cedro negro, que se ve que cortaron de los listones que mi papá tenía para empezar las enramadas: ya casi que acabaron con toda la madera. Yo me metí por detrás de la casa y me encaramé en el árbol de zapote y distinguía todo y los oía clarito conversar, y nada más que uno de ellos tenía una cartuchera llena de balas amarrada en el pecho, cruzada así, y aquí el carriel, del otro lado, y un revólver metido por entre el pantalón, se le veía la cacha apenas, y ese no estaba ni jugando tute ni con los de la candela, sino más bien vigilante de la esquina del corredor que da al Cerro de las Cruces, y por un rato nadie hablaba, ¡las cuarenta! decía uno de vez en cuando, o ¡coñooo... me jodí el par de bastos!, hasta que uno de los que prendía candela avisó que ya está el chocolate, y se vinieron todos al lado de la chocolatera y se pusieron a tomar unos tazones y yo con gusanillo y uno con un bigote grande dijo tienen que estar volviendo del rastrojeo los muchachos porque sin ese alpiste no se hace el trabajito en la hacienda de abajo no se preocupe jefe que Lamparilla es el berriondo para hacer cantar a esos sapos seguro que los pajareó y les hizo ya el mandado ese hombre siempre se pone eléctrico cuando hay que rastrojear su píldora en el pecho a cada uno y ya los tombos al papayo, no le dé pensión jefe, le contestó otro que tenía un brazo así, como ruñido. No es eso sino que estamos ya hasta sin viento y eso es malo porque comida es comida lo de los palos eso se consigue y cuando hay que estar en el plomeo se está pero la yuca sin sal eso no sabe a nada ojalá que al huevón de Paterrana no le haya dado por andar detrás de las mujeres y se le olvide hasta la sal al desgraciado es capaz de dejarse pavear como un pendejo por andar chiviando con las brujas, y el otro muerto de risa: no crea usted le tiene ojeriza al Paterrana pero el man es bueno para fosforear jefe acuérdese cuando lo del Quindío cómo fue no dejó rancho sano hasta agarró a dos chulavos ¿se acuerda? los amarró a un par de gualandayes y los fosforero a ellos también ¡Avemaría! cuando empezaron a estallar las balas eso parecía un castillo de navidad de tanto polvorerío yo sí me la gocé... Bueno. Vos también te tenés que cuidar Boqueguama porque como te andés por ahí, durmiendo en los laureles y diciendo que siempre andás fósforo y que sos el vergajo para cortar mochas te vas a encontrar un día con que un chulavo te madruga pero el otro no mi hermanolo no se crea yo siempre listo con mi Ángel de la Guarda y mostró una pistolota de este porte que tenía escondida debajo de la camisa y todo el mundo se puso a reír a carcajadas y a seguir tomando chocolate con arepa y entonces me bajé del zapote aprovechando que estaban despistados. ¿No te dio miedo? ¿A mí...? ¿Por qué me iban a dar miedo unos tipos que están jugando tute y tomando chocolate? Ni que fuera una niña.

¿Sabes, qué...?, le confesó después Juan José, cuando se estaban desvistiendo por la noche: uno de esos bandidos yo lo había visto el otro día tomando cerveza y conversando con don Alfredo, el papá de las Álvarez. Yo no creo que don Alfredo lo conociera siquiera, pero no vas a contar, ¿okey?, y ella dijo que okey, pero se quedó pensando mucho rato.

Don Alfredo tenía un bigote gris, enorme, y los dejaba que se quedaran en el patio mirando cómo él tejía la enea y hacía colchones que le vendía después a los arrieros. Andaba siempre en camiseta y con sombrero de jipa: cómo está, don Alfredo, lo saludaba todo el mundo, y él continuaba entrelazando enea sin contestarle a nadie, fumando siempre una calilla negra; desde el clarear del día hasta el crepúsculo, siempre en el mismo oficio. Lola, Aura y Ana Feliz hacían lazos de cabuya. La cabuya eran unas pilas enormes de pelo largo, amarillento, que se sacaba de las matas de fique y que había que unir matojo por matojo y retorcer a mano tirando de las puntas con una rueca pequeña, hasta que se convertía en una especie de guasca trenzada que servía para enlazar las bestias, manear el ganado en los corrales, empacar los colchones, o vendérselas a los caminantes que se detenían a tomar su Freskola o su cerveza Póker en la ventanilla del repostero que daba al camino, y que la gente llamaba *la Fonda de las Álvarez*.

En los corredores de la casa de las Álvarez aprendió a patinar. Un día se descompuso un tobillo y el pie se hinchó como una butifarra, y ella no podía dar paso, y así como tres días y un dolor espantoso y su mamá preocupada: qué hacemos que ni las sobas de don Benito, y las tales sobas eran un martirio que la hacían ver chispas, hasta que una mañana

Ana Feliz resolvió: no hay más remedio que ir a la casa de Lisbrán, y se la llevó a tuntún por el rastrojo, para que Rosa Melo la curara.

A Rosa Melo la llamaban la yerbatera de Campoalegre; porque vino de esos lados no se sabía ya ni cuándo, en el año del catarro, decían unos: cuando yo era pipiolo, rememoraba don Alfredo, que aseguraba que debía de tener mínimo ciento treinta porque su abuelo le contaba que apareció toda chirosa y polvorienta, acompañando a un hombre, que con bordón en mano y jícara en el hombro, con una barba blanca que le llegaba hasta el ombligo, les relató la historia de la matanza de los Pijaos. Yo lo vi con estos propios ojos que han visto mucho ya y se los va a comer la tierra ligerito, les porfiaba, y vieron más, decía, asegurando que había asistido a la muerte de don Jorge Robledo, a garrotazos, decretada por Sebastián de Belalcázar y que la gente comenzó a llamarlo el loco Belalcázar después de eso, y que ella, Rosa Melo, bajaba a la Fonda de lo que antes era el corregimiento de Risaralda a comprar velas de cebo, aceite y fósforos, por ahí cada dos meses. Y cuentan que pagaba con morrocotas de oro, interrumpía misiá Mercedes, la mamá de las Álvarez, pero yo no creo que sea hechicera, Alfredo: acuérdese cuando curó a misiá Ercilia de esa hemorragia tan horrible y a don Alcides mismo, de ese garrotillo tan tenaz que lo tenía asoleado pues a mí me trinca más bien que era un mal de ojo, y Rosa recetó que gargarismos de cocimiento de arroz con un poco de cebada y una gota de vinagre y adiós santo remedio. No dirás que no, Alfredo. Una mujer que alivia al prójimo de tantos maleficios con solo unas yerbitas no puede ser indina, y acordáte de Benilda, la de la Cristalina, por ejemplo. ¿No fue un milagro patentico que se le quitaran esos reumatismos nada más con unas fricciones de saúco y unas tomas de salvia?, pero don Alfredo insistía, ¡supercherías!, no me hablés de esa mujer como si fuera una santa milagrosa, porque un día de estos te van a salir culebras por la boca, ¡Mercedes!, dejáte de chilindrinas; y a ellos les tenían prohibido subir hasta Lisbrán. Por nada del mundo.

Buenos días doña Rosa, dijo Ana cuando llegaron a Lisbrán, como si nunca hubiera visto ese estanque con lotos y pescaditos Cupis, los jardines cuajados de matas florecidas, parásitas y orquídeas colgando de los árboles, los jilgueros, turpiales y los cucaracheros volando en la arboleda, o picoteando por entre en corredor como si fueran de la casa, la enredadera de Batatilla agarrada a los postes: ¡qué bonito es todo esto!, como si por primera vez lo descubriera, y Rosa: buenos días, sin hacerle ni un guiño, a ver, qué es lo que pasa, y ella, que me duele este pie, y Ana Feliz, trata de deshincharle ese tobillo, Rosa, mira eso cómo está, y entonces ella se fue a buscar la planta de Sanviviera y trajo unos matojos: a ver si esta yerbita. Las machacó con una piedra hasta que se volvieron mazacote: no te lo quites en dos días, y le amarró el emplasto con Lengua de Venado, que Ana sabía que era una hoja muy eficaz también para las picaduras de serpiente.

Rosa Melo les enseñó un montón de cosas. Empezó un día que a Marcos lo picaron las avispas y ya los ojos se le estaban poniendo chiquiticos de tan hinchado que tenía. Se parecía a un chino y lo del remedio de las tres yerbas masticadas no hacía ningún efecto y él chillando que le dolía mucho, cuando pasó Rosa y lo oyó: vengan que yo le voy a curar eso al niño en un ratico. Fue entonces cuando vieron aquel jardín lleno de cantos de los pájaros y de flores exóticas. La casa limpiecita. El suelo de tierra bien barrido, con ramas de escobadura que ella encababa en la guaduilla, y la cama era un colchón de enea y una cobija de lana cruda, que tejió en un telar, donde se hacía también las túnicas. Encima de la mesa tenía un Cristo y una estampita de la Virgen, y la imagen de un santo, que Rosa dijo que era un médico: que era muy milagroso, y que ella quería mucho. Cuando yo estoy enferma él me hace curaciones, porque ya estoy muy achacosa y soy muy chocha y lo que quiero es irme, pero él me cuida me doy cuenta que todavía hay que hacer mucho bien por el mundo, que todavía no. Es por eso que los que creen en él, y en mi Dios Santo, que es el que siempre da la gracia de hacer estos favores a los necesitados, los podemos sanar con estas yerbas y con los remedios que él también les hace por las noches, como a mí: en las operaciones que a veces tiene que practicar para que los enfermos queden bien: pero hay que tener fe, les dijo, y les mostró las rosas. Las rosas son las flores más poderosas de la naturaleza. Si algún día están tristes, mis hijitos, y no les faltarán tristezas, por desgracia, pues no todo es orégano en el mundo, acuérdense de esta anciana y en mi nombre y el de Nuestro Señor, pongan siempre una rosa con un vasito de agua y tomen de ella. Cada noche. Las rosas curan lo que no puede curar la ciencia de los humanos. Y así les fue enseñando cosas sobre las plantas, los astros, los planetas, los silfos y las sílfides, las salamandras, las ondinas, los gnomos, por ejemplo, viven debajo de la tierra y son los que producen minerales y las piedras preciosas, y así horas y horas. Don Alfredo comenta que aquel hombre de barba con el que tú viniste, conoció a Sebastián de Belalcázar: ¿es cierto que llegó desde España y que peleó en los tiempos de conquista? Pero no contestaba a esa pregunta y se quedaba callada mucho rato. Bueno: con esto se le baja esa hinchazón tan fea en un par de días, si Dios quiere, les dijo Rosa Melo, y cuando ya volvían, Ana Feliz le aconsejó que mejor no le contara a nadie: que si le preguntaban que qué tenía en el pie dijera que era un remedio de don Benito, y Ana le dijo que tranquila, que no se preocupara que no diría ni pío, porque sabía que si por algo se enteraban eran capaces de no traerla en vacaciones, y ella por nada del mundo se iba a perder las tardes donde Rosa.

—Si sigue pereciando le voy a tener que recalentar todo otra vez.

Pues recaliéntalo. Yo qué tengo que ver con que tú te creas dueña y señora de media humanidad solo porque los vi salir a todos, a toditos, pirringos, del vientre de su mamá. Quién te manda a ser el reloj de la catedral. A obedecer a la señora. A confesarte los primeros viernes. No la deje dormir, despiértela: la pereza es pecado, conminará el cura de seguro, mientras te endilga cuatro Padrenuestros, claro que sí: es pecado. Forma parte de los deliciosos siete pecados capitales, y es nada menos que la madre de la vida padre, Sabina de mi alma, ¿cuándo vas a entenderlo? Yo por mi cuenta no tengo nada contra tus primeros viernes: ¿o me interpongo acaso en tu sendero cuando vas para misa con tu rebozo blanco de borlitas y tu rosario de marfil labrado? Contesta. ¿Me interpongo? Dios me preserve de cometer semejante atentado contra la libertad de acción de pensamiento, de doctrinas, pero ella decidió seguir con su limpieza, aspirando el tapete con la diabolería que inventó Westinghouse y produce un zumbido para romper los nervios y los tímpanos: ¿por qué no te vas para el carajo a barrer con esa mierda aspiradora? ¡Eavemariapurísima!, no digas esas blasfemias que se lo cuento a su mamá. ¿Sí...? Ya era hora. La señorita no se ha querido levantar, le dices, cuando ella entre muy peinada, olorosa a Pantén y a Desert Flower. Le traje el desayuno pero dejó que se volviera sebo.

En la carpa de atrás se cambian los artistas. Hay una especie de poltrona viejísima forrada con cretona roja de flores verdes y amarillas, un diván afelpado, y el resto son roperos y baúles y afiches que dicen Circo Egred, o con las fotos de Tina y sus hermanos haciendo la pirámide, y otro montón de trastos que sirven para los malabares o domar animales y hay un olor a naftalina que no más al entrar la tufarada se te viene encima como cuando se abre un armario en el desván: una perfecta leonera, sentenciaría su mamá, si por casualidad pudiera verla. No hay un placer más grande ni dicha más inmensa que aquellos días en que Tina se ablanda; se deja seducir por las carantoñas de Julieta y las lleva a la carpa. Aquí duermo de noche, dice con una voz que hace morir a cualquiera de pique: detrás de esta mampara; y ella examinando flor por flor porque es un biombo de la pura China, es auténtico, como si fuera mágico: la China es un lugar muy lejos donde fue Marco Polo, ¿no es cierto?, me gustaría tanto ir... dice Julieta, y Tina se alza de hombros: yo creo que muy pronto van a contratarnos. Juegan después a ser la Scherazada o la domadora de elefantes. Todo depende del disfraz que les deje poner porque si vienen mis hermanos me asesinan; pero a nadie le importa. Julieta baila con sus pasos cortitos. Se muere de la risa pues la barba de lana le hace muchas cosquillas y el bigote es muy grande: *los enanitos van y vienen bailan y cantan al compás*... tú también, la invita a acompañarla, y las dos se colocan en posición de danza, mano izquierda en el hombro, derecha en la cadera, hacen la reverencia, forman después el puente por donde ha de pasar la runfla de enanitos, pero ya a esas alturas Tina se siente incómoda, no le gusta la cosa: es un baile ridículo, ni siquiera es ballet, dice despreciativa, es obvio. Lo que más le molesta es verlas tan amigas, tan juntas, tan en dúo. La mano de Julieta aferrada a la suya, ¿no te parece lindo?, pero no le parece: vamos a ver las fotos, corta con tono de perdonavidas; y con una especie de sacacorchos abre con gran pericia el baúl de los chécheres.

Saca el álbum de siempre con las tapas de cuero y también como siempre repite dulcemente: ella lo repujó cuando estaba en el colegio. Se miran de reojo. Le quieren decir algo pero no dicen nada porque saben que Tina la extraña como a nadie. Que quisiera llorar pero se aguanta, porque sería igual que quedarse desnuda en el atrio de la iglesia con todo el mundo viendo, ¡pobre Tina!, tan triste. Con su pelo rizado y de color del trigo. Con sus ojos tan verdes, tan de persona grande. Tan saudadosos cuando miran el barco con las jarcias sin vela, y aquellas tres gaviotas que vuelan en hilera quién sabe para dónde, quién sabe dónde irán, quién lo sabe, repiten, y vuelven a mirarse con una pena inmensa, se arrebujan las tres en el diván de felpa y miran en silencio los parques en colores de Bucaramanga y la Ermita de Cali y el mar de Santa Marta: ¡la bahía de La Concha!; y ven como un desierto sin casas y sin árboles, solo un matarratón todo ñurido, y al fondo algo que les recuerda la piscina del Campestre. Igual de transparente. El mismo azul verdoso pero en grande, en inmenso. Es agua muy salada, se va animando Tina. Se olvida del barquito de jarcias desvalidas y cuenta que dos negros la llevan en piragua hasta la isla blanca donde la arena es fina, y hay piedras de este porte, de color tamarindo.

Allí no habita nadie porque es lugar sagrado. Ellas petrificadas, anhelosas, contemplan ese mar de color agapanto, las madréporas. La ribera amarilla por donde Tina ha caminado tantas veces recolectando caracoles. Allí vivía un rey o un dios. Alguien muy importante y nadie, nadie, sino los alcatraces pueden vivir ahora. Se imaginan el ruido que producen las olas, el chass chass de ida y vuelta mientras uno se tiende como un muñeco de trapo hasta que el agua te levanta de un golpe, te sumerge en la espuma y te regresa suavecito cabalgando en su cresta, y es un olor a yodo el que les trae el aire, un viento marinero que sacude la carpa mientras Tina comienza érase que se era y Julieta susurra: algún día yo iré, mientras pone los dedos a manera de cruz: te lo juro por esta, no interrumpas, no estoy interrumpiendo, o es que te crees que solo tú tienes derecho, ni que fueras la dueña... Lo cuento o no lo cuento. Por favor... Y tú, calla, yo quiero oír la historia: *era un rey con tres hijas*... Érase que se era un rey con sus tres hijas. Tres princesas muy bellas, graciosas y galanas, tan rubias como el sol.

Tina se sabe montonadas de cuentos. Además, lee los libros prohibidos, y en realidad, si no es por ella, jamás se enteran de que existía Rocambole: sátiro y pervertido, como ella lo llamaba, porque se entraba a los castillos guindado de la hiedra y arrastraba con todo de un volión mientras los invitados comían caviar y lo rociaban con champaña, ¿saben lo que es caviar?, y ellas que sí, que claro, por supuesto, para no quedar como unas provincianas. Tina lo sabe todo. Ustedes mucha Cívica, mucha Historia Sagrada, mucho de *es mala educación poner los codos en la mesa* y nada de entendedera, al fin de cuentas; se burla cuando Ana le pregunta por qué Sidi-no-man, el hombre perro, es escabroso, porque ella no lo entiende; pero jamás se lo explica. Está segura de que se rebusca las palabras y las deja caer, como al desgaire, sin importarle si el público las capta. Mientras ellas a duras penas recitan lo de Manecita rosadita y el hijo de Rana Rin-Rin Renacuajo salió esta mañana muy tieso y muy majo, pues no las dejan aprender sino de *La Alegría de leer*, ella se sabe de pe a pa algo que las derrite: ¿quieres que hablemos...? Está bien. Empieza. Habla a mi corazón como otros días, pero no, qué dirías, ¿qué podrías decir a mi tristeza...?, y se la pasa el día entero descrestándolas con que Micenas, Epidauro, Nauplia y Corinto, Rodas, Delfos... Son unas islas griegas, atembadas, ¡qué gracia! Porque se lee los libros que tienen sus hermanos. De allí venía un rey que se llamaba Homero: otro día les contaba. Cuando Ana oyó nombrar a Delfos, se prometió que cuando grande haría la peregrinación hasta aquel templo, se plantaría al lado del oráculo y pediría conocer los secretos del mundo, en Delfos... como un canto. Un misterio que recorría la espalda a ondadas lentas y le anunciaba rostros y paisajes que ya se había encontrado quizás en otra época, por qué, no lo sabía. En Delfos había un rey con sus tres hijas, vivían en una isla rodeada de pájaros que cantaban y hablaban y lucían plumajes todo de pedrería, proseguía muy seria con tono de sabihonda: los había de rubíes, de perlas, de topacio, de ágata y zafiro... Eran aves marinas que no vivían en los árboles ni cantaban de día. En las noches de luna predecían el futuro y por eso en la isla todos eran felices: los pájaros, los árboles, las fuentes cristalinas, animales y esclavos. Nadie lloraba nunca ni sufría dolores ni le faltaba nada, hasta que un día, cuentan: una noche sin luna en la que no había grillos ni cantos de chicharras, ni siquiera una estrella que iluminara el cielo, se fueron las princesas: se escaparon. No se supo más de ellas. El rey, enloquecido, ofreció por rescate medio palacio y medio reino, pero nadie pudo decir su paradero, o mejor dicho, nadie se atrevió nunca a revelar al rey lo que los pájaros cantaron una noche de luna, de eso hacía muchos años: *las princesitas habitarán en la ciudad errante, las princesitas habitarán en la ciudad errante*... Y así fue. Jamás las encontraron. El rey lloró y lloró y sus lágrimas se convirtieron en piedras de color tamarindo. El palacio se fue calcinando por la furia del sol, que también reclamaba las princesitas de cabellos dorados y fue fundiendo las piedras meticulosamente hasta que una por una se fueron reduciendo a un montón de boronas de color escayola. Los pájaros callaron. No emitieron ni un trino ni un gorjeo chiquito. Todo fue feneciendo, olvidándose, extinguiéndose, y el rey se resecó como un cuero de iguana de tanto estar llorando y tan poco comer. Cuentan que los esclavos se sumergieron también, uno por uno, en las profundidades del Caribe. Los atraían los cantos de las tres princesitas, que aderezadas con diademas de escamas y túnicas de algas y mantos de corales, emergían del fondo de la ciudad errante y cantaban con voces lastimeras, muy dulces, los embrujaban, de seguro; es claro: los seducían y luego se alejaban en un barco muy grande, un velero dorado tirado por delfines, ¿y el rey, pobre, qué se hizo...?, porque no se atrevió a preguntar lo de *los seducían*. Se murió: ya les dije.

Fue una muerte muy dulce, resolvió Julieta sin saber de qué hablaba porque tú cómo diablos vas a entender lo que es la muerte, le refutó en seguida con aire de esas señoras que ya lo saben todo y se llaman Sibilas, según ella. La muerte es algo dulce, repitió muy segura. Un despertar en otra parte donde si quieres puedes ir a pasear a caballo por las nubes, a mí me gustaría... pero no la dejó: porque esas son majaderías de viejas. Desde entonces nadie volvió a pisar la isla. Solo los alcatraces. A las cinco de la tarde se los ve aproximarse desde los cuatro puntos cardinales. Raucos, raudos, veloces, formados en cuadrilla como aviones de caza cuando van en parada, se acercan a la playa en bandadas inmensas. El alcatraz-cabeza, el que recibe el golpe de aire de primero y ordena el rumbo como si fuera un cabrestante, marca entonces el ritmo, se balancea o rompe el cielo a bandazos con sus alas inmensas, se detiene de pronto, apenas medio flota llevado por el viento y los demás lo imitan. Se quedan suspendidos en espera de algo, y así todos los días. Esa es la ceremonia. No se sabe por qué. Tal vez oyen los cantos de las tres princesitas, o les piden permiso de habitar en la isla, piensa pero no dice: quién sabe por qué sea, comenta interesada. Cualquiera puede verlos cuando se quedan quietos, en cuadrilla apiñada, cien o doscientos metros antes de tocar tierra. Esperar diez minutos y luego emprender vuelo. El capitán se mueve. Da el primer timonazo con el ala derecha: se enrumba hacia los árboles y en menos de un minuto estos quedan tupidos, no se ven sino plumas, y ella se acuerda que hace tiempo que vio un árbol así. Era en la carretera de Cartago, con una sed inmensa y un polvero horroroso, y cuando su papá les dijo miren, y señaló hacia el borde de la laguna, casi que no le pasa la saliva. Las ceibas se veían como si las hubieran injertado con algodón hilado o algo blanco, que en copos apretados colgaban de las ramas, y al fondo todo verde, sembrado de arrozales, y el cielo de ese Valle, que no hay manera de describirlo, porque parece a veces que lo hubieran pintado con la paleta equivocada, de tan azul, o de tan lila, tan rojo por las tardes, y ese aire tosco y seco, que apenas sopla en todo el día, hasta que son las cinco y entonces se aprovecha para mover palmeras y enaguas de negritas que van camino del río, con un andar de mula briosa y su batea de chirimoyas o de papayas frescas en el hombro. Y ese aroma de Camia... Son garzas, explicó. ¡Son garzas...! ¿No te gustó mi cuento?, la interrumpe, y ella dice que sí, que es fascinante: y ni que hablar de las palabras con que embarulla todo. Eso de cabrestante y lo de seducir, digamos. Se las está inventando como se inventa aquello de dos negros me llevan en piragua y la arena es muy blanca, del color de la nieve, quién se lo va creer si la historia es muy clara: ella le añade el resto. Le pone mucha tiza con lo de los alcatraces. Mejor mirar las fotos.

Y mientras iba caminando hacia la sala iba pensando, quién será. Confieso que no te esperaba para nada, pues no pensé que te fueras a gastar en semejante viaje, y desde hace dos días estoy pensando en lo que hablamos, lo que dijiste al verme flaco y ojeroso. Tan podrido. Estábamos nerviosos, y no sé hablar delante de nadie y mucho menos con otro tipo fisgoneando, nunca sé qué decir. Durante todo este tiempo he tenido el cerebro como un barco en un puerto. O sea, anclado cuarenta y siete días con sus noches, hasta que al fin viniste a izar las velas, levar ancla de golpe, y eso me pone como raro, pues ya me estaba acostumbrando al malecón y al ir de los demás mientras que yo asistía desde lejos. En fin: que fue muy bueno verte.

Lo único que hacía era mirar los cuatro muros, las rejas, las literas, y dejar el resto como si no existiera, y a mí me parecía que era el único modo, pero tienes razón. Quien no llora no mama.

Al despertar por las mañanas trataba de estirarme para desenroscar los músculos pero ni eso podía, te lo juro. Me quedaba encogido como un guatín, lleno de pereza, y el cuerpo tembloroso y con sudores fríos. No sabes lo que es eso. Es una sensación de que algo te apercuella noche y día, y será la paranoia, yo no sé, el caso es que no hay espacio para ideas, y los nervios crispados, y esa desesperanza que se te pega de un costado, como si fuera el Ángel de la Guarda.

Esto se vuelve una estacada gris, un pantanero neblinoso. Con todo y sol, me entiendes. Una calle de Londres de las de Agatha Christie, y ya vas viendo por dónde va el paisaje... El engranaje que uno se fabricó desde que comenzó a tener dizque uso de razón, se va volviendo como un rompecabezas desarmado, por el solo hecho, por ejemplo, de mirar hacia el cielo (que es un constante punto fijo desde aquí: paralítico). El espacio te asfixia y apenas si caben las camas de litera, un par de sillas y lo que aquí llaman inodoro. Los libros en el suelo y todo vuelto una miseria, las camisas, el block, los calzoncillos, ¡todo!, y yo me acuerdo de situaciones que puedan parecerse pero no soy capaz de superarla. No me conformo. Y mientras pasa, la historia del compañero Dante es un cuentico de hadas finlandesas al lado de este infierno, te lo juro, no es charla. Además (y es por las noches, casi siempre) la sombra de una presencia (persistente, continua). Sobre todo eso. Qué mierdero.

Lo peor es que cualquier cosa que trate de escribir está sometida al lenguaje absurdo de la desesperación o sea: confuso, repetitivo, hasta me creo Proust aquí metido y me da por ponerme a escribir cuentos pendejos porque ¡ojalá fuera Proust!, o sea, que es inútil.

Para qué hablar del color de las paredes y del olor a calzón de maromero que rezuma todo esto. Del colchón que parece que lo hubieran rellenado con pepas de aguacate y que por eso me duelen los riñones y amanezco molido y no me pregunto realmente por qué estoy aquí sino por qué carajo las cosas tienen que ser así. Porque yo estoy jodido.

En fin.

Te haré caso. Voy a escribir, a ver qué pasa. Los libros están chéveres, al menos tienen pinta. No había podido conseguir

sino las porquerías de la que llaman Biblioteca, y no me daba la gana. Preferible mil veces las tiras cómicas del suplemento de los domingos, que un tipo se consigue y me las presta. No es fácil. No lo creo. Pero quiero dejar un espacio, irreal, irredento, irracional, irresoluto, irreversible, irrevocable, invertido
abierto, en todo caso.
Que no sea este círculo amarrado por las puntas. Esta hilera de puertas con aldaba, todos estos caminos sin señales como los que uno ve en los cuadros y que nunca se sabe: como las escaleras de Piranesi, ¿te acuerdas? Me las mostraste un día: me aterrorizan, me dijiste. Pues lo mismo es aquí. Escaleras y escaleras que no conducen

Miércoles diecisiete

exótico, a lo mejor, pero es alucinante, te prometo. Seguramente por lo que está cerrado, pero lo cierto es que si de un momento a otro tumbaran estos muros a lo mejor no cambiaría nada. Creo que seguirían siendo igual, dando los mismos pasos, los tienen ya contados, ¿te das cuenta? Fieras acostumbradas a su jaula. Hay uno que camina como si fuera en un desfile. Circula mejor la sangre, eso dice él, pero yo creo que es simplemente una manera de salirse del juego o de pensar en otra cosa que no sea este materile en que nos tienen noche y día, muy pendejo.

Otros caminan en redondo. Otros en línea recta, con las manos atrás, mirando fijo al suelo, y a lo mejor meditan cosas serias, pienso a veces, pero qué va, no hay tiempo sino para cagarse en la puta que parió al guarda de turno, o cosas de esas. Ya te digo. Lo que más me impresionó fue cuando comencé yo también a pasearme (y pensaba en esa vez en que de puro aburridos le hicimos caso a César que dijo con este caminito de gasolina van a ver y eso hizo fuff y se apagó en seguida ¡qué risa!, ¿tú te acuerdas?) con los ojos cerrados, porque aquí está mi cuento: yo caminando sin tropezarme ni una vez, con la seguridad de un ciego, ¿ahh...? Me pareció increíble cuando caí en la cuenta (casi se incendia todo, si no es porque no sé quién vio el humero, y corrió con poncheradas de agua, ¡qué cueriza!).

Son cuarenta y seis pasos verticales y ciento tres horizontales. Cuatro garitas de madera en las esquinas y sendos chulavos dentro, con sendas tartamudas.

El recreo es a la hora precisa en que en la iglesia de aquí al lado ponen un disco de hace ya cuarenta años con el Aveee Aveee cantado por las monjas y entonces la campana, y todo el mundo a aprovechar el sol, que a esa hora pega de lleno en la mitad del patio, y lógicamente eso se vuelve un apeñuzcadero, sin hablar de los que joden con los balonazos pues ya sabes, el fútbol

le dije yo, porque no es que una mariposa sea el fin del mundo, por supuesto, pero le comenté no más, y él, QUE NO, ¡NO SEA PENDEJO! Y bueno, dije.

Pero eso sí. Él contándome todo lo que se sueña por las noches y cómo era la tipa que se tiraba encima de un billar diez veces seguiditas (porque él era el patrón hasta que le dio la verraquera porque la vio con otro y entonces la paveó un buen día saliendo de matinée, adoraba a Clark Gable), y empieza a chacotear cuando me cuenta la cara que ella le hizo, ¡aypapacitolindomijo!, le gritó, como cuando se la tenía metida a fondo, lo mismo que el cuchillo que no se le veía sino la cacha, y él emperrado y vuelve y me comienza y las tetas así, como toronjas grandes, ¿y a mí eso qué carajo, si lo único que uno se puede tirar aquí son los barrotes?

Era enorme, y azul: azul eléctrico. Tenue, sutil (distante vagarosa), traslúcida, irreal. Era tan bella que se me fue el aliento, me dio palpitaciones, me recosté contra uno de los muros para sentir mejor la emanación de tanta gracia, tanto donaire, aquel efluvio suave que derramaba de sus alas y me envolvía todo como si fuera una placenta, y el sol acariciándola y penetrando sin tocarla, sin manchar su hermosura tan grácil (tan etérea) posada en el barrote como si fuera un sueño (como un regalo de los dioses), ¡TÚ ESTÁS VARETO, HERMANO!, me gritó, y resolvió después que era una maricada.

Muy bueno el libro de Malcolm X. Es como un correntazo. Te contaré después, cuando termine.

Y no digas nunca más eso de tus cartas. ¡NUNCA! Porque si no me dan café en el desayuno no es tan grave, o si no saliera el sol, no sé, no digas vainas raras porque me pego un tiro. ¿Ok?

Sábado treinta

inteligente, mucho. La semana pasada lo agarraron con otros veintitrés, y me contó cómo fue todo. A él le rompieron dos costillas y los dientes de abajo a punta de bolillazos. Muy serio, el hombre. Me vio los libros y me preguntó qué opinaba de Malcolm y le conté de ti y al final me dijo algo que me dejó viendo un chispero: ¿tú crees que la religión es la fuerza de los débiles o la debilidad de los fuertes?

Malcolm X fue castigado por su pecado de soberbia y los negros pagaron el pato porque lo asesinaron ellos mismos y era uno de los tipos con más cojones que han tenido y ya ves: se quedaron sin líder. Como cuando se suprimió a Gaitán porque era un cerebro peligroso, o a Lumumba, dijo, y me preguntó por qué me contentaba con escribir en una pinche página deportiva si me consideraba periodista.

Cuando salga de aquí no pienso seguir siendo un cronista deportivo, ni en ese pasquín ni en ningún otro, te lo juro: ni muerto. La redacción tiene la culpa de todo el bonche que se armó con ese cheque, pues me había prometido que este mes le aumentamos y yo, claro, contando con el sueldo giré más de lo que era, y había que ver la cara de todos cuando don Argemiro me ofreció que vamos a conseguir un abogado y yo le reviré que el abogado se lo meta por donde mejor le quepa, señor Pérez, y a veces me arrepiento, no te digo que no, porque esto aquí no es Miami en vacaciones, pero me encabronó que me miraran como si de verdad yo fuera un caco y no el cajero, que se hizo el bobo y no firmó la nómina como era: yo allá no vuelvo ni a deshacer los pasos.

Me puse a echar cabeza, y francamente
que si la última *marca olímpica*
que la goleada al Deportivo Pereira
¿te das cuenta? Mierdero
que todos los ganadores de premio de montaña
los tenistas de moda
el goleador de oro
los ases del volante

el favorito de la carrera
el jockey de los Rocha
la novia del Tigrillo

todo un poema, ¿ves?, y uno sin dormir greña ni tiempo de un café porque Carlos Arturo Rueda está por transmitir el noticiero deportivo y entonces ¡TODELAR...! ¡LA PRIMERA CADENA!, no... ¡TAMPOCO!

El día que escribí un artículo diciendo que Cassius Clay era un tipo cojonudo porque se iba a dejar meter a la cárcel en vez de ir al Vietnam, el director me llamó (jamás había pisado esa oficina ¡qué sillones! ¡qué mesas-todas-en-cristal! ¡qué cuadros de Obregón y de Botero! y hasta rosas...), ¿se está creyendo más que los americanos?, o qué es la cosa, joven, y yo como una estaca, claro que no, si esos Manes son sabios, don Eduardo, y me extendió una hoja toda llena de tachones, que era la mía, lógico: de Clay usted explica cómo dejó a Liston y ya está. Y que escribiera sobre Becerra, el del Real Madrid, que se rapó porque el entrenador le insinuó que se arreglara el pelo pues lo tenía muy largo, si es que tenía tantas ganas de hablar sobre protestas, y me entregó la foto del tipo que parecía un mohicano.

Cuando Tommie Smith ganó la prueba de doscientos metros en las olimpiadas y levantó su puño enfundado en guante negro, el jefe de redacción me pasó la noticia y me dijo: de esa vaina del guante ni una palabra, escribe no más que el negro ese ganó la prueba de 200 metros, y listos, cómo no, dije yo, que en esa época era un caído del zarzo que le hacía tragar a la gran masa de lectores todo lo que el jefe me hacía tragar a mí, pero no creas. Yo sabía que los americanos solo consideran

151

compatriotas a los negros cuando se trata de victorias olímpicas. O en el caso de Louis Amstrong, por ejemplo, que en plena época de conflictos raciales representaba al Departamento de Estado en una gira por África. Muy tenaz. Pero eso era meterse a hablar de jazz y de otras hierbas. Y entonces escribí mejor sobre el Mercedes Benz color papiro en que Fangio andaba dando vueltas por París, y sobre el sueldo que le pagaban a Pelé (una de cal y otra de arena), y me jalé un articulazo sobre el equipo de Inglaterra, que mereció elogios por parte del jefe de redacción y ya se me está volviendo la cabeza como un bombo porque empezó el tipo de al lado con los ataques y hace una hora que da patadas a las rejas vida perra

no me olvides
no me olvides

nomeolvides

Diciembre ocho, miércoles

últimamente, lo que es una ventaja.

Juego fútbol también y subo muchas escaleras y camino por lo menos dos kilómetros diarios recorriendo corredores y a veces cuando nos toca echar pala y unas flexiones que haga para que se me pasen las ganas, y así.

Me gustó mucho *País portátil*. MU-CHO.

Aprovecho que mi celda tiene luz de día y de noche pues la lámpara del corredor derrama su fanal tenue y sutil (rodeado de cucarrones) hasta una punta de la litera, y me desvelo y leo hasta que me canso o los ojos me pican y esta va a ser una carta muy latosa porque estoy más aburrido que una mica en dieta, y este calor, carajo.

Pedí permiso para tener una máquina de escribir y estoy pendiente.

¿QUÉ MIERDA ES LO QUE PASA QUE HACE COMO DIEZ DÍAS NO ME ESCRIBES?

(¿Verdad que por allá está haciendo mucho invierno?)

Este es el río Magdalena, con los cocodrilos y los tiburones que uno ve desde el barco, ¿tiburones?, pero si en los ríos no hay, claro que sí: en el Magdalena había de todo, hasta elefantes vio un día paseándose en la orilla; y había que creerle porque si no cerraba el álbum y adiós fotografías. Mejor mirar lo grandotota que era la catedral de Manizales. Es gótica. ¿Ah... sí?, como si fuera de maíz trillado, no entendían ni jota pero ya se sabía que si preguntaban de a mucho Tina no iba a parar con las palabras raras. Yo un día vi una iglesia con una estatua colonial... ¿Colonial?, se rio Julieta, y a ella le dio un calambre en el cerebro nada más con pensar que tendría que explicar lo que era eso: sí, porque la trajeron de España hace ya más de un siglo, así había dicho su papá, y ojalá que bastara. Pero claro que no. Porque quería saber a dónde y cuándo, y entonces tuvo que sacarse del bolsillo la historia de las garzas. Esas son cosas que te inventas. Quién dijo que unas ceibas con pájaros nidando son una visión alucinante, desde cuándo, y entonces intentó: había una Virgen con un niño que era de lo más chueco que pueda imaginarse, con colorete en las mejillas y los labios pintados, de madera... pero todo eso lo recibió un silencio burletero. Una especie de a quién le importa tu Virgen colonial vestida de Mariquita Pérez, lo que la sumió en un tembladeral sin posible asidero. Ni una frase brillante, o una palabra de esas estrambóticas, con que Tina las deja a veces sin resuello: había que revisar el pequeño Larousse. No resistía el gesto de Julieta. Ese mirarla con sus ojos de almendra requemada. El suspiro de arrobo. El decir sin decir pero se ve a la legua la adoración perpetua: ¿y cuando grande seguirás por el circo? Por supuesto que sí. Ya se estaba entrenando para las pruebas del trapecio y muy pronto sería como las águilas del Razzore, ¡qué envidia!, sin darse cuenta que lo de colonial fue uno de los esfuerzos más increíbles de su vida, pues todo su entusiasmo era con lo de trapecista. Pero le daba mucho miedo.

La procesión se detuvo sin que se diera cuenta y el remesón le hizo gritar un ¡ay, carajo! que le salió del alma porque el cajón le dio un golpe en el hombro que por poquito le quiebra la clavícula, ¡qué son esas palabras! la regañó la madre Rudolfina, que salió quién va a saber de dónde. De debajo de las piedras, igual que de costumbre. Siempre presente en los momentos cruciales, cuando alguien dice algo, o hace algo, o a lo mejor se atreve a pensar algo contra el sagrado reglamento, detector automático, la puso la Pecosa. Perdone madre, es que me duele el hombro, pues cámbiate con alguien, no quería, no darle gusto al diablo: haría el sacrificio por el bien de su alma, por si no había confesado lo de las planas de la madre Córdula. Se le aflojaron las rodillas cuando se imaginó que la iban a tapiar. A dejar para siempre dentro de una de esas urnas. A poner una cruz y debajo su nombre y apellido. ¿Es muy larga la muerte?, le preguntó a Sabina y ella dijo que claro, que para casi siempre. Eso quiere decir que mientras tanto uno sigue creciendo hasta alcanzar al abuelito y luego a mamá Inés, su bisabuela, ¡pobrecita! La ve siempre que pasa, sentada en esa silla que a ella le fascina y que es vienesa, porque las trajo mi papá Miguel de Europa, a lomo de mula, le contó su mamá. Primero en barco hasta

Buenaventura y luego eche pa' arriba, a atravesar la cordillera, doscientos o trescientos kilómetros, caminar y caminar todo el Valle, y así trajeron también el tocador con el espejo enorme, puro cristal de roca, le explicó. Jamás pudo entender cómo una roca se convertía en espejo. En todo caso la dejó hechizada la hilera de angelitos que están como flotando, pegados de los bordes: en ese tiempo todo viajaba así. El piano y la consola. El armario de tres cuerpos donde la abuela guarda las pastillas de chocolate recién hechas, que hacen oler a gloria el cuarto y es la cosa más difícil de abrir, el tal armario: ¿y cuántos años tiene, mamá Inés...?, ¡pobrecita! Hace como quince años ya, que perdió la memoria, más o menos ochenta, y ella se queda impresionada, mirándola mecerse en la silla vienesa, con las manos tan largas y tan blancas que yacen siempre en su regazo, desvaídas. Fatigadas cual aves que ya volaron demasiado, y esa mirada quieta, gris, que observa sin notarlo el va y viene del mundo. Adiós, mija, le contesta, y siguen recogiendo memorias, en quién va a saber cuál universo extraño, asistiendo inconsciente al devenir del cosmos y mirando la lluvia en la carrera sexta. Olvidada del tiempo porque su dimensión está borrada y su nombre es algo al que responde por reflejo: cómo está, mamá Inés; y así todos los días a las cinco, cuando ella pasa del colegio: quién será esa niñita, pensará de seguro, y allí sigue: adiós, mija; lejana y apacible, apoyada al balcón, meciéndose en la silla con sus gestos seniles y su cabello blanco peinado en una trenza. Hasta que al fin también se muere, y así por años de años, siglos de siglos, metida en ese hueco. Emparedada. A la espera de que los ángeles den la orden con sus trompetas de oro, y entonces las cenizas se alzarán jubilosas. Así explicó Sabina.

Ana Feliz contó un día en la finca, que a los muertos se los comían los gusanos. Que no quedaba nada. Que ella había visto sacar los restos de don Crisanto López y que estaba cundido de gusanos chiquitos, como los de guayaba, que salían por la boca, por el hueco donde estaba la boca, mejor dicho, y entonces esa noche no pudo pegar ojo. Veía la cara de la abuela comida por gusanos, y después la de Juan, y comenzó a dar gritos hasta que vino su mamá, que le dio un Mejoral porque le dijo tienes fiebre, pero ella siguió viendo las calaveras bailando en la pared, después los esqueletos entrando por el contraportón, poniéndose en hilera, qué miedo tan horrible. Los esqueletos formaban como en el pase el rey y comenzaban a menearse, baile que baile, sin parar, mientras ella medio petrificada, tenía que mirarlos. Las sombras proyectadas en la pared del patio se parecían a los muñecos que su primo Tulio había traído el día de su cumpleaños: los ponía en una tabla y cada vez que daba un golpe con el puño cerrado, ellos se desguanzaban, zapateando igual que Shirley Temple en *El pájaro azul,* pero las calaveras eran verdad, no eran película. También se desguanzaban. Se levantaban como por obra y gracia de resortes y aunque ella se tapaba hasta la misma coronilla ellos seguían los brincos y no podía gritar porque seguro su mamá le iba a salir con que no es nada, reza jaculatorias. No había más remedio que quedarse entumida, sudando como un pollo, hasta que comenzaba la picazón en todo el cuerpo y el aire irrespirable y los ojos llorosos, escociéndole, y ella tenía que abrirlos y salir por la fuerza de dentro de las cobijas. Atisbar de reojo la tanda de esqueletos, que sin cansarse nunca, seguían con el bailongo, encima de las materas con los boquedragones.

Fue algo que sucedió más de una madrugada. Esta niñita es muy impresionable, dijo la abuela cuando su mamá le contó que ella veía esqueletos por las noches. No hay que dejarla ir a ver esas películas donde se mata tanta gente. Como si los vaqueros tuvieran algo que ver con esas calaveras tongoneándose. Más miedoso era ver a un señor metido en su ataúd. Como el día que le contaron que a Melba se le había muerto el papá y entonces se coló sin permiso y lo vio, en el salón, vestido de franciscano y la cara terrosa: era espantoso. La gente entraba sin parar. Las señoras rezaban el rosario y no había dónde meter tantas coronas. Gladys su prima le dijo qué estás haciendo aquí, si tu mamá lo sabe te va a dar un regaño, pero nadie la regañó y ella siguió hasta adentro, hasta que al fin le pudo ver los pies al muerto. Tenía un crucifijo encima del estómago. La barba larga y la cabeza pelada, como un coco. Melba estaba al lado del cajón, tomándose una Coca-Cola helada: las niñas tan chiquitas no pueden ver los muertos, le dijo una señora, y la agarró por la mano sacándola al vestíbulo. Igualito a la imagen del Seráfico Padre que hay en la capilla del colegio, se acuerda que pensó, mientras estaba camuflada entre coronas de dalias y gladiolos y mirando a la gente cómo entraba. Abrazaban primero a la mamá de Melba, después al resto de la familia, mi más sentido pésame ay mijita, qué cosa tan horrible, pobre Gato, pues le decían así, seguramente por el bigote grande. Y ella tranquila, asistiendo al desfile. Las señoras sentadas en la sala, o alrededor del muerto, conversando. Riéndose muy discretas para que nadie se fuera a dar cuenta de que lo que estaban era comadreando y no rezando el rosario, todo normal, hasta que de repente una señora comenzó: ¡ahora está en el cielo al lado de Santa Rita y San Judas y de San José bendito! ¡ahora está en la corte celestial con los ángeles! ¡alabado!, gritaba, y la gente ni mu. Los hombres libando su roncito recostados tranquilamente a las pilastras, las primas trajinando de arriba abajo con bandejas, Melba tomando Coca-Cola y la señora esa vociferando más fuerte, cada vez: ¡Santo Santo Santo Señor Dios de los Ejércitos!, y aumentando de ritmo, de tono: ¡alma bendita de misiá Pastora! ¡Madre mía Santísima que tuvisteis en los brazos a tu hijo muerto! ¡amadísimo discípulo que llorasteis en el regazo de María! ¡Oh padre putativo que lo amasteis como si fuera un hijo!, hasta que a alguien se le ocurrió insinuar que había que darle una agüita de cidrón o dos cucharaditas de Pasiflorina, y ella con los brazos en cruz: ¡Madre mía, acógelo en tu seno!, hasta que al fin cayó cuan larga era. Se armó una pelotera. Ella echando babaza por la boca, las señoras gritando que por Dios, que no le fueran a dar mucho amoníaco que se les iba a ahogar, todo el mundo de un salto a recoger coronas, qué atafago. Qué cara tan morada y qué gordura la de esa pobre vieja, que cuando empezó a moverse como encalambrada y a blanquear esos ojos, entonces sí: salió como un disparo por la carrera sexta, sin mirar ni siquiera si había algún carro cuando cruzaba bocacalles. De dónde vienes con esa cara de asustada, le preguntó Sabina, cuando la vio entrar descolorida, pero ella se calló bien callada. Jamás contó que nada menos que estuve donde un muerto.

Aquí está la arepa. Ya se volvió como un garrote: valiente cosa tan maluca... toda tiesa.

Ana prueba a sorbos pequeños el café y un gusto amargoso se queda en la garganta. El azúcar se le fue todo al fondo, está como un carámbano: ¿por qué no lo calientas?, pero ella haciéndose la de la oreja mocha, sorda como Pastor cuando está en el entejado cogiendo las goteras, resuelve de improviso revisar el armario a ver si las camisas están encarriladas, los pañuelos, las enaguas, desdobla los brasieres, oye: que si lo recalientas... lo que ocasiona una mirada de desprecio infinito, de esclava desdeñosa, de sierva que al fin de cuentas obedece porque se alquila cada mes por un fajito de billetes pero que por encima de cualquier circunstancia conserva su alma intacta, su conciencia impoluta, sus derechos del hombre, sus comuniones diarias: ¿lo calientas o no?, haciéndola descender definitivamente de esa nube. Se creen que uno tiene veinte manos y cuatro pies, valiente la vida, todo el santo día subiendo y bajando como una bendita, dame paciencia Santo Job, si lo que pasa es que a estas niñitas parece que las hubieran ombligado con quién sabe qué, mientras sus nalgas se balancean cual balandro al garete, atraviesan la puerta y al fin desaparecen bandeja y nalgas de Sabina para solaz de diez minutos, por lo menos. Una pestañadita, y se arrebuja muy dispuesta, pero la sombra de ese policía frotándose el quepis contra el muslo, sacudiéndose el pantalón de tres golpes, estirándose el cinto y dándole un soplido al cañón del revólver, se le interpone como si anoche mismo hubiera sido. ¿Tú te asomaste anoche?, le preguntó su mamá y ella dijo que no, que no se había asomado, y por la tarde cuando la mandaron a comprar cinco de velas oyó que don Tobías le contaba a un señor: se quedó tieso: así pegado del hidrante, y el otro: ¡avemaríapurísima!, ¿y el tombo, qué más hizo...?, y don Tobías: se largó tan tranquilo. Yo tranqué con falleba, por si acaso.

Al otro día dijeron que había vacaciones y su mamá implantó Salterios y Trisagios a horas atrabiliarias y ella aburrida se dedicaba a espiar por el postigo pero no pasaba casi gente sino jeeps del ejército llenos de soldaditos y el radio no transmitía sino música clásica y boletines pero nada concreto, quejaba su mamá, qué vamos a hacer Virgensantísima para saber algo de Lucrecia, hasta que al fin llegó una carta y su mamá la leyó emperrada llorando, tenía más de diez pliegos. Aquí no se consigue ni arroz ni sal ni leche, Mericita querida: yo un día tuve que mandar al niño a que hiciera cola pero es muy peligroso porque todavía hay francotiradores y Ana aprovechó para preguntar otra vez qué era eso pero su mamá no le explicó y siguió leyendo que a una señora que vivía en la cuarenta y cinco le habían matado al marido y a un niño chiquito y que el toque de queda era a las cuatro de la tarde y que no había hecho sino llover en esos días y que por obra de San Judas a quien ella no había hecho sino pedirle pudieron conseguir un poco de cebollas y papas y una vecina les había ofrecido leche pero que la necesidad era mucha y que ella no hacía sino llorar y rezar día y noche y que el tío estaba desaparecido y que lógicamente ella sabía que había aprovechado para sinvergüenciar pero que cuando viniera no le pensaba hacer ni pizca de caso. Que el colegio de la Salle lo habían quemado íntegro y que al templo de la Capuchina y las Nieves y Santa Bárbara también les habían metido candela y que el Hospicio había quedado en carbones y que no sabía si eran bolas o qué pero la gente contaba que los curas le estaban disparando al pueblo pero eso eran los chusmeros disfrazados con las sotanas que se habían robado de las sacristías y que las vagabundas andaban por las calles vestidas con ornamentos sagrados y profanando templos y danzando alrededor de las llamaradas y que si habían sabido lo tan horrible de Puerto Tejada donde esos negros asquerosos habían encarcelado a las autoridades conservadoras y después las habían torturado como a los mártires cristianos asándolos a la parrilla de seguro pensó porque su tía no explicaba cómo sino que decía que una muerte muy lenta hasta que al fin los desmembraron y les cortaron las cabezas y se fueron con ellas a jugar fútbol a la plaza, inmundo. Y su mamá le dijo váyase a la cocina y dígale a Sabina que me mande un trozo de teneteallá, pero ella sabía que lo del teneteallá era una pura trampa; para que no siguiera oyendo lo que escribía su tía Lucrecia.

Al otro día tampoco hubo colegio y por fin salió El Diario pero no pudo leer sino los titulares de la primera página donde decía que *El Tiempo*, *El Siglo*, *La Prensa* y *El Diario* del Pacífico, habían sido destruidos y que muchos edificios y casas particulares habían sido saqueadas en Bogotá y al fin esa semana abrieron el colegio y la Pecosa comenzó a alharaquear en el recreo contando no sé qué historia de que en Bucaramanga a un hombre le habían pegado un tiro y que después la gente lo había cosido a puñaladas y la monja alcanzó a oír y la dejó sin recreo por la tarde amenazándola con que si no se callaba la boca con esos cuentos le iba a contar a la madre superiora y el castigo iba a ser peor. Pero a las cuatro y cuarto, cuando salieron del colegio, la Pecosa les dijo a Irma y a ella que su papá había recibido una carta secreta firmada por altos mandatarios y eso las dejó boquiabiertas y después las trató de inocentes palomas cuando le preguntaron que qué decía la carta y todos los días se oían noticias azarosas y las monjas decidieron que hay que rezar rosarios por la mañana y por la tarde en la gruta de la Virgen y que a ofrecer los sacrificios por la paz de Colombia y entonces muchas niñas resolvieron hacer un ramillete espiritual y ella ofreció tres misas y la madre Romualda recalcó ¿solo tres?, como si fueran muy poquitas, y tuvo que añadir dos más y cinco sacrificios y cinco comuniones y cinco rosarios, todo cinco para que la Madre Romualda no fuera a decir en su libro de contabilidad de ramilletes que ella era amarrada con Nuestro Señor y después se lo cobraran cuando llegara al cielo.

El mes de mayo florido salve mes sin igual fue dedicado a oraciones por la paz y se hicieron muchos bazares en beneficio de los damnificados, pero por muchos buñuelos y empanadas que hicieran no alcanzaba la plata. Hay que hacer más... repetía los sábados la madre superiora en el salón de actos cuando leía las calificaciones, y las hacía casi llorar pensando en todos esos niños que andaban sin papás y sin con qué comer, de la mano de mi Dios, como decía la abuela, ¿por qué no los recogen las familias ricas?

¿Por qué no adoptamos nosotros a uno de esos niños?, se le ocurrió en su casa, pero cayó la oferta en saco roto, hasta que la gente comenzó a hablar menos de muertos y de peloteras porque ya todo estaba entrando en la normalidad como explicaba su papá a la hora del almuerzo y su mamá: que no creía que fuera todo tan normal, porque esos godos estaban acabando con la tranquilidad, y su papá: que los godos habían acabado desde hacía mucho tiempo. Que ahora lo que se nos iba a venir encima era mucho peor porque seguramente que en estas elecciones Laureano se iba a fondear en el poder y los conservadores iban a tener la hegemonía por otros cuarenta años. ¡Mi Dios nos coja confesados! se santiguó Sabina, y cuando le sirvió los fríjoles estaba tan tembleque que derramó una cucharada y su mamá tan asustada que ni siquiera lo notó pero ella sí, y le dijo: que ensuciaste el mantel; pero no eran momentos para fijarse en esas cosas.

—¡Sabinaaaa...! ¡El teleeeéfono...!

Imposible dormir. El sol se extiende por la cama como una verdolaga y le pega en los ojos fastidiándola. Trata de no pensar pero es inútil porque dentro de un rato va a llegar su mamá de la peluquería, ponte el vestido verde, dirá, y ella detesta, le da urticaria, cualquier cosa menos vestirse de color esperanza, en fin, que la pelea se va a entablar por esto o por lo de más allá: me voy a ir a La Arenosa con Valeria, le va a decir primero sin darle tiempo a reaccionar. Si mi papá se opone, la cosa se puede poner de otro color, claro está.

—¿Quién era...? ¡Sabinaaaa...!

Misiá Eulogia Restrepo, dice entrando en el cuarto con el café recalentado y con un bufido de furia: ¡y deje de gritarme como si fuera sorda! El día de las elecciones su mamá madrugó a misa de cinco porque más tarde uno no sabe, y tuvo que ponerse zapatones de invierno y chaqueta de lana porque afuera parecía un puro páramo. Gris, neblinoso, con una lluvia fina, pertinaz, calabobos, y las viejas que eran las únicas que andaban a esas horas por la calle formaban como un coro agorero de avichuchos, agazapadas, negras: con sus pasitos cortos y el pañolón envuelto hasta los ojos. Parecía un entierro.

Rézale a María Auxiliadora para que no vayan a ganar los godos, pero ella le rezó el *Acordaos* a la Virgen del Carmen y cuando el padre Puncet rezó al final el Bendito sea Dios Bendito sea su Santo Nombre y dio la bendición con el Santísimo, le prometió a Nuestro Amo que si los liberales no perdían sacaría por lo menos excelencia dos semanas seguidas.

Los liberales son los malos y Laureano no es un sátrapa, ¡calumnias!, decía la abuela con voz calma mientras se secaba el pelo con la peineta de carey frente al espejo del corredor y Ana la contemplaba alisárselo, alisárselo: es un santo varón. ¿Qué es sátrapa? Y la abuela poniéndose en el sol para que se le deshumedeciera más ligero y después pasándole con cuidado el cepillo y echándose un poquito de Tricófero de Barry que olía a algo picante y que era muy bueno para evitar la caspa: sátrapa es un hombre desalmado, maligno. ¿Como el ogro que se quería comer a Pulgarcito? Sí, como el ogro. Y entonces le rezó también un Padrenuestro a las ánimas para que si ganaban los conservadores fuera verdad lo que decía la abuela y no los fueran a matar a todos, como en Belén de Umbría. ¿Está rezando? Sí, mami: le estoy pidiendo al Ángel de la Guarda para que cuide a mi papá porque si él no puede cargar el revólver, entonces, ¿qué hace si otro hombre le dispara...? Porque Flora un día contó que a un señor que se llamaba don Clímaco el de la Funeraria le habían pegado un tiro a boca de jarro y eso que los policías no perdonan. Se paran en las esquinas con el lazo tendido como en los retenes y cuando los hombres pasan a votar se tienen que quitar las ruanas lo primero, para poderlos cachear de arriba abajo, y hasta en el dobladillo de los pantalones los revisan por si tienen navajas o una cuchilla de afeitar, pero su mamá contestó que no le iba a pasar nada, que este era un pueblo muy cívico, muy tranquilo: vámonos rapidito antes de que pongan los rollos con el alambre de púas, y pasaron raspando las ametralladoras pero no le pudo ver los ojos a ninguno, pues las viseras los tapaban.

Todo el día llovió y Sabina y su mamá no pararon de rezar Credos mientras que su papá se sentó en la mecedora muy callado y muy pálido, como el nueve de abril. A escuchar las noticias, que eran malas, muy malas, ¡Dios bendito!, y Sabina se encerró en la cocina a desgranar alverjas y a decir que si estaba de Dios que los godos ganaran seguro era por algo, por un castigo como el de las siete plagas. Yo leí que primero los invadieron las langostas y después saltamontes y cuando los ríos se volvieron sangre, pero la interrumpió poniéndole una totuma en las rodillas: desgrana tú también, y la dejó con la palabra en la boca como si lo de Egipto no tuviera importancia, pues en sus tiempos era peor. No te absolvían los curas porque ser liberal era pecado, y si leías *El Tiempo* o *El Espectador* te excomulgaban, hasta que subió a la presidencia el doctor Enrique Olaya Herrera. Eso en el año treinta.

¿Qué dijo misiá Eulogia Restrepo?

¿Y a usted eso qué le importa? Era una razón para su mamá que entre otras cosas va a llegar de un momento a otro de la peluquería y la va a encontrar nidando en esa cama y me va a regañar porque me va a echar la culpa, ¡y son las diez y cinco!, y con un gesto de repugnancia, como si fuera algo en estado de descomposición o una alimaña, pone el café recalentado encima de la mesita: peor para ti, quién te manda. Qué carajo te importa, digo yo. Eso, y lo de la muerte por necrofagia de la Caperucita Roja, amén, que en paz descanse. Yo sigo preocupada con Lorenzo porque anoche tuve una pesadilla y tú ya sabes, los sueños preconizan. Él se trataba de saltar por una cerca y de pronto mil tiros y le veía la sangre a chorros y me gritaba desde el suelo, y yo del otro lado de la alambrada, sembrada como un árbol, y un chulavo apuntándome con la ametralladora; pero Valeria insiste en que no es nada, que solo un rasguñito, que lo importante es que esté fuera y que esta tarde nos reunamos todos, pero si a mi papá le da por el berrinche, lo advierto: si dice que ni hablar, que yo no pongo los pies en La Arenosa, entonces ahí se nos arma la de Dios es Cristo. Te prometo.

Cuando la abuela se lavaba el pelo se le iba en eso las mañanas enteras y entonces la ponía a leer en el libro de tapas empastadas. Qué dice aquí, a ver... y las historias eran apasionantes a pesar de la letra menuda y de las páginas que se quedaban pegadas porque eran hechas de papel mantequilla: *Yo soy José vuestro hermano, a quien vendisteis para que fuese traído a Egipto. Pero no os aflijáis, y no os pese haberme vendido aquí, pues para vuestra vida me ha traído Dios antes de vosotros.* Eran malos, ¿verdad? Y entonces la abuela le explicaba lo de *acercaros y vendisteis* y otras palabras que ella no entendía y la hacía leer también lo del Mar Rojo y cuando terminaba le regalaba diez centavos por no haber cometido ni un error. No, vieja, gracias... porque era pobre, no como la otra abuela, pero ella, tenga pues, reciba, y Ana: no, para qué...

y entonces la hacía extender la mano, le ponía la moneda, la hacía cerrar de nuevo, bien cerrada. Y con un guiño de ojo: cómo que para qué. ¡Pues pa' que tenga!

—¿Te excomulgaban porque leías *El Tiempo*? ¿Y por qué?

—Pues porque sí, porque *El Tiempo* es liberal y era pecado ser liberal, ¿no le digo?

—¿Y por qué era pecado ser liberal?

—¡Y yo qué voy a saber...! Porque sí. Porque les daba la gana a ellos y le armaban a uno un bochinche en el confesonario y yo un día me levanté y le dije al cura que no volvería a la iglesia como ellos siguieran con esa falta de caridad.

—¿Tú le dijiste eso al cura?

—¡Claro! ¿Por qué no...? Y no era yo sola la que se los decía, también hay que ver que yo era una muchacha cuando me insolenté, pero una cosa es Cristo y otra los liberales, yo no admito: eso no está en la Biblia.

—Y después, ¿qué pasó...? ¿Volviste?

—Yo nunca dejé de ir. Solo que no me volví a confesar pero Diosito lindo sabe que jamás le falté y que si era liberal era porque mi taita y mi abuelo y mi bisabuelo también fueron, por qué iba a ser pecado. Lo que sucede es que de todo hay en esta viña del Señor y en esa época la Iglesia era conservadora pero ahora ya hay uno que otro liberal, gracias a Dios, y se puso a aplanchar después que terminó con las alverjas y a contarle cómo fue cuando vinieron de todas las veredas, a votar por don Alfonso López. Cómo los liberales habían bajado de Dosquebradas, La Celia, de Combia y Nacederos, y entraron en el pueblo con las banderas rojas y sus divisas puestas como si fueran batallones, parece que lo estoy viendo patentico. Don

Eutimio Clavijo con la bandera azul y don Marco Durán encabezando liberales. Todos votaron sin armar peloteras y todo el mundo, qué bien, eso sí es decencia, compañero, ahora sí nos salvamos, pero como a la hora de la oración se comenzaron a alebrestar los godos porque dizque los liberales estaban haciendo fraude. ¡Fraude quién...!, gritó un tipo que venía de La Celia, un muchachito jovencito: no se alebresten, ¡malparidos!, y eso fue lo último que dijo porque lo bajaron de un peinillazo en el cogote, y ahí comenzó la matazón, qué cosa tan horrible. Después dijeron que habían sido los bolcheviques, que les dicen, los que azuzaron a los godos, y debió ser, pues mi comadre Ercilia me contó que un hombre con sombrero costeño y pañuelo raboegallo que no era ni conocido en las veredas, andaba convidando a Néctar de Santander a todo el mundo, dizque envalentonado, gritando viva el Partido Liberal, hasta que lo metieron a la cárcel, por quebrantar el orden público y consumir aguardiente sin permiso. Ese era un bolchevique y lo del Partido Liberal era por despistar, seguro, y así se acabó el cuento porque en esas su mamá entró en la cocina: nos sirve la comida, Sabina, porque hoy nos acostamos tempranito. Café con leche con tostadas.

Laureano Gómez ganó las elecciones y al otro día dedicó a Dios la victoria, por el radio. La abuela estaba radiante y en un banquete que le ofrecieron cuando él vino a inaugurar una escuelita que se llamaba *Doctor Laureano Gómez,* y a ella la sentaron a la derecha del señor Presidente y no cabía de dicha, y le contó después que se pasaron la noche entera hablando de recetas y del Corazón de Jesús que él iba a regalar para la iglesia de La Pobreza, traído de Caravaca, en España, donde hacen unos santos como del otro mundo, y que el cuento de que ese hombre era una rémora no pasaba de ser envidia física porque más inteligente dónde me lo encontraban, ni más buenmozo, porque eso sí: como una lámina.

Después llegó diciembre y se fueron a la finca. Ese año, en el corredor de las Álvarez, los pusieron en fila con los niñitos de Quebradanegra y El Truco y hasta de Campoalegre, porque vinieron unos médicos con unas enfermeras y los chuzaron con plumillas, y a ella se le formó en la pierna una postema y le dio fiebre, y su mamá explicó que reacción por lo de la viruela, y le ponían emplastos calientísimos, con *Antiflogestina*. En los corredores de la casa de las Álvarez pasaron muchas cosas. Armaban el pesebre todas las navidades, y por las noches la novena, y era una gran pachanga. Su mamá rezando el *Dulce Jesús mío mi Niño adorado* y ellos con panderetas y maracas: *ven a nuestras almas ven no tardes tanto*; pensando solo en los regalos que les iba a traer el veinticuatro. Las Álvarez hacían buñuelos y natilla y los dejaban estar despiertos quemando luces de Bengala y viendo elevar globos, casi hasta medianoche; pero lo más emocionante fue aquella vez que se metieron al monte a coger musgo, y se encontraron con el cipote de culebra.

El musgo de los árboles es un musgo menos tupido pero más fino que el que nace en las piedras, con un color de verde muy bonito, y se utiliza para cubrir la orilla de los lagos donde los cisnes navegan en estanques de espejo, o en el camino que rodea el establo, por ejemplo. Las partes más vistosas. Aura les encargaba siempre el musgo que se trepa por los troncos de los yarumos y los guamos porque era más aparente, ráspenlo apenas por los bordes porque si no se daña, y ella ese día andaba por el monte con una felicidad parecida a la de comerse un mango biche en clase de aritmética. Raspaba los borditos con el filo como decía Aura, probaba la hoja contra los troncos de las chontas, desrajaba de un tajo los palmichos, cafetosramas de gualandayes, todas las pruebas las resistía el acero templado que es de marca *Caimán,* le había dicho su papá cuando ella descubrió la funda esa mañana encima de la silla: ya cumpliste los nueve; lo que quería decir que al fin tenía derecho de terciarse un machete, igual que todo el mundo. Anduvieron en esas casi hasta las seis y media, recogiendo todo el musgo que les cabía en las alforjas, vámonos ya que nos coge la noche, dijo Fabio el de Tano. Mi papá dice que uno en el monte no se debe quedar sino hasta que comienzan a cantar las caravanas y ya empezaron. Por qué. ¿Qué pasa cuando las caravanas cantan? Y Fabio les contó que a esa hora comienzan a salir los espantos y que su hermana un día vio a la Pelona, que es una vieja vestida con pieles de guatín, que se comía a los niños.

¿Dónde la vio? En la cañada de los turpiales. Estaba enjuagando una ropa con Saturia, cuando la alcanzó a divisar y salió arriada... y mejor hacerle caso y salir arriados de ese monte. Al ir a descargar el costal, cuando metió los brazos para sacar los helechos y el musgo, Ana sintió que una cosa babosa se le enredó en las manos dándole un ramalazo, ¡mierda!, fue lo primero que se le ocurrió saltando como un grillo: ¡mierda!, y esa cosa viscosa se descolgó de entre sus brazos y cayó al suelo, enroscada.

Nadie hizo nada ni dijo una palabra porque la rabo-de-ají no les dio tiempo. Se ve que se despertó del golpe porque se desenroscó como un resorte y de un solo envión se refundió debajo del pesebre. Las Álvarez tuvieron que desbaratar todo lo que habían hecho: quitar oveja por oveja, casita por casita, estanques, pastorcitos, el establo con la burra y el buey, nada que la culebra aparecía. Por Dios mucho cuidado, gritaban las Jaramillo como histéricas pues se vinieron de su juego de canasta y se pusieron en primera fila, detrás de la chambrana; hasta que retiraron las cajas de cerveza que servían de caminito del establo y al fin apareció. Igualita a una cobra, se erguía sobre la cola, y se veía la lengua bífida por entre los colmillos. Está toreada, dijo Lola, y corrió a buscar una guadua a la que hicieron una horqueta en la punta porque con esto la engarzamos, pero las Jaramillo, ¡San Ignacio bendito! ese animal es un demonio, ¡traigan agua bendita!, y misiá Teodomilda trató de desmayarse, y le tuvieron que poner un pañuelo untado de vinagre que era lo único que tenían en la casa para esos casos imprevistos, y mientras tanto Lola seguía tratando de agarrar la cabeza, con la horqueta, pero se le escurría con una rapidez que no dejaba. Se repechaba contra la pared y desde allí se impulsaba en línea recta, se botaba, fuaazz, con unos saltos como de dos metros: mucho cuidado que son berriondas muy matreras, le dijo Aura, sí, ya sé: ¡los niños! chillaba sin parar tía Lucrecia: Virgen del Carmen, ¡los niños...!: que los metan en el galpón de picar caña, ordenó Ana Feliz, y le quitó el machete a Lola. Lo agarró por la punta. Echó para atrás el pulso, como los hombres de los circos, y de un golpe de muñeca lo lanzó derechito contra la rabo-de-ají, que ni se remeció cuando aquel filo le rebanó la cola; y ellos sin despintar el ojo, desde la puerta del picadero. El anillo rojo y blanco siguió reptando por el piso como si estuviera vivo, ¡condenada!, y vieron entonces cómo Ana Feliz tiró otro machetazo que le dio en pleno centro, y la dividió después en cuatro. La siguió macheteando hasta que la rabo-de-ají se quedó convertida en un reguero de pedacitos: hoy no hay Novena, les dijeron. Pero a cada uno le dieron su pedazo de natilla y dos buñuelos.

Después a Juan José se le ocurrió desenterrar los pedacitos y lavarlos muy bien: meterlos en una de esas bolsas en que vienen los caramelos Colombina y con cara de santurrón decirle, ¿tía Lucrecia, quiere?, y ella, sí mijito, muy amable, gracias, y los berridos se oyeron hasta la orilla de La Leona por lo menos y los demás camuflados detrás del seto de pinos muriéndose de risa, yo ya me hice pipí, decía Francisco en una sola convulsión de carcajadas y los bluyín chorreándole. ¡Asaltantes! ¡truhanes!, ¡maniqueos...! gritaba como una desaforada, y en la carrera por perseguir a Juan José casi se descalabra contra la puerta del patio. El castigo no se hizo esperar. Ese día y el otro los dejaron sin dulce de coco en el almuerzo y lo peor de todo sucedió el veinticuatro, cuando papá Noel, circunspecto, serísimo, con su voz de tío Andrés, repartió los regalos. Jamás se lo esperaron. Habían quemado pólvora como todos los años, rezado la novena y elevado los globos, y ese año la comedia la habían copiado de una película de Cantinflas y el tarado de Francisco se equivocó en todos los diálogos a pesar de que se habían pasado casi todo el mes ensayándola, pero los peones no se daban ni cuenta por fortuna, menos mal. Después Marcos y ella cantaron *era una reina linda era una reina mora y cuentan que llorando por un amor murió,* que no logró los aplausos que se habían figurado, pero la que sí tuvo un éxito desbordante fue Enriqueta: que estaba estrenando un vestido de dril de Coltejer, con gorguera y manguitas recogidas. A don Elías, el maestro de obra, se le salían los ojos cuando con su acento gangoso y su voz por la nariz, ella entonó *la hija del penal me llaman siempre a mí, y* hubo emoción en la platea, una ovación cerrada cuando en el bis final, Enriqueta hizo una reverencia como cuando en las películas los Mosqueteros saludan a la reina y el *ayvirgencitasaaálvale quequierosucariñoser,* no se entendió siquiera. Sinceramente se robó el espectáculo: con dientes de oro y todo.

Luego lo inesperado. Papá Noel con la talega inmensa llena de regalos y todo el mundo tan contento, desempacando el aguinaldo, hasta que al fin les tocó el turno. ¡Para Francisco!, dijo, y un paquetote. ¡Para Juanchito!, y otro. ¡Para Ana!, y así a todos los niños que comenzaron a arrancar a tirones el papel de estrellitas sin mirar ni siquiera las tarjetas, y el primero que pegó un alarido fue Marcos: ¡la puta!, y después: ¡pura mierda…! y cada uno con el pedazo de cagajón en la mano mirándose sin saber qué decir, todo el mundo pendiente, Juan José se puso a patalear contra las eras del jardín: ¡pura mierda, carajo!, a volver haches y erres los rosales hasta que su mamá lo agarró por el pelo dándole tres jalones que lo dejaron seco. ¡Eso para que aprendas a tener más respeto a tu tía, atarván!

A mí no se me va a olvidar jamás de los jamases lo gritos de terror de tía Lucrecia ni el color ceniciento de su cara, pobre, y espero que mi papá no vaya a hacer lo mismo, ya te digo. No va a gritar como si hubiera agarrado una culebra, por supuesto, pero lo menos que va decir es que ya me picó la fiebre del comunismo, que al que anda con miel… que eso de celebrar reuniones clandestinas acabará en un zafarrancho un día de estos: que me prohíbe terminantemente. Qué tal si sabe lo del papel esténcil.

—Le echaste dos y media a este café...

—¿Dos y media...? ¿No dijo pues que le echara tres? ¡Tres le eché!

—¡Pues está amargo...!

—Pues ese Nescafé lo compré en la tienda de don Cleto como me dijo su mamá, porque donde don Cleto las cosas son más frescas siempre y lo que pasa es que a mí todo lo de ahora dizque tan concentrado, yo le tengo aprensión: ¿le echo otra media?

—Bueno, sí...

Y no sé por qué la gente pierde la memoria. Se olvida. Pasan diez años y es como si no hubiera sido más que un aguacero aquel diluvio que nos dejó el país inundado tanto tiempo. Los estudiantes fueron los primeros que dijeron que por ahí no es la cosa y entonces sin temblarle la mano, un sargentón cualquiera dio la orden, que disparen, y mataron otros diez, cuando el cadáver de Uriel estaba caliente todavía. Cómo es que no se acuerdan, si todavía hay sangre entre los libros y en las calles. En las flores del parque de la Ciudad Universitaria.

Me acuerdo que Valeria se le enfrentó a un chulavo, y le gritó: ¡dispare! ¡qué es lo que está esperando, langaruto de mierda! y el chulavo bajó la bayoneta, lo juro. Retrocedió dos filas y se perdió por en medio de ese fusilerío: qué le iba a disparar a una mocosa de menos de dieciocho. La gente no aguantó. Bajaron a las plazas y se lanzaron contra el chorro a presión de las mangueras de bomberos, de los fusiles y los gases, contra la sangre fría del que más tarde explicó al pueblo que era solo un borracho el que puso pereque cuando la Plaza de Toros. Como si aquellos muertos; la sangre que quedó

176

empegotada en cada burladero y en las contrabarreras; no estuvieran ahí. Vigilando la historia de Colombia.

Hacíamos reuniones por las tardes y yo me traje un día un cerro de manifiestos metidos en la funda de la Olivetti y un hombre me siguió y yo estaba segura de que era detective, pero Valeria dijo que no importa: que el día de pelear se peleaba, que no nos íbamos a amilanar por eso. No es como las demás, Valeria. Cuando la vi tan decidida y yo tan tiquismiquis, tan niñita educada, tan salida de un cuadro de Renoir, tan no sé, te aseguro. Cuando miré la cama y las rosas y aquellos pajaritos, resolví que andaría con esa miel aunque me enmelotara. Y así fue. Comencé a embadurnarme cuando ella preguntó: ¿tienes novio?, y yo, ¿novio...?, pues no; como San Pedro. Renegando como una miserable que hacía dos meses había andado coqueteando con Alfonsito Ortiz, flor y nata de nuestra sociedad, nieto de fundadores. Que te manda a decir Alfonsito mi primo que si te quieres ennoviar, me consultó Leonora en el recreo. ¿Cuál Alfonsito?, yo ni siquiera lo conozco, y Leonora me explicó que está en La Salle, que me había visto cuando yo fui a tocar piano en un acto que hicieron el día del padre fundador: Danubio Azul, ¿te acuerdas? Del Danubio Azul, sí. Y Alfonsito era el que cantó con voz de querubín más *blanca que los lirios;* a la salida te espera en el balcón. Lo recordaba vagamente. Lo que vi en el balcón no me dijo gran cosa porque apenas se asomaba el perfil de comadreja de Alfonsito, que levanta una mano en señal de saludo y desapareció rápidamente tragado por la cortina de macramé granate: ¿sí, o no...?, dijo Leonora con apuro: tienes que decidirte porque si no se ennovia con Rosalía Ocampo, y yo dije que sí. Solo por fastidiar a Rosalía, que me caía gorda.

177

Pero Alfonsito resultó que además de su voz blanca y cara de comadreja sufría de timidez aguda y desde el primer día trajo al Cabezón Londoño para que nos acompañara en los paseos. Íbamos al lago Uribe y Alfonsito callado; mirando casi siempre para el lado de la fuente donde se sientan los muchachos a ver pasar las niñas que dan vueltas y vueltas en redondo mientras ellos les silban y les dicen piropos hasta que escogen poco a poco y se emparejan, y el Cabezón hablando como una tarabilla: remeneando un llavero que me ponía nerviosa y diciendo que cuando terminara lo del bachillerato se iría a estudiar a Salamanca, hasta que resolví que me ennoviaba con Eugenio Ramírez, que comenzó a pasar en bicicleta a la hora del almuerzo y a mandarme boletas con Camila. Divino, Eugenio. Ojos verdes, bluyines apretados, ceja tupida y una sonrisa matadora: cómo decir que se trataba nada menos que del hijo del presidente de Rotarios. ¿Y tú... tienes novio?, le pregunté por despistar, porque Valeria no es de esas que se andan por las ramas, ¿y sabes qué me dijo?; pero ella saliendo arrebatada como si fuera un terremoto: ¡la novela...! ¡Flooooora... ponga el radio!, dejando la escoba en la mitad del cuarto y la aspiradora sin desenchufar, barriendo sola.

Lo más divertido de la finca era bajar al pueblo. Hacer la entrada por la calle del Seminario, que era pavimentada, para que así las herraduras hicieran ruido como de ejército en desfile y la gente asomándose, curiosa, y ellos muy diestros, chalaneando, espueliando el caballo que comenzaba a corcovear y a pararse en las patas y en plena plaza, delante de las viejas, que tejían punto de cruz haciendo corro a la sombrita de araucarias, y que ni los miraban pues parecían curadas de espantos, cosiendo en sus bordados y con las cofias blancas, pachorrudas, robustas, ¡muy buenas!, les gritaban, y ellas lo más de entretenidas: con las manos de seda en sus labores pero avizorando con los ojos, adiós... les contestaban, mientras la gente corría a guarecerse debajo de un alero o en el atrio de la iglesia. Ahora al mercado, decía Marcos: donde causaban un relajo pues los caballos relinchaban cuando veían las zanahorias, y le pedían a Antonio que un kilo de chontaduros y una docena de granadillas, y se lo cobras el jueves a la tía, que ponía el grito en el cielo diciendo esos bandidos pero que al fin pagaba, y hacer lo mismo con los perros calientes y el helado. Darle la vuelta al pueblo luego, a la carrera desbocada. Desmontar frente al cine. Amarrar los caballos a la reja. Quitarse las espuelas, y meterse a ver el matinée de por la tarde.

Un día Pablo entró a caballo hasta la misma vitrina de la heladería y pidió al empleado un cono de vainilla. No hay vainilla. ¿Ah, no...?, y le rastrilló la espuela al animal que se encabritó como un salvaje y comenzó a dar coces y a destruir mesas y sillas y todo lo que había. La próxima vez los tienes, ¿no?, y salió del local como si nada. Ese hombre va a llamar a la policía, dijo Marcos. Mejor nos vamos cual cohetes, hermano. Qué va: ese huevón no va a llamar a nadie, y si los llama peor para él, les dijo Pablo, pero Ana se asustó y dijo que si nos meten a la cárcel qué va a decir mi mamá y entonces Juan José se atoró de la risa: cuál cárcel, zorombática. Eso es para los de ruana.

En esos días comenzaron a salir las fotos en las primeras páginas de todos los periódicos y su mamá les prohibió leer *El Tiempo*, no más las tiras cómicas, pero una tardecita que subían al monte a columpiarse en los bejucos se entraron a la casa de las Tobones a que les dieran moras verdes, y oyeron a un viejito que se llamaba don Anselmo Cruz. Yo vengo de Rovira, Tolima, les contó: eso por esos lados se está poniendo muy maluco y yo mejor me vine. A mi compadre Borja lo asaltaron cuando estaba recogiendo su siembra y defendiéndose tuvo que matar a un bandido y cuando vino la comisión a levantar el cadáver la policía empezó los atropellos y mi compadre mejor tiró pal monte, antes de que lo mataran a él también, Dios nos ampare y nos favorezca, se persignó Isidora: ¿quiere una mazamorrita, don Anselmo?, y él, sí gracias, no he probado bocado desde que salimos de Guadualito ayer de madrugada, y con su voz ronqueta y carrasposa: allá acabaron con la familia de los Rojas, solo quedó el muchacho, Teófilo, y esa noche nos tocó ver una fosa donde los chulavitas habían apelmazado a diecisiete. A muchos los quemaron vivos y por allá en Balsillas dizque mataron más de trece. Mi compadre Etelberto, que se salvó de milagro porque venía trayendo una panela para La Mesa del Limón, donde fue la matanza, pero se le ocurrió pernoctar en Chaparral, cuando esa mañanita entró en el pueblo se encontró con la cabeza de un niño de tres meses clavada en una estaca y al frente la del padre ensartada en otro poste. ¡Jesús misericordia! cómo el género humano pudo llegar a eso, dijo misiá Etelvina y se puso a llorar porque ahora sí nos llegó el fin del mundo, mis hijitos, y por un rato nadie volvió a decir palabra. Ana le vio las alpargatas a don Anselmo Cruz. Eran chirajos de alpargatas y los pies los tenía amoratados y llenos de arañazos. Los pantalones no se sabía ni de qué color eran de tanto pantanero y tanta sangre y Ana miró las manos que cuando dejaban el tazón encima de la butaca, temblaban. Por ahí anda una gente dizque entrenando a la campesinada pero en Bermejo los conservadores se opusieron porque el entrenamiento consiste en aprender a matar; lo peor es que la policía es cómplice. ¿Qué es cómplice...?, preguntó Juan José, que desde que don Anselmo comenzó con su historia no había quitado el ojo de la venda que le cubría el brazo. Cómplice es el que está de acuerdo: el que sabe las cosas y deja que las hagan, como es el caso del Gobierno que no hace nada para evitar que sigan con esa matazón: ¿no ve que de un día para otro nos estamos volviendo como fieras, matándonos y robándonos y prendiéndonos candela a los ranchitos, como si no fuera suficiente esta hambruna que mi Dios nos mandó y que va a acabar con todos?, ¿no ve, mijito?, repetía, pero Juan José no articuló. ¿A usted fue que lo hirieron, don Anselmo?, dijo Ana casi en seguida para que el silencio no se les fuera a aposentar como hacía un rato: sí, mija. Una noche que nos metimos por unos andurriales muy oscuros, nos salió una emboscada y quién sabe quién me lanzó un tajo que se me está tratando de gangrenar, pero aquí la comadre me le puso unas yerbas para ver si con eso. ¿Por qué no vamos donde Rosa Melo? Si quiere yo lo llevo. Bueno, sí: Dios le pague... y siguió tomando mazamorra a sorbitos y contando que él tenía un salvoconducto que le había procurado un teniente, al que le había tenido que regalar un par de reses y en el que decía que él había jurado no pertenecer al Partido Liberal y por lo tanto su familia, su vida y sus bienes serían respetados, y que tenía también la firma del párroco. El hambre es peor que todo. La mayoría de la gente se tiene que refundir en el monte o en fincas de personas más acomodadas y allá están formando unas comunidades, pero les falta sal, eso es lo grave. Las lavanderas a veces nos la dejan a la orilla de los ríos, o las mandan las comadres entre las enjalmas de las mulas que suben el carbón, o a lo mejor la esconden en un cajón de muerto; hay que ingeniarse, eso sí. Hay un caso de una mujer de sesenta años que sube por las trochas con dos arrobas de sal a las espaldas. Días y días. Es el único ser a quien respetan todos. Y don Anselmo Cruz se terminó la mazamorra y se quedó callado, pensando de seguro en todos los cadáveres que flotan en los ríos. En los ancianos y niños fusilados. En el señor que el otro día le cortaron la lengua para que no volviera a gritar viva el Partido Liberal, ¡manzanillo hijueputa!, mientras que a los testigos, amarrados a un árbol, les amputaron las piernas y los brazos, y luego los testículos. En tantos campesinos que vieron violar sus hijas y mujeres. En los pueblos enteros ardiendo como estopa. Don Anselmo... pero el viejo no oía, y cuando las Tobones les dijeron váyanse pues corriendo que ya se está toldando, va a llover, Ana vio a don Anselmo con los brazos cruzados en el pecho, rezando de rodillas, mientras que las lagrimotas le quedaban colgando, acanaladas en las arrugas.

No pudo pegar ojo. Juan José... ¡Juan...!, y él, ¡quéi ideja dormir...!, pero ella se pasó para su cama donde se acurrucó sobrecogida, mientras sentía que también él estaba inquieto. Es que yo tengo pesadillas: ¿tú no? Yo también: se me aparece a cada rato esa señora que don Anselmo dijo que habían despellejado viva, y ¿sabes a quién se parece cuando sale en el sueño? ¿A quién? Al padre prior: tiene la cara pero es una mujer, y el pellejo en la mano, como en el cuadro de San Bartolomé, ese que te mostré en el libro de pinturas, ¿te acuerdas?

Sí: ¿y qué más...? No sé: me desperté juagado, no me puedo dormir porque se vuelve a repetir y la primera vez también vi a mi mamá caminando por los corredores de la finca y diciendo que el año entrante hay que cambiar de color a la chambrana, y ¿sabes qué? Qué... ¡Era azul! ¿Te sueñas en colores...? A veces: ¿tú no? No sé... creo que una vez más soñé que estaba volando en una alfombra mágica y todo era de unos colores increíbles, como en el Mago de Oz, cuando ella empieza a caminar en medio de amapolas: ¿te acuerdas que nos dio mucho miedo cuando los árboles...? ¡Juan...! ¡Qué...! ¿Y si de pronto nos atacan los bandidos? Pues para eso mi papá tiene una escopeta. Pero es una escopeta muy chiquita: solo sirve para matar las guaguas y si ellos vienen de seguro que traen muchos hombres y muchas escopetas y acuérdate que don Anselmo dice que no le dan a uno tiempo de nada, que cuando menos se piensa está adentro de la casa con los yataganes y que a los niños también los cuelgan de las vigas. Sí... Juan: ¿tú sabes lo que es emascular? ¿Emas qué...? Emascular: lo leí ayer en el periódico cuando mi mamá se descuidó, decía: «En el Cocuy los bandoleros emascularon veintiséis niños y raptaron las doncellas». Pues no sé... las doncellas son las muchachas, ¿no? ¡Claro, tonto!, eso lo sabe cualquiera, pero yo no me atrevo a preguntarle a nadie porque van a decirle a mi mamá que ando leyendo *El Tiempo*: ¿tienes tu diccionario? No: lo dejé porque revalidé el castellano antes de vacaciones, pero Francisco tiene: mañana consultamos. Sí... Juan... ¡Qué...! También decían que las doncellas las perjudicaron: ¿tú crees que a las niñas también las perjudican? Tú ni siquiera sabes lo que es perjudicar: mañana buscamos las palabras en el diccionario y ahora duérmete que yo ya tengo sueño; pero se quedaron agarrados uno contra el otro, con las cobijas hasta la barbilla, sudorosos: con los ojos abiertos para evitar las pesadillas.

—¡Sabina... pon ese radio más pasito...!

—¿Que-queeeé...?

—Que le bajes el volumen, ¡carajo! ¿Por qué es que lo tienes que tener a todo chorro hasta en las propagandas? ¡Bájalo!

—Qué martirio, ¡Dios mío!, ya lo voy a bajar, pero cómo quiere que oiga bien la novela si mientras tanto tengo que hacer el oficio, después su mamá me pregunta que en qué van y yo qué digo...

—No sé. Eso es problema tuyo: cómprate un transistor y métetelo al bolsillo mientras barres y sacudes el polvo y limpias los biseles y dile a la señora que te lo regale, ¿no? Así nos ahorramos energía, además...

—¿Se levantó por fin...?

—Siiií... me levanté: ¡loado sea el Señor! Me voy a dar un baño y si suena el teléfono y es para mí, me llamas: ¿oíste?, me-lla-mas.

Un día en el cafetal, cuando se estaban columpiando en los bejucos, pasaron las mujeres. Que se murió el hijo de Tano, le contó una, que mientras le explicaba no había parado de restregarse las manos contra su delantal, tan desteñido y remendado que las flores azules se confundían con pedazos de cuadros o con alguna tira naranja, de coleta, y ella pensó que pobres, ni para combinar colores tienen gusto, y continuó colgada del bejuco, que un día de estos se revienta y la quebrazón será hasta el apellido y te lo van a enyesar por ahí derecho, la amenazaba Pacho. Pero el bejuco resistía y ella siguió lanzándose desde un cafeto a otro, balanceándose, sintiendo el cimbronazo y aquella lloviznita que descendía sin ruido desde el guamo. ¿Y de qué se murió?, le preguntó saltando de una mata y respirando fuerte pues el olor a tierra lavada era profundo, fresco: de lo mismo que el otro, desintería, niña, y entonces pensó en Juan. Que se hamacaba con Francisco jugando de Tarzanes y que no oyó por dar los alaridos; ¡que se murió el hijo de Tano...! ¡Juancho!, y apenas se dio cuenta en realidad de lo que le gritaba, cuando lo vio venir corriendo con el semblante lívido, no seas tan mentirosa, quién te dijo, y salió demudado, monte abajo, detrás de las mujeres. Que iban llegando ya a la acequia del ariete.

Ya había un montón de gente que vino de las fincas a dar su más sentido pésame, cuando Francisco y Ana llegaron a la casa del muerto. Ana vio a las Tobones y a Enriqueta, barriendo el piso de tierra y colocando ramas de sábila en la puerta. Saturia estaba sentada en un rincón, encima de una enjalma, y tenía los ojos rojos y chiquitos porque se ve que había llorado, pero ahora ya no, y los contempló al entrar, ausente, como si no los distinguiera:¿qué te parece?, le bisbiseó Francisco señalando el pesebre, ella se rio al mirar los enanitos detrás de Blancanieves subiendo hacia el establo, donde en vez de una burra había dos patos y un gallito sin cola y un San José muy pequeñito y una Virgen el doble, por lo menos, y una casota inmensa que alguien sacó de una revista y la cuñó de canto contra el musgo. ¿Dónde estará metido Juancho?, no lo veo: ¿entramos a ver si está en el cuarto?, y al abrir paso por entre tanta gente Ana vio a Rosa Melo y sintió ese perfume como incienso que siempre huele en Lisbrán y que Rosa fabrica de unas ramas de aromo y un poquito de eneldo y salvia florecida. Tano se recostaba a una columna y don Alcides le insistía: échese este aguardiente: tómeselo, compadre, porque esto le da fuerzas, pero Tano, ni riesgos: yo no me puedo emborrachar el día que mi hijo está dándole cuentas al Señor, no me insista, compadre, y apoyaba la mano sobre el hombro de Emilia que muy pegada a él, arrodillada y sin llorar, repetía muy pasito, Dios me lo dio y Dios me lo quitó, mientras que las mujeres andaregueaban por la casa, rociando agua bendita con unas ramas de naranjo, y recitando el Credo.

¿Le pusieron el guácimo con el ron macerado?, le preguntó una viejita a Rosa Melo y Rosa, sí, comadre Benilda, y también le dimos una pócima de manzanilla con limón bien cargada pero la criaturita no paraba, Dios bendito: se nos deshidrató todita en menos de una hora. Ana sintió en su brazo la mano de su hermano, sudorosa, que apareció no se sabía de dónde y estaba por decirle dónde estabas cuando una de las viejas comenzó a echarlos como si fueran pollos: ¡para afuera, chichigua!, revolcando los brazos y repitiendo ¡shuuuuusss, para fuera!, pero Emilia pasó en ese momento, los abrazó a uno por uno, éntrense mis hijitos, díganle adiós a mi muchacho: y los llevó hasta donde estaba Fabio, que parecía dormido.

Lo habían colocado encima de la tarima y le habían puesto el pantalón blanco con el que había hecho la Primera Comunión, que le quedaba en las canillas, y la camiseta también blanca con la marca de *Croydon* en el pecho. Sin zapatos. Hortensias y flores de astromelia con ramitas de mirto le servían de colchón y por almohada le habían puesto el mantón de Manila, que una tarde en que Tano bajó a ofrecer las chirimoyas y su mamá le preguntó que cómo estaba Emilia y Tano que con los pies así, todos hinchados pues con el frío y la humedad el reumatís se alborotaba y sobre todo ahora en tiempo de vacaciones porque con tanta lavadera y la bajadera al río andaba siempre pantaneando, ella buscó en la ropa vieja y desenterró aquel pañolón que estaba refundido desde el tiempo de la abuela, y que Ana había visto solo en fotos: que eran recuerdos de los viajes, y su mamá explicaba que este es *el Conde de Biancamano*, el barco en que viajaban, y este es el Parque de María Luisa y aquí está la Giralda, que era una torre altísima, y así retratos y retratos, donde todo, hasta el mar, era amarillo.

Rosalía, Rosenda, Rosa, Rosaura y Analía, las hermanas de Fabio, estaban sentadas en la estera de enea, al lado de la tarima, sin llorar, sin decir nada, cada una con su pañuelo tapándose la boca mientras que la pequeña de tres años le acariciaba a Fabio la cabeza y Ana pensó me quiero ir para mi casa, yo ya no aguanto más: Ahí está Fabio, el de don Tano, cantaleteaba la Sabina, cuando ella dejaba sobras en el plato, por mucho que las historias por entregas fueran apasionantes: ese sí que es un tasajo de muchacho, gordo y colorado, bien sano, todo porque no le da pereza masticar, a ver: trague, trague que en el camino masca. Y ella envidiaba a Fabio con sus cachetes colorados, sus chapas tan bien puestas, y los tazones que Emilia repartía por ahí como a las cuatro, después de que pilaba en el pilón de piedras hasta que aquel maíz quedaba blanditico y le añadían panela, yo no soy un ternero ni tengo cuatro estómagos, ¿tú crees que a uno le cabe tanta cosa?, pero ella la atosigaba: a ver... Entonces Pedro Rimales se metió por en medio de ese culebrerío y dejó a toda la gente boquiabierta cuando no lo tocaron las mapanás que matan en el acto, ¿vas a acabar o no...?, Fabio que es un niñito pobre se hubiera rebañado todo el plato: ¿no le daba pesar de los niñitos pobres?, y ella tragando letras: a ella sí. Una lástima inmensa. No soportaba más esa manera de nadie tener nada. Ni siquiera un cajón para meter el muerto, ni un par de velas como en todo velorio: yo ya vuelvo, le dijo Juan José, sin darle tiempo a preguntarle que a dónde iba y se quedó timorata, en un rincón, viendo los hombres que la mulera o la ruana encima del hombro y con sombrero en mano, iban llegando e instalándose; hasta que el corredor ya no cabía de gente y entonces se acomodaron por fuera de la veranda en el potrero, y nadie hablaba casi, y el único zumbido eran los cucarrones dándose golpes contra todo y el ronroneo de las mujeres, que en tono opaco, dulce, como si fuera un canto melancólico, rezaban letanías. Ana siguió sin atreverse a nada hasta que al fin volvió su hermano trayendo las begonias y con sus botas *Croydon* de gimnasia. Son para Fabio, dijo entregando las botas azules a Rosaura, que comenzó a ponérselas al muerto. Juan José se arrimó a la tarima, dejó las flores al lado de la cabecera, y se agachó a la altura de Fabio: adiós, *Culeco*... me quedaste debiendo tres bolas de cristal y un trompo, pero yo te perdono, oyó Ana que le dijo, y vio después cómo le daba un beso en las mejillas, que parecían las de un muñeco desteñido.

Dos días después de muerto Fabio fue el asalto de los *pájaros* en la región de Venadillo. Los periódicos comentaban que hasta los animales los habían matado y había fotografías de cuerpos de mujeres y de niños con el estómago rajado: todos nadando en charcos de sangre inmensos. Iban veintiocho

188

personas en el bus, veintinueve con el chofer, y no quedaron ni las gallinas para contar el cuento. Un peón le aconsejó a su papá que no corriera riesgos, que la situación se iba a poner muy fea de ahora en adelante, y se fueron entonces porque además a Juan José le había empezado fiebre, y su mamá insistió en que hay que ir donde el médico, a ver por qué le dio de pronto a este muchacho, me tiene confundida.

A lo mejor el uniforme se rompió porque el hombro es una especie de quemazón constante, sorda, que penetra en los huesos, y trata de acomodarse la almohadilla pero el peso del cajón la hace tambalear. ¿Te cansaste?, y ella dice que no, que es la almohadilla, y mientras Irma le sostiene la caja ve las coronas de agapantos o dalias, agostadas, feísimas, colgando de una cruz que ya se despintó y está verdosa a causa de la lana. Quién sabe por qué la gente resolvió que hay que cubrir la muerte con flores a porfía. Con aromas que dentro de poco serán también detritus fétidos, cadáveres de cosas, polvo. Por qué esas letanías. Esos rezos tan lúgubres. La van a entristecer y se va a dar cuenta de que la estamos dejando para siempre, pobre: ¿por qué es que cantan esas cosas tan tristes cuando hay muertos?, le preguntó a la madre Rudolfina: y qué quieres que canten, ¿*La Cucaracha*?, ¿y por qué no?, ¿qué mal le puede hacer...? al menos eso: cantos, para que no se sienta tan solita, pero no dijo nada porque le bajaría la nota en religión: Julieta... ¡Qué...! ¿Te gustaría ser pájaro? A mí, pues claro: ¿y tú...? ¿A mí?, ¡pues claro...!, y sin hacerle caso a Rudolfina, que las amonestaba ¡se romperán la crisma, niñas!, ¡que se bajen de ese árbol...!, seguían cantando a voz en cuello: *estaba la pájara piiiinta, sentada en el verde limón, con el pico recoge la coooola, con la pata retoma la flor,* hasta que Rudolfina fue a buscar la escalera que don Jesús usaba para encalar los muros: ¡cero en conducta!, gritaba sulfurada: ¡cero en conducta esta semana!, mientras buscaba entre las ramas a las pájaras pintas, que ya se habían volado.

No hagas caso, tontaina: la consoló cuando trató de hacer pucheros porque mi papá me va a dejar esta semana sin plata para el mecato del recreo. Ya llegará el día en que salgamos de esta escuela y entonces sí: no llores. Pero a Julieta no solo la dejaron sin cinco para comprar el mecato en el recreo, sino que cuando llegó la hora al sábado siguiente, su mamá dijo que castigada esa Semana Santa: que nada de ángel, y las tuvo que ver pasar desde el balcón, los ojos encharcados al verlas con las túnicas blancas de satín, la diadema dorada, su par de alas, y los pétalos de rosa en una canastica.

El padre había mandado traer de España los uniformes de soldados romanos, y ese año a Juan José le tocó centurión. No cabía de la dicha en su armadura. O mejor dicho, cupo dos veces pues le quedó nadando, pero no se arredró y con su paso de ganso custodió el pabellón, donde las señoritas Aparicio, empolvadas, pintadas, con el feo subido, todas de negro hasta los pies vestidas, estrenaban trusó para seguir la Dolorosa: que ese año estaba más llena de cirios que otros años, porque una vidente había predicho el fin del mundo. Muchísimas mujeres andaban de rodillas porque habían hecho promesa, y los encapuchados descalzos, con sus cruces, rezaban el rosario. Lo más impresionante fue el Viernes Santo por la noche. Niños, viejos, y jóvenes, recorrieron el pueblo, que estaba sin luz eléctrica para que hiciera más efecto el alumbrado de los cirios, y ese día la banda de música se inspiró como nunca: lloraba todo el mundo. Rézale al Santo Cristo para que él se apiade de nosotros, recomendó la abuela, y ella sintió una pena inmensa cuando bajo el balcón pasó el

Santo Sepulcro de vidrio, con ese cuerpo lacerado: las llagas de las manos y los pies, la herida del costado, *Alma de Cristo, santifícame,* y ella con la opresión en la garganta al ver el rostro macilento, la corona de espinas: *Cuerpo de Cristo, sálvame, Pasión de Cristo, confórtame, Oh mi buen Jesús,* óyeme, ruega la voz calmada de la abuela, y de repente siente necesidad de repetirlo, porque la agobian de una manera insoportable aquella pestilencia, esa desesperanza, el calor que está haciendo. Absurdo. Hace ya tiempo que no siente congoja por las llagas de Cristo, ni la conmueve el pensamiento de que la carga de sus culpas le han colocado una corona de espinas en sus sienes, y sin embargo algo por dentro comienza a desgarrarla al acordarse de esa Dolorosa. La noche aumentaba la lividez del rostro y las lágrimas pegadas, sin resbalar jamás por las mejillas, brillaban todo el tiempo con la luz de los cirios, haciendo conmover hasta las mismas piedras. La banda de guerra del colegio de La Salle marcaba en los tambores un redoble lentísimo y las cornetas con su toque de entierro, y ella pensaba en lo terrible que sería si se murieran su hermano o sus papás y lloraba bajito pidiéndole al Señor que en todo caso fuera la primera en morirse, y rezaba los Credos fervorosa, treinta y tres de seguido, haciendo nudos en una cuerda que luego le servía para los casos de peligros pues bastaba rezar de nuevo uno y desatar el nudo para que se alejaran los demonios. Se quitaban las alas, después, a la salida, y el padre Canals les repartía entonces estampas y barquillos, y les hacía las rifas.

El año entrante me van a poner a llevar el pabellón de las chiquitas, les anunció Julieta cuando volvieron al colegio, como diciendo que le importaba un rábano el haberse perdido la procesión del fin del mundo, y Camila peleona como siempre: me parece muy raro, porque el padre Medrano dijo ayer que le tocaba a Leonora, pues no, me toca a mí, y terminaron dándose carterazos en la esquina de la séptima. Todo porque nombraron a Melba jefa de la barra y ella frustrada se dedicó a chismear en los recreos. Que se le habían subido los humos desde que el párroco de San José le dijo que cantaste muy lindo en misa de Corpus. Que lo que sucedía era que a ella le tenían cargadilla porque no era lambetas, de esas que andaban todo el día haciendo venias y diciendo Alabadoseajesucristoreverendamadre a cuanta monja tropezaran, y que a ella, a Melba, por supuesto, la habían encaramado en el curubito porque su papá había dado la plata para el altar de San Francisco; hasta que Melba decidió que no le aguanto más a esa mocosa remilgada, y al fin le hicieron la pandilla. Vas tú, le ordenó Melba a Julieta, cuando se equivocó en el-reloj-de-Matusalén-da-las-horas-siempre-bien, pues se agachó antes de dan-las-doce: vete hasta el mango y pégale un guascazo; y ella se fue temblando, porque Camila oyó lo de hasta el mango y estaba en guardia como un gallo de pelea y desgañitaba con que le voy a contar a mi papá para que él venga a hablar con la madre Remigia y a ustedes las expulsen, y sin dar tiempo a más se le lanzó Julieta a los aruñetazos, hasta que repuntó la monja y se la quitó de encima cuando le estaba dando rodillazos, ¡qué bestia!: quién te ha visto. Tan juiciosa, en la fila, con tu uniforme blanco planchadísimo, el lazo azul marino, el cuello almidonado, con tus hombros caídos y la nariz hinchada porque durante todo el trayecto no has parado de llorar, nadie podría acusarte de matar una mosca, Camilita: ¡toma! ¡suénate...!, la conmina Pulqueria y ella recibiendo el pañuelo, desplegándolo, dando tres resoplidos y luego, gracias madre, como un manso cordero. Quién te ve.

Hace un sofoco de mierda, y a quién le va a importar a estas alturas si la monja imein Gott! a esta niñita se le pudrió la lengua, haciéndose tres cruces, declarándola hereje o algo por el estilo. No sé por qué tenemos que aguantar este olor a cagajón de chivo y traerte estas flores y rezar letanías y tener que llorar de sobremesa, como si tu traspaso a la frontera del cosmos fuera algo digno de toda esta comedia. Mejor cantemos. ¡Canta! Estaba la pájara piiiiinta... Porque Julieta está en el cielo, ¿verdad que sí, madre Pulqueria?, y ella nariz parada, digna, ¡cállate y reza!, porque le tiene tirria, y entonces piensa en Tina. En que el domingo le va a mostrar el álbum de las fotos y hará sus acrobacias sobre la cuerda floja, mientras que ya Julieta estará aquí, metida en aquel hoyo, y piensa en los gusanos, y en Tina con sus tules, y en los quebrados que no ha hecho y el lunes es la previa, y entonces lo decide. Mejor no ir al circo.

Oye el *requiem aeternam* y le parece que las voces se alteran. Que es simplemente un mosconeo que se aumenta o decrece o que se queda suspendido por encima de las urnas, y mira el nombre fresco que ya escribieron con un alambre grueso, para ponerlo luego en mármol. Le fastidia el calor.

El olor. Aquellas cruces en hilera. Siente un dolor agudo en el estómago que la hace tiritar como un enfermo y toma una bocanada de aire tratando de aliviarse, pero el punzazo insiste. Sube por el esófago y se le queda metido entre pecho y costillas sin permitirle que respire. Agacha la cabeza. La incrusta prácticamente en las rodillas y aprieta fuerte sobre aquel punto doloroso, hasta que todo comienza a encalambrarse, a dar retortijones, ¿te sientes mal?, ¿qué tienes...? no sé... me duele aquí... y siente el tironazo como si fuera una descarga y tiene que aferrarse a lo primero que se encuentra. A lo lejos las voces. La gente aglomerada delante de la tumba, no cabe, oigo que dicen, mientras dos hombres te meten con cuidado en uno de los nichos, ¡coño!, ¡no cabe!, y, ahora qué... y siguen insistiendo con tu cuerpo, metido en esa caja, impávido, dejándose, y mi cabeza estalla, me da vueltas, como si fuera un corcho en remolino. *Soy un pez en el aire, un pájaro en el agua*... escribías un día desde un punto cualquiera de la ausencia y mucho mejor cerrar los ojos, los oídos, no mirar ese cielo de color de sandía ni oír al tipo que discute que lo metan a fondo, que se tuerce, y alguien más que interviene que traigan las coronas, comprenderás que no me importa, pues solo queda el paso de un pájaro que vuela y unas columnas dóricas, y tu sonrisa incierta bajo el cielo de Argos, preguntándome. Solo este gusto a bilis que comienza a subir por el esófago y que se atora en la garganta, y alguien me dice que no llore, y ya no estoy llorando, cálmate, ya... sí, madre, sí, pero eso le arde mucho y ahora la tierra le da vueltas, y el color de aquel hábito, ya voy, le dice, y trata, pero entonces la arcada, seguida de un punzazo, y después abundante, benéfico, como un chorro a presión, descontrolado, el vómito.

En realidad, lo de Eugenio Ramírez duró poco, por mucho ojo verde y bluyín apretado que tuviera. Cuando llegó a la fiesta de los quince le dio a leer la lista de invitados, él resolvió que si invitaba también a Ricardito Gutiérrez no pensaba venir porque no le gustaban los tipos con caminado de polilla: ¿caminado de polilla?, ¿Ricardito?, y nada más porque la noche de la velada a beneficio del hospital, Ricardito le había comprado chocolates y helado de vainilla y Eugenio a duras penas la invitó a Coca-Cola: sí, caminado de polilla: es un volteado. Y lógicamente no le iba a rogar a un badulaque que se creía el siete machos y juzgaba marica al resto de los mortales: ¡ah, pues muy bien!, si no quieres no vengas, y así puso fin al idilio con el aspirante al trono de Rotarios, que después supo que andaba pregonando que mejor: que así se ahorró el regalo.

Fue la primera vez que bailó *cheek to cheek* y cuando los Panchos tocaron *sin ti no podré vivir jamás,* se le declaró Jairo Araque, que no era ningún pintiparado porque ya andaba en moto y el año entrante empezaba ingeniería. Estás muy linda, empezó Jairo apretándole la cintura, y al rozar con el pecho la chaqueta de paño ella sintió el mismo cosquilleo que cuando Flora la frotaba en el baño: los limoncitos ya te están creciendo, se reía, y le pasaba la esponja jabonosa una vez y otra vez hasta que a ella le comenzaba el hormigueo y Flora burlándose que dentro de poco ya tendremos mujercita en la casa y ella con esa sensación de piquiña sin atreverse a decir nada, mientras la otra sobe que te sobe por las mañanas en el baño, hasta que un día se volvió como loca y se agarró a pelear con la manguera, que estaba colgada del naranjo. Ana fue la primera que la vio y se quedó aterroriza- da porque gritaba *¡vade retro!* ¡aparta, Satanás!, mientras que retorcía la manguera y la miraba a ella como si nunca ja- más la hubiera visto, voy por Sabina, dijo, pero Flora dio un salto y la abrazó muy fuerte teniéndola apretada y comenzó a sobar los limoncitos para que así se vaya el diablo, le susu- rró en la oreja, y ella petrificada, dejándola que hiciera, sin- tiendo cómo la mano ardía debajo de la blusa, y esa piquiña subiendo lentamente hasta que ya no pudo más y amenazó que si no paras le cuento a mi mamá, pero ella se reía mien- tras echaba bendiciones y espuma por la boca, y al fin se tiró al suelo, boca abajo, se enrolló la manguera en todo el cuerpo y comenzó a lanzar gemidos sordos, como un gato. Eso fue marihuana, le oyó decir a su mamá, que llegó mucho des- pués, cuando a ella ya se le habían pasado las convulsiones y estaba rígida y helada y Ana pensó que estaba muerta. Ese novio que tiene es un apache, mañana mismo se nos larga, pero con la escasez de sirvientas llegó el día, y estás muy lin- da pero sin nada de ritmo, ¿en qué andarás pensando?, y la siguió apretando hasta que tuvo que dejar que el cuerpo se pegara y moverse despacito, porque él estaba bailando en un ladrillo. Nos va a ver mi mamá; que si se daba cuenta la iba a dejar morada, pues no me gustan los muchachos que son tan confianzudos, los que andan como pulpos agarrando la mano y aprovechando que están cruzando calles para agarrar del brazo, tú no te dejes que eso es de muy mal gusto; y él, no, qué va, nos vamos a bailar detrás de aquella mata, y la llevó con ritmo de bolero, aunque la pieza era un merengue, hasta que los helechos los taparon y entonces se quedó quieto, apercollándola. Te voy a dar un beso, ¿sí?, y ella pasmada, sin decir sí ni no, porque él metía la mano por dentro del escote de hojarrota y la sobaba igual que Flora y comenzó el sudor y la piquiña y prefirió cerrar los ojos para esperar el beso, pero él no la besaba sino que se movía muy pegado, y ella volvió a pensar Dios mío bendito si mi mamá descubre este amacice me va a cantar la tabla y a suspender lo menos dos semanas la ida a vespertina. Pero lo peor y más seguro, iba a ser la vuelta al calcetín, pues se alargó la media esa mañana y se estaba estrenando unas Van Raalte de *siete vidas*, fabulosas, te gusta, ¿no?, decía él, que al fin ponía los labios encima de los suyos y comenzaba a darle mordisquitos, y contestó por señas sí, pues no quedaba más remedio, y entonces fue cuando le dijo que si quería ennoviarse, que lo tenía chiflado. Que le gustaba más que levantarse tarde.

Durante todo el reinado de la Caridad, Jairo fue su parejo. En las casetas de las candidatas él no paraba de bailar y eso que cada pieza costaba un ojo de la cara, pero él igual que su papá, dicharachero y manirroto, despilfarraba los billetes como si fueran Kleenex y le compraba a ella insignias, banderines, limonadas, todo cuanto vendían en la kermesse, y era fanático de Esperanza Villegas, la candidata del pueblo, morenota y graciosa. Igualita a sus tías por la parte Villegas, menos mal, porque si sale a las Londoño... comentaba Eucaris, la vecina, que era del partido contrario, o sea Marinista, y que se enfurruscaba cuando el conteo previo le era adverso a Marina y entonces no paraba de llamar por teléfono: tenemos que aplancharlas: no vamos a dejar que se ponga la corona una recién aparecida que le sonó la flauta, porque, quién es... a ver... y las otras de acuerdo, a comprar votos. A alborotar la gente para que no se durmiera en los laureles, pues don Narciso Ramos prometió que no hay problema, yo giro un cheque en blanco en la vigilia del escrutinio. Pero el pueblo adoraba a su Esperanza y los fondos crecían y crecían, causando estragos en las huestes contrarias, desencantadas e impotentes ante el inminente descalabro que amenazaba el trono de Marina, dispuestas a jugarse el todo por el todo. Bastaba que Esperanza visitara las casitas del río, o repartiera sonrisas y un poco de Chocolate Luker a la gente del barrio de la estación, donde las familias no tenían ni medios para entechar los ranchos y dormían de a diez, apeñuzcados, para que les llegara el agua al cuello, y la avalancha de votos amenazaba con usurpar el cetro y la corona, ¡pobre Marina! Jamás se lo soñó, cuando le propusieron que vamos a hacer un reinado para la construcción de un hospital porque el Gobierno no se mueve y toda la gente enferma que viene de las veredas y los heridos por la violencia y todos estos barrios, incluyendo la zona de candela, donde las prostitutas trabajan más que una epidemia de paludismo con tanta sífilis y tanta gonorrea, y ella dijo que por su parte sí, que faltaba el consentimiento de don Argemiro, su papá, que contestó que era un honor, que por supuesto. Se veía subiendo pasarelas iluminadas con muchos reflectores y su vestido de tul, hecho por las Osorio de Cali, y el poeta Bermúdez haciendo la elegía, y el estadio rebosante de gente gritando vivas a Marina: la corona pre-ci-o-sa, se entusiasmaba misiá Séfora Ruiz, la tesorera, que lucía siempre en misa de once un sombrero de plumas de avestruz, lo que ocasionó más tarde el mote: las plumonas. Nadie supuso nunca, que entre tanto pitido y tanta flauta, iba a ser la debacle.

La corona fue a parar a las sienes de Esperanza Villegas, quien declaró que mi reinado se lo brindo a los pobres, y al día siguiente las plumonas fletaron un avión rumbo a Miami, donde también brindaron, con Pommery legítima, al borde de la piscina del hotel *Beau Rivage*, cuando invistieron a Marina con una copia fiel de la corona que Isabel de Inglaterra usa para las recepciones, en el palacio de Buckingham.

A Jairo le costó su primogenitura, por supuesto. Fue el único de todos los Araque que se puso la insignia de Esperanza en la solapa, y un día que entró desfachatado a la hora en que su madre regresaba de misa, esta le vio la banderita verde, los ojos irritados por la trasnochada y sin decirle nada de momento, armó su conciliábulo en la hora del almuerzo: ¿quién te crees que eres?, le preguntó a la hora de las lentejas, o sea del sancocho de gallina, que ese día estaba que parecía un plato de Maxim's, después de la parranda. ¿Yo...?, ¿por qué...? ¿Tú sabes qué hora era esta mañana?, y él, no, ni idea, sin confesar ni muerto que había dejado su Ferrocarril de Antioquia a cambio de un pañuelo de Esperanza y que como era lógico pensaba rescatar gracias a un préstamo, pero al oír la pregunta con el tono de aquí se arma la grande, mi querido, decidió aguantar mecha y continuar royendo el hueso, que estaba ya en las últimas y era tan duro de roer como ese que la autora de sus días le pretendía poner enfrente. ¿Has visto alguna vez a tus hermanos o a tus hermanas revolviéndose con lo peorcito de la gleba?, frase que le puso, obviamente, en la punta de la lengua un ¿soy yo por acaso guarda de mis hermanos?, pero ella ni siquiera lo dejó contestar, porque siguió con el yo te refresco la memoria, vas a ver, y sacó el pergamino con los sellos. María de los Arcos Cortés, hija legítima del capitán Gómez Arcos Cortés, y de doña Catalina Osorio, nieta del Alférez General don Alonso de Arcos Cortés y de doña Isabel de los Ríos, recitó de un tirón, sin dar tiempo siquiera a que pidiera el postre. Fue don Alfonso Arcos Cortés personaje importante en la conquista del Perú y Popayán: obtuvo por Real Cédula de Felipe II fechada el 13 de noviembre de 1574, escudo de armas y varios títulos y mercedes, como puede verse en el nobiliario de Conquistadores de Indias, pág. 302, lámina 16. Murió en Cartago, donde otorgó testamento el 22 de abril de 1590. Su hijo Diego, visitador del Condado de Medellín ante la Corte de Madrid, obtuvo varios títulos y casó con doña Catalina Redondo de Mateus, naturales y vecinos de San Benito en el Condado de Medellín en Extremadura. Del matrimonio de don Diego Álvarez del Pino y doña Justina Arcos Cortés fueron hijos Martín Álvarez del Pino que casó con doña Martina del Carvajal y Mejía y residieron en Medellín, dejando varios hijos, entre ellos don Miguel Álvarez del Pino, vecino que fue de Medellín y luego de Rionegro, donde pasó a desempeñar la Notaría y dejó de su matrimonio un solo hijo llamado Francisco, nacido en Medellín, quien heredó de su padre la Notaría de Rionegro, puesto que desempeñó hasta su muerte. Contrajo matrimonio en Medellín el día 5 de abril de 1771 con doña Serena Ontaneda y Piedrahíta, hija del español don Francisco Ontaneda y doña María Piedrahíta de cuyo enlace vino al mundo en Medellín, el 17 de octubre de 1771, un hijo llamado Jacinto Álvarez de Ontaneda, fundador de la extensa familia que nos ocupa. Pocos días después de nacido don

202

Jacinto, murió su madre, doña Serena, y su padre contrajo segundas nupcias con doña María de Medina, hija de don Nicolás de Medina y doña Gertrudis López de la Sierra quienes tuvieron varios hijos. Don Jacinto Álvarez de Ontaneda contrajo matrimonio en Rionegro con doña Mariana Londoño, hija de don Antonio Londoño y doña Eulalia Bernal. Pasó a residir en Sonsón, donde desempeñó oficios importantes. De este matrimonio nació doña María Josefa Álvarez y Londoño quien casó con don Tomás Arango, hijo de don Vicente Arango y doña María Mesa. Fueron vecinos muy importantes de Sonsón y dejaron numerosa descendencia entre los cuales se encuentra don Luis María Arango, muy apreciable caballero, ciudadano que se avecinó en Sonsón y se casó con doña María Francisca Isaza, hija de don Félix de Isaza y doña Casimira Ruiz, de cuyo matrimonio nacieron varios hijos, entre ellos doña Inés Arango, doña Cecinda Arango que casó con don Gregorio Araque, hijo de don Jesús María Araque y doña Andrea Otero. De este matrimonio nacieron Valeriano, Juan Antonio y Jacinto Araque, ¿ves...?, ahí está mi papá. Jairo que se estaba durmiendo sobre las verdes ramas de su árbol genealógico aprovechó: ¡ah, sí...!, el abuelo... un jayanazo, ¿no?, porque su madre deliraba cuando podía contar las historias de aquellos tres hermanos que a los nueve años estaban ya rajando leña en la montaña, y bajaban de Combia en una mula a venderla en el pueblo; que entonces no era más que una docena de ranchos y un bohío que servía de capilla: pero vendían. Valeriano el mayor no hacía sino decir que me caso con Doloritas un día de estos, y Doloritas se adornaba las trenzas con flores de Bellísima y lo esperaba a la orilla del Otún, donde iba a lavar o a traer agua, y don

Gregorio Araque se enteró del noviazgo y encerró a Valeriano porque cómo te vas a casar vos, niguatero, si tenés diecisiete, pero don Valeriano, como lo llama siempre su mamá, resolvió que me caso y me caso y detrás de él, Juan Antonio, que se prendó de la Amelita, hermana de Doloritas, y un buen día los tres; porque Jacinto dijo yo me largo también; un Viernes Santo le dijeron a su mamá Cecinda: vamos al pueblo a tomar una chicha subidota y ella, acuérdense que hoy es día de la Pasión del Señor, cuidado se emborrachan, y a Valeriano, usted póngase las alpargatas, no ande por ahí descalzo, y ellos dijeron que nos tomamos un vasito no más, no se preocupe. Pero lo que tomaron, realmente, fue las de Villadiego.

Por allá en el año de 1862, doña Cecinda se aburrió de tanto trajinar con las cuatro criaturas, mientras que don Gregorio, su marido, vagamundiaba con una comediante de circo que hacía de mujer araña, en Amagá, y que resultó de esas que se comen los machos, porque cuando Gregorio Araque la fue a ver, no volvió en quince días. Cuentan que no levantaron ni una vez la cortina de la tolda, y que un enano les llevaba las viandas y una botija de agua por las noches, y que en las madrugadas era tan grande el alboroto que los vecinos decidieron que hay que acabar con este escándalo, pero Gregorio Araque no era de esos: a él nadie le iba a decir solfas de dómine ni reverendos misereres, así dijo, hasta que al fin doña Cecinda resolvió que voy por él, y consiguió una mula. Se avió con lo que pudo, y se lanzó al camino, cargando los muchachos.

Después de andar por trochas y unos despeñaderos por donde ni siquiera la mula era capaz a veces de encontrar paso firme pues los pedriscos se desprendían a cada rato y echaban a rodar por los barrancos, que parecían sin fondo de lo profundos que eran, aguantando con muy poquito abrigo el frío de la cordillera, pues ni para comprar una ruana había tenido, doña Cecinda llegó a la Plaza de Amagá cuando todavía estaban puestos los toldos del mercado. Lo primero era dar de comer a los muchachos, que no se habían quejado a pesar de que el alimento de los últimos días había sido la panela y tres arepas y cuanto árbol de frutillo se encontraban. ¿Usted sabe a dónde está el circo donde vive la mujer araña?, le preguntó doña Cecinda a la vendedora de tamales y ella le indicó una hilera de árboles que se veían en un alto: allá vive, misiá, y mejor que no se arrisque porque esa sí es tarántula; y se puso a contarle que desde que el circo había llegado al pueblo se habían alborotado los demonios y que ya el cura no sabía qué hacer con esa plaga, porque a pesar de haber dicho un *Te Deum* a ver si con eso lograba exorcizarla, la escandalera le llegaba hasta el atrio. Doña Cecinda le apretó la cincha a la enjalma de la mula, acomodó los hatos, los muchachos, y se puso en camino. ¡Salí de ahí, sinvergüenza...!, le gritó a don Gregorio, apenas vio la carpa con la lona amarilla tapándole la entrada: ¡salí de ahí que hoy es el día en que va a temblar el Credo!, pero lo único que respondió fue el ronroneo de los cucarrones y un mugidito de una vaca que se comía la poca hierba que aún quedaba en ese peladero. Ni un alma a dos leguas a la redonda, por lo menos.

Los muchachos se habían quedado dormidos, pegados unos contra otros, encima de la angarilla, y ella también comenzaba a aflojar porque el viaje de Rionegro había durado seis días: serán las cuatro y media, pensó doña Cecinda, y en un intento por vencer la modorra se acomodó junto a un palo de naranjo que ni naranjas tenía el desgraciado, y se quedó dormida como un tronco.

Cuando se despertó ya era de noche y los muchachos quién sabía dónde andaban porque la mula estaba suelta tratando de encontrar una brizna de pasto y de ellos, ni la sombra. La carpa seguía hermética cerrada pero una luz salía por debajo, y ella no pensó más: agarró el zurriago de arrear bestias, que siempre llevaba por si acaso, de un manotazo descorrió la lona, entró como un relámpago, frenética, y blandiendo el látigo los agarró a fuetazos hasta que se destrenzaron y saltaron en cueros de la cama. ¡Qué te pasó! ¡Ya te volviste loca, o qué!, le gritaba Gregorio tratando de calmarla pero ella seguía repartiendo chicotazos y diciendo que a ver cuántas paticas tenía esa tarántula: que lo que era ella, le iba a cortar un par, ¡devoradora de hombres!, ¡mal nacida!

Gregorio Araque se puso los pantalones y con ellos bien puestos cogió a doña Cecinda por un brazo y le quitó el zurriago. Qué es eso de andar dándole zurriagazos a uno, quién le ha dado permiso de venirse de Rionegro, y el bigotón temblaba de la furia y ella quedó prendada, como siempre, de su torso moreno, bien formado, de las manos tan finas, que ahora se agarrotaban a su carne pero que se volvían de seda cuando se ponía querendón y le hacía caricias y arrumacos: Zarco, porque tenía unos ojos color azul de metileno y le pusieron ese apodo: no me dejés botada con los niños: ¡volvé!, le suplicó con lagrimones y la voz temblorosa, y él, ¡bueno...!, ¡ya, no llore...! y se sacó el pañuelo del bolsillo y la atrajo muy suave contra el pecho desnudo, mientras le seguía diciendo que no llore, mijita, y ella sentía latir el corazón con una fuerza enorme y su cara rozaba la piel curtida de Gregorio que le explicaba que hoy mismo vamos a arreglar eso, y continuaba alisándole el cabello y besándole la oreja como si estuvieran ellos solos. Vaya a buscar los niños, le ordenó a la tarántula, que estaba en el rincón sin decir nada y que se había puesto un kimono bordado con dragones: deben de estar por ahí; y entonces arrimó a doña Cecinda junto al catre y le comenzó a quitar la ropa porque debe de estar muy cansada, sumercé, y ella ni siquiera chistó cuando él la penetró como si fuera la primera noche, exaltado, impaciente, con una fuerza bruta que lastimaba hasta los huesos, y un afán loco de que ella lo sintiera sin parar, todo el tiempo. Al fin, cuando acabó y se tendió a su lado, cariñoso, se recostó contra su hombro y acariciándole el bigote susurró zalamera: vamos para la casa, ¿sí?

Doña Cecinda se quedó con los niños, compartiendo la carpa de la tarántula, y los niños aprendieron a hacer malabares y les pagaban tres reales en el circo. Hasta que se cansó. Un día no pudo más de lavarle la ropa a los payasos, de compartir el catre, un día sí y otro no, con la tarántula, de soportar el genio de Gregorio que desde que pasó la cosecha del café se quedó sin oficio y andaba todo el día con una cara de viernes y dizque haciendo tallas de animales con un chamizo de verraquillo. Hay que esperar a la traviesa, que este año dicen que va a ser para después del veranillo, y va a ser buena porque el café ya pelechó muy bien con estas lloviznitas, le alegaba Gregorio cuando ella le insinuaba que por qué no se largaban cordillera abajo, para el Valle del Cauca. Valeriano ya tenía nueve años y se podía defender como los hombres grandes: ya aprendió a rajar leña y con eso se gana unos cuartillos, le razonaba cada que había lugar, pero él cabeciduro, testarudo, terco como una mula: no me ofusqués, Cecinda: no me atafague que lo que es yo de arriero no me voy a meter por esos montes. Pero se fue.

Una mañana en que el sol por fin se decidió a templar la atmósfera y todo el mundo muy contento porque corrió la bola de que el circo se iba y que el señor alcalde había advertido al empresario de que dejara los leones porque si no el Gobierno le embargaba el resto, Gregorio no regresó a la hora del almuerzo, ni al Ángelus, y apareció casi a la medianoche: nos vamos, anunció: mañana en la mañana empacás los corotos; y sin más, se metió con la tarántula en el catre. A la madrugada ella lo sintió que venía gateando en busca de su estera y se hizo la dormida, pero él la conocía de memoria y sin tocarla esperó un rato a que ella se volteara: yo ya no puedo dormir con esa vieja, Cecinda, se quejó como un niño, y comenzó a besarla, a penetrarla suavecito, con paciencia, como a ella le gustaba, sosteniéndola en vilo y permitiendo que sus jugos la inundaran, despacio, que los miembros fueran dejando uno por uno de sentirse hasta que le pasó los brazos por la espalda, la atrajo con firmeza, sumercecitalinda, susurró, y la hizo venir con un espasmo largo, sostenido, y ella perdió como otras veces la noción de su cuerpo porque todo era un grito, un fuego. Un desatarse desgarrado de su amor por Gregorio.

Cuatro días y cuatro noches se demoraron llegando a Abejorral, porque todos los ríos estaban en creciente y los caminos tan malos que las mulas se quedaban atascadas: menos mal que las bestias que consiguió Gregorio eran mulas jóvenes, muy briosas, sobre todo la rucia, que llevaba los niños como si fuera un Ángel de la Guarda y los libró de más de dos atascaderos. Decían que el río Cauca había inundado a Titiribí y la gente de La Pintada se estaba refugiando en Jericó porque también el agua los había sitiado y se estaban quedando sin con qué comer. Los arrieros formaban campamentos inmensos, y ellos se entretenían por las noches oyendo a los bambuqueros con sus tiples, y Gregorio agarraba casi siempre un requinto y entonaba:

en estas soledades que me recuerdan, que me recuerdan los dulces juramentos que oí de ella, que oí de ella cubrirán mi sepulcro las madreselvas, las madreselvas que me dieron guirnaldas, para sus trenzas...

con esa voz profunda que tenía, y que la hacía lagrimear,

cuando la suerte ponga fin a mis dolores
y contigo en la tumba helada sueñe
aquí vendrán a gemir
sueño y descanso a buscar
las palomas que oyeron
por tu ausencia llorar...

Los hombres echaban sus partidas de dado, tute o dominó y las mujeres se ocupaban de los niños, que ponían a dormir en una tolda, todos juntos, y a la hora de reposar ellas se arrodillaban y daban gracias al Señor, mientras que ellos, fumando sus calillas al lado de la fogata las esperaban en silencio, para acostarse después en los chinchorros.

Hay que bajar a Caramanta, dijo Gregorio una mañana que ella estaba preparando el desayuno: me dijeron que necesitan hombres para marcar ganado y eso es lo mío: hay que seguir viaje, Cecinda; la animó cuando le vio la cara de quedémonos un rato en este sitio, es muy bonito: porque si no, con qué comemos, arguyó; y era cierto. La panela la estaban racionando hacía dos días y no quedaba más que arroz. Vivían prácticamente de lo que le regalaban las mujeres en los campamentos, que cuando veían a los niños recogiendo la leña y buscando ramitas de cilantro o toronjil, se le arrimaban y le decían, tome estos dos huevitos, comadre, o si quiere este poquito de sancocho que tiene mucho hueso y eso le va a alimentar a los muchachos, y jamás le faltó, gracias a Dios. Pero era verdad lo que decía Gregorio: había que buscar un sitio donde hacer una casa y establecerse y ver crecer los muchachos. ¿Y cuándo salimos?, preguntó con la voz animosa para que él supiera que lo quería mucho y que donde él fuera ella también iría y que con tarántula o sin tarántula ella era la única esposa, la legítima; después del desayuno: haga bañar a esos niñitos. Doña Cecinda dejó la olleta con el agua de panela en el fogón y se puso a alisar la ropa con el fierro que le prestó su comadre Natalia, que era una maravilla cómo calentaba en las brasas y dejaba las camisas estiraditas, como nuevas, y cuando menos se apercibió fue de los gritos. Salió de la tolda a ver qué era esa bulla y Valeriano la atajó en la mitad del camino: mamá... y supo entonces, por la manera como el niño le agarró la mano, que algo muy malo había pasado. Alcanzó a ver a Gregorio que corría con Emanuel en brazos mientras daba alaridos: ¡traigan aceite de higuerilla...! ¡por Dios y por la Virgen!: ¡háganle algo...! pero por más que las mujeres hicieron emplastos de infundia con manzanilla con un poco de ron y le pusieron en la frente y en la planta de los pies, el niño deliraba y se agotaba por momentos: el agua de panela le había quemado todo el pecho, y parte del estómago.

Doña Cecinda se estuvo todo el tiempo pendiente de Gregorio, que no dejó ni un minuto la cabecera de Emanuel y repetía como un enajenado: no se nos puede ir, no se nos puede ir, si nada más ha vivido tres añitos y medio... Cecinda: por qué nos tuvo que pasar esto a nosotros, y ella no le podía contestar porque pensaba mientras tanto que tal vez era un castigo de mi Dios, por lo de la tarántula, o un premio, porque quería ayudarlos con ese ángel que iba a cuidarlos desde el cielo: hay que tener valor, Gregorio, lo confortó, cuando en realidad, lo que sentía era que se le estaba hundiendo el mundo.

A Emanuel lo enterraron a la hora del sol de los venados. Al otro día, muy temprano, salieron rumbo a Caramanta, hacia la finca de un señor Jaramillo, que era el que necesitaba los vaqueros porque tenía cinco mil reses sin marcar. A la cruzada del río Cauca los ayudó una gente que venía desde Yolombó, porque ya eso por allá no era la Villa Infanzona de la Marquesa, con tres iglesias, casa Consistorial, cárcel y las grandes oficinas de las Rentas Reales, sino un pueblo triste, polvoriento, donde el mazamorreo no rendía, pues zarandearla batea no era ya negocio: ya no hay oro, sale llena de cascajo, les explicaron, y se habían enganchado a una peonada de Yarumal, también expertos en marcar novillos. En la pasada, una mula de los de Yolombó se soltó de la soga y la corriente la arrastró sin que pudieran recuperar siquiera los víveres que llevaba en la enjalma, y entonces durante los días que faltaban de camino, se fueron bordeando el Cauca y los hombres decidieron que había que rastrear guagua porque sino, se iban a morir de hambre; sobre todo los niños, que hacía tres días que no probaban nada sólido. Valeriano le dijo, mamá, no se preocupe: yo me voy a rastrear, y ella le dio el poquito de sal que les sobraba y un puñado de papas y al cabo de dos días apareció con un animal de más de doce kilos, y los hombres contaban cómo el muchacho se había metido hasta la cueva de la guagua, sacándola a punta de mordiscazos, como un perro. Jamás comieron carne mejor que esa.

Hacía ocho meses que estaban en la finca del señor Jaramillo cuando a doña Cecinda le volvió a dar la ventolera de que Zarco vámonos para el Valle del Cauca, dicen que eso allá es el paraíso tropical y Gregorio que ya estaba cansado de tanta vaquería y tanto zancudero; que ya le estaban inoculando paludismo, seguro, porque ya por las noches comenzaba a sudar como un caballo y a soñarse con hormigas que se lo querían manducar y con un río en creciente, que lo inundaba todo sin darles tiempo a nada, le contestó: bueno, vámonos, pues: andemos mundo, a ver qué pasa... a lo mejor es verdad eso que dicen del tal paraíso, y nos tapamos de oro.

Caminaron y caminaron y caminaron. La montaña tenía trochas que hacían los arrieros y ellos siguieron la del camino de Supía, que era la más directa para bajar al Valle. Una mañana todo se cubrió de pronto con un neblinero que no dejaba ver ni a los dos metros y perdieron el rastro del camino. Cuando menos pensaron no había sino maraña y selva y entonces Gregorio decidió que mejor descansaran hasta que se levantara la neblina, pero era casi mediodía y la niebla cada vez más espesa y los muchachos empezaron con mamá, yo tengo hambre, y ella sin nada que comer porque las provisiones se acabaron y había contado con llegar a Anserma por la noche. Qué hacemos Zarco, mi Dios nos favorezca, estaba diciendo doña Cecinda, cuando oyeron una voz: ¿están perdidos?; y el pánico que le dio, pues creyó que era Dios el que le estaba contestando; se quedó temblorosa, hasta que el hombre salió de entre la bruma y ella vio la mulera y el atuendo de arriero y descansó, ¡qué susto, Avemaría!: creí que era un espanto: ¿un espanto...?, se rio el hombre, y ella lo vio mejor: no tendría veinte años: por aquí no viene ni la Madremonte, misiá, esto es un moridero, ¿quieren que los lleve al camino?; y los sacó por una trocha que estaba ahí cerquita y que ellos no habían notado porque el que sabe, sabe, claro... dijo el guía, que se llamaba Eleazar y que siguió con ellos pues él también decidió que iba a hacerse de su capa un sayo: a trotar mundo, a ver qué nos topamos por esos andurriales... y les contó que había nacido en Anorí.

En Anserma les compró horchata a los niños y a ellos los convidó a un sirope: pero usted es rico, Eleazar, bromeó Gregorio al verlo sacar una onza de oro del carriel: ¿de dónde se sacó ese entierrito?, y Eleazar le explicó que pues sí; que en un tiempo había andado de huaquero y que por ahí decían que en la región de Anserma y de Quimbaya no cabían las tumbas y que a él eso le gustaba. No por el oro ni los collares ni esas cosas, continuó, sino por algo que me produce una especie de temblorcito cuando acabamos de escobillar y la tierra se filtra, va cediendo, hasta que aparece un muñeco o una botija de barro, y eso sí da gusto, mi don, cuando uno ve el espectáculo: yo nada más por eso me metí de huaquero. ¿El oro...? Para los angurrientos: eso se vuelve como la plata del juego, se evapora. Pues a mí no me vendría mal una huaquita de ésas con morrocotas de las buenas, dijo Gregorio, que desde que Eleazar empezó con el cuento le comenzó a rondar la idea: ¿vos que decís, Cecinda? Pero doña Cecinda estaba de acuerdo con que eso es plata del diablo, y que si uno desentierra los muertos para llevarse lo que tienen, eso tarde o temprano se convierte en carbón, mejor no...

El camino se hizo cada vez más penoso porque como decía Eleazar por ahí no había pasado ni la Madremonte. Las aposentaderas ya tenían peladura de tanto andar en esas bestias y por las noches doña Cecinda tenía que echarles sebo a todos en el rabo, porque era lo único que aplacaba el ardor. Al fin se tropezaron con unos indios que subían de la región de Risaralda y que por señas explicaron que estaban como a tres soles de Santuario; un pueblo rico, donde contaban que la gente se bañaba en bebidas extranjeras, espumantes, que llamaban, y el altar de la iglesia lo habían hecho forjar de oro macizo.

Pues es verdad: esta gente está tuquia de plata, dijo Gregorio cuando vio la fachada y la torre de la iglesia; un campanario como de quince metros. ¿De dónde creés que la sacaron?, y Eleazar, de las huacas, mi don, ya le digo. Cuando iban a cruzar la playa oyeron un tambor y un griterío y se arrimaron al corro que se aglomeraba alrededor de un palo de Gualanday. No vale ni diez ni nueve ni ocho ni siete ni seis reales, señoras y señores, decía el hombre: porque ustedes dirán que no hay con qué comprarlo pero no, no se engañen, no llega a cinco reales y cómo así dirán si yo lo he visto con mis propios ojos claro que sí, señoras y señores, cura lo incurable, hace milagros resucita a los muertos ya lo vieron: me picó la culebra y yo aquí tan campante tan vivito y coleando y no solamente eso porque si curara las picaduras nada más eso no es gracia ¡no! mi bebida traspasa las fronteras viene desde muy lejos ¿han oído hablar de Egipto una tierra donde nació Moisés y había reyes que se llamaban faraones...? pues de allí viene el secreto ¡la ciencia!, señoras y señores: de Egipto: de las tumbas que son más viejas que Jesucristo y aquí tienen la prueba ¡pruébenla! compren hoy mismo su frasquito que ya se está agotando y que el que se lo toma o se lo unta no tiene más problemas en la vida porque también le mezclé una receta que me dieron los indios Putumayos y que alivia el dolor del reumatismo de muela de estómago y es bendito para la jaqueca y el mal de ojo no se la pierdan, señoras y señores ¿usted quiere una, señorita? ahí va: ¡una para la señorita!, ¿y usted, misiá?, gracias, ya les digo: no son ni siete ni seis ni cinco reales ni siquiera son tres, señoras y señores ¡dos reales!, dos realitos no más por esta maravilla: cura las almorranas ¡otra para mi don...! le cura el dolor de hígado, cómo no, no se preocupe, y si riega un poquito detrás de la puerta le espanta los demonios, sí señora, a ver quién es el que se va a llevar el otro: los indios del Brasil me enseñaron su fórmula secreta que le agregué y que es infalible para el que sufre mal de amor, con dos goticas en ayunas se le pasa, es el remedio más barato que existe en el mercado lo libra de la sarna el paludismo la sífilis la gonorrea la viruela el sarampión flujo blanco cualquier mal que lo aqueje se desaparece en menos de lo que canta un gallo pruébelo llévelo no deje perder esta ocasión única misiá ¿uno? ¿dos...?, gracias: la señora ha comprado dos, señoras y señores, tiene fe en su eficacia por supuesto ¡llévelo! cómprelo que ya se está agotando ¡la medicina milagrosa! usted se unta o toma de esta pocimita y todo mal desaparece: la impotencia, caballero, perdón mi doña pero lo cierto es lo cierto no se me escandalice pues no hay quién lo resista después de una o dos tomas, garantizo: esto es como mandado a hacer para los que tienen ganas y no pueden como pedrada en ojo tuerto para quien tiene problemas con su suegra porque le pone cuatro gotas en el vaso de agua por la noche y ella amanece mansitica, no es chiste, a ver: que ya se está agotando señoras y señores llévelo cómprelo aproveche la ganga ¡quién da más! no se olvide: ¡es la mano de Dios es un frasquito...! y Gregorio se esculcó los bolsillos: Cecinda, ¿tenés dos reales?, ¿dos reales?, ¿para qué...?, ¿ya te vas a dejar engatusar vos también por ese zanquilargo blasfemo?; y sin dejarlos oír más los arrastró a él y a los muchachos.

Vamos a tomar un refresco, yo los invito, pues, propuso Eleazar que se moría de la risa del alegato de doña Cecinda, que seguía diciendo que no faltaba más que uno le deje los cuartillos a esos aprovechados que se pasan la vida esquilmando a los bobos, que si era que él se había caído del zarzo, o qué... ¿no ve que esa tal agua debe de ser anilina con sal de Epsom?, pero cuando entraron en el bar se le pasó la alegadera: se quedó boquiabierta: ¡Avemariapurísima!, soltó por fin cuando pudo recobrar el aliento: ¡este pueblo está cundido de demonios...!, y era porque nadie tocaba ese aparato, que sin parar de accionar unas especies de varillitas blancas, sonaba *Sobre las olas*, mientras que el tipo que estaba ahí sentado no movía ni siquiera las manos. ¡Esto sí que es brujería...! o milagro, Cecinda: o milagro..., dijo Gregorio que tampoco había tenido tiempo de resollar. ¿Ya se está volviendo blasfemo usted también? ¡No faltaría más que ese dislate...!, y se persignó con las tres cruces mientras pedía el jugo de mora.

Santuario en realidad era un pueblo floreciente. Las casas de la plaza eran de dos pisos, con balcones, y entechadas con teja. Las calles principales empedradas. La gente usaba candiles para alumbrarse por la noche y casi todos tenían pesebrera con dos o tres caballos. Había un local inmenso que servía de bailadero y también se quedaron boquiabiertos cuando Eleazar leyó: esta noche las hermanas Muñoz, con bandolas y tiples, animarán el baile a beneficio... pero, ¿usted también sabe leer, compadre?, se quedó atónito Gregorio, porque ese muchacho tenía lo menos siete años menos que él, y Eleazar les contó que había aprendido con un cura que vivía en Anorí, que le enseñó a leer porque él le hacía el favor de tocar la campana de la iglesia. ¿Y por eso le enseñó a leer...? Bueno, sí... y porque, además, yo oía misa. Él me hacía arrodillar y ayudarle a las ceremonias y un día me confesó y me dijo que me iba a dar el cuerpo de Dios y me contó una historia de Jesucristo y lo que más me gustó fue lo de que resucitó al tercer día: qué verraquera, ¿no? ¿Y su mamá, no le había contado nunca esa historia?, quiso saber Cecinda, y él, ni riesgos, ¡qué va...! Por allá en Anorí todos son liberales.

¡Qué no sabrá ese Eleazar!, le comentó esa noche Gregorio a doña Cecinda mientras que acomodaba los chinchorros: ayer me explicó cómo la tierra gira alrededor del sol, y me dejó pasmado: ¿vos sabés que la tierra se mueve, Cecinda? ¡Cállese, no hable tan duro que lo oyen los muchachos!, fue la única respuesta: lo que es mañana nos levantamos tempranito y nos arrancamos de este apestadero.

De Santuario se desviaron hacia el oriente, para seguir bajando por la orilla del río. Al ir dejando la montaña, la temperatura comenzó a cambiar y entonces los muchachos se querían meter cada media hora en el agua, pero aparte de que el Cauca era un río correntoso y había el peligro de los remolinos, estaba el caimán, que por ahí abundaba, dijo Eleazar: mejor bañarse en las cañadas. Así que la mayor parte del camino se la pasaban chapuceando en cualquier quebradita o aprovechando de las caídas de agua, porque lo que era lluvia no tenía riesgos. El cielo se toldaba muy temprano, se apeñuzcaba de nubes y parecía que ya se iban a desgajar de tan cargadas y tan grises, pero lo único que hacían era poner el aire irrespirable, eléctrico, lleno de animalitos que buscaban también algún respiro y que no dejaban tener vida con tanta zumbadera. Y así todo el resto del camino, hasta que cruzaron el Cauca y cogieron rumbo a Santa Rosa de Cabal, donde les ofrecieron trabajo de recoger café y entonces decidieron que se quedaban las tres semanas que faltaban para terminarse la traviesa.

Bueno, compadre, le declaró Gregorio a Eleazar, una noche que jugaban una partida de dominó: ahora sí le tengo que decir lo que me viene rumbando en la mollera desde que en Santuario usted nos dejó patitiesos con tanta ilustración, y sin más preámbulo le soltó: he decidido que me tiene que enseñar a leer. Y entonces comenzaron las clases de lectura, con un librito que cargaba siempre Eleazar: *Obras de la gloriosa Madre Santa Teresa de Jesús Fundadora de la Reforma de la Orden de Nuestra Señora del Carmen de la Primitiva Observancia dedicada* al rey Nuestro Señor don Fernando VI con privilegio; y que era herencia del cura de Anorí. Le dio también lección de sumas y de restas, porque hasta para el número era una fiera, Eleazar.

Yo no sé de dónde es que ese hombre saca tanto conocimiento, comentó de nuevo Gregorio: imagínese que hoy me salió con el cuento de que si no fuera porque los hombres descubrieron que las frutas se caían de los árboles derechito a la tierra, no nos hubiéramos dado cuenta que dizque es por eso que andamos con los pies en el suelo y no patasarriba, ¿ah? ¿Qué te parece a vos, Cecinda? Y ella silenciosa, arreglando las camisetas de los muchachos que ya eran puros hilangos de tanto remendar y tanto roto: hay que conseguir camisetas, Zarco, mirá esto... cambiándole de tema, porque no quería decir lo que pensaba francamente.

Un primer sábado de mes, como a las diez y media de la mañana, el mercado en pleno apogeo y la feria abarrotada de gente, doña Cecinda vio un tumulto, y se acercó a novelerear para ver qué pasaba, cuando vio a Eleazar que con machete en mano gritaba, ¿macho...?, no es palabra: ¡vea...!, y de un salto se abalanzó sobre dos hombres, que machete en mano también, lo recibieron a planazos. ¡Se van a matar! ¡María Santísima!: se van a matar... clamaba a gritos, pero nadie le hacía caso porque en seguida se formaron dos bandos que comenzaron a carearlos, hasta que al fin alguien se plantó en medio de la trifulca y gritó: ¡a la gallera!, y entonces los hombres suspendieron, y sin hablar, seguidos del resto de la gente, sin mirarse siquiera, se encaminaron a la carpa que servía para cuando había peleas de gallos.

Doña Cecinda salió despavorida en busca de Gregorio, y lo encontró debajo de un palo de Araucaria, dormitando, sin darse cuenta de la bullaranga. ¡Zarco, que están matando a Eleazar!, y él sin despertar del todo, se levantó de un brinco, ¿a dónde?, gritó: ¿quién...? y por las señas de ella, que ya no podía gañir ni quién ni dónde, salió disparado, a las zancadas, con el machete fuera de la funda.

Gregorio Araque entró como un ventarrón a la gallera, y de tres saltos quedó en medio de los contrincantes, que no se esperaban la irrupción y se paralizaron, a la espera. ¡Ahora sí... como los hombres de verdad!, ¡a ver...!: dos contra dos, ¡cursientos hijueputas!, y se aparejó al lado de Eleazar, a quien doña Cecinda no había visto nunca tan arrebolado. El público se había acomodado como en los días de pelea grande: la mayoría en los andamios y los otros acuclillados en el suelo, en círculo, mientras que un hombre en un sombrero, recogía los billetes. ¡Eleazar, de Anorí, contra los hermanos Loaiza, de Aranzazu!, pregonaba: ¡cuánto va...! y cuando vio que Gregorio intervenía: ¡el Zarco Araque, de Riosucio...!, pero Gregorio no dejó terminar porque sin dar más tiempo a que se casaran las apuestas, les gritó: ¡en guardia, tuntunientos!, y enrollando la ruana en el antebrazo izquierdo, se dispuso al ataque.

¡Cómo temblaban los huevones!, ¿te diste cuenta? Yo a ese orejón le iba a cortar el vergajo, compadre: si no es porque se me atraviesa el otro Loaiza, yo lo castro ¡se lo juro! Y el Arnulfo se creyó que me podía porque es un varalarga, pero lo que no maliciaba era que hoy iba a topar con su horma, ¡muertos-de-hambre!, ¡pero qué gozadera...! si lo que fue yo me carcajeaba, cuando empecé planazo va planazo viene y el muy huevón sin atajarme ni una, se los di en los riñones porque se dio vuelta, tieso de miedo, para que no lo ensartara, de seguro, pero yo qué lo iba a ensartar, tampoco me voy a echar un muerto encima, y cuanto más alboroto armaba el público yo con más gusto a darle, compadrito, ¡qué plato!: a usted tampoco le fue mal, ¿no?: yo lo alcancé a ver a atajando unos planazos muy malucos que le tiraba el Mono Loaiza, que no es sino buchipluma, el muy berriondo, pero menos mal que vos sos una fiera, Eleazar, lo despachaste en dos voliones, qué manera de tirar machete tenés, ¿dónde aprendiste? Yo cuando Arnulfo al fin tiró la ruana y lo vi agallinado, más blanco que una sábana, por mi Dios, sentí lástima, jamás había tenido una pelea tan mamey cuánto fue que ganamos, a ver... ¡Avemaría!, siempre fue que tiraron mucho filo, mira... me volvieron la ruana puros chiros... Bueno Eleazar, ahora sí que decíme: por qué fue que empezó...

Con la ganancia se compraron seis gallinas y una vaca con ternero desteto, y ahora sí que cambió el viento, Cecinda: se acabó el tiempo de las vacas flacas. Cuando el ternero crezca lo vendemos y así compramos otra vaca las gallinas nos dan por lo menos media docena de huevos diarios y así son cuarenta y dos a la semana, que vendidos a dos por cuartillo son veintidós, o sea, con qué comprar dentro de un par de meses un marrano de cría y a lo mejor si ahorramos un poquito nos arriscamos a fiar una herramienta y así construyo una pesebrerita, vos que opinás, Cecinda... pero ella se contentó con seguir pilando para la mazamorra y él insistió, porque la idea le parecía buena: vos qué decís, Cecinda: ¿nos arriscamos?, y entonces sin dejar de golpear el maíz, con la mirada puesta en los ojos azules de Gregorio, doña Cecinda contestó: no hay que ensillar antes de traer los caballos... Eso decía mi abuelo.

Al día siguiente agarraron camino, porque Eleazar aconsejó que si querían llegar al Valle más valía ahora que había templado el veranito, pues si no aprovechaban se les venía encima la época del agua y ahí sí: hasta septiembre, por lo menos. Ya hacía más de un año que había pasado la historia de Amagá y la tarántula, y ya era hora que se pusiera a tumbar

221

monte y organizar una siembrita. ¡Allá, papá...! ¿Lo ve...?, dijo Jacinto, cuando llegaron al Alto de Boquerón: ¡allá vamos a hacer el rancho...! y señaló la tierra, que se extendía y extendía hasta perderse de vista: nunca habían visto nada parecido. La cordillera se iba desvaneciendo y el ramal de occidente no era más que unas lomas allá en la lontananza, donde decía Eleazar que comenzaba el mar: ¿cómo es el mar?, quiso saber Jacinto, y Eleazar: es como eso, igualito; pero en vez de árboles, agua, del color de esas lomas.

Jacinto Araque, a los seis años, sabía lo que quería. Bajaron y esta vez el camino no eran atajos llenos de nidos de serpientes ni había peligro de que se despeñaran las mulas ni el piso estaba lleno de atascaderos. Esta vez la Batatilla y el Carnaval, las Achiras y los Anturios rojos, florecían como si alguno los hubiera sembrado por doquier, para que fuera más bonito el espectáculo, más intenso el color de esa meseta, más suave el andar del caminante, que se encontraba naranjales, toronjos, pomares, durumocos, guayabos, nísperos, mandarinos, guamos y limoneros, sin tener que buscarlos, porque eso más que una tierra parecía un vergel, lleno del canto de los jilgueros.

Gregorio Araque les enseñó a los muchachos a empuñar un hacha desde que sus manos pequeñas se lo permitían, y ahora el monte era una pura fiesta de hachazos desde la madrugada hasta la noche, a dos cuadras del río, donde escogieron el terreno. Bueno, mi don: buena suerte; yo sigo andando mundo, dijo Eleazar, cuando terminaron de emboñigar paredes y entecharon el rancho, y sin decirle adiós a nadie más, se terció su carriel, arregló cachivaches encima de la mula, y se perdió por entre los guaduales.

¿El abuelo...? Sí que era un jayanazo. De ojos azules y moreno, igual a don Gregorio, pero de carácter arisco: un montaraz como doña Cecinda Arango; y la mamá de Jairo lo miró como diciendo, y tú que ni para poner un agua a calentar, y de pronto, alarmada: ¿dónde está tu reloj?, le soltó a quemarropa, y él que ya se pensaba salvado de las aguas: ¿el reloj...?, ¡ah, sí... el reloj!; que en el día del grado doña Fidelia le entregó con lágrima en el ojo: es el Ferrocarril de Antioquia de mi papá, una reliquia, ya lo sabes: y comenzó a buscar en los bolsillos, de los que lógicamente no salió más que un paquete de cigarrillos Pielroja, la billetera sin un peso, el llavero, dos contraseñas para el cine, una libreta de direcciones, el lapicero Parker, y al fin sacó el pañuelo, que nada más el color lo delataba, lógico: ¡monstruo...! ¡desnaturalizado...! ¡a que fuiste capaz de cambiar ese trapo asqueroso por el Ferrocarril de Antioquia del abuelo...!, y como si no resistiera la tragedia, se desguanzó sobre una silla y prorrumpió en sollozos.

Enero veintidós

«Mi nombre de pila es Teófilo Rojas, y voy a contarles entonces la manera como tuve que vivir, siendo todavía muy muchacho y por allá desde el año de 1949 o 1950, cuando vivía al lado de mis padres, en una finca que llamábamos *La Esperanza*, de propiedad de mi padre.

»*Interrogado*: ¿Y dónde queda dicha finca? *Contestó*: Queda en la región o jurisdicción de Rovira (Tolima), donde trabajábamos y vivíamos tranquilos, hasta cuando, me recuerdo como si fuera ahora, empezaron a llegar gentes uniformadas que en compañía de unos particulares, trataban muy mal a los que teníamos la desgracia de encontrarnos con ellos, pues a los que menos nos decían, nos trataban de *collarejos hijueputas* y otras palabrotas por demás ofensivas, cuando no era que nos pegaban o amenazaban, lo que nos mantenía muertos de miedo, que aumentó espantosamente cuando dieron muerte, entre otros, a Tiberio Patiño y Servando Gutiérrez, y muchos más que asesinaron tan injustamente, y no solo eso, sino que atropellaban a los niños y violaban a las mujeres, haciéndoles todo lo que se les antojaba, y sin poder chistar palabra, para evitar mayores tormentos; y me acuerdo especialmente todo lo que hicieron con una prima mía de nombre Joba Rojas a quien cogieron en presencia de los padres que se llamaban José Sánchez y Obdulia Rojas y le hicieron cosas que más bien no quisiera recordar, sin tener en cuenta las súplicas que les hacían; y recuerdo, que casi todos los que hacían esas atrocidades habitaban en el retén de la Selva; y recuerdo mucho a un tal Ricardo Prieto, que aprovechando mi pendejada y miedo por lo muchacho, me proponía que me volviera de *cachiporro* a *godo*; me decía, que así viviría tranquilo y sin faltarme nada, y en cambio si no aceptaba lo que me proponía que entonces me mataban, y que eso lo hacían con todos, hombres y mujeres, grandes y chicos, y como mataban, quemaban, insultaban, robaban, violaban y hacían tantas cosas por lo que éramos liberales, y yo que entonces no tenía sino escasos trece años, a mí me daba mucho miedo y me dolía todo lo que hacían, fue como me resolví a largarme de cerca de esas gentes tan malas, a ver si así evitaba morir por fin en sus manos, y como yo nada podía hacer contra tanta cosa, huí de

224

una parte a otra, hasta que por fin llegué a un lado de Los Andes adonde estaba Leónidas Borja, quien también había tenido que huir de esa violencia porque lo perseguían para matarlo, habiéndose podido instalar en esa región, siendo que por ese entonces pasamos del trabajo y de la paz a la violencia y persecución, por el único pecado de ser liberales. Y como en ese entonces ni siquiera se hablaba de guerrilla, no sabíamos defendernos ni dónde meternos para alejarnos de tanta ferocidad, y entonces como siguieron llegando pobres familias a quienes habían matado a personas queridas para ellas, o los habían maltratado, o les habían robado lo que tenían o incendiado sus pequeñas propiedades, se empezó a organizar, en compañía del amigo Borja, la manera de defender esas pobres familias, y a los que no teníamos más amparo que el de ellos. Fue así como por pura necesidad y con grandes sacrificios lograron reunir unas escopeticas, todas remendadas e inseguras, pues hasta con caucho las tenían que hacer funcionar, a más que con unos machetes ya se nos facilitaba conseguir carne de monte y algo de seguridad, como también leña y resolver necesidades urgentes, como la de favorecernos del agua, el sereno y otras cosas pues como lo he manifestado ya, éramos muchos los que nos habíamos reunido en busca de refugio y protección, muy especialmente para los niños, para los ancianos, para las mujeres, y en general, todos los que habíamos tenido que huir a la persecución sectaria de la policía, del ejército, de los godos, y *pájaros*, que eran los mismos godos pero más malos, y hasta de los curas, que habían convertido algunos la religión en persecución política.

»Fue entonces como nos siguieron esos malvados hasta donde pensábamos estar sin tanto peligro, aunque sufriendo hambre, frío y todo lo que la huida nos presentó y puso a aguantar, y que no contentos con tanto mal nos acorralaron y nos obligaron a contestar el fuego que nos disparaban, cuando nos considerábamos perdidos ante tanta gente mala, tan armada y tan desamparados que nos encontrábamos, pues ni autoridad ni jefes políticos hacían algo a nuestro favor, siendo que éramos campesinos honrados, y trabajadores de Riomanso, Rovira y otras regiones, que habíamos logrado escapar a la muerte que nos acorralaba donde vivíamos anteriormente y donde unos dejaban parientes muertos, otros amigos, otros cenizas de lo que nos perteneció; y en esa forma querían acabar con todos los que nos llamaban *collarejos*. Fue así como tuvimos que ir buscando modo de favorecernos en Riomanso, La Estrella y las montañas de la Rivera, pero ya reunidos con los hermanos Borja y Cantillo, que fueron los que se propusieron salvar a tantos perseguidos por esos bandidos sin Dios y sin Ley. Pero como por las consecuencias que recaían sobre las familias de los que por allí nos habíamos logrado reunir en la huida, tuvieron que cambiar sus verdaderos nombres por apodos que conocíamos para distinguirlos y fue como entonces Leónidas Borja se siguió llamando *El Lobo*, Tiberio Borja, *Córdoba*, David Cantillo, *Triunfante*, presentándose casos distintos, como el de Arsenio Borja que se hacía llamar *Santander,* de quien no puedo olvidar sus famosas hazañas pues todo lo que cogía por delante lo acababa, pues él nos decía y hacía ver que el enemigo lo componían los godos, los policías y el ejército y los que llamaba él *chulos godos malparidos*, había que acabarlos; y como en realidad era tan valiente y peleador de verdad, unos por miedo y otros porque la necesidad se imponía, y en otros casos por ser admirador de tan famoso jefe, no se quedaron atrás en las comisiones que llevaban a cabo. Nos defendía, nos traía ropa y nos daba lo que en la mayoría de las veces le pedíamos o necesitábamos, pues como nada le costaba ir a matar y robar godos, todo nos lo facilitaba.

»Entonces me acuerdo muy bien, fue cuando de los aviones que antes nos aflojaban fuego, ahora salían hojas volantes y periódicos en los que figuraba o leíamos la caída del entonces Presidente Laureano Gómez, quien por malo y corrompido lo tenían que tumbar, pero que ahora sí subiría uno muy bueno a la presidencia, que predicaba para todos la Paz, Justicia y Libertad, que nos haría respetar nuestras personas y bienes, que acabaría con tanta matanza, y como era él quien mandaba en las Fuerzas Armadas y que se llamaba Gabriel Muñoz Sastoque, que él sí ponía orden en las cosas, y que podríamos volver a nuestras tierras y a trabajar y vivir tranquilos con nuestros familiares, y que sería el único Salvador de la Patria. Fue entonces cuando se les hizo saber a esos guerrilleros que nos defendían, que debían entregar las armas si querían que nos dejaran tranquilos y que volviéramos al trabajo y a la Paz, pues entregando las armas, el Gobierno nos ayudaría y nos daría muchas garantías para trabajar, nos facilitaría la manera de que volviéramos a recuperar lo perdido; y entonces bajo todas esas promesas que nunca vimos cumplidas, nuestros buenos defensores entregaron las pocas escopetas que llevaban por armas de defensa como antes expliqué, pues así como procedíamos de buena fe, nuestros jefes pensaron que nos dejarían tranquilos y que volveríamos al trabajo y a la Paz, pues siendo tan injusta la persecución contra nosotros, qué más iban a seguir haciéndonos.

227

»Así fue como seguros de que podíamos volver a trabajar tranquilamente, nos repartimos unos que seguían al *Lobo*, quien resolvió irse a establecer a Los Andes y los que seguían a Córdoba, se establecieron en Guadualito, a donde nos pusimos a trabajar pero de verdad, pusimos sementeras a medida de nuestros grandes esfuerzos por volver a tener hogar y tranquilidad. En cambio Arsenio, continuó haciendo males por donde quiera que pasaba, iba terminando con todo lo que encontraba, sobre todo tratándose de policías, ejército, godos y *pájaros*: es un consuelo y gran alivio darles como matando culebra, y lo decía con tanto gusto que se saboreaba como cuando hablaban de una buena comida. Pues yo no sé, pero era que con todo lo malo y condenado que era, no se le podía desconocer su simpatía y gracia con que hacía las cosas con tanto valor.

»La persecución continuó y yo viéndome en peligro, pues hasta mataron a *Córdoba*, en el camino del Carmen e inmediaciones de Ibagué y Rovira, y como también mataron en esos mismos días a los hermanos David y Gilberto Cantillo, que se encontraban trabajando en su finca de Los Andes, hasta donde llegó la policía y los puso presos y se los llevó y ya por el camino los mataron tan cobarde y cruelmente, que me pasan como fríos por todo el cuerpo tan solo de acordarme de esas vergajadas, pues así hicieron con tantos otros liberales que nos acompañaban en esta terrible persecución, sirviéndonos unos a otros, con el pecado general de ser liberales, como entre otros casos fue el ocurrido en Guadualito, donde mataron a mi propio patrón tan bueno como era, hijo de don Servando Gutiérrez, y a unos Morales de Playa Rica.

»Fue entonces cuando volvió esa ola de persecución tan horrible para todos los que no cedíamos a las propuestas de que nos volteáramos, pues eso no hacían más que averiguar por los *guerrilleros* y los que andábamos a su lado en busca de protección, y entonces los sobrevivientes que quedaban de los Cantillo y de los Borja, tuvieron que organizarse nuevamente, para ver cómo se defendía a los que no estábamos capacitados para coger las armas contra la policía y contra el ejército y los que llamaban *pájaros* y a quienes les daban armas, municiones y dinero para que nos persiguieran a todos los liberales que andábamos de lugar en lugar en busca de garantía, Paz y trabajo, pero que siempre era con la idea de acabarnos en una forma total y predicando *Paz, Justicia y Libertad*, siendo así que nos obligaron a tener que buscar refugio en las montañas.

»Muerto *El Lobo,* fue cuando volvieron sobre mí los ojos directamente, y como cuenta que tengo que dar a Dios, yo que hasta entonces había tenido que actuar, a mí me comenzaron a perseguir espantosamente.

»Estando en La Osera, *Santander* salió hasta el Guadual y Los Andes y mató un poco de conservadores y de allí pasó a China Alta bajando de San Bernardo y en La Chapa, y nos contaba que mató a cuanto malparido godo encontró por delante, fuera hombre o mujer, viejo o chico que le oliera a godo tenía que joderlo para poder quedar tranquilo, y que cómo gritaban y hacían muecas esa malparida tropa que había acorralado cuando viajaban a San Bernardo en un jeep, que se había dado gusto viéndolos hacer gestos cuando los pasaba por distintas partes para que fueran muriendo a poquitos, y con qué gusto se reía contándonos tanta cosa que les había cogido después de que lo habían divertido cuando morían: que llevaban harta munición, armas buenas, joyas y hasta plata y billeticos de números seguidos, nos decía, y ahí mismo arrancó para Girardot a otro trabajito, y allí supimos que se puso a *chiviar* y generosísimo regalaba joyas y plata y que sirvieran para todos, y esas mujeres que tenía junto, felices viendo lo bueno que era para gastar, y eso como que fue rapidito, aunque era hartica, que se le acabó, y cuando se vio jodido se acordó de los goditos y fue a conseguir nuevamente la forma tan fácil que tenía para rebuscarse, pero entonces la estrella de la suerte se le había vuelto de espaldas y lo apresaron cuando regresaba al trabajo, como decía él, y eso sí que lo lamentamos, pues como el condenado nos daba de todito, nos aliviaba de la vida dura que pasábamos.

»Así terminaron todos los jefes, y entonces ya en una forma definitiva me hicieron la exigencia de que me pusiera al frente de la defensa de tanto inocente que había quedado sin ayuda ni defensa, y fue así como sintiendo lástima por toda esa gente, huérfanos y viudas, no pude menos que aceptar como un deber y una necesidad hasta defenderme y salvarme a mí mismo por ellos. Pero como yo falto de experiencia y conocimientos, edad, en fin, me propuse buscar contacto con los demás guerrilleros que sabía estaban por distintas partes, especialmente por el Tolima. Así fue que después de mucho tiempo de buscarlos los encontré, en el año 57. Y ya por medio de cartas y comunicaciones en general era invitado y sentía deseos de estar en contacto con las guerrillas del sur de Tolima y como no podía salir porque el ejército y los *pájaros* aumentaron la persecución, ya tuve que hacerles frente y defenderme, cuando me acorralaban, y como nadie me apoyaba, en cambio todos me perseguían, y por la Prensa, por la radio y las Fuerzas Armadas y dentro de los *pájaros* y en una forma y otra, no han hecho más que cargarme la mano de todas las muertes que se presentan, pueden ser las muertes naturales, dicen que soy yo y me tienen que matar. Ya no me podía, ni me puedo dejar matar como oveja amarrada, sino que como la defensa es permitida, yo no he hecho otra cosa que defenderme y defender a los indefensos, a los menores, a las mujeres y los ancianos. Y en tantas idas y venidas después de las elecciones del 16 de marzo, me llegaron unas comisiones y comunicados del general *Mariachi,* y estuve más informado de la situación política y de las guerrillas, y se me hacía una invitación definitiva, para venir a donde él, conferenciar como en realidad lo he hecho, y por ello es que he llegado a Planadas, a donde estoy muy satisfecho».

(«Certifico que esta declaración es auténtica y recibida por el suscrito, al capitán *Chispas.* (Fdo.) Jesús María Oviedo, general *Mariachi.* Planadas, julio 16 de 1958»).

Será porque hoy hace dos años que lo mataron en Armenia de un tiro de fusil (a los treinta y dos años y cargando a cuestas con el asesinato de cuatrocientas sesenta y cinco personas), que siento como si su espíritu anduviera suelto y se metiera en esta celda, que hoy especialmente se me hace insoportable, pútrida, plagada de zancudos.

Desquite, Chispas, Sangrenegra, Tirofijo, Centella, capitán Veneno, El Caporal, Micablanca, Almanegra, Líster, El Diablo, Tarzán, Relámpago, El Vampiro, Terror, Gavilán Negro, capitán Venganza, Triunfo, Titán, Matamundo, Guerrero, El Lobo, Sombranegra, Resuelto, Malavida, Nerón, Temor, Peligro, Pedro Brincos, Veloz, capitán Rebelde, Tijereto, Reflejo, Solitario, Maligno, Pielroja, Comandante, Mariposo, Caballito,

Libertador, Córdoba, Pasodoble, Pelusa, El Renco, El Mueco, El Niño, El Indio, El Pálido, Capitán Pijao, Zarpazo, Paterrana, Tonto Hermoso, Despiste, Melitón, Sultán Boqueguama, sargento García, Cigarro, Tijera, mayor Ciro, Chaflán, Aquililla, el Mico, capitán Aljure, El Alacrán, El Alcalde, Bocamina, Turpial, capitán Resortes, El Sevillano, El Canchoso, El Mosco, Oso Blanco, Cenizo, Gavilán, y creo que es mejor que me entretenga mirando para afuera porque si no esto va a coger mal aspecto.

La máquina de escribir como que se quedó en veremos pero el papel llegó, y los repuestos de bolígrafo. Gracias, linda. Todo muy chévere.

Los tombos entran y miran de reojo a ver qué es lo que escribo pero yo sigo con mis cuentos pendejos y ellos que qué bonito y santas pascuas.

¿Cómo vas? ¿Cómo andan las cosas por ese mundo tan *ancho y tan ajeno*? Tan lejos desde aquí, tan a retazos.

El patio de una escuela primaria, una hilera de casas de bahareque, una que otra barraca hecha con latas y pedazos de zinc y la calle que conduce hasta el Caño (como la de la infancia, o casi). Hay pocos árboles. Tres o cuatro Matarratones desteñidos del polvo y el almendro que hay en el patio de la escuela. El patio tampoco está pavimentado y los niños se entretienen jugando con la tierra. Arman una pelotera y una gritería insoportables durante los recreos, aunque últimamente no me parece tanto. En el colegio también había un almendro. Será por eso que cuando los veo jugar y hacer las mismas perradas que nosotros hacíamos, me acuerdo y me da risa. A veces, tiene que intervenir la maestra, una mujer maciza con tipo de mulata, que les grita ieche, no jodan, que es la vaina...! mientras reparte pescozones. Ojalá en mi escuela hubiera habido una maestra como la mulatona esa. Eso de haber sido criado por Hermanos Cristianos se me volvió un complejo. El próximo domingo no te dejaremos ser sacristán en la misa, me amonestaba con su voz de vieja el hermano Prudencio, por cualquier pendejada: porque le habíamos puesto polvo de tiza a la suela de los zapatos el día que acababan de encerar el piso, y nos cagábamos de risa, por supuesto, la bacanería era eso, y a mí qué me importaba, si lo de sacristanes y meapilas era no más para ganar el bono, y porque a la salida nos regalaban un paquetado de los recortes de hostias.

Desde aquí se ve así. Todo vago.

Por las mañanas, se ven las mujeres con sus atados de ropa encima de la cabeza; o sus cántaros, o sus bateas con la venta del día, arrogantes, seguras, cimbreando toda esa bella humanidad de mujer de color, sin importarle que la carga pese, que el calor derrita hasta las piedras y que ella esté descalza: alegríaconcocoyaniiiíí... van gritando hacia el río, y luego hacia el mercado o hacia los barrios altos, donde los niños compran Alegrías y las señoras el ¡peeescaofresco!, y al mediodía vuelven, con el atado de ropa lavada y escurrida y las bateas sin mercancía; cimbreándose otra vez, con esa sonrisa llena, de dientes blancos, que cualquiera diría que es despreocupada, pero es que son así. Andando y desandando el camino, desde su casa al centro, cargadas de bateas o de la ropa blanca, ellas se ríen (hasta las viejas que ya no tienen qué mostrar) como si les bastara el aire, la bata colorada que ya se les está rompiendo en los sobacos, y los diez pesos que traen de vuelta. Van y vienen arrastrando los pies como bailando Cumbia, y después las oigo festejando al negro que llega a medio palo y con cara de jodido, quihubo, vieja, y ella, ajá, flaco..., y se sientan todos en la puerta de la casa, en su porche de tierra, a charlar y charlar, ellas con su abanico de hoja y ellos con el tabaco, los niños jugando biringos en la calle, y así por todo el barrio, muy folclórico.

Estamos jodidos, muchachita. Muy jodidos. ¿Por qué? ¿Y hasta cuándo...? Estoy jodido yo, aquí, por un desgraciado que no me quiso dar un plazo, por un cheque de mil infelices pesos, y el negro, allá, con el hígado y el estómago hechos mierda de tanto ron blanco y tanto ñame y deudas por todos los costados, pensando que si llueve esa noche se van a inundar todos y la casa le va a salir nadando de tanta agua que le va a entrar por las goteras. Por qué tenemos que andar tan jodidos en este pinche mundo... El estudiante, por ejemplo, con la cabeza rota y no sé cuántos exámenes suspendidos porque van a cerrar la universidad y esta mañana me contó que habían agarrado otro montón, y que las cosas se están poniendo muy peludas. Si esto lo que se está volviendo es un tembladeral: a ver de qué nos agarramos.

Debray habla de que solo el pueblo puede crear un ejército para el pueblo. Que hay que *transformar la estructura social, salvar los intereses de clase,* pero de dónde, con cuál ropa, cómo va a saber toda esa jeringonza el pobre negro: cómo saber si ese *suicidio colectivo* de que habla Debray puede dar resultado, qué vaina, ya me salió un discurso, dímelo tú, explícame: ¿por qué estaremos tan jodidos? (al menos *Chispas* ya descansó tranquilo).

Me entró la depresión.

Esa mañana que le dijeron a doña Cecinda, nos vamos a tomar una chicha subidora donde los Pulgarín y ella recomendó que acuérdense que hoy es día del Señor y a Valeriano que póngase alpargatas no ande por ahí descalzo, ellos recorrieron las dos leguas que los separaban del rancherío, que comenzaba a tener cara de pueblo porque ya había una choza que levantó el padre Cañarte para celebrar misa, haciendo planes como siempre, y tirando cauchera a los sinsontes.

Juan Antonio les comentó que él ya tenía casi diecisiete y que ya estaba decidido: se haría leer la Epístola de San Pablo junto con Amelita: ¿por qué no te casás vos también con Doloritas y hacemos rancho aparte de los taitas?, propuso a Valeriano, y la ocasión se las pintaron calva cuando entraron al pueblo, que estaba en un revuelo porque habían resuelto en Asamblea que a construir la iglesia en firme, con campanario y todo. Se estaban formando las cuadrillas para el concurso de rajar leña, y Valeriano le pidió a don Alcides que le prestara un hacha. Vamos a entrarle a la desmontada de esa selva, y van a ver los Araque quiénes somos: usted qué apuesta, don Rufino, desafió al papá de Doloritas, que con la diadema de Bellísima enredada en el pelo y una sonrisa matadora, le ponía los ojos de ternerito degollado. Qué querés apostar, culicagado, farfulló don Rufino, mientras lanzaba un salivazo en la hoja del hacha y recorría el filo con el dedo, para probarle el temple. Pues, yo le apuesto a Doloritas... ¿Ah, sí...?, a Doloritas,

¿contra qué...? Y Valeriano: contra el apero que compré en Toro la semana pasada, y que usted sabe que me costó cuatro onzas y está forrado en piel de nutria y tiene arzón de plata; y fue lo más que podía, porque se estuvo dos años recogiendo, hasta que el comerciante que trajo a Toro los aperos lo convenció de que aproveche porque esa silla de montar es fuera de serie, la mandó a hacer un gamonal de Roldanillo, pero no tuvo tiempo de verla terminada pues lo bajaron de un balazo en una riña, se la dejaba diez reales más barata, y él la compró y se andaba dando ínfulas, y pavoneándose en una mula de don Gregorio, con los arreos nuevos, pero la silla no se podía comparar con Doloritas, y eso fue exactamente lo que pensó don Rufino porque dijo: ¿silla de montar...?, pero, ¿qué te creíste, caratejo...?, y fue el peor insulto. Porque las manchas que le estaban saliendo desde que se comió unas limas y el zumo le salpicó la cara, se le estaban volviendo amarillentas, y por mucho que refregara con cuanta yerba hubiera no había manera de sacarlas: caratejo, su madre, estaba a punto, pero miró en ese momento a Doloritas, que le estaba diciendo con los ojos, callate, Valeriano, por el amor de Dios, no te pongás a torear a mi papá, y él a calzón quitado entonces: ¿qué le parece si le encimo las dos mulas de silla y tres gallinas de las bien ponedoras?, a lo que don Rufino reflexionó dubitativo: a lo mejor... y por qué no..., y echando a caminar con el hacha en el hombro, se dispuso a escoger su parcela para empezar la desmontada.

Los Araque barrieron. No hubo quién pudiera con esa manera de manejar el hacha, ni ese estilo tan brioso con que talaban árboles y arrumbaban la leña en montoncitos; hasta que la pila se les volvió como una casa y en ésas sonó el cuerno, y los declararon vencedores. Valeriano fue a reclamar su premio. Aquí estoy, don Rufino, qué me dice... y Doloritas, ojitriste y coquetona, con el corazón en la boca y sin atreverse a abrir el pico, lo miraba desde el quicio de la puerta, atisbando de reojo la reacción de don Rufino, que apenas barbotó: ahí está... ¡llevátela...!, y entonces Juan Antonio aprovechó el momento para pedir también la mano de Amelita: don Rufino, yo le quería decir que yo también estoy prendado locamente de la Amelia... y don Rufino, ¿vos también qué...? ¿Cuántos Araque voy a tenerme que aguantar?, perdone la pregunta, jovencito: ¿con qué va a dar de comer a mi muchacha?, porque lo del bastimento es cosa fina... y no me diga que ya instaló una sementera porque con eso no alimenta ni a los primeros dos gurrientos: porque se trata de formar una prole, ¿no?, cómo la ve... Y se quedó un rato con el tabaco en mano, señalándolo, como si tuviera la culpa de algún desaguisado hasta que la Amelita, que no se había atrevido, pero permanecía tras de la puerta oyendo todo, se arriesgó con su cara de muñeca quiteña y sus cachumbos recién hechos y apareciendo balbució que ya cumplí catorce el mes pasado, y entonces don Rufino volvió el tabaco a su lugar, le dio unas dos chupadas, y haciendo el gesto de yo no me meto más en este asunto, se sentó en el taburete de vaqueta. Mañana va a llover, comentó, cejijunto, oteando el horizonte que estaba lleno de arreboles: mejor recojo el cafecito, antes de que humedezca.

Valeriano dijo a Perucho, hermano de Doloritas: busque al Padre Cañarte y dígale a mis taitas que lo que es con nosotros ya no cuenten: que nos matrimoniamos. Ya estamos viejos, eso es la ley de vida, lo consoló doña Cecinda, cuando

Gregorio Araque trató de mascullar que yo se lo advertí a ese niguatero. Ya tengo treinta y cuatro: ¿te das cuenta? Llegaste con tu mulera nueva, y tu bigote repuntando, a decirme que si te correspondía, ¿te acordás? Yo te dije que sí, mi papá dio el permiso, y nos casamos el día en que cumplí los trece: ¡Virgen Santa!, parece que fue ayer... Y Gregorio de pronto se dio cuenta de que tenía razón: de que la vida se había pasado como un soplo, y que la lidia se estaba terminando, pues era el turno de los muchachos. Yo todavía mando en mi casa, ¿no?, ¡qué diablos...!, pero la cara de ella, y su respuesta: claro que sí, mijito, claro Zarco, quién te ha dicho que no, le dio a entender que no eran más que baladronadas fanfarronas: que cuando los cuarenta te están pisando los talones, ya el hombre se embromó.

Los Araque construyeron un rancho, con dos cuartos holgados, y una cocina en la que daba gusto, porque al fogón le había inventado Valeriano una especie de hornillo donde se asaba carne de cacería, y eso era el lujo. Juan Antonio y Amelita vivían en un cuarto, Valeriano y Doloritas en el otro, y Jacinto, que se casó con Sacramento Gutiérrez cuando cumplió los diecisiete, se acomodó en el zarzo. Allí empezaron a tener los hijos.

El pueblo creció como la milpa en un potrero. Había dos plazas: la de Bolívar, con una pila en medio, en la que se lavaban los muchachos los pies al ir para la escuela, y alrededor la casa de los Araque, el almacén de don Nepomuceno, la tienda de víveres de los hermanos Pulgarín, una cochera, el Banco, la barbería de don Emiliano, la notaría de don Antero, y la iglesia; con tres naves, y entronizada La Pobreza, que era una imagen de la Virgen que se encontró una lavandera a la orilla

238

del río y que don Valeriano Araque y don Emigdio Osorno ofrecieron poner en marco de plata y encargaron directamente a Quito; y la otra: la Plazuela, con un bosque en el medio, donde llegaban las Caucanas, llenas de colaciones y cocadas, traídas de Cartago, y la gente se iba a pasear de día entero, para gozar del canto de los turpiales. La Avenida Colón, la calle Real, y la esquina del Chorrito, eran los sitios para encontrar a las muchachas, callejeando. La villa contaba con más de una docena de policías. Las escuelas de misiá Belarmina y de las Torres. Las sastrerías de don Alcides, don Meye y don Perucho. La cacharrería de don Heliodoro. La funeraria de don Baudelio. La herrería de don Pedro Murillo. El barcito de don Polo. La librería de don Clotario. Don Benito era el que se encargaba de componer cualquier dislocadura, mientras que don Hermógenes y don Cauca, eran maestros carpinteros. De la Botica se ocupaba don Delfín, y Nicanor González del correo.

Don Valeriano se volvió el gamonal. Tenía dieciocho hijos y construyó una casa de dos pisos, con diez habitaciones, tres salones, sala de estar, costurero, dos baños y cocina, pesebrera muy grande y la cochera: donde tenía a Príncipe, el Ratón y el Cometa, sus caballos de raza preferidos. Había mandado traer los espejos de Viena, el cristal de Bohemia, y tapizar los salones con los tapetes rojos y las habitaciones gris verdoso, encargados a Persia, y colocar dos lámparas de piaña, de cristal de Murano, adornando el salón, donde don Valeriano hizo poner un piano de cola, que se abría solamente cuando invitaban al alcalde, o a don Tico Morales, el músico del pueblo. Era dueño de la Alsacia y la Lorena, de Quimbaya, del Cofre y de la Honda, fincas que producían maíz, café, caña de azúcar, plátano, banano, arroz, cacao, toda clase de frutas, y que además contaba con unas quince mil fanegadas de terreno para buen pastoreo. Pero nunca hizo alarde. Andaba descalzo, como siempre, porque me tallan esos botines que resolvieron que hay que ponerse ahora, es como ahorcar los pies, qué invento tan incómodo, y como buen cristiano repartía mercados a las viudas y pobres. Tocaba el requinto con mucho sentimiento, y por las tardes, cuando llegaba de marcar las reses, se pasaba las horas entreteniendo a los muchachos con la canción que se aprendió cuando, bajando de Riosucio, les tocaba acampar en cualquier rastrojero:

en estas soledades que me recuerdan, que me recuerdan los dulces juramentos que oí de ella, que oí de ella cubrirán mi sepulcro las madreselvas, las madreselvas que me dieron guirnaldas, para sus trenzas...

Doloritas se encargaba de criar a los hijos en el temor de Dios, y aunque don Valeriano rezongara que dejá de criar esos muchachos en tanto olor de santidad, van a salir camanduleros, ella los hacía arrodillar, uno por uno, al toque de plegaria, y contar sus pecados antes de ir a acostarse. Un día, Jesús María, que tenía siete años, no quería arrimarse porque tenía un pecado que si lo confesaba le iban a dar una cueriza, de seguro, y por más que le rogaron y que lo amenazaron, él se escondió detrás de uno de los canapés del costurero y armó un berrinche cuando al fin lo sacaron llevándoselo a rastras: diga cuál es, mijito, pero él callado, punto en boca, hasta que al fin le prometieron que no le iban a hacer nada y entonces sacó la cartulina donde alguien había escrito:

240

alégrate, hermano mío, que ya el diablo se murió... Ahí está la huesamenta, del tigre que lo dejó, y encima había un dibujo de una quijada de burro, pintada en acuarela, a lo que Doloritas, sin darle una paliza ni regañarlo que qué es eso, le señaló la estampa de San Miguel Arcángel: récele siempre, mijo, para que lo libere del demonio, y con beso apretado y la bendición acostumbrada, le dijo que a acostarse.

Una mañana, antes de que los gallos comenzaran con la quiquireadera, la tierra se empezó a remecer como una hamaca y apenas les dio tiempo a saltar de la cama y salir al descampado. La iglesia se bamboleaba y la gente ¡debe de ser *el Ruiz:* estará en erupción...!, y unos corrían de aquí para allá como unos locos sueltos, los otros quietos, como sembrados a la tierra, que comenzaba ya a agrietarse, otros con los brazos en cruz invocando a San Marcos o Santa Bárbara o el Señor mío Jesucristo, cuando se fue viniendo abajo la fachada de la iglesia. Se descolgó como una bambalina, y se quedó apoyada contra el muro, y todos descoloridos y sin habla mirando cómo la torre, dos minutos después, se desprendía como una torta a la que se le da una rebanada: se deshacía en el aire, suavecito, y se caía al suelo, hecha boronas.

El resto del pueblo no sufrió grandes daños, porque las casas eran todas de bahareque, y así no había peligro que se cayeran nunca. La guadua no solo es resistente sino que se mece al mismo ritmo del terremoto: el peligro es ese nuevo invento que trajeron, aseguró don Patrocinio cuando se les pasó por fin el susto y se estaban tomando unos anises, en el bar de don Polo. El tal cemento es muy jodido, hay que poner cuidado, compartidarios, no vaya a ser que cuando afine el verano y comiencen de verdad los temblores se nos desplome el resto de la iglesia, y entonces decidieron que hay que hacer un estudio del asunto, porque si no iba a ser camisa de once varas.

Don Valeriano se ofreció para dar albergue al Santísimo, y Doloritas bordó lienzos, cosió holanes, mandó a llenar dos lamparitas con aceite, sacó floreros de un baúl donde guardaba las porcelanas finas, trajo el Cristo de Limoges, mandó a barrer con ramas de escobadura el piso, fregar las puertas con estropajo fino, rociar con agua de benjuí y agua de azahar, todo en un día, hasta que por fin la cochera estuvo lista. El Príncipe, el Ratón y el Cometa, tuvieron que pernoctar en la pesebrera hasta que hicieron la capilla, y a Valeriano le mandó el Santo Padre un pergamino en el que estaba escrito que ni él, ni su familia, se verían en trance de habitar en tugurios, ni en suburbios dudosos, ni se verían jamás en la miseria, y la bendición era efectiva hasta para los hijos de los nietos.

Estaban en plena bendición con el Santísimo, cuando Valeriano alcanzó a ver en la puerta a un tipo raro, un hombre con una barba que le cubría la mitad del pecho, pelo largo, un zurrón de piel de nutria en bandolera y un sombrero de jipa muy ladiado; yo a este ya lo he visto, pero por más que echó cabeza no se pudo acordar, y solo cuando el hombre se le acercó y le dijo, muy buenas, Valeriano, y después la sonrisa con dientes muy parejos, que parecían de perlas finas, como decía doña Cecinda, su mamá, la carcajada al verlo turulato, sin poder atinar ni a dar la mano, ¡salud, pues, hombre, Eleazar...!, y se abrazaron por un rato hasta que Eleazar carraspeó: ya lo ve, Valeriano, otra vez de pasada por estos andurriales, y al ver a los muchachos que salían todos endomingados de la cochera le soltó: ¿esa es la culecada...? ¡Avemaría, eso sí es de respeto...!, y se inclinó ante Doloritas como los caballeros españoles: señora, dijo, es para mí un honor el conocerla, y le besó la mano.

Se estuvieron hablando hasta que rayó el alba, y entonces Eleazar le propuso: vamos a ver una cosita, Valeriano... y se echó a andar rumbo a las afueras del pueblo, en dirección al río Consota. Valeriano lo siguió sin decir nada pensando al verlo caminar con ese aire garboso, de felino, que en poco había cambiado aquel Eleazar sin agüero que hacía más de treinta años se había trenzado a machetazo limpio contra los Loaiza, de Aranzazu. Eleazar... ¿Qué se le ofrece, camarada...?, porque así lo llamaba cuando estaba muchacho y le enseñaba a poner trampas a los pájaros, o a sacar las colmenas colgando de los yarumos: no se deje agarrar por las avispas, camarada: si las ve muy toreadas bien pueda préndase a correr, era el consejo, y Juan Antonio y él hacían de vigías hasta que la abeja reina se largaba y entonces Eleazar, con mañita, se encaramaba al árbol, trepaba por las ramas como un mico, sacudía levemente el follaje y al ver que habían desocupado, daba un tirón al nido, y se bajaba del yarumo como un rayo. ¿Por qué fue al fin que peleaste en Santa Rosa...? Yo vi todo. El Mono Loaiza, que parecía una pirámide de lo grandote que era, tirando peinillazos a matar y vos atajando filazos como una fiera parda, y él dale que te dale, a los filazos otra vez, y vos como de caucho, saltando y revolcando ese machete como un mago, y yo sudando frío, y con las uñas comidas hasta la misma madre. ¡Ah...sí...!, rememoró con una carcajada de esas suyas: ¡el duelo de Santa Rosa...!

Resulta que yo me había antojado de una mulita que un hombre de Chinchiná quería vender, y que costaba veinticinco reales; y me gustaba, porque se le veía el caminado repicador y el pelo fino. Cuánto vale esta mula, y cuando dijo el precio, me hice el que está muy cara y le regatié: veinte por ella, y el hombre estaba a punto de ceder y estirarme la mano, cuando se atravesó uno de los hermanos Loaiza: veinticinco, ¡trato hecho!, y por encima de mi espalda, pues era una pirámide, como decís vos, extendió el brazo y le estrechó la mano al hombre de Chinchiná, que no supo qué hacer y se quedó mirándome, azarado, apretando la mano de Loaiza por un lado, y haciendo el gesto de recibir los veinticinco reales por el otro, pero yo ni corto ni perezoso lo atajé: ¡alto ahí...!, que la trata es conmigo... y entonces fue cuando se vino encima el otro Loaiza y empecé a defenderme a las trompadas, como pude, hasta que al fin logré desenfundar este acerito, y acariciando ese machete que le colgaba del cinto: pero vos, ¿dónde estabas metido, que viste todo el duelo...? Y Valeriano le contó que acurrucado, debajo del andamiaje: como un gato.

Eleazar caminaba y caminaba y el sol se levantó detrás del Alto del Nudo, como una bola roja. ¿Y tu papá, de qué murió...?, le preguntó de pronto Eleazar, que no había querido tocar el tema durante la conversada de la noche: de una picada de gusano tumbatoro: pero yo más bien creo que fue de tristeza por la muerte de mi mamá Cecinda, que hacía tres meses se había muerto de unas fiebres muy raras, y que por más que le dieron una quinina de frasco y purgas de Jalapa y Calomel y hasta unas pócimas de Cascarilla con ruibarbo y culantrillo de monte, se fue agostando como una margarita. Se consumió en dos meses.

La noche en que se murió doña Cecinda, Gregorio mandó traer el cura y las vecinas, y él se fue solo al Cerro de la

Badea, a talar un yarumo. Lo preparó en el día y esa otra noche le construyó la caja, a la que puso una cruz de todo el largo y ancho, y entonces la llevaron hasta los pies del Carbonero, que un día sembró advirtiéndoles: allí que quede lo que serán mis restos, para yo oír el río... y cuando el árbol creció, se pasaba las horas bajo la fronda bordando en la tambora, o tejiendo bolillo, o simplemente oyendo el canto de la corriente. ¿La enterraron con el vestido de percal bordado...?, preguntó Eleazar, y Valeriano, ¿cómo sabés...?, porque esa había sido la orden de Gregorio: pónganle ese vestido de percal que está guardado en el baúl: el bordado con unas hojas amarillas. Porque sí. Porque tu papá viendo que ella no resistía el antojo, se lo compró sin que ella se enterara y se lo dio de cuelga el día que cumplió los veinticinco: fue en Anserma... y luego con voz casi inaudible: había que ver para creer... era lo más bonito que yo he visto: ¿tenés candela por casualidad...?, y se encendió un tabaco.

Tenía cincuenta y siete, mi papá, o sea diez años más que yo hoy en día, comenzó Valeriano, pero ya Eleazar no le ponía atención porque se había acuclillado al lado de una roca y con una palita que traía en el zurrón comenzó a sacar tierra.

Como a los diez minutos de cavar, Eleazar dijo, ahora sí... y sacó entonces la escobilla y comenzó a barrer la tierra, poco a poco: tocá aquí, le indicó a Valeriano, y este notó que la capa era blanda y si empujaba con los dedos se filtraba: a lo mejor la madre del río tuvo celos y le echó un maleficio... ¿A quién...? A tu mamá... La madre del río no ha dejado que ni la luna mire la corriente y dicen que fue por eso que la dejó tan pálida, porque antes ella era como el sol: y a quién no le iba a dar envidia, si parecía una ninfa de los bosques con ese cabello de color ciruela sazonada y esos ojos tan verdes y tan decidores, y Valeriano no pronunció palabra porque él parecía que estaba en otro mundo, escobillando y hablando de su mamá Cecinda como si ella tuviera veinticinco y él los veinte. Ese día, en el guadual, cuando me pidió que le buscara el árbol, yo la previne: que le va a coger ojeriza la madre del río, misiá, que es muy celosa, pero ella se carcajeó como dando a entender que ni los espantos ni las brujas le podían hacer daño porque dizque sus ángeles la tenían protegida: no haga tanto aspaviento y búsqueme un Carbonero, Eleazar, y lógicamente que yo sin más, me metí al monte, y hasta que lo encontré... y aquí están: dijo de pronto: es una huaca de puro oro; y a punta de escobilla, desenterró los pectorales y los tunjos, y otro montón de objetos.

¿Pero vos sabías que todo eso estaba aquí...? Sí. Le hice una cruz a esta piedra hace treinta y seis años: ¿la ve...? Ponga esto en la mochila y no le diga a nadie que lo encontró conmigo: guárdeselo. Y le entregó casi todo el tesoro, pues se quedó con menos de la tercera parte.

Dos meses más tarde se murió Valeriano. Se había cortado un callo un día que estaba recogiendo un ganado, en Toro, y el dedo se infectó, y él sin hacerle mucho caso se enfundó el pie en una media de lana, y siguió correría por las fincas del Valle, hasta que le empezó la fiebre. No valió nada. Ni lavatorios hervidos de malva y apio, bien calientes, ni la Cascarilla de ruibarbo y culantrillo de monte, ni que el médico le cortara el dedo, y más tarde el pie y después la pierna, porque don Valeriano una mañana muy temprano despertó Doloritas: haceme caso por una vez siquiera: si es niña que se llame Doloritas, y si es macho ya sabés: con tal que suene duro, no me

246

importa... y acariciando la guedeja despeinada se lamentó: hace ya tiempo que no te ponés las flores de Bellísima, y cerrando los ojos, con los cabellos de ella enredados en la mano, entregó su alma al Creador.

Designios de Dios... Eleazar, le dijo Doloritas cuando este entró en el cuarto de Valeriano y desde el quicio de la puerta le apostrofó: ¿es que la gente buena de este mundo se la tiene que comer esta hijueputa tierra, así... ¿tan ligerito? ¡Yo estoy harto...!, y él mismo se encargó de lavarlo, amortajado, ir a la funeraria con Juan Antonio para escoger el féretro, y no permitió que nadie le ayudara en la tarea de cavar la fosa: es una deuda de gratitud, mi doña, le confió a Doloritas, y se quedó con ella en el velorio hasta que vino el cura para llevarse el muerto. Después se despidió de toda la familia, y hasta el sol de hoy.

Jamás se supo dónde enterró el tesoro Valeriano. Doloritas se acartujó los meses que faltaban para que naciera la criatura, amarró lazos negros en todas las ventanas y no salía sino a la misa de cinco. Los muchachos eran muy inexpertos en lo de ser capataces de las fincas y poco a poco los acreedores se fueron acaparando las cosechas, el ganado, las tierras, y al fin fueron vendiendo los tapices de Persia, la vajilla de Bohemia, el mobiliario traído desde Viena, se deshicieron de los espejos de cristal de roca pero lo que es el piano, nunca, decidió ella, y clausuró los salones con las lámparas, traídas de Murano.

La noche del veinticuatro de diciembre se fueron todos para la Misa de Gallo, y cuando estaban alzando empezó afuera el vocerío, pero Doloritas no hizo caso, hasta que una vecina vino a avisarle que mejor saliera volando, porque su casa se quedaba en pavesas. No alcanzaron ni a sacar los caballos. Los relinchos de Príncipe, el Ratón y el Cometa se confundían con los gritos de la gente que hacía cadena para sacar el poco de agua que quedaba en el pozo: ¡hay que traer agua del río...!, pero eso era obra de romanos y las señoras vestidas de shantung, de macramé, charmés, muaré, organdí, crepé, de gro y chifón, salieron a presenciar desde el balcón del Club cómo las llamaradas se devoraban todo lo que había. ¡La niña estaba dentro...!, se oyó de pronto un grito, pero a la niña la trajo una vecina al día siguiente en una canastica: yo vi que comenzaba a prenderse el muro de la cocina y oí un llanto, y apenas tuve tiempo de buscar y bajar cuando se derrumbó todita la escalera, misiá, le explicó a Doloritas, que desde el momento en que se desplomó la última viga de su casa, no volvió a hablar palabra, ni a comer: gracias comadre, musitó: Dios le pague; y sin tocar siquiera la criatura continuó ensimismada en su mutismo, entumecida, arrinconada, como los pajaritos que están mudando pluma.

Don Juan Antonio Araque, o Juancho, para sus compartidarios, había tenido la visión de poner una casa de préstamos, con el producto de la primera cosecha que le dio la sementera de tomate. Se asoció luego con don Jesús Monsalve, y se volvió el mandacallar, como quien dice. Fue el que ordenó: que tenga por lo menos un par de ángeles, cuando el entierro de Valeriano: y no se fije en lo que va a costar: ¡harto mármol...!, y don Baudelio claro que sí don Juancho, ¡ah...!: y Valeriano Araque escrito en letras de oro, y don Baudelio con una reverencia por supuesto don Juancho, cómo no, lo que usted diga, ni faltaba más, a sus órdenes, quién se atrevía a contradecir al banquero del pueblo. Un adalid, un prócer,

248

porque además del Banco, el pueblo le debía el que el ferrocarril llegara en ese entonces hasta lo que hoy es Nacederos, definitivo para que el pueblo entrara en una nueva era de progreso, enfatizó doña Fidelia; eso también hay que tenerlo en cuenta: tu tío abuelo fue el que sembró los mangos de la Plaza de Bolívar.

Tampoco hay que pensar que todos los Araques han seguido las huellas de esos prohombres ilustres, ínclitos, preclaros, cuales fueron los fundadores de tu pueblo, y Jairo creyó que su padre ya había terminado con los adjetivos y estaba por decir, bueno, pero lo que es Alejandrito... cuando este añadió: unos varones tan esclarecidos, insignes, egregios, tan destacados y conspicuos como han sido los de esa familia relevante, para ver la patochada con que salió Alejandrito, por ejemplo. Después que su abuelo se desvivió, removió cielo y tierra, puso en debate la Cámara, el Senado, le escribió al mismo don Pedro Nel Ospina, que en ese tiempo era ministro, y no descansó hasta que alargaron por fin la carrilera, yo me acuerdo que fuimos todos en convite a ayudar a clavar los últimos tramos de los rieles. Algo así como cuando se construyó el aeropuerto, y eso a ti te tocó, le hizo caer en cuenta a Jairo, que apenas conservaba un recuerdo vago de las trompetas alborotando a todo el pueblo a las cinco de la mañana, y las señoras haciendo sandwiches, tamales y empanadas, y por la tarde todo el mundo en sus casas comentando que habían tumbado no sé cuántas hectáreas de cañaduzal y subido toneladas de piedras desde el río pues los niños formaban la cadena y así subieron piedra sobre piedras, mientras los grandes desbrozando, sudando, cantando el *Salve al esfuerzo de mis heroicos y buenos hijos que con amor*... hasta que llegó la noche y el pueblo entero, cansado y satisfecho, se regresó a sus casas dejando construido casi la mitad de un aeropuerto, y dijo que sí, que vagamente recordaba. Porque el Gobierno no nos quiso dar el auxilio, ¿tú te acuerdas, Fidelia? Y su mamá que por supuesto. Que a nosotros no nos ataja la abulia de los gobernantes, ni nos imponen leyes los Caciques, ni mucho menos nos vamos a dejar mangonear por esta generación de irresponsables exaltados. Alejandrito ya dio su nota falsa con el nueve de abril, se metió de chusmero, ¿verdad, Braulio?: cuando menos pensamos lo oímos hablando por el micrófono de Radio Nacional, todo el pueblo lo oyó, qué horror, debía de tener dieciocho o diecinueve, ¡de comunista!, quién lo hubiera creído Virgen Santa, después de que doña Eufrosina fue esa santa mujer... y entonces Jairo; que lógicamente había sido uno de los que le ayudaron a su primo Alejandro a levantar los rieles la semana pasada, y ponerlos en todo el centro de la Plaza, porque era absurdo que aquel tren acordonara la ciudad, paralizara el tráfico, hiciera estragos con los niños de las familias pobres, que son las que habitaban en los alrededores; no continuó dándole cuerda a aquel asunto, y prefirió quedarse como en misa.

Don Juancho Araque fue siempre un hombre de una pieza. Mandó a las ocho hijas a que estudiaran hasta tercero primaria donde las señoritas Torres, porque para saber poner el punto en las íes basta y sobra. A aprender a hacer frivolité y bolillo, que es lo que más les luce, resolvió; y cuando estuvieron en edad de merecer clavó postigos, para que no anden ventaniando y vayan a creer los demás que son unas descocadas, que se revientan por los hombres: matrimonio y mortaja del cielo baja, dijo, y claro: solo se logró casar Eufrosina;

que no esperó a que la mortaja le bajara, y prefirió desvestir un borracho a vestir santos. Porque don Ceferino Jaramillo era un hombre de bien, católico ferviente, ciudadano ejemplar, buen padre, marido cumplidor, sociable, bien hablado, de muy buena presencia, además, podrido en oro, pero tenía un vicio: tomatragos.

Un día, Ceferino le mandó a decir a Eufrosina que si quería la esperaba en la esquina del Chorrito, y ella, que ya se había percatado de que él no estaba en el atrio casualmente cuando salían de la misa y eso le hacía latir el corazón como si fueran campanas a rebato, dijo que sí: que a medianoche en punto, y ya después no valieron ni gritos ni amenazas. Don Juancho Araque la desheredó y no quiso conocer sus nuevos nietos. Jamás Alejandrito Jaramillo había pisado la casa de su abuelo; que dicen que tenía unas pajareras con mil pájaros de todas las especies, y hasta faisanes, aseguran, y fuentes en los patios, y un baldaquín con columnas doradas en las habitaciones de dormir, y las paredes de los baños forradas con unas lozas pintadas a la mano, y unas tinas de porcelana color rosa, donde decían que Amelita se daba baños con esencia de benjuí y leche calostra.

Con todo y eso, fuera de los comerciantes y banqueros que llegaban de otras regiones para arreglar negocios, nadie pisó jamás la quinta de los Araque. Tres perros mastines custodiaban la entrada y un hombre con sombrero alón y machete en el cinto, era el que abría y cerraba el portalón de entrada. A veces, por las noches, por las rendijas que dejaban las cortinas de pana carmesí, se filtraban las luces, y la música de un piano les llegaba en sordina, como un eco. Es el general Deaza, que llegó esta mañana, le está ofreciendo un ágape; y corrían los rumores de que las tropas que ocupaban Leticia estaban sitiadas por peruanos y el general había venido en busca de parque y abastecimiento, pero nadie lo vio. Los huéspedes de la quinta entraban y salían en las carrozas que don Juancho tenía en la cochera, solo para prestar ese servicio, tiradas por percherones, enjaezados como los corceles de los príncipes.

Don Juancho y Amelita entraban a la iglesia acompañados por los siete varones, porque las niñas tenían orden de ir a misa de cinco. En cuanto a los hombres, que se aprendan las íes y los números para que no se dejen desplumar del primero que pase, y después a los fundos: a recoger café y manejar ganado con los peones, para que no se vuelvan señoritingos ni gallinas: y todos acomodados en las dos primeras bancas, oían la misa de rodillas, incluso en el sermón, para dar el ejemplo a todo el pueblo.

Juancho Araque murió un veinte de julio, cuando estaban celebrando la fiesta de la Independencia. Descorchó una botella: ¡viva Colombia!, ¡viva el señor Presidente de la República, doctor Olaya Herrera!, ¡viva el Partido Liberal...!, brindó, pero no alcanzó a beberse la champaña porque en medio camino la copa se cayó haciéndose trizas y él se agarró el cuello con las manos tratando de toser y no podía, y lo vieron que se metía los dedos en la boca como intentando abrir más sitio para que entrara el aire, pero no lo logró y cuando corrieron en su auxilio ya estaba granate, casi negro, y por más que don Delfín trató de reanimarlo ya era tarde, porque el hueso de la aceituna se le había ido muy profundo, obstruyendo la tráquea. Lo lloró todo el pueblo, y a pesar de que Amelita no permitió que nadie penetrara en la quinta, no cabían las coronas. Lo declararon hijo emérito, prócer ilustre, egregio ciudadano, patricio eximio, hidalgo sobresaliente de la Patria, y en el monumento que le erigieron en el parque del pueblo, la leyenda rezaba: al *Gentilhombre, don Juan Antonio Araque, su Patria Chica, con agradecimiento.*

Tan servicial, tan bueno, tan señor, tan caritativo con las viudas, tan buen padre, tan cariñoso con los niños, tan consciente de todo, tan cumplidor de sus deberes, tan cívico, tan correcto, ¡pobre Amelita!, ¡tan buenmozo...!: tal vez en eso fue lo único que le salió ese tarambana de Alejandro, admitió su mamá, doña Fidelia, porque eso sí: lo que se hereda no se hurta. Por supuesto. Y en su boca cerrada tampoco hay riesgos de que se cuele ni una mosca, pensó Jairo, así que mejor no insistir en que el abuelo fue un jayán, y andar con pies de plomo, no fuera a ser que le volviera a dar el patatús por lo del tal *Ferrocarril de Antioquia.*

El preferido de doña Cecinda, de carácter arisco, montaraz, con los ojos azules y la piel morena como don Gregorio, tuvo siete hijos con doña Sacramento, y el día menos pensado dejó el nido vacío. Se voló con una muchacha de quince años, que venía de Marinilla rumbo a Buga, y Jacinto le prometió yo voy también contigo en peregrinación donde el Señor de los Milagros y después nos casamos, porque el muy sinvergüenza ya había embolatado a otras cuatro antes de la de Marinilla haciéndoles tragar el mismo cuento: mi mujer y mis hijos murieron en una epidemia de viruela negra, lloriqueaba, y las muchachas, pobrecito, y el mujeriego haciendo el paripé, para que le sobaran la cabeza y él manoseándolas por donde más podía, hasta que terminaban en la cama, amancebándose con ellas. Pero llegaba el día en que la forastera se

253

daba cuenta del embuste y él regresaba a casa haciéndose el cordero, el que traía el rabo entre las piernas: no te lo vuelvo a hacer, por esta Cruz bendita, Sacramento, a la que le costaba una nueva criatura aquel perjurio, la que, no bien llegada al mundo, quedaba a su vez huérfana, por una temporada, pues lo de arrejuntarse o de arrastrarle el ala a las forásticas, ya era un vicio. Ese aparece un día de estos, comentó resignada doña Sacramento, al ver que don Jacinto no volvió en cuatro días, pero pasaron tres semanas y no tuvo noticia. Una vecina vino un día a prestarle una pizca de harina, y aprovechó para decirle que perdone que me meta en lo que no me importa, comadrita, pero me han dicho que don Jacinto anda por ahí arrebatado con una potrancona muy pintorreteada, que dizque usa faldas de percal, en las corvas, que transparentan todo, y tacón alto, y él anda tirando los billetes y comprándole cuanta cosa ve, y me dijeron que el domingo llegó a la Plaza a caballo, y ella al anca, y comenzó a gritar frente a la iglesia que cuándo era que le iban a meter candela a esos cacorros, y me perdona la palabra comadrita, pero así dizque gritaba don Jacinto, mientras la gente que salía de misa de once tuvo que guarecerse para que no la alcanzaran los balazos, porque él sacó el revólver y comenzó a disparar a troche y moche.

Yo creo que Jacinto está enyerbado, Sacramento, fue el comentario de don Juancho Araque. Esas mujeres son ligeras de cascos y la que menos corre vuela. Son más que diestras en tales artilugios, en arreglar las pócimas, y en un descuido te hacen tragar el agua de los siete pelos o los polvos de la madre Celestina, y ese Jacinto, que ha sido siempre embelequero, se dejó engatusar, y ahora se va a necesitar de Dios y ayuda para sacarlo de este atasque. Ahí está la Virgen... contestó Sacramento en un suspiro, pero el escándalo siguió, y don Jacinto con su muñeca rubia, pestañona, muy pizpireta, con la cintura de mimbre, senos de anón y caminado de mula de mil pesos, fue motivo de excomunión por parte de los curas, exorcismos y rezos por parte de las beatas, vergüenza de la familia, corrupción de menores, comidilla de viejas, plato fuerte del Aguijón, periódico del pueblo, deshonra de la casa, y promotor de una racha de envidia de la mala, sufrida por los varones que lo veían llevando la batuta y amacizado con semejante lempo de hembra.

Jacinto Araque fue calificado de corrompido, impúdico, libertino, licencioso, obsceno, indecoroso, crápula, depravado, degenerado, pervertido, inmoral, perdido, calavera, en resumidas cuentas, que más le hubiera valido amarrarse una piedra de molino, pero en cambio lo que hizo fue colocarse su sombrero, una muda recién aplanchadita, su carriel, y sin decir hasta luego ni a los mangos, salió con su muñeca pestañona rumbo al sur: de esta Villa, ni el polvo, sentenció después de atravesar el puente, y sacudió las alpargatas.

Muchos años después, apareció un muchacho a la puerta de la casa de doña Sacramento; parecía un gringo, ojiazul: buenas, misiá... la saludó: ¿esta es la casa de don Jacinto Araque...? Era... ahora es la mía, le respondió la dama con cierto retintín: qué se le ofrece... Y entonces el muchacho sacó un pliego, en el que estaba escrito que por voluntad extrema de su padre, Jacinto Araque Arango, él con sus cuatro hermanos compartirían los bienes con los hijos que este tuvo con doña Sacramento; para cumplir después de muerto, declaraba, y no valieron lágrimas ni maturrangas ni sobornos, porque la Ley dispuso que el documento era legal.

¿De qué murió Jacinto...?, se atrevió a preguntar, dos días después de que los cinco hermanos tomaron posesión y se instalaron en el ala izquierda de la casa. De una patada de mula. La estaba herrando y la muy berrionda de una coz le partió el hígado. ¿Hace ya mucho...?, balbució. Mañana va a ser un mes que lo enterramos. Y entonces a doña Sacramento se le entumió la lengua, y no tuvo el coraje de preguntar en qué parte del mundo yacían los restos del que había sido su marido.

marzo veintitrés

llegaron las lluvias, muchachita. ¿Te acuerdas? Era en la India, había una casa muy bonita llena de mármoles y tapetes persas y porcelanas chinas, con Elizabeth Taylor, y el tipo enturbantado la tiene que salvar porque la casa se desploma como si fuera de palillos. Ya no me acuerdo si era Richard Burton.

Toda la noche y la mañana llovió venteado y se entró el agua hasta la mitad de la celda.

El barrio está también inundado. Los arroyos se entraron en todas las casas y están arrastrando con lo que encuentran, sillas, animales, pedazos de árbol, hasta un armario vi el otro día que estaban rescatando de la corriente. Parece que esto va a ser hasta que San Juan agache el dedo. Los bomberos tienen que venir a cada rato, la gente trajina con ellos por todas partes rescatando cosas o cambiándose de casa pues la suya está con dos palmos de agua por los cuatro costados; me da también coraje verlos salir con sus corotos y mochilas al hombro. Se quedan lelos mirando el agua como si la conjuraran para que esta ceda y se abra como un coco, como el mar Rojo, como si así lo irremediable tuviera remedio. Esta lluvia es mala.

Por la tarde, en la celda, cuando me asomo para ver a qué altura está el arroyo de la calle del caño, es cuando me doy cuenta de la verdad. A esa hora la gente está cansada de tanto trajinar, de tanto achicar agua, y entonces se sientan en la paredilla a mirar cómo llueve. El río ya se ha unido al arroyo. Forman una sola corriente de color café en leche por la que navegan cadáveres de cosas, animales podridos, pedazos de barranca, el cielo sigue gris, eléctrico, y el calor no amaina para nada, se agudiza más bien, el aire es pegajoso, una especie de aura grasienta cubre todo mientras el barrio entero charla y mira caer el aguacero como si fuera una película.

Como a las seis empieza el canto de las chicharras y después lo peor, lo más insoportable: los malditos zancudos.

Y nos cayó barranca hace dos días, además del zancudero. En la celda de al lado metieron a dos tipos más engrifados que mico de circo, volando de marihuana, y les dio por cantar toda la santa noche boleros de Agustín Lara y Bienvenido Granda, no hay quien les cierre el pico. O sea, que si por allá llueve por aquí no escampa.

abril cuatro

creo que fue la verdura que nos dieron ayer: se le sentía el olor a diez mil leguas. Todo el mundo anda churriento y lo único que nos dieron fue una pastilla de *Enterobioformo* a cada uno, que es lo mismo que el Paico para el dolor de cabeza.

La situación no está para reír.

Me senté dispuesto a contarte cosas pero no se me ocurre nada, como no sea el cuento de *Las mujeres de Raipur*.

Me lo contó un amigo, que llaman *Pico-de-oro,* y es porque anda siempre con cuentos raros, y parece vacunado con aguja de vitrola, no para. No sé de dónde es que los desentierra. Es una epopeya digna de ser contada en plaza pública (a mí se me erizaron hasta las cejas).

Las mujeres de Raipur decidieron lanzarse en masa a la gran hoguera que ardía al lado de la muralla, para así constreñir a sus hombres a enfrentarse al enemigo, que asediaba la ciudad después de varios días. Los hombres de Raipur, contemplaron cómo madres, hijas y esposas perecían en las llamas, y solamente entonces salieron a librar el combate, cuerpo a cuerpo. Aquellos setecientos soldados, vestidos con sus mejores arreos de batalla y envueltos en sus capas amarillas, atravesaron impertérritos la puerta de su ciudad y arremetieron sin piedad contra la muerte, que los esperara en las lanzas de dos mil hombres de a caballo, y cinco mil de infantería.

Yo estoy bien.

Esperando a Godot.

La vieja me escribe y no hace sino quejarse de que me voy a morir de anemia aquí metido, que me va a dar tuberculosis, que lo único que estoy aprendiendo son malas costumbres, con tanto criminal al lado (y tanto maricón, que es lo que la pobre vieja no malicia).

Los barrotes es lo que más molesta. Te aseguro que si no hubiera la cosa sería de otro modo (yo creo). Uno incluso se acostumbra al ruido que hace por las mañanas el tombo, cuando despierta a medio mundo con los tanganazos que da para ver si por si acaso los aserramos por la noche. Me parece mentira cuando salga a la calle y nada esté enrejado (y yo que protestaba porque en algunos parques no dejan pisar la hierba, me da risa). Lo que más me sueño es con caminar al borde del mar.

andar un rato
cuando no se hayan levantado ni los cangrejos
dejando huellas
por la playa
y el sol saliendo
rojo (caliginoso)
inmenso
y la arena blandita
y tú
y yo
caminando
como por un colchón de plumas
mientras que pasa una gaviota
qué bueno bañarse
diré yo
mientras las olas
van v vienen,
¿te gustaría?

jueves diez

todo el día viendo el trajín. Por la mañana vinieron unos carpinteros y colocaron una plataforma en la placita. La plataforma no la vi porque desde aquí no se alcanza, pero nos lo contó el negro *Manoelata, que* se lo habían contado. El caso es que desde muy temprano anduvo una camioneta Willys repartiendo papelitos y gritando por un altoparlante que todo el mundo tenía que asistir a la gran concentración esta tarde en la Plaza del Carmen, y que después de los discursos se repartiría el sancocho de gallina y los regalos. Íntegro todo está empapelado con afiches, pero desde aquí no se distingue nada. Por la tarde llegaron unos cachacos, creo, porque tenían corbata, y unas señoras muy elegantes, también de Bogotá, seguramente. Venían en un Dodge azul marino y en un Taunus verde. Después llegaron los otros, vestidos de blanco y sus zapatos negros, encharolados, tenías que haber visto la novelería, el barrio entero pendiente de los cachacos y de los sombreros que traían las señoras. Empezaron a repartir banderitas y cada negra tenía que tener una en la mano y agitarla al paso de la comitiva, que comenzó a desfilar desde la calle del río, y se ve que el ron blanco rumbaba porque los Vallenatos estaban ya prendidos y se armó en seguida el merecumbé. La gente empezó a bailar cumbia detrás del candidato y su comitiva, y así siguieron hasta la Plaza del Carmen, bailando y gritando Viva el Frente Nacional, Viva el doctor Pacheco, Viva el Partido Conservador, Viva el Partido Liberal, hasta que comenzaron los discursos.

Desde aquí se oía muy poquito, a pesar de los altoparlantes. LA GRAN REFORMA AGRARIA... era lo que más se entendía, y también PORQUE LA UNIÓN DE LOS PARTIDOS... y eso duró como hasta las cuatro y media. Quién sabe cuándo les dieron el sancocho.

Yo me pregunto: ¿esa gente se quedará con la conciencia limpia...?

Después supe que unos tipos se habían peleado a cuchillo limpio por lo de los candidatos. Dicen que el cuchillo lo consiguieron (lo consiguió uno de ellos, porque nada más uno estaba armado) por medio de la abuela que se lo pasó en una visita (metido en un tamal). Al que no estaba armado se lo tuvieron que llevar de urgencia con las tripas afuera, y al otro lo tuvieron toda la noche a la intemperie con el aguacero que caía, y después se lo llevaron para *la celda de los muertos*.

En realidad no sé en qué creo. Cómo quieres que lo sepa con tanto enredo. Si yo pudiera decir *creo en Dios Padre Todopoderoso creador del cielo y de la tierra,* con la misma inocencia con que lo decía a los ocho años, a lo mejor estaría salvado. Pero si hoy me están diciendo que la *Alianza para el progreso* es la única manera de salvar estos países que están de mierda hasta la coronilla, y yo empiezo a hacer números como cualquiera que sepa sumar y dividir y me doy cuenta de que no, que eso es solo una trampa para ratones subdesarrollados, entonces tú dirás. La gente ya no sabe por dónde va tabla.

Cuéntame tú cómo ves por ahí eso de las elecciones.

Tengo entablada una apuesta con el estudiante, porque él dice que no tiene importancia si el pueblo vota o no: que las elecciones se las van a robar de todos modos. Si puedes, mándame algún recorte.

abril diecisiete

todo funciona a base de pucho va y pucho viene, y si son Pielroja, mejor. Yo le doy al negro *Manoelata* (que hace como quince años está aquí porque despachó a su suegra y su cuñada, las mandó al otro barrio de diecisiete puñaladas) cuatro cajetillas por mes, y él le da una al chulavo, pues tiene vara larga con los tombos, y así las cartas tampoco tienen pierde y no pasan censura. El negro *Manoelata* creo que puede poner una cantina con lo que le ordeña a los demás, pues es un avivato que roba hasta dormido. A mí me cambió dos Gillete

Azul por una cajetilla y un día me ofreció un gramo de yerba por cajetilla y media y es negocio redondo porque la *mota* por esta latitudes no vale más de siete puchos, pero hay que hacer el sacrificio pues amanezco tan frickiado que andaría vareto los cincuenta y tres días y siete horas y cuarenta dos minutos que me faltan para salir *(¿salir...?)* de esta guandoca.

Ayer soñé contigo. Fue un sueño chévere, que me puso en muy buena onda mucho rato.

El Colgate también es un regalo chévere, porque el Kolynos me supo siempre a rayos y aquí no venden más que de eso. No quiero abusar tanto pero ya que te ofreces que eres tan angelote como siempre, mándame Palmolive y un desodorante, que no sea Mum, en todo caso. También unas Gillete Azul y te estoy pidiendo como si fueras un Rey Mago (maga), pero es que estoy esperando que la vieja me mande una platica que prometió y que no llega. También me dice que a lo mejor viene a visitarme (se va a tirar un poco de plata en eso) yo le escribí que no, pero ella insiste. En fin.

Parece que ayer agarraron a otros estudiantes. No sé cuántos. El compañero de que te hablé me contó que habían resultado muertos otros dos, en un encuentro con la tropa. A los de aquí les están dando tieso y parejo. Un tipo me contó que a él le habían arrancado media barba con unas pinzas de depilar las cejas y que a otro compañero lo hicieron embiringar y meterse en una tina de agua helada para después, bien mojado, ponerle alambres con corriente y dizque era tan alta que le dio un paro cardiaco, pero eso no se sabe, por supuesto. Yo te lo cuento porque este tipo vio la cosa, pero hay que estar Cayetano porque si no adiós Helena en la estación te espero. ¿Ok?

El compañero dice que al gobierno le comenzó el culillo y que por eso tranca duro. Que se da cuenta que con los estudiantes la cosa ya no es como soplar y hacer botellas. Que lo primero que hay que hacer es lograr descerrajar el sistema provocando más crisis, que el resto vendrá solo. Que hay que hacer más barullo para que la gente de la calle se salga de ese limbo en que la tienen porque si no nos va a tragar la tierra, y no para de hablar, y a mí eso me relaja, porque es un tipo con la cabeza muy bien puesta: cojonudo. Me prestó un par de libros en francés y yo que apenas chapurreo me estoy entusiasmando. No sé cómo se los consigue, ni cómo se los dejan. Son de Marcuse y son la verraquera. ¡Hay que leerlos! Búscalos. Se llaman *El hombre de una dimensión* y *Eros y civilización*. A lo mejor en Bucholz.

Estos muchachos creen de verdad en lo que están haciendo. Y te contagian.

¿Tú crees que esto tenga arregladero?

abril veinte

El sabio conoce sin moverse y *sin ver comprende,* dijo un señor que se llamaba Lao-Tsé.

Póngale pluma...

El infierno (dice un chino) es un sitio donde hay miles de millones de personas sentadas en hilera, con su respectiva taza de arroz enfrente de ellas, y unos palillos de metro y medio de largo, con los que tienen que alcanzar la comida de la taza y llevársela a la boca.

El paraíso (dice el mismo chino) es un lugar donde hay miles de millones de personas sentadas en dos hileras paralelas, con su taza de arroz, las cuales se alimentan mutuamente, una frente a la otra, y después de eso, yo me dije, apagá y vámonos, y preguntá la dirección de ese país porque el que nada no se ahoga. O sea, que más pierde el pato que el que le está tirando. ¿No...?

Estoy haciendo un diario. A veces lo único que se me ocurren son cochinadas, como dirían las señoras, pornografías en cadena, ¡fabuloso!

Porque si no tendría que tirarme de cabeza cuando pasara el tren, como la Greta Karenina, pero, ¡cuál tren...!

Daría mi estilógrafo Parker y mi chaqueta nueva de cuadros mi gabardina mi colección de pipas mis Proust mi reloj mi Zippo mi billetera de cuero de cocodrilo y les encimo mi honra por ir al cine y ver a la Bardot barriendo en cueros o a Marylin tocando el ukelele, ¿te das cuenta?

Estoy pensando que cuando salga de aquí a lo mejor voy a empezar un libro. No sé. Tengo una idea muy vaga de lo que quiero, pero lo que sí no quiero es lo de cronista deportivo, ni amarrado, te digo. Hay unos cursos nocturnos en la Universidad Libre y me voy a meter a hacer Derecho. ¿Tú qué opinas?

¿Me podrías conseguir *La ciudad y los perros*, de Mario Vargas Llosa?

Son las seis de la tarde. La hora de los ciegos. De los gatos-son-pardos. De la depre.

Muchacha linda: estás muy chévere en la foto. La puse encima de la litera, donde la vieja me dijo que pusiera un Cristo que me mandó y que había comprado en Buga, ¡pobre vieja!

sábado por la noche

porque se inundó el patio y los desagües se atascaron y desde hace dos días quitamos tierra y porquería y los drenajes no funcionan y el sargentón da gritos, ¡coñoemadre!, ¡hijueputa!, como si con eso lo arreglara, cuando lo que en realidad hace falta es un sistema lógico para que funcionen las cañerías, pero aquí todo es así, y me empezó una tos que ni te pinto.

El grupo de estudiantes resolvió que hacía huelga: no dar ni una palada, y ahí los tienen a todos, en mitad del patio, arrodillados, con los brazos en alto y un ladrillo en cada mano. El sargento les grita *polillas malparidos,* por decir cualquier cosa, porque lo pone muy berriondo el tener que mojarse también, y entonces amenaza. Nada concreto. Huevonadas, no más. Pero ellos obedecen a una consigna y no se inmutan, se dejan decir hasta rabo de mico sin pestañear y sin bajar los brazos, porque el muy desgraciado se consiguió un zurriago y no se anda con chanzas, levanten esos brazos, cabroncitos, y al que no, le chanta un zurriagazo donde caiga, la puta que lo parió: a mí me dan un coraje que me hace enfriar los

¿Van a ir al concierto de Verónica Mimoso, en el templo del Voto Nacional?, le pregunta doña Bonifacia Sepúlveda a doña Chepa, que está asomada al balcón de su casa, regando las matas de begonia y poniéndole alpiste a los canarios: es en homenaje al Corazón de Jesús, esa niñita es un prodigio, hay que ver, tan dotada, si parece un milagro cuando empieza a tocar el piano como los mismos ángeles, yo ya compré la entrada, veinte pesos, es cara pero vale la pena: qué frío esta mañana, ¿no?; y doña Chepa que ya está acostumbrada al clima destemplado de la Sabana porque es Santafereña de cepa y criada en Chapinero, además; cuando Chapinero era un barrio que quería decir aristocracia, lógico, porque lo que es ahora cualquier aparecido se ufana de que yo nací en Chapinero convencido de que eso le confiere el derecho a que lo crean de la familia de los Caro y Cuervo o los Umaña Carrizosa, y creen que con viajar a Europa y traer fotografías tomadas en la audiencia con el Santo Padre y mostrar las porcelanas que compraron en la costa de Amalfi: *Capo di Monte*, recalcan para que las visitas digan, ¡ahhh, *Capo di Monte*!, ¡horror!: se le cae la cara de vergüenza nada más con pensar el espectáculo que sería ella pregonando: esta consola la trajo mamá de su viaje a Venecia, cuando la invitó el conde del Grillo a pasar un verano en su casa de Giudeca, o la vajilla del comedor es un regalo de papá, cuando estuvieron en Bulgaria, antes de la guerra, por supuesto, es de *Bavaria*, y explicar que el cuadro de Santa Rosa de Lima es de Vásquez Ceballos y el retrato del Libertador atribuido a don Joaquín Gutiérrez y que la mantelería es íntegra traída de Madeira, el cristal de Bohemia, los vasos de la sala son *Ming* de los legítimos; los nuevos ricos creen que eso es así: que con vestir de seda e ir a Europa van a cambiar de aspecto, pobres diablos, piensa mirando a doña Bonifacia que arrebujada en pañolón de lana comienza a tiritar como una mirla en tierra fría, y haciendo un gesto de que sí, que hace fresco, acomoda la regadera en el estante, cierra la jaula de los canarios, cambia el agua, da una ojeada a la calle: qué se estarán buscando ahora esos alborotados, rezonga en voz bajita, y al ver que Bonifacia Sepúlveda sigue a la expectativa, mirándola como si de su respuesta dependiera la Bienaventuranza eterna, le contesta: sí, vamos a ir, ya nos mandaron las boletas, de regalo.

Esta novia pesa más que un pecado mortal en la conciencia, hermano... si no es porque hoy teníamos que andar en esta movida, el teniente me deja sin munición punto treinta porque dizque no está bien aceitada, qué te parece, me levanté con la diana y dele a desarmarla, a revisar el gatillo y a ponerlo suavecito para que no se me encascare y el muy cabrón dizque este fusil no está bien limpio, le doy cinco minutos... y si no, se me queda sin garbanzos qué tal... y no es porque el vento que nos dan me vuelva loco, ojalá; no sé cómo hacen esos tipos que se lanzan a la comida como si fuera hecha por la Negra Eufemia, ¿te acuerdas de las comidas de la Negra?, oye, qué joda, hermano, ¿tú crees que de verdad va a durar esta vaina...?, pero el sargento Cárdenas está pensando en otra cosa y no hace caso del costeño que se las da delante de todo el mundo de que son muy lancitas y anda de confianzudo, tuteándolo, pero ya va a cambiar de trato cuando le vea la medalla: *Servicio de Guerra Internacional,* mi llave; cojonudo eso sí; como los tipos que llegaron a Cartagena hace dos días en la Fragata *Almirante Brión,* trayendo tierra del cementerio de Pusán para distribuir entre los familiares de los oficiales y soldados muertos, y que condecoraron en medio de trompetas y presentada de armas, qué tal, hermano; nos tomamos el nido de ametralladoras dos soldados y yo, y bajamos a esos berriondos con un par de granadas, no quedó ni la muestra, y entonces fue cuando me ascendieron a capitán: cómo le quedó el ojo... pero el cabo Gamarra no se entera de sus hazañas en Corea y sigue hablando del sancocho y de las nalgas de la Negra Eufemia: yo nunca fui a comer donde la Negra Eufemia, dice de mal talante, y el otro, ¿nooo...? pues te perdiste de una vaina muy chévere: esto va a ser más largo que una semana sin carne, te lo apuesto; ¿viste...?, llegaron los chulavos. Esto se aguó, compadre. Te juro que me ponen nerviosón esos tanques de los bomberos y estas bombas de gas que nos hacen colgar por si las moscas, como dice el teniente, que a la hora de la verdad nos pone a dar culata como unos desgraciados. A mí esa vaina no me gusta un carajo. Por qué coño hay que trancarles siempre por las malas si los que tienen la culpa son los policías que son los que arman el mierdero; ¿tú supiste cómo es que fue la cosa... ¡coño...! Ahí llegan más refuerzos..., y el sargento ve cómo se bajan de un camión lo menos treinta compañeros, y aprovecha el despiste de Gamarra para no tener que contarle que a él lo destacaron en el pelotón que fue a defender a los muchachos contra un destacamento de policía, que entró en la Nacional atropellando y ordenando que abandonaran inmediatamente el campo.

Los estudiantes protestaron, se formaron en grupos, y cuando ellos entraron en camión, se encontraron con que la policía estaba amenazando a los manifestantes por medio de un megáfono: ¡abajo los chulavitas!, ¡viva el ejército!, fue la respuesta de los muchachos, y se acercaron a pedirles que se quedaran para ayudarlos a mantener el orden. ¡Claro que sí, compañero!, dijo el sargento Cárdenas, pero no tuvo tiempo de mandar alinear el pelotón de ocho soldados, cuando la policía arremetió a culata y se armó el desorden más horrible entre los gritos de los universitarios, que se vieron cogidos por sorpresa, y su propio alarido: ¡cargueeeen...! ¡cargueeen...!, que también fue instintivo pues no tenían con qué, pues recibió la orden estricta y andaban desarmados; y si no hubiera sido porque los estudiantes se lanzan en manada y forman un cordón como respaldo, los hubieran molido. En ese momento un bus con otro destacamento apareció en la entrada del Norte. El sargento se dio cuenta del movimiento de sincronización. Los policías se tiraron del vehículo en marcha, y fueron acercándose, rodeando a los muchachos como gatos acechando ratones, y fue testigo de cómo trataban de salirse del cerco sin lograrlo, cómo los chulavitas cerraron las salidas acorralándolos a una distancia de cinco metros, más o menos, y después oyó ¡fuego...!, repetido tres veces, luego la descarga, los gritos, el tropel.

Los que tuvieron el reflejo se echaron cuerpo a tierra y los otros saltaron por el seto de pino, y él se metió detrás de un árbol hasta que el tiroteo terminó y entonces decidió, yo mejor salgo, y al tratar de correr fue cuando tropezó con el

270

cuerpo que yacía tirado al lado de los pinos, y le vio el orificio como de tres centímetros, y los sesos dispersos en la grama. ¡Mataron a Uriel...!, gritaba como loco un estudiante mientras que se quitaba la corbata y la empapaba en la sangre del compañero muerto, y poco a poco se fueron acercando los otros, mudos del estupor, sin poder creer lo que veían sus ojos, empapando a su vez corbatas y pañuelos con la sangre de Uriel y presenció cómo luego las izaban a manera de banderas, cubrían los despojos con el pabellón tricolor y muchos de ellos sin poder contenerse se echaban a llorar, a gritos, como niños. ¡Justicia! ¡justicia! comenzaron a una sola voz cuando vieron entrar el camión con oficiales del ejército, mientras la policía contemplaba a distancia con fusiles en guardia, las manos al gatillo, los cuerpos inquietos por la tensión nerviosa y la mirada fría, indiferente.

A esos de abajo les va a ir mal como sigan buscándose camorra, dice Bonifacia Sepúlveda con su deje gangoso y arrastrando las erres: ¿leyó el editorial de *El Tiempo*?, es de enmarcar, ¡por Dios bendito!: no le había preguntado cómo le pareció la noticia del Beato Claret, ya se pueden ir a venerar las reliquias, dicen que de un momento a otro el Vaticano lo va a canonizar, ¡alabado sea Dios!, yo siempre fui devota, ¿vio la noticia? Está en la página donde aparece la princesa de Serbia, que vino invitada al Congreso de Prensa y que es hágase de cuenta Pepín Echavarría, muy rubia y buenamoza, cosa rara, porque esas princesas generalmente son unos espantapájaros: empezando porque andan vestidas como por sus propios enemigos, con la plata que tienen y los modistos que frecuentan, yo no sé; eso de tener muy buen gusto no va en la posición, ¿no se ha fijado? Por ejemplo las hijas de

Clímaco Solórzano, y no es que no se note la calidad de la tela, eso sí: pura importada, pero es que de tanto querer parecer un Macol, se emperifollan como unas Pompadures, ¿no las ha visto últimamente...?, y doña Chepa que ni le viene ni le va si la gente se viste como un altar de Corpus, piensa que lo mejor sería si descubrieran su viga en vez de estar escarbando con tanto afán para buscar la paja en ojo ajeno, porque si ella se mirara de verdad en un espejo, no andaría por ahí, como los burros criticando orejas: yo ayer no compré *El Tiempo*, ¿qué decía...? Y más que todo para frenar esa avalancha que la tiene marcada; aunque va a ser peor, porque es de esas fanáticas que tienen en la sala la oligrafía de Bascones, tamaño 46 × 62, como anuncia el periódico: *en su almacén, en su oficina, en su sala, en conmemoración del 13 de junio y para demostrar su adhesión, coloque la magnífica oleografía del Excelentísimo Señor Presidente de Colombia, teniente general Gabriel Muñoz Sastoque,* y allá lo tiene entronizado, al cachuchón: el Corazón de Jesús y el de María, a cada lado.

«Para la inmensa mayoría de los colombianos, esta semana preparatoria de la celebración del 13 de junio representa una Pascua Florida de Resurrección. A lo largo y ancho del país millones de compatriotas sienten, como causa propia, el movimiento salvador del teniente general Muñoz Sastoque. Naturalmente quienes hace un año padecían de dolorosos contratiempos, quienes reencontraron sus parcelas, o volvieron a transitar por los caminos de la Patria sin temor, quienes recobraron la plena sensación de vivir, contabilizarán hoy una victoria en la intimidad de sus espíritus.

»Y a este regocijo íntimo que aflora a todos los rostros, es el motivo de que la semana anterior al 13 de junio de 1954, alcance auténticas dimensiones nacionales. Una nueva edición de risas de gentes rescatadas y de júbilo popular, trasciende a la superficie de Colombia. Por eso en todos los rincones de la República, desde la capital a los más lejanos parajes, hombres y mujeres sienten «su» 13 de junio. No hay aldea, ni villorrio del país, donde espontáneamente no exista hoy el deseo de celebrar la gloriosa efemérides. Y qué decir de sitios cuya vida y esperanza nacieron al conjuro del movimiento restaurador...

»De ahí que el país se apreste a una de las más gigantescas demostraciones de fe en su destino. Es que el 13 de junio no solo significa la clausura de una época nefanda, sino, ante todo reconquista de la PAZ, la JUSTICIA y la LIBERTAD. Por lo alto, podría pensarse que la fecha pertenece, esencialmente, al Primer Mandatario, y a las Fuerzas Armadas. Pero abajo, en el torbellino de las clases humildes, el 13 de junio es de su propiedad. Lo hicieron para la mayor parte de los colombianos, y estos lo consideran como fecha propia.

»Si algo faltara para que el Presidente Muñoz Sastoque obtuviera una visión exacta de su obra, los millones de colombianos agradecidos que en estos días tributarán homenaje de adhesión a sus programas, constituyen irrefutable prueba de acierto y respaldo autoritario», lee con tono de oradora de pueblo Bonifacia Sepúlveda, y añade por su cuenta: qué belleza esa muchacha Luz Marina, ¿no? Bien merecido el título. Quién se iba a imaginar que una caldense fuera a quedar Miss Universo; los pereiranos dicen que es de allá y en Manizales juran que nació en una casa del Parque Fundadores, aquí está, anunciando una máquina de coser, Singer, ¡qué belleza...!, y se queda arrobada, en éxtasis, poseída de un embeleso que ni santa Teresa en los instantes de transverberación.

Se acuerda de la tronera que le hicieron a Uriel en la cabeza y le sube una oleada de coraje que le hace hervir las venas: está bien mi Teniente, no vamos a ofuscarnos por eso, oye que dice un compañero: no se preocupe que nos vamos a quedar aquí sentados hasta que el señor Presidente cumpla su palabra y dé la orden: pero el sargento no tiene cara de que al fin va a ceder, y aunque los trata con amabilidad, más bien está empezando a impacientarse.

Hay por lo menos tres mil, a lo largo de la carrera séptima con calle trece, llevando el pabellón nacional, banderas negras, coreando el himno nacional y gritando ¡libros sí, fusiles no!, sentados tranquilamente sobre el pavimento, y Santos Barberena se recuesta a la pared del almacén Ley pues los ojos le pican y el cuerpo parece que le hubiera pasado una aplanadora por encima: ¿estás cansado...?, ¡muerto, hermano...! mamadísimo... con ese trote de ayer atajando culata y corriendo como un desgraciado porque si no nos vuelven manjar blanco esos huevones, qué molimiento, no seamos tan pendejos... ¿vos estuviste ayer...? Sí: me tocó todo el boleo del cementerio, cuando estábamos colocando la ofrenda en la tumba de Bravo y nos sacó la policía, ¡huevones malparidos...!, dice Santos, sin dejarlo acabar: vos te podés imaginar que un ministro de Gobierno, rodeado por todo un estudiantado que está frente al cadáver de un compañero con los sesos volados, pidiéndole justicia sin saber si ponerse a llorar o comenzar a tirar piedra donde caiga, les salga con la huevonada de que *es justo vuestro dolor, y nosotros lo compartimos...* ¡qué hijueputa! *El Gobierno está dispuesto a concederos vuestras peticiones, pero juzgo que os habéis quedado cortos. Os anuncio, por ejemplo, que dentro de poco serán entregadas residencias para los estudiantes pobres*... pero ni creas que siguió, porque la rechifla lo dejó medio sordo, y lo único que atinó fue a lavarse las manos: *óiganme, escúchenme*... gritaba como una loca histérica: *el señor Presidente de la República ordenará una rápida investigación, un castigo ejemplar*... pero tuvo que desistir y bajarse de la pucha, donde se encaramó Malula y declaró que ella había llegado de Venezuela recomendada expresamente al señor ministro de Gobierno, y que no volvería a estrecharle la mano mientras que esta no cayera sobre los culpables del atroz crimen cometido contra su novio, Uriel Gutiérrez. Qué Juana de Arco ni qué nada, hermanolo: esa mujer nos dejó a todos boquiabiertos. ¿Dónde estudias...?, y el otro dijo que en la Javeriana.

Tiene las manos con calambres. Y es porque nunca va a poder acostumbrarse a ese paramero que hace en la capital y que lo pone a añorar siempre las palmeras y las ceibas de Cali. A ese calor que empieza por la mañanita y que se aquieta por la tarde, a eso de las cinco, cuando comienza a soplar brisa del río y uno se siente como en la misma gloria, vestido con guayabera y pantalón de lino, y no envuelto en tanto suéter y tanta media de lana que no lo deja a uno respirar; ¡qué frío de mierda!, dice, y se acomoda bien contra las rejas, cierra los ojos, trata de hacer de cuenta que está bajo una palma de coco, y ya se está adormeciendo con el runrún del coro y las voces que gritan que ¡jus-ti-cia!, cuando su compañero lo sacude: ¡llegó la policía!, pero Santos Barberena no se inmuta: dejá que lleguen, coño de su madre, y lo dice entre dientes, mirando de reojo hacia el radio patrulla que trae la sirena puesta: ¡cuatro camiones del ejército!, le sigue transmitiendo el de la Javeriana, y él ve cómo en la Plaza de Bolívar, al lado de las máquinas de bomberos, que esperan en pie de incendio la orden de comenzar a echar el agua, comienza ya a alinearse una tropa que no está uniformada como la que les está atajando el paso. Tropa especial, le explica el otro. Soldados del Batallón Colombia, hermano: héroes de Corea, nada menos... ¡qué tal! Expertos en acciones peligrosas y aquí van a faltar datos de varios municipios, piensa Santos, mientras se levanta de un brinco, y los ve avanzar en pelotón, al mando de un oficial rechoncho, de mediana estatura, muy moreno, que les ordena con acento costeño: cada uno a su puesto; tú, Valencia, dile al chofer que retire un poco los camiones, ponte bien ese casco, ¡coño!, y después con un grito que retumba en los tímpanos: ¡defrentemaaaaarchen...!

Qué uniformes tan chéveres: no como este pelo de burro que me tiene hasta los cojones de lo puro maluco, ¿viste a Fernando Lamas en la película del Teatro Aladino? Ese sí es un man chévere, mi hermano, sale con unos uniformes que te dan ganas de meterte a marino, estoy sudando, cuadro, ¿tú no? Ese teniente parece con culillo, y un costeño nervioso siempre me ha dado mala espina; ¿cuánto te falta a ti para terminar esta vaina? A mí, cinco meses, tres días y dos horas, y no te digo la pichanga que se va a armar en Rebolo cuando yo llegue, ¡mieeeércole...!: Ron de Caldas hasta pa' dar y convidar, y eso que dure hasta los carnavales, porque yo, ¿trabajar?, ¡nohombre...! por allá tengo un gallito tapao: una pelá del barrio de las Delicias a la que empecé a caminarle antes de que me echaran mano pal ejército, y que es hija de un man que trabaja en la Aduanilla y eso rumba la plata, compadrito, a lo mejor hasta hay casorio... ¡ay, cosita linda, mamá...!, y como si el fusil fuera de verdad su pareja, Gamarra comienza a remenearse mientras que tararea lo de cosita linda, y estos costeños ni en la guerra, no hay remedio, piensa el sargento Cárdenas, mirándolo moverse como si estuviera en un danzón, en tanto observa de reojo: ¡eche, mi hermano!, no se me ponga tan aguao, no joda... si lo que tú quieres es el merengue de mi general, te lo canto también, es cheverongo; pero el sargento Cárdenas no está para merengues y le ordena a Gamarra que mejor se esté quieto, porque si no lo va a meter al pote cuando llegue al cuartel. Tranquilo, hermano, no se acalore, que lo que es ni mi Dios va a dañarme el programa de fútbol del domingo. ¿Sabes cuánto hace que estoy haciendo indulgencias y que no he vuelto a llegar joche, ni un minuto siquiera? Dos meses... ¡coño! Yo lo que es a mi Rossi, mi Pedernera y mi Zuluaga, goleando a esos tarzanes no me lo pierdo ni amarrado, miden como dos metros esos manes, en Alemania como que la gente es así, supercomida, hermano: no les falta ni el sancocho ni el ñame, y sigue haciendo cuentas de lo que le va a costar la entrada, el bus de ida y regreso, los chicharrones, las cervezas, un banderín de Millonarios, un par de Coca-Colas, si se levanta una muchacha, y por lo menos diez pesos de la apuesta.

¡Pobre pendejo! Con que le den un bollo de yuca y un trago de Ron de Caldas y lo dejen bailar un merenguito apampillao, con eso tiene, piensa el sargento Cárdenas; que ni siquiera ha intentado hacer cuentas de los meses que le faltan para pagar servicio, pues piensa hacer carrera en el ejército. Ahora más que nunca. Mi general es un caliente y va a estar en el poder por muchos años, vamos a estar en el poder por muchos años, se repite, y ya se ve él también manejando un Mercedes, descapotable, si es posible, tapizado de rojo y con volante blanco; como el que tiene mi capitán Correa, que lo decomisó en la Aduana y le costó dos centavos, una ganga; y además, con la inauguración del Banco Hipotecario Popular, ahora el doce de junio, nos van a dar facilidades para comprar una tierrita, y una que otra tajada que se puede sacar con lo del contrabando de cigarrillos, como ya hicieron dos sargentos conocidos, que se taparon de plata con cien pacas de Lucky que se birlaron de la Aduana: sin problema ninguno, camarada, como soplar y hacer botellas; y quién se va a perder esta ocasión, si a lo mejor lo ascienden a teniente porque su capitán Acosta le dijo ayer después del ejercicio que muy bien Cárdenas, usted tiene madera: ese hombre es clave; y Cárdenas sonríe satisfecho cuando oye aplaudir los estudiantes, que lanzan vivas al ejército.

En un tiempo pensó que podría llegar a ser hombre representativo en la vida pública y en los negocios, destacado industrial, alcalde, gerente de la Hidroeléctrica de Anchicayá, director de un periódico, senador de la República y miembro de la Asamblea Nacional Constituyente, como ese señor del Valle, que recientemente, con su esposa, hicieron viaje a Europa utilizando *El Colombiano* de Avianca; debe de ser la delicia, por qué no; con derecho a champaña, porque esa gente siempre se monta en lo mejor. Visitar catedrales, conocer Nápoles, subir hasta el copito de la torre Eiffel, mirar la Monalisa, ponerse boina vasca y tomar manzanilla en las corridas, retratarse junto a un guarda de los que cuidan el tesoro de la reina, pedir audiencia al Papa, comulgar en San Pedro, y sobre todo no perderse los estriptis de por allá, como que son la verraquera: pero por fin se decidió por un entrenamiento que hacían los gringos contra los guerrilleros: es mucho más lúcido.

Los estudiantes siguen lanzando vivas al ejército, mientras agitan banderas enlutadas, y dos de ellos se suben al balcón para proponer que hay que nombrar delegación, que se haga oír del Presidente. Cárdenas observa cómo unos estudiantes de la primera fila discuten con el teniente costeño, que manotea y se sulfura, los trata de maricones, y no le gusta eso, porque una cosa es una cosa, y otra la dignidad de un oficial uniformado: no sea alevoso, teniente, que aquí no estamos en instrucción, dice un muchacho, y entonces el hombre levanta su fusil y le zampa un culatazo en pleno tórax que lo avienta de golpe contra sus compañeros: nos van a asesinar, o nos van a pegar, por el momento, mi teniente, lo incrimina otro universitario, mientras auxilia al estudiante que está medio asfixiado: ¡cabrones, hijueputas...!, si lo que quieren es que les demos plomo, digan no más, a ver: ¡muévanse, malparidos! ¡levántense de ahí!, y entonces el sargento interviene: están calmados, déjelos, pero el otro ya está renegrido de la furia: ¡que se incorporen, dije!, aquí nadie va poner en duda la autoridad militar, nada de abajos a nadie, ¡a respetar, carajo!, y Cárdenas ve cómo la vena del cuello se le hincha, los ojos se le brotan como a un sapo: a estos culicagados lo que les hace falta es bala, comienza a barbotar, y los soldados del Batallón Colombia, que están nerviosos con tanto grito y tantas amenazas y desde que llegaron están en el fusil que se dispara, se aprontan en segundos: ¡cooooño, me dieron...!, es el grito de Gamarra, y entonces el sargento no tiene tiempo de nada, porque cuando se da cuenta está él también tendido boca abajo, disparando.

¡Qué horror! Ya este país se está volviendo como Italia, donde no se puede vivir porque lo matan a uno en la calle por cualquier cosita, o en Estados Unidos, donde los negros te asaltan y te violan, qué cosa tan horrible. Aquí en la página amarilla hay como dos atracos y un crimen pasional: Guillermo Verdugo mató a su mujer en plena calle y después se entregó, le pegó dos puñaladas en el estómago, delante de su hijo, qué sevicia. Pensar que aquí en este país no hay silla eléctrica y por eso es que los forajidos y asesinos pueden hacer ochas cuando les da la gana, aquí hay un decreto de Batista, por ejemplo, «según el cual todo funcionario afiliado al Partido Comunista o que ayude a los comunistas, será inmediatamente licenciado». Otro decreto autoriza al Gobierno a expulsar a todo extranjero que propague doctrinas comunistas y prohíbe la entrada a Cuba, por la vía postal de mensajes o escritos comunistas. El decreto completa que «la intervención del comunismo internacional en los asuntos internos cubanos es ilegal», y ese es el único que ha podido con tanto bolchevique que anda por ahí regado; ahí están: ¿no los ve? Desde chiquitos haciendo revoluciones y rebelándose contra la autoridad, que por supuesto se tiene que amarrar los pantalones porque si no, nos comen vivos. Ya vio ayer cómo la policía se vio obligada a responder al ataque de esos piernipeludos y hubo un muerto: aquí está. «A las cuatro y diez minutos de la tarde de ayer, murió en la ciudad universitaria el estudiante Uriel Gutiérrez Restrepo, de veinticuatro años de edad, víctima de un disparo de fusil que le hizo un miembro de las fuerzas de policía, en una descarga ordenada por el oficial que comandaba el pelotón.

»El incidente tuvo origen momentos antes, cuando un grupo de estudiantes en número no mayor de cien, lanzó varios gritos de protesta por la actitud de un pelotón de policía que los obligaba a abandonar los predios de la Ciudad Blanca.

»En las horas de la mañana había tenido lugar una peregrinación estudiantil en el Cementerio Central, ante la tumba del universitario Bravo Pérez, en el vigésimo quinto aniversario de su muerte.

»El desfile estudiantil arribó a las puertas principales del Cementerio en completo silencio. A la cabeza iban las distintas candidatas al reinado del carnaval que se venía organizando, y grupos de estudiantes portaban ofrendas florales. Al llegar los universitarios, encontraron bloqueadas las entradas, por cordones de policía. Al darse cuenta de ello, por conducto de amigos suyos se comunicaron con el Palacio Presidencial e informaron lo que ocurría. El Jefe del Estado, teniente general Muñoz Sastoque, encontró que la medida era totalmente improcedente y dio orden personal y directa de que se permitiese la peregrinación. Esta intervención presidencial determinó el retiro de la policía.

»Terminada la peregrinación al cementerio, un grupo de universitarios regresó a la Ciudad Blanca y varios de ellos iniciaron un partido de fútbol en los prados aledaños al edificio de las residencias. Otros, en pequeños grupos, paseaban por esos mismos lugares. Habría cien en total. A eso de las tres y media, hizo su aparición un carro radiopatrulla distinguido con el número 107, y de él bajó un pelotón de policía que dio orden a los estudiantes de abandonar inmediatamente la universidad. Esto provocó una protesta unánime de los universitarios», que lógicamente, y ahí va mi cuento, tienen siempre que decir la última palabra, y la autoridad no se puede quedar con los brazos cruzados porque para eso es la representante del orden, la justicia, la paz, que ahora mi general ha establecido y el pueblo de Colombia tiene que estar contento; agradecido de que mi Dios por fin se haya acordado de nosotros y nos haya mandado el salvador, porque es providencial, ¿no cree? Yo rezo y rezo en acción de gracias, cada mañana y cada noche. Sigo pidiendo para que el Señor aplaque al fin su ira y nos vuelva su rostro: tenga misericordia de este pueblo, que se ha olvidado de alabarle y bendecirle, porque ahora está ocupado en levantar becerros de oro, en adorar baales, y cuando yo veo todo eso, tiemblo, misiá Chepa: cuando leo el periódico me pongo de rodillas y le pido perdón. Dios no castiga ni con palo ni con rejo, acuérdese; y Bonifacia se persigna.

Doña Chepa ve cómo los bomberos comienzan a desenrollar las mangueras de las máquinas. ¡Aa-gua, aa- gua...!, piden los estudiantes como si fuera un carnaval, y los soldados inician un movimiento hacia adelante, haciéndolos levantar con los fusiles. Va a ser una locura cuando inauguren la televisión, yo estoy que no me aguanto para que llegue el trece: me paso todo el día encendiéndola y viendo la señal, que se distingue patentica: yo ya creía que la muerte me iba a llegar sin verla nunca, y realmente, recapacita doña Chepa, no sé cómo es que aguanta, con todos los achaques que tiene últimamente; pero ella rozagante y lozana: la misamplis cada diez días, usando Maibelline en las pestañas, pintándose las canas, haciéndose masajes con las cremas de algas y el aceite de visón; tratando de que no se le vean mucho las arrugas, que en realidad no tienen más espacio, pues todo está rugoso, mustio; la piel de la papada chilinguiando sin que la gargantilla de granates logre hacer nada para que no se note; yendo a la iglesia con un vestido azul de Prusia y sin perderse jamás un matinée, con Marlon Brando o Charlton Heston: qué es eso de estar hablando de muerte si está joven y bella, le recrimina, por comentarle cualquier cosa, y Bonifacia componiéndose el pelo, estirando la falda, quitando una arruguita de la blusa de tafetán bordado: ¿usted cree?, con risa coquetona, contenta: bañada en agua de rosas.

Dos estudiantes se suben a los balcones del Anglo Americano y comienzan a arengar a los compañeros, pero ella no puede oír muy bien, pues Bonifacia insiste en lo de paz, justicia y libertad, cuando de pronto un movimiento abajo, los gritos de alguien y el retroceder tumultuoso de los muchachos de las primeras filas, que los soldados hacen incorporar empujando a culata, la hacen asomarse mejor al antepecho, inclinarse hacia afuera, y alcanza a distinguir al hijo de su hermana Mercedes, que sin lugar a dudas está en la pelotera sin permiso pues ni siquiera ha entrado a la universidad. ¡Liborio...!, grita, y el muchacho la oye, le hace una mueca con el pulgar en la nariz, la mano abierta en abanico, y ella está por decir, qué estás haciendo en esa gresca, sinvergüenza, cuando Liborio se lleva las dos manos al pecho, da unos pasos al frente como el que va a salir corriendo, pero se para en seco, las piernas se le doblan, las rodillas en tierra y la cabeza metida en una alcantarilla que no tiene la tapa, y luego el tiroteo que no cesa y la aturde, y ve al otro estudiante con el cráneo como rajado por un hacha, y otro con una pierna destrozada, y otro tirado boca arriba, con la cara desfigurada del impacto, y comienza a

283

vociferar, despepitada, ¡Dios bendito...!, ¡Diosbendito...!, a correr del balcón a la puerta, de la puerta al balcón, mientras que los canarios trinan, los gritos se apaciguan, una serie de relámpagos presagia un aguacero en la Sabana, y Bonifacia recita el Padrenuestro, con los brazos en cruz, en la terraza.

¡No te muevas de ahí...!, le grita Santos al muchacho, que apenas ve que los soldados cubren la calle trece intentando rodearlos trata de escabullirse: ¿no ves que si les demuestras miedo te va peor?, y sentándose de nuevo encima de los libros, enciende un cigarrillo y le ofrece otro al compañero: hay que tener cancha para aguantar las asonadas con los nervios templados porque si no le toca a uno pagar la chambonada, y lo menos es que te meten a la guandoca, y ahí te pudras, hermano: no hay que ponerse a tiro; y Santos piensa mientras que lo aconseja, en las ganas que tiene de agarrar un chulavita y retorcerle el pescuezo, despacito, apoyar los pulgares en la yugular hasta que chapalee como un pollo, y le pida perdón, pero él no va a aflojar porque lo que es a Uriel nadie lo resucita, cabrón, y le dan ganas de llorar, como cuando Villasón de Armas pidió un minuto de silencio ante el cadáver, que habían puesto en una camilla y colocado encima de la mesa de la secretaría. *Declaro culpable al ministro de Gobierno, si no ordena que se conozca ampliamente en el país, los hechos sucedidos en el día de hoy*, dijo Crispín, delante de los ministros, que ni siquiera parpadeaban y miraban muy fijo los claveles desparramados por el cuerpo de Uriel: *a nombre de mis compañeros de universidad, dejo en sus manos la responsabilidad por lo que hoy ha ocurrido*, y el hombrecito tartajoso, medroso, sudoroso, cagado de pánico: diciendo pendejadas.

¡A-discreciooooón-arrr...!, ordena el oficial, y Santos ve cómo los soldados obedecen, ágiles, automáticos, bien adiestrados, piensa, los uniformes impecables, nuevos: el dril de color caqui reluciente, los fusiles brillantes, el nervio a punto y la mano dispuesta a defender la Patria, ¡oh gloria inmarcesible!, se oye el himno, y muchos de ellos tienen caras de imberbes y granadas de gas, colgando a la cintura. ¡Viva el ejército...! ¡Abajo la policía...!, y el vocerío es entusiasta, los aplausos cerrados, ¡abajo...!, grita Santos, coreando el himno que resuena en los balcones de la carrera séptima, se encajona en la Plaza, rebota con fuerza en los oídos, como si fuera transmitido por un altoparlante: ¡oh júbilo inmortal!, en surcos de dolores, el bien germina ya...

Yo me voy a subir al balcón del Anglo Americano: ¿me acompañas?, le propone Antonio Turbay, un estudiante de cuarto de Derecho que está en la Libre, y que siempre ha sido un Juansinmiedo: hay que avanzar de todos modos porque si no, nos acojonan: hay que ir a hacerse oír del presidente; pero Santos no sabe hablar en público: me quedo mudo, hermano, se me va la paloma, mejor me quedo paisajeando a ver cómo es que pinta esta guerrita, lleváte a este, pero su compañero le contesta que él tampoco le jala a los discursos, y Antonio se va en busca de alguien, para que ayude a convencer a los universitarios de que hay que designar una delegación, que llegue hasta Palacio.

¡Que se levanten...!, no me joda... oye la voz alterada del teniente costeño, que se desata a sapos y culebras contra los estudiantes de las primeras filas: ese hombrecito está excitado, mala cosa, a ver si ahora va a comenzar la conga, comenta el estudiante de la Javeriana, que ya aprendió y está calmado, plácido, recostado a la reja del almacén mientras se fuma su tercer Pielroja. ¿En qué año vas de Medicina? En cuarto, ¿y tú, qué estás haciendo? Yo quinto de Derecho y tercero de Económicas, contesta Santos, sintiéndose como si fuera el papá de ese muchacho con cara de seminarista y de sonrisa tímida: no tenés cara de médico, yo hubiera dicho que hacés filosofía; y por primera vez lo ve reírse a carcajadas y soltar un ¡no joda...!, ¿no será por las gafas...?, y le cuenta que también da clases en primero, y que los profesores lo dejan asistir a intervenciones de alta cirugía: me dieron ya una beca para especializarme en una clínica de Boston le está diciendo, cuando se escucha la primera descarga: ¡al suelo, compañero!, chilla Santos, que antes de terminar la frase está pegado a la acera, de cara al pavimento, mientras siente las balas que le pasan zumbando, y el abaleo dura como tres minutos, son de fogueo, piensa, no puede ser que nos estén tirando bala en esa forma, y al darse cuenta que pasaron los tiros, vuelve a gritar: ¡ahora sí, ábrase...!, y se incorpora como un gamo, pero el de la Javeriana se queda atolondrado al ver el espectáculo y comienza a gritar que hay que ayudar a los heridos y resuelve tirar del cuerpo de un muchacho que tiene un orificio en el estómago y que está prensado entre otros dos: todos muertos, dice con voz velada por la angustia, y en ésas sale de debajo de la pila uno que está bañado en sangre como con una regadera y que no intenta incorporarse sino que hincándose de hinojos le da gracias a Dios por estar a salvo, y entonces es cuando descargan la otra racha y Santos ve cómo el estudiante de Medicina retrocede tres pasos, estira una mano como queriendo agarrar algo, trastabilla, se dobla lentamente, cae de bruces, los brazos extendidos y tres manchones rojos en la espalda.

«Los dolorosos hechos de hoy, tienen origen en gentes interesadas en sabotear los actos conmemorativos del primer año de gobierno de las Fuerzas Armadas. Esas gentes comunistas y laureanistas que trabajan en la sombra para lograr el derrumbamiento, utilizaron a los estudiantes como carnada, para dar cumplimiento a los oscuros propósitos. Desde luego estoy convencido de que los estudiantes no dispararon. Testigos de tanta importancia como el señor ministro de Justicia, Gabriel París, vieron cómo los primeros en ser acribillados por proyectiles de arma corta, fueron un sargento que comandaba la patrulla y el cabo, que le seguía en el mando», escucha entre gallos y media noche, pues la inyección que le pusieron para calmar el dolor, le está empezando a sumir en un letargo agradable, aunque poblado de sobresaltos. Me debieron de haber volado el hombro, piensa, mientras que trata de mover lentamente la mano, pero el puyazo lo obliga a dejarla como estaba, tranquilo, dice alguien mientras le acerca a los labios un algodón mojado, y él lo agradece aunque no pueda hablar, pues tiene la garganta que parece un cuero de reseca, y el radio sigue sonando, en alguna parte del pasillo: «La opinión pública puede estar cierta que perseguiremos y castigaremos a los responsables de tan dolorosos sucesos que arrojan un saldo trágico de diez estudiantes muertos. ¿Y qué órdenes tenía la tropa?». Es el general Duarte Blum, oye que explica una voz de hombre, y él piensa que esos cabrones se las van a pagar un día de estos. «Hablar con los estudiantes para que desistieran de la manifestación, para que se retiraran en orden y no sirvieran de vehículo de conflicto. En segundo lugar, y si ello no bastaba, emplear las mangueras de los bomberos para disolverlos sin causarles daño. En tercero, gases lacrimógenos y por último en caso extremo, emplear la culata, si todo lo anterior no era efectivo. Desde luego, la orden de hacer fuego, solo podía hacerse efectiva en el caso que el ejército fuera atacado a bala. Desgraciadamente esto fue lo que ocurrió y la patrulla no podía hacer otra cosa que disparar, contra quien juzgó sus agresores». ¡Gamarra...!, aúlla más que grita, cuando se para el tiroteo y se le acerca arrastrándose, el fusil listo y la mirada pendiente del motín de estudiantes, ¡Gamarra!, pero él está tirado como un ocho, con los pies encogidos y la novia bien aferrada al pecho, de donde brota apenas un hilito de sangre. Gamarra se incorpora: ¡eche, cuadro...!, sí que te dieron un tiro bien maluco, a ver, ¡mieeeeércole...!, pero él le dice, fue a ti al que te pegaron muy feo, en pleno corazón, no te muevas que voy por la ambulancia; pero Gamarra se le ríe en la cara y empieza a contar que una vez, donde la Negra Eufemia, se consiguió una mulatica de esas cartuchitas, compa, y él alcanza a ver la encía con los dientes cariados como los de esqueleto cuando Gamarra se destornilla de la risa al acordarse de las cositas que sabía hacer la mulata, no te muevas, ¡carajo!, trata de apaciguarlo, pero en ésas se aproxima el teniente: ¡sargento Cárdenas!, ¡alaorden, mi teniente!, y observa cómo se saca del bolsillo una medalla de bronce con una cinta tricolor, y cuando está pensando es para mí, el teniente le ordena, póngasela, y tiene que colocársela a Gamarra al lado de la herida, y él comienza a brincar como una rana, ¡soy héroe... mi hermano!, ¡qué vaina tan sabrosa...! y entonces las trompetas comienzan a tocar y *yo tenía un compañero* y tiene que cuadrarse, pero la herida es como algo candente que le atraviesa el hombro y lo obliga a gritar, y oye el tranquilo, quieto, y cuando abre los ojos no ve al cabo Gamarra sino la cara de la enfermera, y trata de decirle que apaguen ese radio, pero su lengua no obedece. «Los primeros en lamentar este hecho somos nosotros. Los estudiantes merecen nuestro respeto y nuestro cariño por ser ellos quienes son y porque consideramos que sus emociones son fácilmente controlables por la persuasión y por medios represivos suaves y sin consecuencias...» y el resto es como algo desenfocado, muy borroso. La enfermera acercándose, el algodón mojado que escurre gotas en sus labios resecos, un frío intenso que comienza a entrar seguramente de la ventana abierta y que penetra hasta los mismos huesos, tengo frío, enfermera, pero ella no lo escucha; tengo frío repite, y un sacudón violento lo estremece: sargento Cárdenas, susurra la enfermera, auscultándole el pulso cerrándole los ojos: está muerto, dice al teniente que no se ha movido desde esta madrugada de los pies de la cama: avise al Comandante; y apoya las yemas de los pulgares en los párpados del sargento, un rato, para que estos no se le abran.

«El ministro de Justicia, Gabriel París, brigadier general de la República, se hallaba en su despacho del edificio Buraglia, situado en la carrera séptima entre doce y trece. Al sentir el vocerío en la carrera séptima se asomó a la ventana y vio cómo los estudiantes se dirigían hacia el sur, encabezados por banderas enlutadas que al llegar los manifestantes a la calle trece, los jefe de la patrulla militar que estaban allí con el objeto de impedir el paso, buscaron la manera de parlamentar con los dirigentes. De pronto, de una casa situada en la esquina donde ocurrió la escena, salieron unos disparos de revólver», cuál disparo, ¡carajo...!, cuál disparo... yo no oí sino la descarga cerrada, el abaleo que se nos vino encima bajito, pues casi todos los muertos fueron de herida en la cabeza, o en el pecho. Ninguno de los estudiantes oyó ningún tiro de revólver, nadie hasta ahora ha declarado eso a la Prensa, ¡nadie!, cómo pueden decir, si los soldados tenían la mano tan nerviosa que a lo mejor a uno de ellos se le fue un tiro y le dio a un compañero, alega, y le parece que está viendo al muchacho que tuvieron que entrar en la Droguería Nueva York, con la cara hecha una masa informe del balazo, y que se les murió allí mismo, sin poder hacer nada, y un oficial peruano amigo suyo; que estuvo en la aviación, en Lima, y Odría lo metió preso cuatro años y al fin lo deportaron, y era el mejor alumno de primer año de Ciencias Económicas; Elmo Gómez, que se le desangró en los brazos en menos de media hora porque la femoral era como un chorro de manguera, y entonces decidió yo me evaporo, y salió cual alma que llevan los demonios, con otros compañeros que buscaban también llegar a la Jiménez, pero la tropa les pisaba los talones con los tanques: qué me cuentan a mí, ¡un disparo de revólver...! «Los dos soldados cayeron primero, yo los vi, dice el señor general París, y agrega: en estas condiciones, era elemental que la tropa disparara en legítima defensa», y Santos Barberena no quiere oír ya más: ¡qué estás haciendo...!, le recrimina su mamá, que está sentada haciendo punto de cruz en la mecedora de la sala y que al oír el ruido entra en el cuarto y se tropieza con el radio todo desportillado: ¿qué estás haciendo...?, repite en voz bajita, al verlo ahí, de pie, con las mejillas encharcadas, en la mano las gafas de Morales, el de la Javeriana, y sin hallar qué hacer con ellas, pues quién sabe por qué carajo las sigue guardando en el bolsillo.

Menos mal que no tenemos hijos, se alegra por primera vez doña Chepa, que fueron muchas las promesas que mandó al Niño Jesús de Praga y a San Andrés, cuando los médicos pronosticaron que no podía tener familia. Prueba con el Señor Caído, le aconsejó su hermana, y ahora hay que ver, la pobre: con el muchacho muerto y el marido con infarto causado por el golpe. Cuando ella se embarcó en la dulce brega del hogar, soñó con que tendría un niño al que pondría el nombre de su padre, Crispiniano, y una niña a la que bautizaría María del Mar, porque le parecía un nombre divino, muy exótico, pero al pasar de los años perdió las esperanzas, y tuvo que resignarse a soportar las trastadas de los sobrinos; que el día menos pensado, como Liborio, por ejemplo, le dan a uno una amargura de esas: qué pesar de Mercedes... intenta comentar, ¡chisst!, replica su marido: es un comunicado de Palacio, y el locutor: les habla Emiro Soto desde la Nueva Granada, canal preferencial, en ondas corta y larga, frecuencia de quince megaciclos, transmitiendo para todo el territorio nacional. Y con voz impostada, amanerada, sistemática: «El ministro de Guerra, fiel a la interpretación de los postulados que con cristiana caridad y acendrado patriotismo profesa y ha profesado siempre al Excelentísimo señor Presidente, general Jefe Supremo de las Fuerzas Armadas, Gabriel Muñoz Sastoque, hace saber a la ciudadanía en general que no obstante el espíritu sereno con que el Gobierno de las Fuerzas Armadas ha querido dar solución a los graves sucesos perturbadores del orden social, ocurridos en la capital de la República en el día de ayer, nuevos brotes subversivos se registraron en la mañana de hoy con caracteres de violencia, dirigidos y fomentados, con clara evidencia, por los saboteadores de la paz pública, empeñados en perturbar la política de pacificación y obstaculizar los programas de concordia nacional, cuando miembros de las Fuerzas Armadas fueron atacados con armas de fuego en forma traicionera e irresponsa...» ¡apaga ya ese radio que me tiene borracha!, le pide a su marido, que desde muy temprano está pegado a las noticias, y que trajo un volante con un comunicado de la tercera brigada, donde el Comandante recuerda a la ciudadanía que por encontrarse el país en estado de sitio están prohibidas las manifestaciones de cualquier carácter, sin previo permiso y autorización del Comandante de la respectiva guarnición, y que quienes incumplan esta orden quedan sometidos a las disposiciones del Código de Justicia Penal Militar, sobre hechos contra la existencia y la seguridad del Estado.

Igualmente recuerda que por disposición expresa del decreto número 0684 de marzo cinco del presente año, serán sancionados con relegación en colonias penales todos los ciudadanos que valiéndose de publicaciones clandestinas o incitaciones verbales, traten de desconocer las autoridades legítimamente constituidas. Estos individuos serán detenidos inmediatamente y previos los trámites legales, condenados a la pena respectiva. En la misma sanción incurrirán quieres propaguen noticias falsas. Para el cumplimiento de las anteriores prevenciones, se han dado órdenes a las autoridades militares y civiles, con el fin de que la prohibición anterior, tenga el máximo rigor. Por la Patria, la Paz y la Justicia y la Libertad. Coronel Alberto Gómez Arenas, comandante de la brigada.

El cura hace una seña para que dejen el cajón en el suelo, con precaución, advierte, y el monaguillo ayuda pues se volvió de pronto tan pesado que parece de plomo: gracias, yo puedo hacerlo sola, pero en seguida ve que no, que es pesadísimo, y entonces él la obliga a que se ponga a un lado: ya está, tranquila, le sonríe, mientras ella se quita la almohadilla y se restrega el hombro. No resiste el ardor, es como un hierro al rojo vivo. Los hombres están listos con las paletas y ladrillos y uno de ellos hace la mezcla de cemento, la camisa empapada, tú ponte aquí a este lado, pero ella no la escucha por mirar la camisa pegada a las costillas y la pala pequeña que revuelve, hasta que siente la mano, y que le duele, ya madre, voy: pon los ladrillos, gruñe el hombre, y el otro los comienza a colocar en un montón aparte, mientras que el de la pala sigue batiendo aquella mezcla como si fuera un ponche, a ver hermano, listo: hay que quitar el ramo, hay que quitar el ramo, repite sofocada la madre Rudolfina, agarrándolo a vuelo pues el hombre lo tira a donde caiga: *con amor, sus amigas,* se lee en la tarjeta: *a la compañerita inolvidable...* eso escribió la monja, que sin más le susurra ten aquí, y le chanta los gladiolos; y ella se queda acomplejada y sin saber qué oficio dar a la corona, que apesta a pachulí, además. A puro muerto.

Dónde lo pongo, madre... pero nadie hace caso, porque en ese momento alzan el ataúd, y el mundo empieza a darle vueltas a dos mil por minuto y ella no puede hacer escándalo ni tirar los gladiolos porque Sabina le advirtió: no tienes que llorar, Julieta te está viendo, pero quién dice que es verdad. Que ya está rocheleando junto a los otros ángeles, como le aseguró, cuando la sorprendió llorando en la cocina. ¿No te das cuenta que cuando muere un inocente todo son fiestas en el cielo?, a ver: seca esas lágrimas. Es una lengüilarga, que dice cosas por decir. Tú cómo sabes si no te has muerto nunca, ¡bendito...!, cómo que cómo sé, si te lo dice el padre Astete, ¿es que no estudia bien el catecismo?, pero por mucho que el padre Astete diga, lo que le gustaría es que resucite como la hija de Jairo, o como Lázaro, porque lo fácil es decir ya no llores, nada te sacas con berrear, no seas tan cocodrilo. Y entonces el terror, ¿dónde lo dejan? El pánico que sientes cuando descubres que un día serás festín de los gusanos, y que tu cuerpo será como un objeto: de esos tirados en los desvanes, que también se apollilan, se olvidan, se enmohecen, permanecen, si acaso, en la memoria, como una imagen más, abandonados; como el caballo de palo... Ayer lo recordaba. Me veía trotar, muy chisparosa, dándole vuelta al corredor, y tú, ¿puedo montar?, y yo, solo dos vueltas y llévalo al corral, que era la pieza de los rebrujos donde escondía la caja del tesoro, detrás de aquel bargueño traído desde Pácora, con olor a nogal, según la abuela, y por más que buscabas jamás dabas con ella, y te importaba un cuesco, claro, porque eras siempre así. Ahora que trato, no puedo ni enfocarlo, porque se me convierte todo en tu sonrisa. En ese gesto vago queriendo decir algo desde un paisaje griego, de columnas corintias, y que descifro a duras penas, porque también yo soy así: la misma imbécil petulante. Alguien que todavía piensa ir a las guerras montada en un caballo con la crinera de trapo, y su armadura de papelillo. Cuántas victorias pírricas. Cuánto dolor desparramado, en esos miembros que desde allí, vencidos, estaban a la espera de lo que ya no era posible. Tu gesto, que ni la muerte había podido quitarte. ¿Reconoce el cadáver?, preguntó el policía, que levantó la sábana mugrosa, dejando al descubierto tu desnudez violada y aterida: tu cuerpo desvalido, que nunca, como esa vez, amé yo tanto. Toqué las manos de forma espatulada. Tú las movías como si fueran aspas de molino, eufóricas a veces, descontentas o dulces, muy cansadas, decías: muy jodidas de aferrar tanto mundo, y que yacían ahora inertes, silenciosas, sin más amparo que tu cadáver solitario. No había que llorar. Lo reconozco, dijo. Por favor, firme aquí, le había ordenado el otro policía, que desde que ella entró no había hecho otra cosa que escarbarse los dientes y reparar de arriba abajo: es para el expediente, y le estiró un papel mientras que hablaba con un Pielroja colgando de los labios, y el humo se escapaba por entre las comisuras, se le enredaba en el bigote recortado a cepillo: bigotito de nazi, que él se atusaba premuroso, cachondo, mirándola salaz, con indecencia: usted ya sabe que hay que seguir los trámites, ya usted conoce, ¿no? Claro que sí: me acuerdo. Aquellas fotos de personas que parecían más bien tiras de piel, cadáveres de cosas, y que metían en hornos crematorios, y uno veía en los periódicos esos rostros sin carne ya, y sin miedo, a lo mejor ni eso sentían: ya lo sé, respondió: pero si firmo ahora ya no sabré después qué es lo que pone, primero hay que declarar, ¿no...?, que yo sepa. Es por pura rutina, y le prestó el bolígrafo, parándose a su lado hasta que ella firmó, y entonces él, ¿ya ve?, no es nada, y se pasó la lengua por sus labios rechonchos, y sin quitarle el ojo de los muslos. Somos gente de paz, no crea, señorita, no hay por qué sospechar, ¿me tiene miedo...?, y se alisó el bigote, lentamente esta vez, la boca lúbrica entreabierta, la mueca chabacana, y ella le devolvió el bolígrafo: ¿miedo de qué?, le preguntó altanera, y entonces él soltó la carcajada, no sé, miedo del Coco, mientras que se acercaba a dos centímetros, y le sintió el aliento hediondo, y si me toca yo lo escupo, pero siguió de largo y le indicó la puerta. Es por aquí, ¿quiere seguirme?

Atravesaron el pasillo, donde vio un hombre que le pegaba a una mujer, que no podía tenerse en pie: ¡no me pegues, marica!, le gritaba, usando como escudo su carterita de lentejuelas, pero el tipo seguía, y esto para que aprendas que el que va a cantar las cuarenta aquí, soy yo, ¡puta huevona!, y le atizaba bofetadas, hasta que al fin las lentejuelas se derramaron por el piso, junto a la barra de labios y un monedero y un pañuelito en forma de violeta, y, ella quiso agacharse a recoger las cosas y así ayudarla en algo, pero sintió el apretujón del policía, que la tiró del brazo mientras le señalaba ¡espere aquí! haciéndola avanzar, casi pisando a la mujer, que la miró con ojos huecos cuando pasaba por encima, y el tufo de aguardiente se le sentía a la legua. Entró en el cuarto, donde veinte o treinta muchachos tirados en el suelo, unos durmiendo y otros con los ojos abiertos pero se les veía el cansancio por encima, esperaban el turno para prestar declaración, y ella notó que casi todos tenían heridas en la cabeza o en la cara y sangre en los vestidos, y apenas si miraron cuando ella entró y se quedó fría. ¿Tú no llevabas la pancarta?, gritaba un tombo mientras que el niño decía no, no, yo no llevaba nada, tratando de defenderse de aquellos coscorrones que el otro propinaba con una cachiporra, y ella le vio la herida en la cabeza, los ojos purulentos, tintos de sangre que la miraban como pidiendo auxilio, ¿tú no llevabas la pancarta, culicagado de mierda?, ¿no la llevabas...?, ¿ no...?, y ella no pudo ni moverse, ni protestar, ni nada, porque los otros tombos la miraban muy fijo, las manos listas en la ametralladora, como diciendo qué es la cosa, y entonces alguien le susurró, siéntate aquí, es mejor, y se sentó en el suelo al lado del muchacho que aconsejó mejor no digas nada, calladita, y pasó el brazo por sus hombros porque le vio el temblor y el brillo de los ojos, no llores, sobre todo, no hay que llorar, y van dos veces. No hay que llorar, claro que no, y se quedó envarada mirando a esa criatura que parecía un Cristo de la columna y que no se quejaba cuando aquel tombo siguió dando patadas, insultándolo, ¿cómo te llamas?, y él, Jairo Sanmiguel, Sanmiguel qué, y el niño, Ortiz, y dijo que catorce cuando le preguntó que cuántos años. Aquí está Jairo Meza, mi teniente, lo interrumpió un cabo segundo, que traía un muchacho con esposas, haciéndolo llegar a punta de empellones. No me lo traiga aquí, le dijo el escribiente, ese es del ELN y vamos a arreglarlo en otro sitio, súbalo al tercer piso, y el policía como un resorte, sí mi teniente, ¡firmes!, y el interrogador enardecido: a ver si me le pone orden a esta vaina, esto no es casa de citas, esto es la policía, ¿me entendió?, y el otro que ¡asusórdenes!, mientras sacaba al prisionero como si fuera un bulto de papas, a ver, usted: ¡venga conmigo!, y era la voz del policía del bigote, que entró de pronto y la señaló con el bolillo, pero ella estaba como encolada al piso, no podía, y entonces el muchacho la ayudó a levantarse, ¡ánimo, compañera!, y la abrazó con fuerza y ella le devolvió el abrazo y le dio un beso en la mejilla y prometió que sí, que lo tendría, pero al mirar ese bigote y al oírlo meloso, primero usted, dijo en la puerta cuando bajaban la escalera, sintió que no iba a ser capaz, porque las piernas eran como flecos. Tranquilidad, pues si no tengo sangre fría aquí nos come el tigre, se animó interiormente mientras tanteaba el muro, no se veía ni jota: por aquí, la invitó y abrió la puerta del sótano, y aquella tufarada la sacudió como si fuera pringamoza, ¿te sientes mal?, ya madre, ya: no es nada.

Los hombres están a punto de meter el cajón. Lo sostienen en vilo. Camila sigue sorbiéndose los mocos y Leonora, a su lado, con la respiración entrecortada, solloza como si fuera su mamá la que se hubiera muerto. El uniforme blanco con las hombreras levantadas, las trenzas recién hechas; con ese pelo que le produce envidia a todo el mundo. Fue la única que no tuvo que usar peluca, en la comedia de japonesas, pues la madre Bautista dijo que el de ella era igualito, y ella encantada que le digan que te pareces a una muñeca japonesa, y hasta el padre Medrano; que lo único en que se fija es si uno canta con el do sostenido sincopado, porque es como fanático y el himno del colegio, que empezó a componer hace ya un año, lo tiene majareto. *Juventud estudioosa y ardiente, adelante con glooria y honor, llamaraadas de luz en la mente, y en el alma...* y ahí suspende, porque es difícil acoplar las sílabas de azucenas con la música, y entonces levantando las cejas que parecen dos gusanos de pollo, indica que *azucénasdealbor...*, muy bien, de nuevo con las cejas, y seguido, en *allegro, juventuuud estudioosa...*, y así desde hace meses, todos los martes y los jueves. ¡El coro de las chiquitas!, grita con su voz de baturro desde el patio, y ellas bajan en tropelín y él se sienta en el banco, se arregla la sotana se cala los anteojos, busca la partitura que está siempre perdida, dónde estará, se levanta del banco, saca todos los libros de Czerny, los métodos de Smali, los papeles, hasta que al fin la encuentra: El himno del Papa y después el del colegio, les anuncia, y ellas se aprestan a atragantarse de guayabas, pues Irma tiene siempre provisiones: *gloria y honoooor, al Papa romano, al gran pastoooor u-ni-ver-sal...*, entona, mientras que ellas se burlan de las canillas que salen por debajo del hábito y de las piernas peludas, huesudas, flacuchentas, que se le transparentan, repetid: dice sin darse cuenta que ellas están en plena comilona, y con voz grave, cascajosa, las acompaña en el *pianissimo*. Él, que no presta atención sino a las semifusas, los calderones, el contrapunto y los bemoles, un día comentó cuando pasó Leonora: tienes un pelo muy bonito, de color azabache, y quién la aguanta. La señorita Magola la prefiere, además. La pone siempre de capitana del equipo, se hace la que no se da cuenta cuando llega a la clase de gimnasia sin los tenis, la deja que haga veinte flexiones nada más pues pobrecita, de pronto le da el asma, y lo que en realidad le da es pereza de tanta agachadera y por supuesto se aprovecha del amor rendido que la señorita Magola le profesa. Será otra Teresita, predice convencida y quién sabe por qué. A no ser que por las rosas, que trae todos los días por las mañanas para que las coloquen en la gruta, y allí la ve: a moco tendido. Agarrada del pantalón del hombre pidiendo que no la dejen metida en ese hueco con esa vocecita de mirringa mirronga con la que siempre se disculpa cuando hace trizas las orquídeas, yo no fui señorita, y bueno pues, recojan la maceta, como si fuera lo más lógico y la madre Eduvigis no sufriera un soponcio después, cuando las ve despetaladas a puros balonazos, pero la tiene cautivada, hechizada, seducida: tonta con esos ojos de gatica siamesa; ¡cállate, niña!, ¿no ves que hay que enterrarla?, y a quién le vas a echar la culpa ahora. A pedirle prestada la acuarela. Porque Julieta, y eso lo sabe todo el mundo, pintaba como nadie: y mientras que Pulqueria la regaña, se da cuenta de pronto que ahora tampoco va a tener quien le dibuje. Sobre todo las vacas, en el cuaderno de Ciencias.

Yo quiero verla... ¡por favor...!, grita la madre de Julieta, que hasta ese momento permaneció aferrada al brazo del marido mirando todo aquello sin intentar moverse, y que al oír el llanto de Leonora y a la madre Pulqueria, ¿no ves que hay que enterrarla...?, sale como de un sueño y se abalanza cual fiera a la que arrebataran el cachorro, tirando del ataúd que ya está acomodado en aquel nicho. ¡Una vez más...! ¡La última...!, pero nadie se mueve. Ninguna mano trata de ayudarla a tirar del cajón, que es muy pesado y que apenas se mueve unos centímetros, hasta que al fin el padre ordena: bájenla, y entonces ellos la hacen que se retire, suavemente, y colocan el féretro en la tierra. El padre avanza, demacrado, rodea con los brazos los hombros de la madre, la conduce despacio a donde está Julieta, vamos a verla, cálmate, le dice muy bajito, y con mucho cuidado, con gran mimo, como si se tratara de una cosa de azúcar, alza un poco la caja y levanta la tapa.

Y con ustedes la segunda parte del capítulo seiscientos veinticinco de la serie titulada *Perseguida hasta el catre* una realización de la casa Colgate-Palmolive en adaptación para la radio de los hermanos López y Quintero con la participación de Arturo Prieto y la estrella invitada Rebequita Ramírez pero antes un último mensaje ya te dije carajo ¡que bajes ese radio...!, pero no hay modo de evitarlo porque están convenciendo a las señoras de que si quieren que su cutis luzca todas las mañanas con la frescura de las rosas y que su cara tenga la tersura del culito de su bebé y ella sea igualita a las reinas de belleza, que todas las mañanas, como Pin-Pon, que es un muñeco muy guapo de cartón, se laven la carita con agua y con jabón, use usted, ¡PALMOLIVE!: no se le olvide que gracias a un compuesto de lanolina le deja el cutis terso reluciente, y después lo de Colgatelmalalientocombate, y ya no va a ser posible vivir en esta casa. Habrá que emigrar hacia los mares del sur, como los ánades, o hacia el país del nunca jamás, con Peter Pan y Campanita, y vete tú a saber si de verdad esa va a ser la solución, antes de que las radionovelas nos vuelvan el cerebro perfectos coladores, tú que opinas; pero ella: ¡palmoliiíívese, y embelleeeézcase, palmolivesuavisalapiel...!, a coro con el radio. Y ya verás el panorama que nos espera por andar llenando el universo de ondas capciosas, perniciosas, con el pretexto de que este jabón le embellece su cutis o que no hay nada como la Naranja helada, por no hablar de los que te aseguran que si compras una casa en los alrededores del Chicó te encontrarás con que de golpe y porrazo habitas nada menos que en tan suspirado paraíso perdido, lo que te da por ende un crédito en el Banco, la posibilidad de comprarte un Renault del último modelo, hacer un viaje ahora y pague después la vuelta al mundo en quince días. Todo íntegro forrado en cómodas letras, que significan cárcel si no cumples el débito y descrédito eterno si no lo adquieres como cualquier hijo de vecino, que por supuesto ya compraron Renault, casa en el campo, nevera Kelvinator, acciones en Bavaria, y me contaron que ayer les aceptaron la solicitud de entrar al Country, y quién da más, porque yo te aseguro que el que no aprieta peor para él y que el que da el primer golpe, da dos veces, por no traer a colación lo que decía mi abuela, cuya sentencia preferida era la de ¡ay de aquellas que se encuentren pariendo en esos días...!, que me ponía sempiternamente la carne de gallina. Pero eso no es todo, mi estimada. Voy a hacer un escándalo. Como sigas determinando las horas de la diana y el sabor del café y cantando dos gardenias y diciendo cada cinco minutos que su mamá dejó dicho, como una grabadora, además de recorrer la casa arrastrando chinelas, desbaratando los tímpanos con el ruido que metes con esa mierda aspiradora y con los grifos y con la tal radionovela y con el cuento de que si oyó el carillón y noooo... si lo que es esto, es un desastre. Te lo advierto. Si no me pasas el teléfono cuando llame Valeria te voy a dar una sorpresa, como cuando me escondí detrás de la nevera vestida de enanito y tú al ir a buscar la mantequilla me viste, y zuaaáz, el patatús. Y lógicamente tomaré precauciones, por supuesto. No dejaré ni un cabo suelto, ni huellas digitales, ni una traza que me inculpe esta vez, ¡ya son las diez y cuarto...!, la oye que anuncia, mientras que hace el esfuerzo de buscar las pantuflas que deben de estar en cualquier parte debajo de la cama: ¡dónde están mis pantuflas!, pero se ve que a la heroína le está yendo como a perros en misa, y ella debe de estar pendiente, con la oreja pegada, llorosa, palpitante, conmovida, como asegura el locutor que está toda la América, ¡Sabina...!, grita a todo pulmón porque tampoco sabe donde escondió la bata, qué pereza, qué aburrimiento, levantarse, al fin y al cabo mi mamá no ha llegado de la peluquería, por qué no aprovechar, y se recuesta. Se reacomoda en el nidito que sigue conservando la horma acogedora, dan ganas de ronronear, qué sabrosura: el que inventó la cama fue un genio incomprendido, qué delicia y sin ni siquiera arroparse con la sábana se enrosca suavemente; acomoda la cara entre los brazos; se cubre un poco con la almohada para evitar el sol que dentro de poco invadirá también la cabecera, ¿se va a meter por fin al baño...?, la oye pero la ignora: llegas tarde, aguafiestas, y con un gesto de estrella de la Metro entreabre los párpados, vuelve a cerrarlos, se estira como un gato, con deleite, ¡oh ventura...!, y lanzando un gemidito voluptuoso cae de nuevo en brazos de Morfeo.

¡Jesusmisericordia...!, usted no tiene arregladero. Si aparece ahora su mamá yo qué le digo: ¿no fue capaz de encontrar la bata de levantarse?, refunfuña mientras abre un cajón del chiffonier, saca las camisetas, busca debajo de las medias, rebluja entre camisas y por fin la descubre, aquí está, y no me explico cómo, porque su puesto no ha sido nunca aquel, según el Código; que dispone que cada cosa en su debido sitio y un lugar para cada artefacto, como quien dice que transgredes las leyes que se impusieron en este hogar que ha sido consagrado al orden, el Corazón de Jesús y la obediencia. Si en lugar de meterla en el armario donde le corresponde, en el tercer cajón del lado izquierdo, encima de las blusas, al lado de los pañuelos; si en vez de introducir esa nariz de bruja Sascandil en lo que no te importa y chismearle a mi mamá cuando ella venga de la peluquería y encuentre el cuarto como una leonera que fue que yo le dije pero ella no hizo caso; si tú entendieras de una vez que la historia no la hacen los héroes anónimos, los que como la suscrita se someten a la contaminación de aquellas masas perrunas, sumisas, obedientes, de los que mansamente posan la cerviz bajo los yugos, o la dejan que yazga cual paloma en los tablados de las guillotinas; si hicieras un esfuerzo por entender que tu miedo a los patrones, a mi mamá cuando le dice que no me den las diez y media metida entre la cama, que el Nescafé en la tienda de don Cleto, que prohibido que me pases ni una sola llamada, cuando de esta depende el que yo emerja de una vez del pantanero y decida por fin que el mundo sí es redondo y que tiene dos caras y que una mitad se come la otra media y que hasta cuándo, entonces; si tú fueras consciente de esas cosas, suspenderías *ipso facto* ese alegato. Pero no es fácil, ya lo sé. Yo misma estoy perdida en esta selva donde las fieras se comen los animales indefensos, el más grande al más chico, el más glotón al más hambriento y el que no corre vuela, mi querida Sabina, como en los cuentos de la abuela, cuando Caperucita. Tienes que perdonar esta manía de reincidir en las historias tristes, pero es que un no sé qué me hace hoy volver el rostro atrás, mirar en el espejo, desandar un largo caminito que según el horóscopo tenía que ser bordado en rosas, con alhelíes y violetas, mis preferidas, si es posible, pero que no fue tal, y no por culpa de Saturno en mala conjunción con Urano, no te creas, ni de la madre superiora, que me decía siempre, tú prometes pero tendrás que dominar ese sentido de rebeldía, hay que acordarse de San Francisco, y yo, sí madre, convertida, dispuesta, la humildad ante todo, porque nada sacamos con andar desgañitados resolviendo todo a los trancazos, a los no, cuando hay tantos signos positivos, por ejemplo. A lo mejor, si fuera Acuario. La era que se acerca y que promete liberación a la mujer, sagacidad al hombre, la conversión de los herejes, innovaciones en el cosmos, tú que dices, Sabina, pero ella no se entera, porque en ese momento está en el baño manipulando con los grifos, ya está perfecta, dice, y con un atrevimiento inusitado, con aires de que lo que es aquí no siguen mandando los grumetes, se acerca hasta la cama tira las sábanas, ¡a levantarse...!, ordena, mientras le quita la cabeza de la almohada y comienza a zarandearla sin clemencia.

¿Todavía estás durmiendo...?, se sorprende su hermano, que entra en el cuarto con un aire de tango y que a ver cómo Sabina la sacude, la hace poner la bata, las pantuflas, la lleva a trompicones hasta la puerta del baño, se troncha de la risa: ¿no sabes qué hora es?, como si fuera novedad, tú no te metas, pero él con su sonrisa de pebeta trasnochada se acerca al tocadiscos, abre el estante de la derecha, saca un *long play* con gesto de quien lo está eligiendo casualmente, vamos a ver el lado B, pero antes sopla el polvo, lo coloca con mimo, da un golpecito con el índice y el aparato suelta el *de piedra ha de ser la cama*, con acompañamiento de mariachis, a todo chorro por supuesto, y era lo único que en realidad faltaba para dejar completo el cuadro. La cotidiana voz de Cuco Sánchez.

Además, ¿qué es el afán de que la llamen? Meterse en bataholas como cuando la historia de Gurropín, por qué es que no escarmienta, yo no sé, ¡avemaría!, y otro montón de cosas que no oye porque el agua corre ya tibiecita por la espalda desentumiendo el cuerpo que comienza a recibir el masaje vigoroso de la ducha, a despertarse del sopor matutino. Tú qué sabes, miedosa, si en esa época eras de las que te podían degollar, metías las manos en el fuego, ¿no te acuerdas? Pero si tú creías en él y en Jesucristo, *por Dios y por la Patria,* era su lema, yo sí me acuerdo, por supuesto, te lo venía contando no hace un rato. Valeria profetizó que eso sería un matadero, y no se equivocaba. Fue terrible. Mi general dijo un discurso al día siguiente: «Compatriotas: Por primera vez, en el curso de un año, me dirijo a los colombianos para darles parte de un suceso infausto, que intempestivamente ha venido a perturbar la tarea del gobierno, en lugar de celebrar, como en otras ocasiones, un nuevo avance en el trecho que vosotros y yo hemos andado juntos en la empresa de la reconstrucción nacional. Pero este gobierno se siente comprometido a ventilar lealmente ante la opinión pública los acontecimientos favorables o adversos, jubilosos o trágicos, para que el país disponga de elementos objetivos de juicio y dictamine sobre la gestión del gobierno en el manejo de los problemas nacionales.

»Aspiro a tener siempre, en ejercicio de mi mandato presidencial, la asistencia de la ciudadanía, a través de una opinión libremente expresada, para que el gobierno pueda cotidianamente comprobar el estado de ánimo del país y el respaldo que merezca su obra. Por eso, no obstante el estado de sitio, que técnicamente todavía subsiste, levanté la censura previa y ni siquiera en momentos difíciles he querido utilizar ese instrumento de control gubernamental sobre la Prensa». Para muestra un botón.

«Para un mandatario hay a veces deberes tan amargos como el presente, cuando tiene que dirigirse a los compatriotas para explicarles el origen y desarrollo de una absurda tragedia, que lesiona y duele más al Presidente de la República que a ninguna otra persona. Ella irrumpe sombríamente sobre el país, cuando Colombia entera se preparaba a celebrar un año de recuperación política y moral, en que se ha visto restablecida la Paz, entronizada otra vez la Justicia y restaurada la Concordia. Esa ha sido la desvelada tarea del gobierno. La convivencia, la seguridad y el orden son el aporte del movimiento del 13 de junio en momentos en que el país se encontraba al borde del caos».

—¿Hasta cuándo se va a estar metida en esa ducha...? ¡Yo necesito regar las siemprevivas...!

—¡Pues vete al otro baño a coger agua...!

—¡Pues no, porque no me alcanza la manguera!

—Entonces vete a la porra...

¿Qué es lo que hace dos horas ahí metida...? Uno con diez minutos tiene, pero ella no; ella tiene que acabar con el tanque para que nadie más tenga agua caliente en todo el día, ¡danos paciencia, Santo Job...!, y sigue lamentándose, como si en vez de un poco de agua lo que le hiciera falta fuera el aire. Eso ya es vicio. Quejarse porque sí. Tanto lamento, lloreras, compunciones, tanto danos paciencia, Santo Job, que realmente, pobre... no sé cómo te aguanta.

¡Virgensanta!, menos mal que nos evita un caos, fue el comentario de su mamá el día que la Radio Nacional comunicó: *por la Paz de la nación y del futuro de Colombia, queremos informar que el teniente general Gabriel Muñoz Sastoque ha acabado de asumir la Presidencia de la República con el apoyo unánime de las Fuerzas Armadas...*, y en el colegio dieron libre, y todo el mundo a celebrar, a sacar las banderas, beber un trago a la salud del presidente, ese hombre sí es bragado, decían todos, sacó a Laureano en dos patadas, y un mes después, en Bogotá, dos mil trescientos taxis, tres mil camiones y mil quinientos autobuses atiborrados de gente, desfilaron ante el teniente general: que al pie de la estatua de Bolívar saludó al pueblo que lo aclamaba enardecido, fervoroso, proclamándolo héroe, ídolo nacional, salvador de la Patria, líder; pero lo que en realidad traspasó fronteras del delirio fue el banquete.

Para el veinte de julio se repartieron mil invitaciones. Se encargaron dátiles de oriente, caviar ruso, frutas azucaradas de Fouchon, anchoas vizcaínas, mejillones gallegos, salmón ahumado de Noruega, trufas de Perigord, jamón de Parma, ancas de rana, aceitunas rellenas, galletas y barquillos ingleses, palmitos del Brasil, arenques de Dinamarca, codornices de los bosques de Viena, foi gras de Estrasburgo, lucumís árabes, mermelada de rosas de Bulgaria, langostas del Caribe, pastelería suiza, uvas de la región toscana, naranjas de Valencia, peras de California, lychees, cassata, pistachos, nueces, avellanas camambert, roquefort, mozarella, gorgonzola, rumbaban el pavo y los faisanes, dicen los que asistieron a aquel ágape, se nadaba en champaña Pommery, Veuve Clicqot, Beaujolais, Cóte du Rhone, Buchanan's, Chivas Regal, Beefeater, Courvoisier, Slívovitz, vodka, Marie Brizard, Liqueur de Poire, Lacrima Christi, infusión de jazmín para las damas, como las bodas de Camacho, decían las señoras, que habían ido ataviadas con sus sedas joyantes, y aderezadas con joyas y joyeles, nada faltó en aquel festín de Baltasar, hasta el detalle nacional, figúrate: dieciocho mil catleyas encargadas a los viveros de Medellín para embellecer aquel ambiente, que parecía un jardín de Alá con tanta orquídea, hasta en los sanitarios colocaron, y lo que sí sobró: fue el comentario, pues solo el cuerpo diplomático les hizo los honores; fueron las hormigas culonas. De resto, todo, mija: todo íntegro perfecto. Los platos mondos y lirondos.

Como ocho meses después, se revolucionó el pueblo cuando anunciaron que el general venía. Hay que acelerar las obras como sea pues somos una de las pocas ciudades que todavía no ha inaugurado el monumento, declaró el señor alcalde a la Administración de Empresas Públicas, que decidió que el escultor trabaje entonces día y noche, y cuando llegó el día y delante del general y su señora esposa, el obispo y el clero, fuerzas armadas, policía, comunidades religiosas, los empleados públicos, alcalde, tesorero, el presidente de los Rotarios, el del Club de Leones, el de la Federación de Cafeteros, el del Club Rialto, Club Campestre, Luisas de Marillac, Acción Católica, las Hijas de María, colegios de niñas y de niños, sindicato de taxis, de Bavaria, Coca-Cola, Postobón, Pepsi-Cola, Jarcano, camiserías don Félix, bancos diversos y el resto de la gente, cuando un corneta del ejército dio el toque, la banda se preparó, la señora del alcalde, nerviosa, muy compuesta, agarró el cordón de seda que colgaba del forro satinado, el obispo el hisopo, el alcalde el papel con el discurso, el comandante del ejército su sable, el abanderado la bandera, el locutor de Voz Amiga aprestó su micrófono, la mañana soleada, señoras y señores, una fiesta, un entusiasmo indescriptible, en cada corazón un nuevo latido de esperanza, un contemplar con ojos serenos y confiados el porvenir de nuestra patria porque el timonel, que en ese momento alzó su brazo firme, dio un golpe de talones, lo que hizo que el director de orquesta bajara su batuta, la señora del alcalde tirara del cordón, el obispo desparramara agua bendita, los niños agitaran banderas, banderitas, estandartes, los mangos de la plaza llenos de frutas en sazón y el cielo por primera vez en muchos días sin nubarrones negros que amenazaran aguacero, temperatura veinte grados, tú ponte aquí, prepárate, le bisbiseó al oído la madre Marcelina, y ella dio un salto porque estaba embelesada con esa banda que le cruzaba el pecho al presidente, LIBERTAD Y ORDEN, ponía en el escudo todo bordado en oro, y sobre la franja roja, POR DIOS Y POR LA PATRIA, ¡canta... aturdida...!, y alcanzó el coro de más de treinta mil, que según los periódicos estaban en la Plaza de Bolívar ese día, y entonó el *cesó la horriiible nooche, la libertaaaad subliime,* con un batir acelerado de su pecho y un sudor en las manos de pensar en que en cuanto acabara el himno tendría que entregarle las rosas y decirle Excelentísimo señor, Dios lo bendiga, como le había indicado Marcelina, que con su voz de calandria mañanera trataba de seguir el desorden que era aquel vocerío de gargantas entusiastas, encendidas por un calor patriótico, *la humanidad enteeera, que entre cadenas gime, com-preeende, las-palaaabras, del-queee-murióen-lacruz...,* y al lado la Pecosa, con su voz ronqueta, destemplada, el uniforme hecho un desastre porque se había sentado en una banca con la pintura fresca y solo se dieron cuenta cuando ya el presidente estaba en el estrado y nadie se movió hasta que él bajó la mano, se la estiró al señor alcalde, después a la señora del alcalde, al obispo, el comandante, el presidente de los Leones, el maestro de la banda, que se enjugó una lágrima furtiva y se agachó en seguida, con una reverencia, es soberbia, oyó que dijo, ¡formidable...!, hizo eco su señora, que estaba vestida con un traje de paño color fucsia y sudaba a ojos vistas sin atreverse a enjuagar los goterones que le corrían por la cara hasta que al fin sacó de la cartera un kleenex y comenzó a darse golpecitos en la frente, una jornada calurosa, diría yo, señoras y señores, un sol radiante que nos acompaña en esta fecha memorable, y entonces el obispo sacó también su pañuelo de batista del bolsillo, el presidente de los Rotatorios pasó los dedos por entre el cuello de la camisa, el de los cafeteros dio un tironcito al nudo de la corbata, ¿quién es el gran artista...?, preguntó interesado, y ella esperando el turno apretujando el ramillete envuelto en celofán y que pesaba cantidades, ¿ya, madre...?, pero ella dijo que no con una seña, y le empezaron a temblar las piernas, cómo es que tengo que decir, se le olvidó, se le borró por completo la película, Virgen del Carmen, el escultor salió de entre el gentío y saludó a la señora del presidente, al presidente; no los miraba sino que con una inclinación de cabeza repetía es un honor, señora, es un honor, Excelentísimo señor, excelentísimo señor, menos mal, Dios lo bendiga, y él comenzó a decir, es uno de los bustos, pero empezaron los fuegos de artificio, los voladores estallando como cuando en diciembre hacen las noches de Salamina, pero de día no se veía tan bonito porque los colores del castillo se perdían y lo que sí era impresionante era el letrero en pura pólvora, en chispas que caían, rojas, azules, amarillas, PAZ, JUSTICIA Y LIBERTAD, ¡viva el general Jefe Supremo!, ¡viva Colombia!, propuso el tesorero a todo grito, y el comandante, ¡viva!, y los músicos, ¡viva!, y las Luisas, el presidente de Rotarios, la

312

señora del alcalde, niños y niñas de todos los colegios, sindicatos, el clero, el obispo, empleados públicos, fuerzas de policía, comunidades religiosas, las Hijas de María, el presidente cafetero, toda la gente a una, ¡VIVA!, y fue entonces cuando se sintió el aleteo por encima de los árboles y todo el mundo dijo ¡ahhh...!, cuando las vio cruzar tan raudas y veloces, miles, montones, en vuelo apretujado hacia quién sabe dónde, son muchas más palomas que cuando la visita de la Virgen de Fátima, a que sí, le dijo la Pecosa en un susurro, y ella pensó que eso era cierto, mientras oía al señor alcalde que comenzaba su discurso.

«No basta el retorno a la tranquilidad y el sosiego, después de la trágica emergencia. El país necesita recuperar el criterio justiciero del gobierno y darse cuenta de que este insuceso, tanto más lamentable por la calidad de las víctimas y las circunstancias en que se produjo, es apenas un fortuito tropiezo en la empresa ardua que el gobierno se ha impuesto de restablecer la normalidad y devolver al país su rumbo histórico. Es una amarga tragedia, que estamos obligados a superar para que no haya pausa al empeño de restaurar la República, evitar una recaída en el desorden y afianzar los valores que hemos venido reconquistando con solidario esfuerzo.

»El gobierno anuncia su voluntad de adelantar una investigación rigurosa y aplicar sanciones. Quienes resulten culpables serán castigados ejemplarmente por la justicia, sean ellos quienes fueren, sin ningún privilegio. El gobierno no tiene compromiso sino con la patria. No será en ningún caso inferior a la magnitud de sus deberes...».

Valeria lo sabía. Eso es lo que más nos dejó atortolados, te lo juro. Esa seguridad con que dijo, mañana ya veremos, y después la noticia: cuarenta y ocho heridos graves y diez muertos, qué dolor en las tripas; en el hígado: En cualquier parte donde uno se tocara eso hacía daño porque fue como cuando algo se nos pudre por dentro y echa pus; que atortole, te digo. Eso no para aquí, volvió a decirnos con esa certidumbre de sibila, porque es de las que tienen otra piel, otro sentido del espacio, no sé; es alguien que penetra y penetra y llega al fondo y te da miedo porque a tu alrededor de pronto todo se derrumba, no hay muros que protejan, pero le ves aquellos ojos acerados y es como si el resto no importara. Y ahora qué hacemos, le preguntamos Lorenzo y yo, que entonces nos perdíamos como Hansel y Gretel en los bosques, y ella con esa decisión de los que saben que hay que llegar al otro lado porque si no jamás darás el salto, resolvió que esa noche, reunión en La Arenosa. Una casita en el camino de La Florida, que Martín construyó en terreno del gobierno aprovechando que nadie dijo nada, porque nadie se percató de que él corría la alambrada y comenzaba a echar cimientos: y le alcanzó para el jardín, lleno de girasoles, un huerto, chocolera, y un árbol de zapote, y un corredor que daba a la montaña, desde el que oían el río y los turpiales: y allí se fueron todos. Vamos a organizarnos, fue la orden, y ellos bien arropados en las ruanas porque el viento del páramo sopló que fue un bendito, decidieron que lo importante era ponerse de acuerdo y organizar los comités estudiantiles. Las noticias eran que en Bogotá los tanques y los carros blindados del ejército seguían invadiendo las calles principales, y su mamá, que se enteró quién sabe por qué medios: las Aparicio, de seguro, viejas tarascas, con el binóculo apuntando, dispuestas a devorarse el prójimo al mínimo intento que este haga por salirse de foco: supo lo del desfile y la acuarteló por dos semanas. Lo que es de aquí no das un paso, y claro, no hubo forma. La manifestación la hicieron por la tarde. Más de mil estudiantes. Valeria a la cabeza, por supuesto si tú la hubieras visto, con esos ojos de Medea, y el ánimo exaltado: el corazón en ristre como una lanza de soldado romano, como se pone siempre que hay que escalar los muros, ya te digo; y me contó Lorenzo que esa noche no se dejó curar los dos porrazos que le dio un chulavita en plena cara. Cuál batahola. De qué carajo estás hablando si yo era una mocosa haciendo cuarto bachiller, metida a grande, jurando que sí, que la heroína de Guaduas si fuera necesario, pero dejándome encerrar como gallina, a la seis en punto estás en casa, sí, señora, y el día que me viste hecha una sopa, pintada de anilina hasta el cogote no fue precisamente porque estaba en la primera fila, ni te sueñes: Me daban terronera los fusiles. La bayoneta con ese pincho al aire. Las Cachiporras listas. Las máscaras de gases y aquel humero que se te entraba a los ojos haciéndote llorar y vomitar hasta las tripas: qué me dices. Cómo que si escarmiento, majadera. Yo vi a un muchacho con la nariz partida del bolillazo que le dieron, a más de cinco con la cabeza abierta, otros rengueando, asfixiados del golpe de culata. Una muchacha con un ojo aporreado, echando sangre. Yo me metí dentro de un carro que no sé por qué milagro alguien había dejado con un puerta abierta y me quedé allí, temblorosa, y vi a los policías perseguir estudiantes con el bolillo en una mano y el revólver en otra, y entonces sí entendí por qué las llaman heroínas a las que dan el pecho, como la Policarpa. A las que se le enfrentaban a aquellos chulavitas que sin cuartel daban garrote, culatazos, todo sin ton ni son, y yo mirando por el vidrio trasero, agazapada para que nadie fuera a descubrirme, hasta que me encontró Valeria: hay que salir de aquí, me dijo, y sin preguntar siquiera qué estaba haciendo allí escondida me sacó de la mano y no me soltó sino hasta que llegamos a la carrera quinta: estás temblando, pobre, fue lo único, y me abrazó muy fuerte pero después se puso a reír como una idiota, y no entendí por qué, hasta que me vi después en el espejo. Fui una traidora, se me quedó clavado durante muchos años, y claro que con el tiempo se aprende, se dilucidan esas cosas, pero hay algo que no se me va a olvidar, ni aunque viva mil años, te lo juro. La cara de esos tipos.

«... Sería imposible escribir la historia del país en el orden civil y militar sin la figura siempre activa del estudiante colombiano. Los primeros apóstoles de nuestra Independencia, salieron de los claustros bartolinos y rosaristas, a despertar el entusiasmo de Bogotá en el 20 de julio de 1810. Fueron ellos científicos, oradores y soldados, al tiempo los que hicieron posible esta gesta milagrosa y tuvieron a su cargo configurar la naciente República. A partir de ese entonces ninguna generación colombiana desfiló sin rastro y sin memoria en el proceso de engrandecer a nuestra patria. Cada nueva generación le dio al país un tono particular, una impresión propia y un espíritu inconfundible.

»Se ha hablado del proceso de las generaciones queriendo designar en efecto un fenómeno de cultura y solidaridad docente que parece sellar el corazón y el alma de cada nueva muchachada. En medio de dolor y pobreza, la nación se ha acostumbrado a mirar con renovada esperanza la luz de los claustros universitarios, confiando que cada nueva promoción le aporte dones de acierto y de felicidad colectiva. El instinto del pueblo no se ha equivocado respecto al estudiante porque en él parecen concentrados la más noble generosidad del corazón, la más firme gallardía de carácter, la fresca libertad de los que no han sido contaminados en espíritu y cifran como en germen los más altos valores. A las virtudes propias de la juventud, el estudiante suma el brillo de la inteligencia y la libertad de su pensamiento ejercitado en disciplinas...».

—Ya me cansé. Ahora sí va a salir, o abro la puerta.

—Bueno, ábrela, peor para ti, ¡pero no empieces a gritar cuando me veas en bola...!

—¡Bendito! como si no la hubiera visto yo salir del vientre de su mamá, toda pirringa. ¿Abre la puerta, o no...? Vea que si las matas no están regadas para cuando llegue su mamá, se va a poner como una tatacoa, pero si le abre se va a dar cuenta de que volvió a tomar el sol en cueros y se lo va a sapear a su mamá y esta corriendo a su papá, esta muchacha está perdiendo la vergüenza, se volvió a bañar sin el vestido de baño quién sabe dónde, quién va a saber con quién, Dios, mío, y te lo voy a contar, para que de una vez te enteres.

Con Martín, Lorenzo, y con Valeria. Antes de que el sol comience a levantarse detrás del páramo ya estamos caminando por la orilla del río, buscando hongos entre los cagajones de las vacas, mariposas para la colección de Martín, que es un tipo increíble porque fuera de mariposas tiene recolectados fósiles, hierbas raras, cactus y frailejones. Hay que subirse a las rocas para buscar ejemplares perdidos, y después nos bañamos un rato haciendo competencia de zambullido desde peñas altísimas, y es un agua tan clara y tan limpio su fondo que dan ganas de ser anfibio para quedarse a vivir dentro, pero son cosas que a lo mejor no entiendas, que no va a comprender mi mamá cuando le explique, porque a estas alturas quién no va a estar contento en su pecera tan bonita, limpia con Ajax, Tide y Cristasol, todos productos óptimos de nuestro mercado tan selecto, pero a quién se le ocurre, a ver: ¿quién es capaz hoy día de pedir: me da diez kilos de sol y tres gramos de olor a hierba fresca y medio metro de aire bien templado, por favor? Porque no existe. Porque ya a nadie le interesa. No es negocio. El negocio es vender el aire encajonado en bloques de concreto, el agua en tuberías, el sol por ratos, detrás de los cristales, la hierba en cuadraditos de sintético, más cómodo y barato, y por eso te digo: habría que ser anfibio.

Las mañanas son cálidas. El sol pega en el cuerpo que lo recibe agradecido, y sientes cómo va calentando, penetrando, calmando las toxinas; entregándose al rito, que lentamente va siendo el respirar, el recibir aquel olor a ruda y ramas de romero que el viento trae y que se impregna, suavizando los músculos que están duros, cansados, con un trajín absurdo pues hace tiempo que no los toca el aire en esa forma, y así durante horas: desnudos, entregados; ¿y cómo quieres que te explique la sensación de gozo o el delirio del cuerpo: la irrealidad en que te encuentras cuando te ves ahí tendido, de cara a la natura, lejos al fin, de espaldas a la sociedad de consumo tan preciada? Muy difícil.

Martín resolvió un día que yo me largo de este mundanal barullo y sin pensarlo más plantó su tienda, ya te digo: escogió su parcela y en menos de dos meses tuvimos un refugio. Fueron épocas en que las horas no contaban. Valeria le daba de comer a las gallinas, los perros, los gatos, hacía comida hasta para los pajaritos y se pasaba horas escribiendo en un cuaderno de tapas amarillas: qué escribes, le preguntaba y ella con su aire tan soñador: no sé, decía, a lo mejor va a ser una novela, y luego nos leía sus poemas con esa voz profunda, rítmica, inventando sonidos de palabras rarísimas, porque lo que yo quiero es llegar a una nueva inflexión para que todo sea un canto, ¿ves?, me explicaba, y yo decía que sí, que por supuesto, sin comprender muy bien en realidad, porque lo que importaba era que estábamos allí, sentadas en la hamaca, conversando o calladas, oyendo el ruido de las chicharras que por la tarde cantaban hasta que se reventaban, y nos dejaban aturdidas. ¿Vas a ser escritora?, y ella, sonriendo, mirando un rato los cocuyos, bueno, no sé; pero yo sí sabía, porque ya había visto un folder lleno de páginas azules y me moría de envidia. La vida era tranquila. A mediodía la siesta y por la tarde una excursión al monte, o hasta la Fonda de las Marines, donde había una vitrola del tiempo del general Uribe Uribe y discos de Gardel, y uno que yo le había oído a la abuela cuando estaba chiquita y que cantábamos mientras tomábamos cerveza: *con este pañuelo sufrió el corazón, con este pañuelo perdí una ilusión, eeel pañuelito blaanco, que te ofreciií...,* eso era los domingos, o los sábados, porque los días de semana solo íbamos un rato, por las tardes.

En La Arenosa yo entendí. Me di cuenta de que la vida no solamente era jugar al golf y decidir que este vestido me lo trajeron de Miami, que voy a pasar las vacaciones en la bahía de Santa Marta, en Navidad me regalaron este Omega, o cosas de ésas: tú ya sabes. Lo que decimos las niñas como yo, que no sabemos distinguir los ciegos de los cojos porque solamente conocemos las fábulas bonitas, la de la zorra, que tarde o temprano alcanzará el parral porque no es sino sacar diez pesos del bolsillo. En fin. Que conocí la problemática. Y no es que ya lo tenga aprendido, por supuesto, me falta mucho trecho, porque del dicho al hecho. Pero yo sé que va a llegar, tarde o temprano. Como la muerte, o el amor, todo nos llega, pero no nos pongamos tan dramáticas: mañana volverá a ser como siempre. Lorenzo ya volvió y al fin terminaremos la enramada. Valeria no estará tan lejana, tan encerrada en su libreta, en la comida de las gallinas. A estar tan hosca con Martín, que desde hace tiempo no embadurna ni un lienzo, y por las noches no sentiré los gritos. Qué te pasa, tengo que despertarla, hasta que al fin se calma y la siento que responde a mi gesto como una niña que necesita mimo; y entonces me confiesa que si lo de Lorenzo dura mucho, ella no va a poder, porque a cualquiera le flaquea el coraje, cuando a su hermano lo torturan: eso tampoco es fácil. Sé que toda esa dicha a lo mejor no dura más que un par de días, pero más vale eso, pues la felicidad es siempre así: prestada por raticos. ¿Tú entenderías? Porque si yo te cuento cómo Lorenzo me despertó esa noche: oye, ¿por qué no hacemos el amor...?, y no alcancé a responderle porque me estaba acariciando: ¿sabías que tu pecho es el más lindo del mundo?, y comenzó a mamar muy dulcemente, a despertar mi cuerpo, a descubrirlo, me lo he soñado siempre, susurró, y su lengua quemaba como una llama viva, absorbía mis jugos, me colmaba de tibiezas que me hacían deshacer en suaves sacudidas, yo también lo he soñado, repetí, mientras sentí su miembro ávido, buscando, taladrando, me haces daño, gemí, pero no me dio tregua y aquel dolor era algo insoportable, yo no puedo, ¡no puedo!, porque el cuerpo de Alirio era el que me montaba haciéndome sentir lo de aquel día en el cañaduzal: cómo es tu amiga, ¿tan linda como tú?, me preguntaba mientras sus manos me hurgaban, sudorosas, y yo sentí el contacto de algo duro entre mis piernas mientras que él se iba poniendo todo tenso, no te hace daño, quieta, no tengas miedo amor, y con su boca me sofocó los gritos, ¿te gusta así...?, pero no soportaba, ¡que no!, forcejeé, pero él me abrió los muslos, así, no temas, y comenzó a salir y a entrar, a levantarme en vilo mientras sus manos apaciguaban mis caderas, sin violencia, sin prisa, hasta que al fin aquel dolor dejó de ser como una cuchillada y la imagen de Alirio se fue descomponiendo, y de nuevo aquel vértigo, pero era diferente porque la náusea no me acosó esta vez ni se rompieron las entrañas sino que más bien se fueron esponjando como una flor que se abre en muchos pétalos, y sin pensar en nada más yo me dejé invadir de esa violencia que socavaba con ternura y me enseñaba cuál es la diferencia entre dar y entregar, entre una piel hermana y una piel mentirosa, es la felicidad, le oí decir, y me sentí de pronto impulsada hacia un espacio enorme, quieto al principio, como si nada lo habitara, y luego fui cayendo, cayendo, largamente, dulcemente, colmada.

Muy difícil, te digo. Porque entender, así, de pronto, tantas cosas, es como querer atravesar la barrera del sonido en bicicleta. No es gratuito. Hay que quedarse alerta, tumbado siempre de cara al universo, con la piel y los ojos bien abiertos, espiando la vibración de los colores, el aura de los pájaros, la traslación del viento, el bambolearse de los árboles, el flujo de las aguas, el dinamismo de las nubes, la rotación del sol, que va quemando mientras tus poros se dilatan y todo en ti es como nacer de nuevo, como encontrar por fin la forma

321

de las cosas, pero tú y mi mamá se escandalizan porque qué va a decir la gente: con el trasero al aire, qué vergüenza.

Libres como los vientos, quieren ser, pero eso sí, que no le digan quítame de ahí esta paja porque se arrevolveran todos y corran a tirar piedra y a enseñar a los mayores a manejar este planeta, como si no les debieran obediencia y respeto. La juventud de hoy no es como la de hace tiempos, que sí sabía honrar a padre y madre, yo no lo entiendo mi Diosito bendito..., y la oye removiendo los tiestos de las matas, sacando la manguera, estas begonias hay que regarlas ligerito porque si no, cuando el sol prenda duro las va a secar toditas, y este agapanto esta ñurido, Corazón de Jesús, dame paciencia, ¿se va a salir o no...?

¿Por qué no cantas *dos gardenias*...? Lo prefiero. Cuando tú agarras ese tono, aquellas indirectas, esa manera de echar pullas, a mí se me cierran las bienaventuranzas, como decía la abuela. No sé si comenzar de nuevo con el disco, pero es lo que antes comentábamos. La tan pregonada libertad, mi estimada Sabina. El escoger cuántos paquetes de papas me como en vespertina, si pongo cara de aburrida, si salgo con Perano, si como con Mengano, si voy al cine con Zutana, que en realidad la llaman la Fulana porque se mueren de la envidia de su cuerpo de pantera que trae loco a medio mundo, pero ella está en otra onda: no le importa. La libertad de que hablan en los libros. De la que hablaba el alcalde aquella vez, cuando pasaron revoloteando las palomas y el gentío de la plaza se quedó como si hubiera visto un globo o un cometa.

... en nombre de la paz justicia y libertad reconquistadas, esta demostración de fe en vos, y en el destino de la patria: he dicho, finalizó el señor alcalde, y ella pensó, ahora sí le entrego el ramo, Excelentísimo señor, Dios lo bendiga, se repitió dos veces en voz baja mientras adelantó dos pasos pero la madre Marcelina le dio un tirón que por poco da con ella en el suelo: ¿no ves que está ocupado...?; es un honor, dijo el alcalde, que se pasó la mano por la calva después de habérsela estrechado al presidente, sacó un pañuelo, carraspeó, le dio la mano al comandante, al presidente del club de los Rotarios, al director de orquesta, el tesorero, pasó luego el pañuelo por la cabeza sudorosa, se aflojó un poco la corbata, buena temperatura hoy, sigue aumentando, veintitrés grados aproximadamente, no podemos quejarnos de la madre natura que hoy ha engalanado nuestros lares con tan luciente sol, señoras y señores, ahora el Presidente de la República va a dirigir al pueblo su saludo, y flamean al aire las banderas, los estandartes, los corazones de este pueblo que entusiasta, cálido, fervoroso, arrebatado de alegría, rinde hoy el homenaje más apoteósico que ha contemplado nunca esta Plaza de Bolívar, los mangos que asistieron al empuje de nuestros heroicos pioneros y que hoy ofrecen su verdor y su sombra generosa a estas treinta mil almas seguras del timonel, que se caló unas gafas verdes, sacó los pliegos del bolsillo los desplegó frente al micrófono y comenzó: «¡compatriotas...!», y la voz retumbó como un cañón contra el edificio de don Roberto Marulanda, que queda en frente del colegio: ¿qué estás haciendo?..., y de nuevo el jalonazo porque cuando pasaban cosas de ésas, un discurso, un regaño, una película miedosa, o cuando su hermano Juan José empezaba con lo de le voy a contar a mi papá o se ponía a hacerle fieros con un mecano que le acababan de comprar pero ni muerta le decía que la dejara armar porque sabía que le iba a contestar que él nunca jamás jugaba con muñecas, los mecanos no son cosas de niñas, ella silbaba porque se te pondrá la boca muy bonita, entre otras, le enseñó su mamá, y desde los cinco comenzó a ejercitar el arte del silbido, como los arrendajos, se burlaba Sabina despectiva, pero los arrendajos son pájaros que imitan animales, como aquel del abuelo que decía miiiau y todo el mundo buscando al minino por la casa y un día abrió la jaula, pero esa es otra historia: ¿dónde hay una avecilla...?, quiso saber la monja la primera vez que ella empezó como un turpial debajo del pupitre, pero ya la segunda no le hizo tanta gracia y la metió en el *coso* porque silbar no es cosa de niñas, nada en la vida es para niñas, definitivamente, cada vez que uno va a hacer algo, ¡no es de niñas!, y ni subirse a un árbol, ni ensuciarse el vestido, ni ponerse bluyines en el pueblo, ni jugar trompo por la calle, como si solo los varones tuvieran el permiso de hacer y deshacer, de dónde lo sacaron, ¿se los dio el Santo Padre?, ¡cómo te atreves...!, la espetó Marcelina y tuvo que suspender, aunque con esa voz a todo chorro quién la oía: *mi compromiso con la Patria es también un compromiso con Dios y con Bolívar,* y comenzaron las goteras, va a llover, comentó la señora del alcalde que se estaba estrenando un sombrerito de flores color rosa, es una agüita de nada, se apresuró a tranquilizarla el tesorero mientras la gente se cubría con periódicos o se escampó bajo los árboles: nos veremos más tarde, fue la amenaza de Marcelina que con su cara chupada, blanquiñosa, se parecía más que nunca a Chepe el esqueleto, diez puntos por lo menos, ya perdí la excelencia esta semana, maldita la desgracia, ¿cuándo le doy las rosas...?, le preguntó como si no supiera, con un mohín de soy virgencita riego las flores, por lamberle, no más, a ver si no le rebajaba en la conducta, pero ella hizo ademán de para oírte mejor porque se colocó una mano al lado de la oreja, y el general seguía hablando y el aguacero en firme y la gente clavada como estacas y ella de pronto presintió que sí tenía que seguir cargando con las rosas, tratando de que el maldito celofán no se arrugara ni se estropeara el moño de satín ni la tarjeta con el filo dorado y aquella frase en letras góticas que por más que intentaba no lograba leer porque estaba al revés y parecían animalitos con las patas paradas: ¡no estropees el lazo...!, ya está: ¿de dónde sacará tantos ojos esa bendita monja?, ¡entrega el ramo...!, y la empujó esta vez hacia el proscenio, pero de pronto se vio envuelta en un ciclón que la arrastró contra un señor que dijo, ¡ay, niña!, y se agarró a las flores y el celofán hizo un chasquido, y aquel tifón siguió abriéndose campo a los codazos y ella la vio subir hacia el tablado, como una vaca de gorda, las botas que usan los bomberos, la falda plisada a medio muslo, el correaje de charol, el quepis blanco, el pelo negro chorreando agua, los labios con el color regado por los bordes: mi general, y se agotó el aliento, mi general... y entonces uno de los gorilas trató de interceptarla, ¡a ver, pa' fuera...!, pero mi general hizo una seña y la invitó a acercarse: llámeme Policarpa, ¡es Policarpa...!, dijo un señor con cara de conejo, y comenzó a contarle al otro, al que chafó las rosas, que esa era nada menos que Abigaíl Gutiérrez, que desde el día en que recibió la carta del Batallón notificándole la muerte de su hijo, por amor a la patria, le decían, que era un héroe, cuando en verdad el pobre tipo se había ahogado mientras hacía limpieza con otros compañeros en los tanques, ella se había mandado a hacer el uniforme, colgado la medalla, encasquetado el quepis, las botas de bombero, y desde entonces

325

era como una especie de Miguel Strogoff haciendo los recados entre el cuartel y el pueblo, siete kilómetros, y el que chafó las rosas, ¡qué va, hombre!, y él con cara de conejo, a pura pata, juro, yo me la encuentro a cada rato, y entonces vio cómo la Policarpa extendió el brazo izquierdo: ¡POR DIOS Y POR LA PATRIA!, y fue como un bramido bajo la lluvia y la mirada atónita del público, ¡siempre a la orden, señor teniente general!, y se cuadró como un soldado, hizo después el gesto de meterse la mano por dentro de la blusa, como buscando algo, y entonces fue cuando un gorila lanzó la voz de alerta, ¡atención...!, y el otro como un rayo, ¡alto...! ¡alto!, blandiendo una pistola, pero ya ella lo había sacado de entre el pecho: para usted, le ofreció, y el general se quedó tieso, sin atreverse bien a recibir aquel rollito que estaba atado con una cinta tricolor, pero sin darle tiempo a más la señora del alcalde le quitó el pergamino, ¡tome...!, ofreció, y se lo cambió por un billete, que Policarpa observó por uno de los lados, y cuando lo estaba volteando para el otro uno de los guardaespaldas la agarró por un brazo, la banda de música atacó *el salve al esfuerzo de mis heroicos,* los niños y las niñas de todos los colegios, el comandante del ejército, el clero, los soldados, los empleados de las empresas públicas, el tesorero, las Luisas, el obispo, la señora del alcalde, el presidente de los Leones, el de Rotarios, el del comité de Cafeteros, el alcalde, comunidades religiosas, el locutor y todo el resto de la gente, entonó con verdadero esfuerzo, porque ya las banderas lucían como estropajos, los mangos se caían del ventarrón tan fuerte, el uniforme le escurría y se sentía calada hasta los mismos huesos y sin saber qué hacer de aquellas rosas, parada en el tercer escalón por donde pasó la comitiva sin mirarla, ¡permiso, niña...!, le dijo la señora del presidente, y fue la única, y cuando todos estaban para montarse al coche se aproximó Güelengue, que estaba como siempre, patiabierta, sin calzones, sentada al lado de una palma: ¡dame cinco, belleza...!, le pidió al general, que le extendió un paquete, y detrás Guspelao, trasquilada, descalza, con su barriga de ocho meses, y Pirulí con su canasta llena de caramelos, ¡piruliiiií...!, le obsequió mientras que se empinaba con una manotada, que él les vende por cinco en la puerta del colegio y que son tres confites porque es todo lo que le cabe en una mano, y luego llegó Débora, forrada en trapos de los pies a cabeza, con esa especie de gorro frigio, y un pañolón color zapote, y antes de que siguiera ese desfile, y ese aguacero, que arrastró una creciente que montó el agua del río por encima del potrero y rugía tan fuerte que se escuchaba desde la calle Real, como cuentan que sucedía cuando el abuelo era un muchacho, y se inundó el estadio, el matadero, la capilla de las monjas, el Club la Popa, la iglesia de San José, o sea, la parte que está hecha, y los bomberos atareados pero sin dar abasto: ¿una agüita de nada?, dijo el obispo, ajustando bien la puerta del carro y poniéndole el seguro; y en realidad quedó constancia en los anales como el periodo de lluvias más intenso en treinta años. No paró en quince días. Llovieron hasta maridos, como decían los Aparicio, que siempre que había aguacero fuerte sacaban los colchones al patio, por si acaso.

No parece una muerta. Lo primero que ve es que tiene las dos piernas, las medias de hilo blancas, los zapatos; el uniforme de gala lo alargaron casi hasta los talones, y así no se le nota, o a lo mejor no es cierto, y lo que les dijo Rudolfina fue nada más por asustarlas. Los ojos entreabiertos, como los de las muñecas dormidoras, y los labios como cuando uno come muchas moras, casi negros. Lo demás es normal. Las trenzas rubias bien tirantes, peinadas con cerveza: para que no anden por ahí hechas unas fantoches todas despelucadas, discurseaba Sabina, que le empapaba el pelo con la cerveza Poker, lo enrollaba con un fierro especial traído por su mamá desde Miami y que dejaba el rulo enroscadito y había que quedarse como un santo de palo pues quien quería marrones que aguantara tirones, hasta que la cerveza se secaba y los cachumbos se estiraban como si fueran de resorte, haga de cuenta Chirle Temple, y le rociaba el cuerpo con el talco de violetas, la hacía vestir con mucha prisa, métase bien la blusa, ¿se bañó bien?, a ver esas lagañas, y así, íntegros los días, camino del colegio: como un pino. La gente no musita y solo se oye el canto de la madre, con voz dulce, en sordina, como temiendo despertarla: *duérmete niña flor de poleo,* mientras le recorre el rostro con un dedo como si la estuviera dibujando, le acaricia las manos y las trenzas, luego los ojos, que siguen entreabiertos por más que trata de cerrarlos, *tu madre tan linda tu padre tan feo,* continúa, y entonces ella piensa que la misma canción se la cantó siempre la abuela cuando era muy chiquita y no quería dormirse, y en que la pierna a lo mejor se la pegaron otra vez, con un pegante, y en que si ella fuera Julieta hubiera preferido que la enterraran con la muñeca de trapo, que le compraron a las Caucanas el día del cumpleaños, y no el rosario de nácar, pero la tía Angélica alegaba que así no se podía. Que los indios les colocaban comistraje en botijas de barros y perendengues de oro y cosas de ésas, porque los infelices eran idólatras paganos y hasta que los conquistadores no nos trajeron la verdadera religión pues se iban al infierno, derechito, pero eso también es puro cuento. Quién te asegura que no puedes entrar al cielo con Lilita; que bautizaron en el patio de su casa, y lo celebraron con una comitiva, y las madrinas fueron ella y la Pecosa; pero no. No se puede. Así está escrito no sé dónde y por quién sabe quién: verdad universal.

Nadie se mueve. Por un momento todo parece levitar en un espacio riguroso, donde el sol de la tarde es lo único que le amortigua el frío que le quedó en el cuerpo, y al fin y al cabo, piensa, las nubes y el color no tienen importancia. Las mujeres desfilan, poco a poco. Se retiran, porque la usanza es que nada más que los hombres presencien el sepelio, y desde allí lo observa, recostada a la cruz, que le servía de apoyo cuando le empezó el vómito. Habrá que poner algo mientras colocan la lápida de mármol: qué ponemos, oye que insiste alguien, pero tampoco es un problema, no creo que merezca la pena. Cualquier cosa. Lo primero que salga. Como esa tumba que hay entrando por el camino de los pinos, y que vi aquella vez, y que hoy me tropecé de nuevo y que es enorme, en mármol gris oscuro, y la figura de la joven es muy impresionante: con túnica romana y con la cinta a la manera india, cruzándole la frente, *solo partiéndome el corazón me callarán,* escribe, en caracteres negros; y cómo quieres que entiendan el mensaje. Qué es lo que hay que escribir, para que los demás comprendan que siempre fuiste fiel a tus principios. Que jamás en tu vida te permitiste concesiones, ni a tirios ni a troyanos. Que andabas con la tranquilidad de quien no pertenece a los rebaños, o sea, a los terrícolas de buen vivir que consumimos oxígeno e hidrógeno, y ozono y zanahoria para la vitamina A porque si no, quién sabe, y por supuesto: porque si no, la paz, la bomba H, la polución y el crimen, todo este mundo de coordenadas y ordenadas, a dónde va a parar. ¡Qué quieres que pongamos!

Ya es hora, dice el padre, que hasta el momento no ha hecho más que ver el espectáculo con los ojos resecos, y la mano posada suavemente en la cabeza de la madre: ya, Julieta, repite, pero ella sigue canturreando lo de flor de poleo y meciendo en brazos a su hija, y entonces le descubre que le pusieron la excelencia. Fue en ese instante cuando se desató la fobia, y que Irma dijo la palabra tan linda, y la Pecosa muy sabihonda: que no son abedules, ¡atembada! Era mejor huir. Escapar como sea de la trampa letal que se bifurca en laberintos de corredores, árboles, gritos, rezos, y es absurda, desesperadamente blanca, y hiede. Algo le late por todos los costados como una diástole sin ritmo, la acogota, presiona los reflejos y cuando menos piensa está corriendo, ¡cero en conducta!, ¡niña...!, pero ella ya no para, porque lo único importante es evadirse de una vez: salir, volar, atravesar los muros como los magos en los circos, las lágrimas le corren a montones y el sabor salitroso va aliviando, frenando los latidos en desorden, calmando el ansia de gritar que le importa un chorizo esa medalla de excelencia, y se acurruca al fin como una comadreja, debajo de la primera mata de platanillo que tropieza.

Tenía que poder. Demostrar a la vista de ese cuerpo cubierto con la sábana, que parecía encogido, más pequeño: lo vi desde la puerta, cuando él la abrió y me dijo que primero las damas, con sonrisita de hiena, y conminó, bajemos, y yo seguía embotada, con parálisis, sin poder ni pensar, y el ramalazo sacudiéndome, yo no puedo temblar, que alguien me ayude, ¡Dios!, y el cuerpo amoratado, allí esperándonos. ¿Lo reconoce?, preguntó, escrutando mis reflejos, mientras que colocaba su mano verrugosa encima de tu pecho, así no más, como al descuido. Fue como un garrotazo en pleno vientre. Me manoseaba con los ojos mientras que con sus dedos manchados de nicotina te recorría la piel de arriba abajo: ahora sí, vamos a la declaración, ¿no le parece...?, y yo que sí, apenas con el gesto, pues me subía un espasmo del estómago y por tratar de contenerlo me agachaba, y él sin quitar las manos, con aire inocentón, ¿qué pasa, le duele algo...?, y luego casi amable: lástima, ¿no?, ¡tan joven...!, en tanto que alargaba al máximo sus gestos: me constreñía a presenciar su posesión desvergonzada, como si fuera él amo y señor, de mi vida y tu muerte: fue un accidente, dijo. Y comenzó a contar una versión confusa.

Movía la boca de labios abultados igual que las mujeres coquetonas, ¿quiere sentarse?, y del rincón trajo una silla metálica que acomodó frente a la mesa: ¿quiere un café...?, y ella no, gracias, ¿entonces, Coca-Cola?, y cada vez una sonrisa de encías inflamadas, y ese colmillo, como una pepa de oro, entre la dentadura roída por el sarro: el resto lo encontrará en el expediente, todo a la disposición, ¿lo ve...?: aquí no tiene pierde, y señalaba un cerro de carpetas que se arrumaban sobre la estantería: lo puede consultar cuando esté listo; y comenzó a pasearse por esa especie de oficina donde las telarañas y el mugrero no cabían, y el olor a formol enrarecía el aire: ¿usted es de la familia...?, y ella dijo que no, que solamente amiga, y él entonces desde el quicio de la puerta: ¡traiga la máquina...! ¡Mosquera...!, y el otro desde arriba, ahorita mismo, cabo, y ella sin despegar los ojos de ese cuerpo que estaba medio cubierto con la sábana y que parecía mentira que estuviera tan quieto: tan resignado, sobre todo.

No voy a acostumbrarme. Cómo quieres. Si soy como esos niños que andan viviendo cuentos de hadas, buscando mariposas, fuegos fatuos: y dónde crees tú que van a poner las garzas, porque lo que es yo estoy cansada, desbaratada, sola. Ayer en La Arenosa me pareció por un momento que la felicidad entraba por la puerta como un animal manso y yo le daba de comer como a los gatos, y todo muy bonito, muy pintado de rosa, hasta que Martín llegó con la noticia, y ahí se acabó el mundo. Se hundió como un barquito, y aquí me tienes, sobreviviente inesperado, que mira alrededor y no comprende bien las cosas, ¡qué hubo pues de la máquina...!, la hizo saltar el cabo con el grito, y al ver su sobresalto se disculpó que estos vergajos siempre haciendo morronga: ¿me permite...?, y agarrando otra silla se acomodó a su lado. Sintió el aliento aguardentoso y la mano sudada, que se posó al descuido sobre el muslo, mientras que con la otra curioseaba el amuleto, ¡bonito!, ¿esto es de oro...?, y le rozaba el pecho con los dedos, pero ella no explicó. Porque ya, qué más daba.

El tipo que escribía en un papel con membrete le preguntaba yo qué pongo, y el otro, ya lo dije, accidente, y el resto lo que quieras: el caso es que ya entregó los tenis, ¿no?, y la miraba haciéndose el muy serio, como si fuera ella la que tuviera que afirmarlo. Bueno, mejor te dicto, decidió, y recitó como leyendo un manifiesto: a las seis de la tarde del día doce de octubre, y aquel colmillo de oro despidiendo chispitas, la mano verrugosa atusando el bigote, hurgando la nariz con disimulo, cogiendo un cigarrillo del paquete; encendiéndolo lento; aspirando despacio; arrojando el humero; sonriéndole; tosiendo, escupiendo el gargajo debajo de la mesa: ¿usted fuma...?, galante, y al gesto negativo se embolsilló la cajetilla, se acercó hasta el cadáver, y otra vez sobó el cuerpo con ademán moroso. El doce de los corrientes, corrigió, mientras le recorría el pecho, y se quedó inmóvil, con la mano en reposo, como si le costara recordar un detalle, no te hagas el pendejo, quita de ahí esa mano maricón, ¿en qué fecha nació...?, le preguntó de pronto en tono brusco.

No lo sé. No me interesa conocer el más allá, ni el sitio justo del adverbio, ni las dicotomías orientales, porque si el yin y el yang no comunican, todo esto está jodido: y lo explicabas mientras los brazos se movían como aspas y accionabas: así, ¿no crees...? Porque era un orden simple, y andar buscando cinco patas cuando en verdad eso no existe, era orinar fuera del tiesto. Así decías siempre. El hombre necesita saber que hay un lugar donde él esté tranquilo. No que le vengan con el cuento de que aquí te doy cuarenta y yo me agarro el resto y él resignándose porque le enseñaron de chiquito que en el camino se arreglaban las cargas, pero ahí es que empieza el palo porque bogas y palo porque no bogas, y así no hay caso, lógico. Nadie se va a tragar la fábula de pon la otra mejilla. O tú qué crees. Di. ¿Es que no oyó...? Le pregunté en cuál año... y la sonrisa se trastrocó en un gesto autoritario con leve sombra de amenaza: usted está declarando, no sé si se da cuenta, ¿o es que me va a obligar a que le tome juramento...? El veintiocho de agosto del treinta y siete, dijo, y si no quitas esa mano voy a armar un escándalo del que van a acordarse, cochinos, desgraciados, fue lo que quiso contestarle, pero no pudo ni desatar palabra porque empezó a temblar como una hoja, pero no era de miedo, no te creas: solo asco, cabrón. Asco y dolor muy fuerte en las costillas.

Una opresión al lado izquierdo que no dejaba respirar. El aire le faltaba como cuando le daban los ataques de asma, me va a dar uno, y respiró despacio haciendo el ejercicio del diafragma, aspirar, respirar, lento, muy lento, pero el oxígeno no entraba y comenzó a precipitarse en espiral, a escuchar el *allegro* de Vivaldi, una escultura gris en el jardín, hay árboles, yo quiero respirar, no es nada, tranquilízate, pero ella oía el grito, la música en el fondo, todo en ritmo pesado, en círculos concéntricos, la caída, no hay fondo, yo tengo frío, madre, y repitió entre hipidos que la excelencia se la había ganado esa semana, y la monja que ¡horror!, ¡desnaturalizada...!, y la mamá seguía arrullándola, ¡dígale que no cante...!, pero ella que ¡egoísta! ¡mal cruzado eucarístico...!, y la sacó a empujones de detrás de las matas, aspirar, respirar, ¿y los zapatos blancos?, los volviste miseria... tengo frío, insistió, pero nadie hizo caso, porque lo que le estaba preguntando el escribiente era que si ella sabía dónde vivían los padres. ¿Lo sabe, o no? Tuvo que levantar los brazos para que entrara el aire, y entonces el oxígeno comenzó a penetrar en los pulmones, en un hilo benéfico, muy tenue, hasta que la sensación de ahogo fue cediendo.

Dijo lo que sabía. Que el padre trabajaba en un taller de mecánica y se llamaba Antonio. La madre murió. ¡Ah...!, comentó el escribiente: la-ma-dre-mu-rió, tecleando con esmero, ¿y qué más sabe...?, insistía el cabo con su aliento apestoso, pringándola de babas cada vez que le hablaba; escupiéndole el humo; sonriéndole de lado como si lo que ella declaraba fuera un chiste. Usted comprende que si no dice todo, nos veremos en la penosa obligación de tomar unas medidas drásticas, y le guiñaba el ojo haciendo al mismo tiempo un gesto de está bien, no te asustes, muñeca, no me asusto, cabrón: no era más que el oxígeno que se negaba a entrar de lleno. El aire penetraba pero de vez en cuando el brazo que comenzaba a entumecerse: ¿le pasa algo...?, y era también un taco que le cerraba la garganta, un ardor en los ojos de tanto hacer esfuerzo por retener las lágrimas, pero por qué llorar, si a ti ya no te importa: si quiere abro la puerta, ofreció gentilísimo, pero no es necesario, no te hagas el cordero, llegas tarde. Ahora no hace falta porque ya es libre como los vientos de los llanos, y le importa un carajo todo este mundo de mierda, ¿no comprendes? Es un pez en el aire, un pájaro en el agua, un enemigo menos del sistema, esto aquí es muy cerrado, vaya a abrir, le ordenó el cabo al escribiente, y ella, no es nada, ya pasó, sorbiéndose las lágrimas. El olor a formol, seguramente.

Alirio era el mejor tiplero de la región y era famoso por su dedo mocho. Cuando acababa por las tardes el trabajo del establo, se sentaba en el corredor que daba al picadero, y ellos, toca *Esperanza,* y él se inspiraba de un pasillo a un bambuco, y hasta que oscurecía, o era la hora de la novena de aguinaldos.

Vamos a ver un nido de caravanas, la convidó aquel día, y ella se fue, tranquila, porque en las otras vacaciones habían ido al cañaduzal a descubrir los nidos; y él le explicaba cómo se ponen furibundas si uno se acerca a los polluelos y muchas veces tenían que tirarse boca bajo porque las caravanas se les lanzaban en picada, la alas desplegadas, con una especie de espolón en las remeras y eran preciosos los huevos, como de gallineto. ¿Fue aquí donde te picó la cascabel?, y él, sí: se me agarró del dedo gordo y cuando menos me apercibí fue del calambre y yo como estaba cortando el Imperial agarré el güinche y ¡zuuuaaz!, la bajé de un güinchazo, todo en un santiamén, y ella, ¿y te cortaste el dedo...? claro que sí. Si no me lo vuelo a ese también, me manda al otro barrio en diez minutos, esas berriondas son mortales, por aquí no hay antídoto: ¿nos sentamos aquí...?, y acomodó una pila de pasto de corte, porque tenía el sereno de por la noche y estaba un poco húmedo. Lo cubrió con la ruana. ¿Tienes frío...? Y Ana dijo que sí, porque las caravanas había que agarrarlas antes que raye el alba y ella no se había puesto nada encima del camisón y se salió descalza para que así su hermano no la oyera y después se antojara de que llévame, y entonces él propuso, ven te cobijo con la ruana, y la metió debajo, y él también se tumbó. ¿Vamos a ver los nidos? Todavía es temprano: de aquí a un rato, y se quedaron acostados, y ella sentía el perfume que era una mezcla del olor del establo y Alhucema Negret, que conocía muy bien porque la usaba Flora, ¿lo que te echaste fue Alhucema?, le preguntó, pues él no musitaba, y Alirio, ¡qué tan sabida!, ¿cómo sabes...?, y sacó un perfumero del bolsillo y comenzó a ofrecerle y yo te froto un poquito y así verás cómo se pasa el frío, pero dijo que no porque me hace cosquillas, pero él que no seas tonta, si es un juego muy rico, y ella que bueno pues, pero sin brusquedades, y comenzó a frotarla, y a darle pellizquitos. Cuando vaya a comprar carne no compre ni de aquí ni de aquí ni de aquí, sooolamente de aquiií... qué barriguita tan bonita, y Ana, tú eres muy confianzudo, pero él, qué va, si solo estoy jugando, tú lo que pasa es que prefieres a Nebridio, yo te he visto, y ella que lo que pasa es que Nebridio sí es de mi edad y mi mamá me deja, ¿y conmigo qué pasa...?, yo no me voy a meter en un enredo, no creas que no distingo. Yo soy un peón y tú eres hija de patrones, pero no quita que te puedo decir que eres muy linda, ¿no?, y entonces empezó a hacerle preguntas del colegio, que cuáles eran sus amigas, y ella contó que Irma y la Pecosa y él se reventaba de la risa con los cuentos, y entonces le propuso, siéntate aquí, y él se sentó en cuclillas, pero Ana dijo que así estaba muy cómoda, y él, yo te hago caballito, ¿no te gustaba el caballito?, sí, cuando tenía tres años, ¿y ahora cuántos tienes?, ya casi trece y medio y no soy tan pendeja como me estás creyendo, y él dijo ¡avemaría!, qué palabras tan feas, y se acostó de nuevo. Se arropó bien con la ruana, tapando hasta el bigote, entonces, de repente y sin saber por qué, se resolvió contar la historia de Montse. ¿Sabes que yo maté a una niña? ¿Ahhh...?, dio un salto Alirio, y ella, pues sí, pero ha sido un secreto, y tienes que jurarme que jamás en la vida vas a contarlo a nadie, por esta Cruz, le juró Alirio, y la hizo acomodarse, ven para acá, debajo de mi alita, ¿y cómo fue ese cuento...?, y al fin estaba serio, y no tan burletero, pues cuando le contaba alguna historia, él a reírse, como si fuera una chistosa: tienes que prometer que ni aunque pasen muchos años, y él, por Diosito. Pero cuando le comenzó con lo de Montse tenía seis años y yo cinco, y él hizo el gesto de cómo así, y trató de sonreírse, entonces suspendió. Si no me crees no te cuento. Pero él, no seas tan remilgada, si yo te estoy creyendo, no seas tan mala, sigue, y así era que quería. Que la mirara como a persona grande y que le rogara al fin, bastante rato. ¿Tienes frío otra vez?, y la empezó a frotar muy suavecito. No, es que me da temblor cuando me acuerdo, y él, pobre, ven... ¿y cómo la mataste...?, y mientras la contemplaba y hacía mimos, le comenzó a contar desde el momento en que su mamá le había advertido que no se suban que esa varanda era muy alta, pero Montse la convidó, miremos las gallinas. Ella no resistió y se encaramó al enchambranado y cuando Montse pegó el grito Ana la vio casi en el aire y la alcanzó a agarrar de los muslos pero Montse pesaba y era además muy resbalosa y entonces la soltó y ella cayó al empedrado, bocabajo, y allí se quedó, muerta, con los brazos abiertos, hasta que unos señores que trabajaban abajo, en la farmacia, la recogieron y la subieron entre dos, por la escalera, y Alirio acariciándola, y ella viendo patente las batas blancas de ellos, retintas de sangre: ¿tu mamá, dónde está...?, le preguntaron, y comenzó a sentir un calorcito por las piernas y el cuerpo de él frotándose, qué cosa tan horrible, y ella sin atreverse a decir nada porque si se movía iba a dejar de hacerle mimos pues el temblor se hizo más fuerte y él se le puso encima para quitarle el frío pero ni con fricciones ni con nada. No le cuentes a nadie, y él, claro que no, tranquila, qué cosa tan horrible, qué más, qué más... y ella viendo la sangre chorreando en la escalera, y la cara de Montse, no sé... ya no me acuerdo, porque el señor de la farmacia aconsejaba que le cortaran el vestido y aquello era un pegote y él le abría las piernas de a poquitos, buscaba con los dedos, y tampoco chistó, porque tenía que contárselo: que yo no la maté, les explicó emperrada, y su mamá, claro que no, no seas bobita, y la sacaron de la alcoba, ¡yo la maté...!, yo fui..., soltando el alarido porque la estaba hurgando hasta por dentro. Así no, ¡que me duele! No, no te duele, te voy a hacer pasito. Pero la penetraba con violencia, y ella sentía las manos sudorosas sobre su cuerpo tenso, ¡no!, ¡yo no quiero...!, pero él con voz calmada: cuéntame más de tu amiguita, ¿era tan linda como tú...?, y se paró por un momento. Me gusta que me cuentes, no te hago daño, ¿ves? Y se movía despacio, pero eso sí dolía y ella, ¡no quiero...!, pero él, no te hace daño, quietecita, y le tapó la boca para que no siguiera, ¿te gusta así...?, qué rico, y era como si la estuvieran abriendo a cuchilladas y él diciendo, qué rico, y no paraba, y el mundo daba vueltas con cada envión de Alirio, que comenzó a quejarse y a respirar muy duro: ¡Alirio...!, se oyó la voz de Marcos desde el huerto, y ella rezaba para que al fin viniera alguien, pero la voz de Marcos se alejaba, ¡Dios mío bendito, ayúdame a zafarme...!

340

Hizo un esfuerzo enorme, pero de pronto algo la sacudió como si fuera una descarga eléctrica, vio todo borroso, todo oscuro, y no supo de más; y cuando fue volviendo a darse cuenta, Alirio estaba encima todavía, sin pronunciar palabra. Quieto.

¡Alirio!, y esta vez era Pacho, dando un silbido como llamando a los caballos desde el abrevadero, y Alirio se levantó de un salto, no te muevas, pero Ana no podía aunque hubiera querido pues se sentía como pasada por trapiche. Él se puso la ruana, se ajustó la correa, tengo que picar pasto, ¿vienes mañana para coger los nidos?, y ella dijo que sí, y él salió a las carreras perdiéndose entre cañas, y lo sintió como también silbaba, y se quedó pendiente de los ruidos pero nada se oía, ni los mugidos de las vacas, solo el correr del agua de la Leona. Voy a bañarme, decidió, y se levantó con gran esfuerzo, porque tenía el cuerpo magullado, y entonces entendió lo que le sucedió a Saturia aquella vez, cuando creyeron que Lisandro, el peón de los Montoya, le estaba era pegando. Cuando se puso en pie, se vio bañada en sangre: ¡me reventó por dentro!, y se lanzó a correr desaforada, sin pensar más en el dolor ni en el derrengamiento.

—¿Me va a dejar ñurir los agapantos...?

—¿No te puedes esperar diez minutos...?

—¿Diez minutos?, pero si hace una hora que estoy aquí plantada...

—¿Una hora...? No seas exagerada: ¿qué hora es...?

—Las once y cuarto. Y ya va a llegar su mamá de la peluquería y yo no sé... no respondo... yo tengo que regar las siemprevivas y ahí está sonando ese teléfono, ¡bendito...!

—Si es para mí, di que ya voy... ¡Sabina!

Pero no le responde y la oye contestando: casa de don Genaro, ¿que-queeeé...?, sí, no... está bien, cómo no, y después un silencio de tres minutos, ¡Sabina...!. ¿quién es?, pero ella como si se le hubieran comido la lengua los ratones: mejor salir del baño.

La sangre no quitaba y entonces decidió que mejor enterraría los calzones en el huerto, donde la tierra era blandita, y el camisón no tenía mucha y lo dejó secando mientras que se bañaba en la quebrada, que estaba como un hielo. ¡Por los clavos de Cristo...!, iba a decir Sabina si la alcanzaba a ver con esa facha; mejor irse gateando por detrás del garaje y entrar por el jardín; y se extendió en el pasto tiritando, pero no era de frío, porque sentía todo por dentro como un horno. ¿Y si me pasa lo que contaron que le pasó a Saturia?; y se imaginó fajándose el estómago con un neumático de carro, y el niñito naciendo en un rincón del baño, porque Saturia no contó, y ni la mamá siquiera se dio cuenta, y cuando oyeron fue los gritos, y Saturia después tuvo otro niño y por tres pesos se dejaba sobar por los arrieros. Que se acostaba en los pastales con el primero que pasaba, le oía que Sabina le comentaba a Flora: ¡a los quince años, y hay que ver...!; y entonces se volteó de cara al suelo porque no pudo más de pesadumbre, y se deshizo en lágrimas, en gemidos dolientes, y así lloró y lloró hasta que lentamente la fue venciendo el sueño, y se soñó con Montse. Que no era Montse sino que era su hermana, que estaba en el colegio un año más arriba y que el padre Medrano dejaba en arresto cada jueves, porque ella se ranchaba cuando tocaba el *cara al sol,* yo no lo canto, y él ¿ah, no?, pues ya verás, la marisabidilla, y la dejaba hasta las cinco, y nadie lo entendía, hasta que la abuela le explicó que era que

342

sus papás venían de España, refugiados, y que eran catalanes; y Montse le decía, ¿vas al rosario de la aurora?, y la metía en el desfile, que comenzaba a recorrer una ciudad de torres altas y plazas muy pequeñas y rodeada con árboles que ella nunca había visto, y el grito de Juan José la despertó: te están buscando, ¡Ana!, y se quedó parado, de cara a la quebrada, sin atreverse a más, cuando la vio tirada así, desnuda.

¿Ya viste los periódicos?, le pregunta su hermano gritando más que Cuco Sánchez, y eso que está con afonía: hoy traen noticias más completas, y comienza a leer, pero Sabina lo interrumpe: no es para usted: era misiá Eulogia otra vez, a ver si su mamá ya había llegado. ¿Y qué es la ventolera de la llamada por teléfono...?, y regañando a Juan José: ¿por qué es que forman tanta bulla por un facineroso...?, tanto desorden y tanto bololó que andan armando va a terminar en una mortandad, mi Dios nos favorezca.

Montse no estaba muerta. Cuando la oyó llorar volvió corriendo al cuarto pero allí la atajaron en la puerta y ella vio al médico que le ponía una inyección y su mamá le dijo vete a jugar pero cuidado con asomarte a la varanda y ella fue y sin que la vieran se asomó; pero ya las gallinas se habían ido y no quedaba sino un zapato de Montse tirado en el empedrado y al otro día le dijeron ya Montse se fue al cielo.

¡Por los clavos de Cristo!, exclamó Sabina armándole una bronca, pero Ana no hizo caso y explicó apenas que se había levantado con ganas de darse un baño en la quebrada, ¿a esas horas?, y ella, sí, ¡y qué...!; pero durante todo el día anduvo con el cuerpo molido y el corazón hecho una pasa, y se tiró en la hamaca sin leer, pues lo único, fue aquel descubrimiento. ¿Qué haces tan cabizbaja?, quiso enterarse Marcos, ¿no

343

montas a caballo?, y ella dijo que no, y ellos se fueron solos hasta el pueblo. Mañana yo no voy. Y si Alirio pregunta que por qué yo no fui a coger los nidos y a ver las caravanas, voy a decirle que a mí ya no me gustan. Pero no fue preciso, porque esa misma noche unos bandidos asaltaron la finca de los Santas, y se robaron el ganado, y su papá porfió que eso era canto de cisne porque el Gobierno ya terminó con la violencia, no va a quedar ni quien oiga el sermón: se acabó el chusmerío. Unos dijeron que Alirio formaba parte de la banda, pero otros lo acusaban de ser *señalador*, pues cada que lo veían con el tiple, zurrunguiando por ahí, debajo de los balcones, fijo caían los tombos por la noche y hacían las redadas. El caso es que se refundió en el monte, con el chandoso del Cónsul, como llamaba Sabina a un perro que él tenía. Y ni más.

El presidente prometió en esos días, que Paz Justicia y Libertad, y la guerrilla se había entregado en pleno. El 19 de junio de 1953, se lanzó una circular dirigida a los jefes de la armada, fuerza aérea y el ejército, que decía:

«Interpretando el sentir del Excelentísimo señor Presidente de la República, teniente general Gabriel Muñoz Sastoque, lo autorizo para que a todos los individuos que en una u otra forma se hayan comprometido en hechos subversivos contra el orden público y que se presenten voluntariamente ante las autoridades militares haciendo entrega de sus armas, los dejen en completa libertad, les protejan sus vidas, les ayuden a reiniciar sus actividades de trabajo y los auxilien en sus necesidades más apremiantes cuando las circunstancias así lo exijan y usted lo estime necesario. Sírvase hacer conocer esta orden en todas sus dependencias y difundirla en las zonas afectadas de su jurisdicción.

»Brig. Gral. Alfredo Duarte Blum».

Los grupos tolimenses del *sargento Veneno,* Leónidas Borja, *El Lobo,* Juan de la Cruz Varela y otros guerrilleros del Sumapaz, Rangel en Santander, las guerrillas de Maceo, Ité, Puerto Nare y Anorí, con los capitanes *Trino* García, *Sombranegra,* y Piedrahíta, y la de Yacopí, que comandó Drigelio Olarte, entregaron sus armas como ovejas.

El general logró un acuerdo con la guerrilla de los Llanos; donde un total de tres mil quinientos cuarenta combatientes hicieron marchas de cientos de kilómetros, para entregar personalmente su rifle, su pistola, o su escopeta remendada y regresaron a su aldea, su llano o su montaña, enfermizos, cansados; con la esperanza a cuestas. Siete mil hombres en tres meses, depusieron odio, zanjaron cuentas con la guerra, el hambre y la justicia, y saliendo de madrigueras, cuevas y refugios dieron acto de fe: aquí tienen las armas, ya no peleamos más, fue la promesa contra lo prometido del Gobierno; que quién sabe por qué ordenó una masacre campesina año y medio más tarde, en el Tolima, y en el cincuenta y cinco declaró *Zona de operaciones militares* a Villarrica, Carmen de Apicalá, Icononzo, Cunday, Pandi, Cabrera y a todo el Sumapaz, y comenzó a invadir, a asesinar, a destazar, violar, a torturar, a provocar presiones, desalojar la gente de sus tierras, incendiar, bombardear, y cometió genocidios como los de Barragán: cincuenta muertos, Pueblo nuevo: noventa, Platanillas de Villahermosa: sesenta y cinco, Tierradentro, Dolores: donde arrasaron todo, y so pretexto de guerra se llevaron ganados y cosechas. Ejército y pueblo se enfrentaron otra vez a muerte, en un encuentro más bárbaro que nunca, más cruel y sanguinario. Pero por qué, preguntaba todo el mundo, y su mamá decía, es porque se les abrieron las agallas y como ganan ascensos con el servicio activo, no pueden de la angurria, y su papá, la ambición rompe el saco, vas a ver. Y no tardaron mucho.

Nueve mil unidades provistas hasta los dientes con toda clase de armas, fueron concentradas con el apoyo de treinta aviones bombarderos, que durante once días de ofensiva convirtieron la pequeña región de Villarrica en un cuadro que ni siquiera Dante, por no decir los nazis, que es cuento muy traqueado, imaginó en su vida. Cañones emplazados sobre carros blindados, tanques que vomitaban cientos de toneladas de explosivos, puestos fortificados con morteros punto sesenta y uno y punto ochenta y uno, mientras la infantería perforaba la resistencia, o sea los campesinos, que con las bombas de mano hechas a toda prisa, la carabina o la pistola, defendían sus tierras, sus mujeres, sus hijos, que huían monte arriba, hacia la selva de Galilea, tratando de salvarse, pero allí se quedaron casi todos: viejos, mujeres, niños, más de seis mil, dijeron, ametrallados, arrasados, deshechos: como estopas vivientes, pues el Gobierno había estrenado en el ataque las nuevas ediciones de la famosa bomba N, incendiarias, con la insignia de USA, y aquello fue indecible, porque el infierno se le quedaba corto. Durante cinco meses no paró la escalada, y el territorio de Galilea se volvió un campo de muertos. Un cementerio donde la Paz, la Libertad y la Justicia, que pregonaron tanto, quedaron sepultadas: con bombos y platillos.

En esas vacaciones no fueron a la finca, y su papá habló de venderla porque la situación está imposible, pues un día un señor que se llamaba don Carlos Morales, recibió una boleta que decía: *le encarecemos rotundamente por el bien de su vida y de sus ijos que avandone este pueblo en el termino de veinticuatro horas o a más tardar, pasao mañana; no queremos mansanillos, hijueputas, malparidos, necesitamos limpiar el puevlo. (firmado) el puevlo,* y al lado, con tinta azul, un ataúd, y don Carlos, que era uno de los hombres que más plata daba para la construcción del templo y hacía más limosnas, amaneció acribillado dos días después, en una zanja, y se desataron entonces las boletas. Siempre sin firma. Siempre con mala ortografía. Siempre hostilizando, con orden perentoria de desocupar la región, estipulando plazo de días, y a veces de horas; y cuando por todas partes comenzaron a aparecer los mensajes en las cortezas de árbol y en las hojas de penca, su mamá, que era la que más apegada estaba, dijo, bueno, no hay más remedio, hay que venderla, y con dolor de su alma firmó el poder de la escritura.

Se empezó a hablar de un niño de trece años, que parecía un lince de lo sabido que era, y comandaba un grupo de veinte hombres. No había escondrijo que el condenado no supiera, ni triquiñuela que no usara, ni había quién le ganara en pensar estratagemas ni maniobras, quién descubriera sus emboscadas, quién lo agarrara en sus acciones enloquecidas casi, parece el mismo *Patas,* comentaban los peones cuando alguien preguntaba quién era ese muchacho tan zanquilargo y flacuchento, con los ojos brillantes y muy negros, inquieto como un mico, cabeciduro, caprichoso, desobediente con los jefes, pero eso sí: astuto como un zorro. Es *Caporal.* El terror de los chulos; que en la batalla de Collareja dejó hechos pedacitos: los encerró en una hondonada y les dio plomo hasta que le supo a puro sebo, no quedó ni la muestra, contaba

Tirso Arteaga que vio todo. Cuando menos acordaron estaban acorralados por veinte hombres que aullaban como fieras, y Caporal como un cacique, dirigiéndolos, ¡viva el nueve de abril...!, fue el grito de combate, y se lanzaron desde arriba, desde los cafetales, y había que ver a ese canijo manejando el fusil como si fuera de juguete y títere que apuntaba, títere sin cabeza, qué carajito tan berriondo: se movía como un gato por entre el rastrojero y daba órdenes en las que no cabía el titubeo: ¡al río...!, que no se escapen, los vergajos; porque ya los soldados se desbandaban en busca de un atajo, y en cosa de un minuto ya no quedaba ni quién contara el cuento: ¡a diablo pa' canijo y sabido, ese muchacho...!, prende candela debajo del agua, ¡qué verraquera, hermano!

Caporal fue el coco de los niños que no querían *la* sopa, y desbancó por mucho trecho al *Sietecueros:* ahí viene *Caporal,* y todo el mundo a sudar frío, a dar más vueltas que un perro por las noches, a revolcarse en las colchonetas de campaña y a no pegar el ojo, tan solo de pensar que al otro día había combate y que ese diablo andaba por ahí suelto. Ana se imaginaba los soldados. Veía las refriegas entre los bandoleros y aquel muchacho armado hasta los dientes y se acordaba de los ejércitos de niños que con cotas de malla, la cruz al pecho, cantando salmos y un crucifijo por bandera, un día zarparon para la Tierra Santa dispuestos a someter infieles, pero jamás llegaron porque en el puerto de Brindisi los despojaron de sus armas, los sometieron por la fuerza matándolos a todos, después que los violaron.

Se habló también de Jaime Urrego, que hacía de enlace, a los once años, y que lo capturaron en la batalla de La Palmera. De una niña de doce que raptó una pandilla de guerrilleros para que sirviera de concubina al jefe y se volvió una experta, un día maté a un niño, confesó a un reportero que la fue a visitar al Amparo de Niñas: lo volví picadillo, yo solita, y cuando le preguntaron que por qué, se alzó de hombros, porque sí... porque si no me amenazaban con colgarme de un árbol y dejarme para comida de gallinazos. Eso contaba *El Tiempo*, y su mamá volvió otra vez a prohibirles: nada más la página de los monos, pero ella en cuanto se descuidaban se los leía debajo de las cobijas, con una Eveready que la Pecosa le cambió por tres guayabas agrias, y se enteró de la matanza de los niños de Herrera, en zona de Rioblanco, que desde unos aviones del ejército habían ametrallado cuando formaban filas en el patio, y era el fin del recreo y estaban yendo a clase. Sabina, ¿qué son partes pudendas?, se le soltó una tarde mientras que la veía estirar ropa; como cuando chiquita: las sábanas inmensas y ella acodada en una esquina mirando la destreza con que la plancha iba y venía, y sobre todo las camisas, con las que era una maga. Que qué son partes ¿queeeé...?, y después el berrido: ¡ya está volviendo a leer cosas!, y Ana que no, de dónde sacas ese cuento, pero ya ella olía a chamusquina y decidió sonsacarle con mañita: bueno, no le dé pensión que no le cuento a su mamá, pero no iba a ser tan bisoña de andarle confesando que un día el tío Andrés la había invitado a un sorbete de badea en La Lucerna, porque ahí sí que iba a ser: ¡el tío Andrés...!, ¡cuántas veces te he dicho! Pero a ella le entusiasmaba, y por más que dijeran que un tomatrago empedernido, que un mujeriego impenitente, que comunista, que mal hijo, y le ordenaran que si lo encontraba por la calle se cruzara en seguida para la acera de enfrente, Ana no hacía caso, y cuando él se le acercaba

349

tambaleando, con barba de tres días, ¡hola, negra!, decía, y la Pecosa muerta de miedo, ese hombre tan miedoso está borracho, y ella, ese hombre, no: es mi tío, y la dejaba que corriera sola, y el tío Andrés la convidaba a caramelos y luego le regalaba la moneda de cincuenta, nuevecita. Su mamá contaba que cuando joven había tenido una carrera muy brillante, que muy superdotado, que fue edecán de Alfonso López cuando era presidente; y ella veía las fotos y ni siquiera Tyrone Power era tan distinguido, tan bello, tan apuesto con uniforme de parada y el quepis con penacho. ¿Por qué dejaste la carrera...?, le preguntaba a veces, y él, porque eso allá no hay de qué hacer un caldo, ya ves el capuchón que nos gobierna: ¡filipichín...!, y Ana excitada, ¿verdad que tú pusiste una bomba en palacio, cuando Laureano Gómez...?, y él, noo, quién dijo, y le contaba cuentos que la dejaban boquiabierta. De París y de Roma, cuando él vivió en Europa. Le enseñaba a pronunciar *buon giorno* y *buona notte* y eso dejaba verde a la Pecosa, y Juan José contó que un día que no tenía con qué encender un cigarrillo se lo encontró en la calle y después de echar palique un rato se decidió: ¿me das un fósforo?, y el tío, ¿un fósforo...?, sin entender para qué diablos se le ocurría un solo fósforo a un muchachito de nueve años y entonces dijo, ¡Asnoraldo!; que era una especie de sombra, o de Ángel de la Guarda que lo seguía a todas partes por orden de la abuela, desempeñando los vestidos de paños de Inglaterra que él empeñaba por dos pesos, pagándole las deudas, sacándolo a rastras de los bares, poniéndole el pijama; y entonces Asnoraldo sacó el portamonedas y el tío Andrés escogió cuatro de a cinco y se las dio a su hermano, que se compró no solo el fósforo sino un paquete entero de Pielroja. ¿Me dejas la revista...?, le dijo el día que la invitó al Lucerna y se tomó el sorbete, y él, ¿te interesa?, y ella desfachatada, sin pensarlo dos veces, no es para mí, es que la monja en el colegio... y el tío, ¡ah, bueno...!, es para estudio... y le dejó el cuaderno, y hacía tres días que no podía de tantas pesadillas.

«La policía política inicia su intervención con vejámenes, golpes e insultos. Después roba, incendia y asesina; a la postre viola, estrupra y remata en actos nefandos. Primero actúa en forma reservada; posteriormente afrenta sus víctimas ante progenitores, hermanos y aun menores de edad. A poco andar violenta chiquillas de ocho y menos años hasta matarlas, como en el Líbano, cuando estuvo la horda, al mando del mayor Peñaranda, a quien le correspondió sancionar el crimen. Más adelante se registra el caso monstruoso de violaciones colectivas cuando una sola mujer es arrojada a la tropa, con abierta incitación al delito por algunos oficiales psíquicamente lesionados.

»Un alto militar en servicio activo en viaje hacia Rovira, ante el Gobernador y el Secretario de Gobierno, reveló el nombre de cierto oficial que incursionaba para traer doncellas quinceañeras a la grupa de los caballos y después de algunos días entregarlas por turno y sin honor a la suboficialidad cómplice que las negociaba por precio irrisorio con la soldadesca sin moral por el ejemplo del jefe.

»No me quiero detener en el asalto de Miraflores, donde una paralítica de dieciocho años de nombre Eugenia Barreto, fue atropellada por quince de los bandidos; como no se pudiera mantener de pie fue amarrada a la columna de la casa y luego quemada viva. Asimismo el veintiocho de febrero de 1952, en el corregimiento de Regeneración, municipio de

Achí (Bolívar), una niña de trece años fue violada por los bandidos en presencia de las gentes.

»En el Guarumo (municipio de Caucasia, Antioquia), asesinan una niña de ocho años y luego le introducen en las partes pudendas, los genitales cercenados a su propio padre. El autor del relato tuvo ante sus ojos las declaraciones de indagatoria.

»Impúberes de doce y trece años aparecen violadas infamemente por cinco y diez y hasta quince forajidos y cobardes. Las mujeres en miles y miles de casos, deben pagar con el honor la cuota que les cobra la violencia, al extremo de que apenas se verifica asalto o comisión que las deje ilesas.

»Solo quien ha recorrido las comarcas, sabe cuán macabro y abismal es este aspecto de la tragedia, que en Colombia ha tenido visos espeluznantes y desconocidos en la historia del crimen», y lo que no aguantaba y todavía tenía clavadas y la ponían enferma, eran las fotos. Yo se lo oí decir a Flora el otro día, ¿a Flora...?, ¿partes pudendas...? ¡qué raro...!, sí: cuando el asalto de *Chispas;* porque también leyó en *El Tiempo* que el antisocial de veintiún años, Teófilo Rojas, jefe de una cuadrilla de bandidos y conocido con el apodo de *Chispas,* había asaltado un bus de línea entre Circasia y Calarcá y había dejado un reguero en plena carretera, y se alcanzaba a ver los campesinos, puestos en fila en un potrero, con las cabezas colocadas en un agujero que les hacían en el vientre, ¡ay Jesús Credo!, el corte de mica... fue el grito de su mamá, que echó el periódico en las brasas donde se asaban las arepas: no hay que comprar *El Tiempo*, la oyó decir desde su cuarto de baño, donde estaba encerrada, vomitando.

—¡Sabinaaaaa... no hay toalla...!

—¡Cómo que no hay toalla! Y qué la hicieron, pues...

Yo no sé. Aquí la marisabidilla, como decía el padre Medrano, la que lo quiere saber todo, lo dictamina todo y tiene la palabra, lógicamente no soy yo, y si se trata de resolver problemas de ese tipo ya puedes descartarme; y la oye que rezonga. Que arrastra las chinelas hasta el cuarto de los huéspedes. Abre la puerta corrediza del armario donde la ropa blanca se apila más blanca que los lirios, planchada, perfumada, oliendo a chirimoya, pues su mamá las guarda en medio de la ropa para que se maduren, y la cierra otra vez, chancleteando de vuelta: ¡aquí está la toalla...!, qué más le va a hacer falta, y cuando estira el brazo para que se la entregue, le ve aquella mirada penetrante con la que la está acusando, ¡qué tienes que decir!, dilo ligero, desembucha y te largas, ya a mi paciencia le están creciendo ramas y creo que hasta nidos de pajaritos tengo, ¿te pasa algo?, pregunta, pero ella no responde; mira hacia arriba; hacia donde el Señor del cielo nos contempla; da un suspiro profundo; sacude la cabeza: ¡bendito...!, dice, y se retira chancleteando.

Bastante ruido y pocas nueces, mi querida Sabina. Como la historia del general de que antes comentábamos. Se montó en la berlina, dejó a Güelengue con el paquete envuelto en papel blanco, y cuando logró abrirlo, pues Guspelao, la loca Débora y Pirulí el enano no la dejaban con la novelería, todo entonces fue asombro, exclamaciones: unos querían verlo de cerquita, los otros darle cuerda, los demás saber cómo habían hecho para pintar ese retrato en medio de la esfera, que si era luminosa, preguntaban, y ¿sabes cuántos se repartieron ese día?, dos mil: con la imagen de Muñoz en el fondo y las manecillas tricolores, no se lo cree nadie, por supuesto,

353

parece un cuento chino. Como era de esperarse, después de eso, todo el efecto de las palomas se fue a pique.

El país se fue llenando de otros pájaros. Abarrotando de asesinos. Cuajándose de muertos. Congestionándose de sangre. Poblándose de miedos. Rebosando injusticias. Hinchándose de oprobios contra el derecho humano. Cargándose, impregnándose, plagándose. Colmándose de gritos, de amenazas, de olores pestilentes, de ríos en los que la corriente parecía tinta roja de tanto desangrarse liberales y en los que las montañas fueron bastiones bombardeados, violados, destruidos, y las ciudades se convirtieron en lugares oscuros de ruidos apagados y pasos presurosos, porque había que cobijarse antes del toque de queda y solamente esos señores, *los pájaros,* te digo. Y nunca supe de dónde vino el nombre. El caso es que de pronto pulularon: *Pájaro Azul, Turpial, Pájaro Verde, Pájaro Negro, Bola de Nieve, Lamparilla* y el rey de todos, *el Cóndor,* que llamaban, vino a morirse allí detrás del patio, en esa casa que fue de Barbarita, la que tenía posada y daba almuerzos, ¿la ves...?, esa que tiene azul hasta las tejas; porque era godo hasta los tuétanos, y asesino, y bellaco, y se cansó de matar gente: se hartó de dispararles. Así eran ellos. Un día de Corpus, y eso pasó en Belén de Umbría, en plena bendición con el Santísimo entraron unos hombres y asesinaron un señor en medio de la iglesia y todos como en misa, por supuesto, ni quien dijera nada, te imaginas... Esos señores, esos *pájaros,* se pavoneaban por las calles y «hacían los trabajitos» por mil pesos, o por armas, o por drogas, el todo era que el tal *alpiste* no faltara y ellos contentos: asaltaban las finca cafeteras y así los gamonales no tuvieron problemas. Vendían la arroba al doble, pues siempre fueron

354

cómplices, y la policía, jueces, detectives, todos callados, ciegos, sin orejas, parece, pues cuando esos señores entraban a los bares, apuñalaban los dirigentes liberales, acribillaban a mansalva, amenazaban y robaban delante de todo el mundo, nadie movía un dedo. Todo sobre seguro, por supuesto. La *violencia por lo alto*. El canto del cisne fue apenas la *obertura* de uno de los graznidos más letales y tristes de nuestra historia patria.

Yo oí la algarabía muy temprano. Invadieron el pueblo por los cuatro costados y comenzaron a disparar al aire, y todo el mundo voló a cerrar persianas, a trancar puertas, a poner velas al Santísimo, y ese pajarerío alebrestado, gritando abajos, y el alcalde ordenó que no saliera nadie porque la tropa y policía estaba acuartelada y si salían iba a ser un desastre muy horrible, porque ellos habían venido por el cadáver como fuera, pero a mí no me amilanan con los tiros, declaró por el radio y dijo: León María Lozano, el jefe de los *pájaros* falleció de un infarto, pero la gente no se dejó poner la trampa y muy ligero la bola se convirtió en *vox populi*: le pusieron raticida Exterminio en los frisoles, era un *patiamarillo:* había pactado con jefes liberales y eso fue hacer la cruz, hermano: perro no come perro. Pero en la realidad, fue un hombrecito que lo cosió a balazos, frente a la puerta de su casa, con Amapola, su hija, en la ventana como único testigo.

Las líneas telefónicas se recargaron tanto que provocó una trabazón que no hubo modo de utilizarlas en tres días: *Pájaro Verde y Lamparilla* están donde el alcalde, telefoneaba tía Angélica, dicen que si en dos horas no lo entregan dinamitan la iglesia y el Club Rialto, ¡Señor, misericordia...!, y dos minutos después: le dispararon al Banco de Colombia y no quedó ni un vidrio sano, ya están pasando por la séptima, ya estoy oyendo los disparos... y no alcanzaba a colgar cuando misiá Eulogia Restrepo también con sus noticias, las Aparicio tampoco demoraron, asegurando que habían visto con estos propios ojos cómo los *pájaros* tenían una ambulancia lista para llevar el muerto: son unos intocables, y ya verás cómo se llevan hasta los mangos, si ellos quieren, pero las Aparicio exageraban; se las comía el celo patrio. Qué iba a hacer tanto *pájaro* con diez míseros árboles si ellos eran tres mil, calculándole al ojo. Faltan los de Tuluá, la tierra del *Cóndor,* que son los más feroces. Ya vienen en camino en los buses de Trejos, ¡Cristo de Séfora!, clamó entonces la abuela, pues parecía que esa señora tenía un Cristo que hacía más milagros que los ya conocidos, y se dispuso turnos de oración, las Salves, el *Magnificat,* el Viacrucis, los Credos, la novenita de San Francisco, *Señor, haced de mí un instrumento de tu Paz, que allí donde haya odio ponga amor, donde haya ofensa ponga yo perdón, donde discordia ponga unión,* rezaban y rezaban mientras que los disparos hacían saltar las tejas y el vocerío trepidaba en las calles.

Así fue. No exagero. Doce horas de zozobra. Sacaron el cadáver de la casa, custodiado por doscientos soldados, y lo metieron en una camioneta del ejército, y así hasta San Camilo. Todo el pueblo atisbando por entre los postigos. Ellos alharaqueaban con disparos y se quedaron en los bares de los alrededores hasta la medianoche, cuando se fue la guardia. Entonces mandaron cinco tipos que se montaron por las rejas, desenterraron el cadáver y de un disparo descerrajaron la puerta del cementerio. ¡Dios sea loado!, agradeció la abuela, y trajo una botella de Moscato Pasito: ¡es del cuarenta y ocho...!, balbució el tío Andrés, ¡es nada menos que del cuarenta y ocho...!, como si no creyera: ¿de dónde la sacaste...?, y ella, la abuela, con su risa de ardilla, de dónde crees, le dijo, de la alacena de los trastos, en medio de las botellas, ¡de la alacena de los tras... pero...! y el tío Andrés tragó saliva, agarró el vaso con pulso tembloroso, sintió el *bouquet,* como él decía, cerró los ojos con deleite mientras gustó el primer sorbito. Y qué mejor que un bosque para guardar un árbol, nos descubrió la abuela mientras brindó aliviada: ¡bendito sea mi Dios que no hubo muertos!

El compromiso con la Patria se fue a pique, también. Por muchos relojes, estatuas, plazas, medallas y estampillas que repartieron, esculpieron, dedicaron, mandaron a imprimir y acuñaron en bronce, en esos meses, no fueron suficientes para lavar la sangre, borrar los latrocinios, ni mucho menos resucitar los muertos. Lo peor fue la censura. Comenzaron a amordazar la opinión pública y a cerrar los periódicos. Porque dijeron, simplemente. Denunciaron y basta. La clausura de *El Tiempo,* después de aquella orden de a callarse, relacionada con la matanza de estudiantes, fue la piedra de toque. La tía Lucrecia, que vino de Bogotá a hacerse operar aquí porque la capital es una cueva de Rolando, dice siempre, y no entiendo por qué, el caso es que el apéndice le costó más barato, nos contó cómo fue cuando entró García Peña en el Circo de Toros de la Santamaría. Cómo la gente emocionada, lo ovacionó de pie, lo menos diez minutos, y gritó viva *El Tiempo*. La corrida arrancó y no pasó nada. Ocho días después, porque así llueva, truene, o relampaguee, ni Rosabel ni yo nos perdemos corrida, entró a la Plaza la hija del general: me acuerdo que ese día yo me estrené un sombrero cordobés que me trajo Romelita de España, incluso me acuerdo del color del vestido, porque hacía juego con unos guantes de cabritilla, bellos, que también me trajeron, y lo que allí rumbó no fue el aplauso, sino una chifladera impresionante. La Plaza entera se dedicó a silbarla desde que entró hasta que se acomodó por fin, como un tomate. Yo la veía porque tenía unos binóculos, fabulosos, finísimos, traídos de Alemania: repantigada allá en el palco. El mantón de Manila, el abanico, un pañuelo de encaje que revolió dos veces, ¿qué adefesio, verdad?, me dijo Rosabel y yo pensé, sí, pobre, porque la silbatina me había dejado exhausta, y en ésas la trompeta, y empezó la corrida. Eso fue todo. A la tercera fue cuando su papá compró más o menos un tercio de la boletería, e hizo instalar los sombrerones en los lugares estratégicos. Yo estaba comentando a Rosabel, subiendo la escalera: ¿no te parece que hoy nos va hacer calor?, cuando dio el alarido, ¡qué es eso...!, y era una mancha de sangre grandotota, ¡sigan, sigan...!, ordenó una persona al lado mío y yo no vi bien quién era porque me atropelló para que yo siguiera caminando, y entonces cuando entramos, toda la Plaza estaba en conmoción, la gente daba gritos, en el horror, la pelotera, entonces dije, yo me devuelvo, qué está pasando aquí, qué pasó, Virgen Santa, y el otro, no se puede, tiene que entrar, y nos bajó a estrujones, ¡qué hombres tan raros!, me dijo Rosabel; y eran los sombrerones que les digo. Generalmente en el tendido toda la gente es conocida, pero ese día había unos tipos muy extraños, y entonces al sentarnos preguntamos, qué pasó, y me dijeron cállese, no diga nada que aquí se gana un garrotazo, y me senté como en visita, y vi la Plaza chota y el público tan raro: todos con unos sombrerones de ala ancha, y en sol hacían rodar la gente desde arriba a punta de cachiporra: de tumbo en tumbo, hasta que al fin los atajaban las barreras, caían así, espantoso, hasta que al fin llegó un momento en que los burladeros estaban repletos de gente echando sangre, así, les digo, lo más impresionante: horqueteados, colgando. Los callejones llenos, ¡ay Virgen Santa, favorécenos!, rogaba Rosabel a una estampita que traía en la cartera, y yo quedé entumida: ni rezar, se los juro. Con el cerebro como si fuera de trapo, con el resuello ahogándome porque ni respirar siquiera, como un asma, una opresión que no podía, qué cosa tan horrible, la gente paralizada, estática, asistiendo en silencio a la masacre porque al que se atrevía a decir mu, le zumbaban parejo: a Juan David Botero, por ejemplo, que se atrevió ¡esto es un atropello...!, me lo agarraron a bolillo y eche a rodar las escaleras y Marta, su mujer, como una histérica, ¡no lo maten...!, gritaba, y se lanzó a ayudarlo pero ellos la atajaron; esto era en sol y sombra, más calmado. Porque lo que era en sol, el zafarrancho daba miedo.

De esto nos dieron como veinte minutos. La corrida, que es a las tres y media, salió antes de las tres, porque si no la sueltan, esos tipos acaban con nosotros. Creo que casi nadie se percató del paseíllo. Yo ni siquiera me di cuenta de los primeros toros, fabulosos, dijeron los que tuvieron hígado: de lo mejor que habíamos visto en muchos años, y por supuesto, porque salieron a jugársela para dopar al público porque la gente estaba horripilada. Fue extraordinaria, pero no se oyó ni un olé en esa tarde. Nadie sacó un pañuelo. El presidente de la Plaza mandó a alegrar con música las suertes de capote, los lances de muleta, concedió rabos, orejas, pero la gente siguió muda, conmocionada: tengo dolor de estómago, me decía Rosabel, la pobre, a cada rato, y yo que estaba con un temblor de arriba abajo no me pude mover porque un sombrerón de esos se me puso a la pata. Allí fue que acaté.

Tipo con cachiporra o con bolillo tenía sombrero grande. Aquel que no chistó cuando los sombrerones gritaron viva Muñoz Sastoque, se ganó un bolillazo. Mi general supuso que la afición no cambia mucho y que el que ovacionó a García Peña, el director de *El Tiempo*, también chifló a su niña, y a la tercera nos la puso. Fue un espanto. Cuando al fin se acabó y logramos salir de aquel infierno, vimos unos camiones verdes del ejército, parados en las puertas con todos los heridos amontonados: tirados como fuera, doscientos o trescientos, yo no sé; camionados repletos, sangre por todas partes, quejidos, muertos, ¡Jesús santo y bendito!, se estremeció la tía Lucrecia, pero no creas: que aunque la Prensa habló muy poco, el clamor llegó al púlpito.

El padre Acosta dijo un sermón en La Porciúncula que fue como una bomba, y a la salida de misa de doce los esperaban los bomberos con sus tanques rellenos y hasta los macetones de la Avenida de Chile quedaron chisgueteados de la anilina roja. Obreros, estudiantes, los gerentes de Banco, el clero, Luisas de Marillac, los sindicatos, los patrones, todos a hacerle huelga, a protestar, pero él sin fruncir ceja. Ese trece de junio hizo una aparición inolvidable: *en nombre de Jesucristo y a la memoria de Bolívar prometo luchar por el Imperio de la Tercera Fuerza,* pronunció desde el podio, al lado de la estatua: POR DIOS Y POR LA PATRIA.

Por Dios, ¡qué fantochada!, ya te digo: la gente tiene amnesia.

Pero los Waterloo tarde o temprano llegan y el 10 de mayo fue una fiesta. ¡Oh gloria inmarcesible!, nos dijimos, cayó la dictadura, y otra vez a la calle, a cantar himnos, desfilar con banderas, banderines, pancartas: eso hace ya diez años, y sabes que a *La Vanguardia,* periódico de España, ahora que se va a lanzar de nuevo candidato, Muñoz Sastoque declaró: ¿la Plaza de Toros...?, ¡ésas son fantasías!: un borrachito que resolvió poner pereque y lo sacaron. O sea, que cuento de viejas. *El general y el pueblo,* dicen, porque ya no es indigno. Le devolvieron sus derechos, dos votos contra uno, según el Tribunal, y la «rehabilitación» nos lo devuelve en forma de Salvador, de alternativa única, y quién te dice que a lo mejor no es cierto: que otra vuelta de tuerca; y esta vida es un tango, ¿quién lo dijo?

¿Ya viste los periódicos?, vuelve a insistir su hermano cuando la ve salir del baño, y ella no quiere saber nada. ¿Se acabó el disco de Cuco?, y él sorprendido de su reciente amor por las rancheras en las horas del alba, cuando ni las alondras, ¿te pongo otro?: ¿Chavela...?, sí, lo prefiere, por no tener que ver la foto que hay en primera página, pero no aguanta y mira, y un vuelco en las entrañas le hace poner la carne de gallina. Ese cadáver que yace en un galpón, puesto en una tarima, los ojos semiabiertos, torso desnudo, macerado, es Ernesto Guevara, como rezan los títulos: mira aquí, se burla Juan José quitándole el periódico y abriéndolo en la sección de Femeninas, *el anturio negro será presentado de manera especial, será el rey de las flores...* y yo me huelo la mano de Alfonsina Storni, EL MUNDO FLORECE EN BOGOTÁ, qué te parece el título, milagro, prodigio, mis manos florecen..., sigue a las carcajadas, pero Ana no se ríe, aunque él insista en que el primer premio se lo lleva el del jueves, también en Femeninas. ¿Dónde están los periódicos?, y

Sabina, no sé, donde los ponen siempre, ¿no?, en la canasta grande, y Juan José, ya verás, no te muevas, y ella no se menea, con qué fuerzas, si una desgana en todo el cuerpo la tiene allí clavada y Sabina que si es que no ha entendido, que si se va a poner los blancos, y Juan José otra vez: *trescientos niños comerán hoy ponqué y helado,* y hay dos pequeños comiéndose una tarta, y tienen las caritas macilentas que miran al fotógrafo mientras que con la lengua se lamen la cuchara, y todo presidido por hijos de ministros, directores de empresas, industriales, banqueros, comerciantes: niños de diferentes regiones llegarán hoy en las primeras horas, llegaron, mejor dicho, para tomar parte en este primer banquete nacional del niño cuyo objeto es el de promover y mantener centros de educación, ¿por qué no quitas a Chavela?, me emborracha... pero a ti quién te entiende: *¿Paloma Negra,* te emborracha...?, y ella le grita ¡quítalo!, porque ya no resiste, y Sabina interviene, qué son esos modales, valiente la manera de tratarse entre hermanos, y Ana piensa en Lorenzo. En su evasión a causa de eso, porque está como loco de la rabia, le dijo ayer Valeria; que aconsejó que a la manifestación de esta mañana mejor iría sola. Para evitar plumeros.

—El teléfono...

—Voy yo.

—No, voy yo.

Pero su hermano se lanza patinando por todo el corredor y ella detrás, lo mismo, y la Sabina, ¡no patinen...!, y él llega de primero, ¡alooó!, contesta en tono de juerga, ¿mi hermana?, voy a ver... ¡Anaaa...!, ¿vas a dejar la repelencia?, trata de arrebatarle, mientras que él con ese gesto de pebeta le da el auricular, es para ti: ¡Martín!, le bisbisea, como si fuera un gran secreto.

pero para qué quieres que te cuente, linda. Además, si agarran al compañero que te las lleva no queda ni el pegado: a estos berriondos no se les frunce el culo viendo muertos.

Yo salí de la casa con el cerro de hojas volantes metido en una funda de Olivetti como lo hacemos siempre y de repente un tipo de gabardina y de sombrero a lo Humphrey Bogart se me atraviesa en plena séptima y me dice a ver qué lleva en esa funda y yo pues una máquina y el tipo, ¿sí?, pues a ver, abra, y claro, me puso en calzas prietas y lo demás es como un cuento que uno creía que no le pasaba sino a otros y cuando menos piensa es uno el héroe de la película.

Maluco, muchachita. Muy maluco. Los calabozos del F2 son más o menos como todos los que se ven por ahí: nada del otro mundo. Solo que en estos habían unos perros hijueputas, amaestrados para comerte a tarascazos, y me dejaron como a un Nazareno en dos minutos. No alcancé a entrar. Me abrió la puerta un tombo y muy amable, adentro, amigo, y zuaaazz, los perros. No me castraron de milagro. Y esa entradita fue el bautizo. Después un capitán me interrogó y como le dije que yo no sé de qué me están hablando, porque quería saber que dizque dónde están las armas y las granadas quién las trae, y la primera en la frente, con la cacha del revólver, y como no dije ni ay fue el culatazo y entonces sí me rajó el cráneo, y yo vi nublado y caí al suelo, redondito. Pero me despertaron con no sé qué porquería que me hicieron oler. A ver... ¿sí le dolió, mi amigo?, y entonces yo vi al hombre con unos cuchillitos como de carnicero y me bajaron los calzones y entonces sí, adiós me los cortaron, fue lo que yo pensé pues de eso tenían cara pero solo querían joderme un rato tirándome pinchazos hasta que al fin llegó otro tipo, un moreno bajito, y puso a funcionar la máquina de los choques y ahí sí creí que era capaz de confesar alguna marranada porque la sed era espantosa pues ya iban cuatro días sin probar gota de agua y no dejan dormir golpeando puertas y encendiendo las luces, jodiendo, en todo caso, a ver si ahora se acuerda, me dijo el que era experto en electrocutarte los testículos pero aguanté y salieron fuerzas desde las mismas entretelas, no les di el gusto, malparidos, yo no me acuerdo, dije, y al fin no sé ni cuándo fue que pararon y me tiraron en la celda, donde éramos dieciocho y no había sitio ni para mear ni nada: cague pa' dentro, chusmero no sé cuántos... contestó un tombo cuando le dije que yo me estaba reventando, y uno que estaba al lado: estás muy bueno para rociarte con gasolina ahora que estás repleto de mierda, y así por el estilo.

Cuatro días estuve con vómito y diarrea y una congestión y un dolorazo en los testículos que lo demás son cuentos de hadas.

A mí me habían contado cosas pero es un pálido reflejo. Con decirte que un día me tomé los orines de la sed tan vergaja que tenía, y si te cuentan cosas peores, no dudes nunca, esto no es cuento.

Estoy enfermo de la vejiga, por supuesto. Y de otras cosas. Pero ya está pasando. A lo mejor es pendejada que te diga estas vainas pero pienso también que a lo mejor te sirve. A lo mejor así aprendemos. Sabiendo cómo es esto aquí por

364

dentro, prefiero que me tuesten. A cada rato dejan abierta la puerta del calabozo y se hacen los de la oreja mocha para así darnos ley de fuga, pero no somos tan pendejos. Cuando digo tostar, es en el monte: para que el cielo sea testigo, por lo menos.

Hay que decirle al abogado que se agarre hasta de la última palanca pues ellos dicen que yo no estoy en esta cárcel pero sí estoy, ¡¡¡SÍ ESTOY... YO ESTOY AQUÍ, JODIDO HASTA LOS HUEVOS...!!!

No veo la hora en que me den permiso de verte. Insiste. ¡INSISTE! un beso grande, largo... pienso en ti, pienso en ti, pienso en ti, pienso en ti, pienso en ti, pienso en ti pienso en ti pienso en ti pienso en ti pienso en ti, pienso en ti, pienso en ti pienso en ti pienso se acabó este papel, que fue un resto de rollo que le quedó a un amigo mío, y eso es aquí como oro en polvo. Ojalá que me entiendas pues se deshace cuando escribo.

Agosto veintidós

me la tuve que tragar pues no sabía qué podrías decir tú que me comprometiera. De pronto el tombo dijo que muéstreme esa carta, y yo cuál carta, pues la que le pasó aquí el compañero cuando creyó que yo estaba elevado, no me crea tan pendejo, y yo muy serio, a mí no me pasó nadie nada, y el man cacheándome, y yo con ella en la mano, vuelta un ocho, pero cuando lo pensó ya era muy tarde porque a mí ya me iba por el gaznate abajo y total tres días de confinamiento. Mejor no hablemos de eso.

Cuando pienso que ni siquiera tuve tiempo de leer ni la primera frase, y no sé cómo estás, qué pasa por el mundo, por el tuyo, muchacha de risa loca, amor, qué desespero. Las primeras dos horas me estuve dando golpes contra el muro hasta que al fin pude llorar, qué encabronada.

Ahora ya estoy mejor, pero cuando volví a la celda me encontré con que a Jaime se lo habían llevado, no sé por qué guachafita de maricones. Parece que un cacorro trató de meterle mano y él le rompió los huevos, lógico. Aquí esa vaina es como el café al desayuno. Todos los días hay que quitarse de encima dos o tres, si no es el tombo mismo que te propone cosas. Y a veces ni maricones son. Ya me pasó la primera vez, hace dos años, cuando la historia del cheque chimbo, por Dios, que eso está lejos, si me parece que fueron vacaciones pagadas, cuando comparo con todo este mierdero. Pero entonces era un bisoño con la mollera encementada, sin ver ni oír, como un oligofrénico, como una especie de mongoloide, porque es que así es como nos tienen, ¿no?

Me preocupa lo de Jaime. Él es un tipo que no aguanta muy fácil esas cosas porque se pone enfermo. Me he dado cuenta de que sufre una especie de claustrofobia porque de pronto se agarra a los barrotes y comienza a gritar, con los ojos salidos, y yo, cálmate hermano, pero el hombre no oye, y no hay quién lo despegue, hasta que vienen guardas y se lo llevan a darle una duchita para que se le pase la viaraza, dicen, y lo traen después, mojado hasta la pajarilla pero calmado al fin, y entonces tenemos que envolverlo en cobijas hasta que se le van pasando los temblores. Yo creo que eso le da de tanto pentotal que le han puesto para que diga cuál es el enlace que los estudiantes tienen con la guerrilla, pero el hombre no afloja, y lo colgaron ocho horas de los pies y después de las manos en el cuartel del DAS en lo que llaman SALA

VERDE, que es donde están los hampones a sueldo poniéndote las máquinas, y él me lo cuenta y la voz no le tiembla porque ese tipo es un verraco. Trabajó con la Federación Universitaria, cuando Julio César Cortés fue presidente del consejo superior de estudiantes, antes de que se fuera a la guerrilla, y le tocó organizar la marcha de estudiantes desde Bucaramanga a Bogotá. Me contó que los quinientos kilómetros que anduvo en alpargatas no los sintió siquiera. Que fue una gloria inmarcesible cuando al pasar por Tunja los declararon huéspedes de honor y el pueblo batía ramos como en domingo de Pascua. Dice que Carlos Fuentes da en el clavo cuando define la América Latina como *la ruina de un castillo feudal con una fachada capitalista de cartónpiedra.* Que no somos más que un núcleo de transformación y que así hay que entenderlo. O sea, que si no es con el apoyo del pueblo la cosa va a quedar en un berenjenal donde los cocinados vamos a ser nosotros, por supuesto.

No sé qué va a pasar, muchacha. Si la muerte de Camilo nos puso en la estacada y nos dejó viendo un chispero, no hay que olvidar al Che. Él mismo dice que la guerrilla no es una aventura bella. ¡Y no...! Pero es la única. Para mí, en todo caso. Cuando Camilo lanzó su plataforma en el sesenta y cinco, yo había salido de la cárcel por lo del cheque de marras, y entonces sí, pensé cuando lo oí: ahí sí hay candela, ¡qué verraco! Y me alisté, como él decía. Me organicé con todo el grupo para pelear de frente y con las armas iguales, que era lo que él pensaba que podíamos. Y hoy me pregunto: ¿y si Camilo resucita...? Lo vuelven a tostar... claro que sí. ¡Pero ya el pueblo está despierto! ¡YA EL PUEBLO ESTÁ DESPIERTO! Camilo Torres fue la piedra de toque. Porque él tampoco era ya un hombre, era un pueblo, como lo fue Gaitán. La vieja siempre ha dicho que Camilo fue cura hasta la muerte. Que si en Patio Cemento lo acribillaron como soldado raso de guerrilla, con una cuarenta y cinco al cinto como único armamento de defensa contra ametralladoras y morteros, fue porque él amó a los pobres y quiso defenderlos de la injusticia que siempre han sido víctimas. Que esa humildad con que él negaba siempre los honores; porque él decía: yo aspiro a ser aceptado por el pueblo como un servidor de la revolución, no como líder, era digna de un verdadero apóstol, e insiste en que es un hombre que nunca dejó a Cristo y si colgó la sotana fue porque el Cardenal le ordenó que la dejara; y mi Dios que es tan grande, sabe juzgar quién es el fariseo y quién el publicano, cuando en el Valle de Josafat los ponga frente a frente, dice.

Camilo Torres cumplió lo prometido: ni un paso atrás y enseñó al pueblo que hay que preferir la muerte a ser esclavos.

Lo sublimaron, sí, pero antes lo llevaron de Herodes a Pilatos, de un frente a otro frente: nosotros te apoyamos, le dijeron los líderes, y en realidad lo que le prepararon fue una esponja con hiel, negándolo tres veces, en tanto que el Gobierno acumulaba cargos para la corralona, y entonces se fue al monte, con su verdad a cuestas. *Buscamos liberar al pueblo de la explotación de las oligarquías y del Imperialismo*, escribió en su Proclama apenas llegó al monte y la lanzó a los cuatro vientos, pero estos no alcanzaron a esparcirla, porque a los cuatro días, cuando el pueblo dormía confiado en la esperanza de aquel grito de ¡hasta la liberación o la muerte!, las balas madrugaron y dejaron clavada la Esperanza, la Fe y la Caridad, acribilladas contra un árbol.

En esta PATRIA BOBA en que vivimos; en este Frente Nacional de que hoy por ti pues mañana es por mí, y así dieciséis años, la misma paparrucha, votando por quien quieren, mientras que por debajo de cuerda ellos haciendo tráfico, con dimes y diretes, y uno del timbo al tambo, con vento o sotavento, porque así es la movida y el resto sálvese quien pueda, la cosa está muy peliaguda. Yo creo que ni Job. ¡Hay que pelearla como sea!

Después del general Jefe Supremo, el desfile lógicamente es muy lucido. Dos navegantes en retiro, decidieron salvar la barquichuela, que al pairo y al garete se debatía entre dos aguas, y en Benidorm y en Sitges donde Laureano se exilaba para gozar mejor del mar azul, *il bel* Mediterráneo, firmaron el tratado. Un Frente Nacional, para salvar la Patria. Y henos aquí, muchacha, luego de tres periodos en que la Patria sigue flotando de milagro, las aguas son las mismas, o sea la misma perra pero distinta guasca, y el resultado es algo, que como dice el pueblo que se las sabe todas: ni chicha ni limoná, mi don... ¡ahí sí no hay nada...! y este mensaje a García se acabó, pues se agotó el papel. Un abrazo como de aquí a Cartago.

sábado

no se me pasa. Hay que tomar resina. Resinacióncristiana, como decía Heriberto, el de la Trilladora, pero eso está difícil porque los hados son maléficos y no es propicio el clima. Y ni hablar del chincherío que acude por las noches. Tengo la espalda llena de ronchas.

No conseguí sino este papelito, pero muy peor es nada. Trato, ya ves. Al mal tiempo, cría cuervos

miércoles

duermo muy mal pues se me volvió un tablero de ajedrez y me termina siempre en tablas

linda: ¿será que uno aquí se vuelve tarado?

Yo creo que sí. Son fijaciones en cadena. Los peones son los reyes, los reyes los alfiles, la reina cruza el campo de norte a sur, olímpica, como si fuera lo más lógico, y así queda el balance del Frente Nacional, después de varios días en que de sol a sol le echo cabeza.

El *Jocker* Lleras, que tuvo el primer turno y nos doró la píldora (experto en mutis por el foro).

El *Pacificador* Valencia, aficionado a cazar patos y el resto *a sangre y fuego,* consigna ya heredada que se mostró eficaz en la escalada de Marquetalia, donde dieciséis mil hombres adiestrados y dirigidos por tropa americana usaron el Napalm sobre la población civil, que se metió en la selva, pero las bombas con bacterias y los fusilamientos oficiales se encargaron del resto, todo por un suma módica: trescientos setenta y dos millones del ala. O sea, del presupuesto.

El Invasor Lleras Restrepo, aquel, que según él, recogió la bandera de Gaitán cuando lo asesinaron pronunciando el discurso ante la multitud que habría de desfilar, *oh hondo dolor inmenso, sin oír de sus labios las consignas que tantas veces se esparcieron a los vientos como simientes de esperanza...* ese, no nos perdona que lo dejáramos como una salsa ketchup, cuando entró a la universidad del brazo de Rockefeller a inaugurar un edificio, cuando era candidato, y todavía nos está haciendo pagar esos tomates; a precio de carne de estudiante. Mandó dos mil soldados, cuarenta tanques y un puesto de avanzada con la caballería, que sin ninguna dilación se acomodaron en la universidad igual que Pedro por su casa: muy poco nos faltó para tener cañones en las puertas. Nos puso el *tentequieto* y así nos lleva, de la ternilla. A culata y fusil, a gritos y amenazas, sobreseguro y a mansalva. Piedras contra los tanques. Tanques contra los libros. Libros contra las balas. Balas contra la idea. Pero la historia es larga y aliada del paciente: de las hormigas que trabajan. No se te olvide, compañera. *In illo tempore,* dirán un día hablando de tantos hombrecitos que se tomaron Liliput creyéndose muy grandes, y tú y yo los testigos: presentes siempre, para gritar bien alto los nombres de los muertos. No nos hagamos ilusiones, me dicen los muchachos. ¿Y los cojones, qué? ¿¿Ahhh...??

no hay luz. Se hizo de noche, dijo Goethe

se hizo de noche y pienso mucho en ti. Mejor me duermo. Hasta mañana.

Septiembre tres

Mi querida Valeria:

Ayer a las cuatro y media me notificó un oficial la muerte de la vieja. Supe que viniste dos veces, pero el reglamento no permite las visitas a los prisioneros en mis condiciones. Supe también que la vieja vino otro par de veces, el mes pasado, y me dijeron que tú habías dicho que no sufrió, que ni siquiera se dio cuenta.

El permiso para ir hasta allá y acompañarla llegó muy tarde y ya había pasado el entierro. Me imagino que pudiste localizar al viejo. Si no lo conseguiste, pregúntale a don Cleto. Vive ahora por los lados del Zacatín. Averíguale. Él sabe.

Me alegro que la vieja no sufriera. Llévale flores en mi nombre. Margaritones blancos. Cómpraselos donde la vieja Imelda y dile que estoy bien.

Yo estoy bien. Bien de salud, quiero decir. Porque la muerte de la vieja me tiene atortolado, molido todo el cuerpo, y sé que tú también estarás pasándolo maluco. Si necesitas plata dile a don Asnoraldo que te preste. Que ya arreglaremos cuando salga. No te dé pena y pídele. No pases más trabajos. Yo sé que el entierro y la enfermedad te habrán costado mucho.

Escríbeme una nota que me la dejarán pasar, dice el teniente.

Te abrazo muy fuerte. Te acompaño todo el rato, todo el rato, sin parar: ya lo sabes.

LORENZO

(dile a don Cleto que te acompañe donde Alcides Zuluaga, que él te fía la lápida. Que sea de buen mármol)

viernes ocho

no creo que pueda. Tres años son un mundo de años. Claro que aquí la mayoría está pagando siete y diez años y yo me doy por bien servido. Pero no creo. ¡NO PUEDO!, mejor dicho. Me paso las noches enteras haciendo planes. Hay un man que se sabe la planta de la cárcel de memoria. A lo mejor. Quién sabe.

Ya no sé ni cómo es el sol. Aquí no escampa. Allá en la costa eso era un horno y aquí es un frío del putas.

A lo mejor va a verte un hombre que se llama el Ñato. Dale un paquete de cigarrillos y unas Gillete, y ¡escríbeme!

Jueves veintiuno

nos incomunicaron ocho días. Sin agua y sin comida. Pero no aflojamos. No descubrieron nada, creo, y eso fue un sapo de mierda, hay que pajearlo y pasarlo al papayo, porque si no nos pavean también un día de estos. Hay que ponerse eléctrico. Me siento como el peor de los huérfanos. Se nos voltió el Cristo, ahora sí...

Jaime hace cuatro días que no musita palabra. Está con fiebres y diarrea que no para. Se va a morir. Yo sé. Aquí se siente muy claro lo que decía la vieja: nadie tiene la muerte vendida ni la vida comprada, decía, ¡pobre vieja!, que en paz descanse. Jaime se va a morir y yo me voy a podrir de tristeza y de rabia, en este muladar de mierda.

Me sueño mucho contigo. Hasta despierto, cómo será eso. O no sé si estoy despierto o qué. El caso es que tengo los ojos abiertos y te veo. A cada rato.

Qué ganas tan berriondas de abrazarte. Qué ganas, ¡carajo!

domingo, primero de octubre

lo encontramos muerto esta mañana. Era un tipo muy raro, del Zarzal. Nos contaba que allá tienen un campo de concentración, rodeado de alambre de púas electrizado y que hacen fusilamientos simulados. Sacan a un tipo de la celda y lo llevan a un lugar oscuro y de pronto se ilumina todo con muchos reflectores y el prisionero se da cuenta que está frente a un pelotón de fusilamiento. Gritan fuego y los soldados disparan y el hombre cae. Lo mismo le sucede mañana si no nos dice la verdad, le advierten, pues el pelotón quemó cartuchos de fogueo. ¡Qué tal! Remigio nos contaba que a un compadre de él le hicieron la prueba de la fusilada dos veces y que a la tercera lo tostaron. Pobre hombre. A mí no me acaban de esta, nos dijo hace como cuatro días: a mí me olearon dos veces cuando estaba muchacho y yo ya tengo callo. Pero la muerte lo agarró a mansalva esta vez, sin santos óleos, dicen que fue veneno. No me ha llegado nada. Pienso si el Ñato me incumplió o fue que lo agarraron. Si fue que lo agarraron nos jodimos.

Jaime ya está mejor, pero no habla.

No todo está perdido, dijo no sé quién cuando se tiró al agua porque se hundió la nave.

Notodoestáperdido

te quiero de aquí al cielo

El año del Moscato Pasito fue el mismo en que se le cayó el primer diente, mataron a Gaitán, hizo la Comunión y se murió el abuelo de diabetes.

El abuelo era ateo. No era como la abuela que creía hasta en los rejos de las campanas pues todo por amor y gloria de mi Dios decía a cada rato y jamás se levantó de la mesa sin decir bendito sea el Señor que nos ha dado de comer y de beber sin merecerlo y hay que estar siempre en Gracia no vaya a ser que un día venga el Amo y nos encuentre sin aceite en la lámpara y jamás nunca la vio alterarse ni perder la paciencia ni decir palabrotas ni gritarle a los niños ni dejar de ir a misa ni pasar delante del Santísimo sin acordarse de la genuflexión ni olvidar a los pobres ni distraerse en la plegaria ni decir mal del prójimo pues ella era una santa decían todos pero ella no creía: no dejarse llevar por los halagos porque son trampas del demonio decía poniendo buena cara en los momentos malos porque ya Dios proveerá los confortaba y Ana le preguntó ¿y el abuelito no comulga? porque lo oyó diciendo que en vez de ser tan semanasanteras esas viejas deberían de andar pensando en el almuerzo y ella se rio no le hagas caso a Antero don Ántero como decían los hombrecitos cuando venían a hacer consulta y Ana pasaba y los veía haciendo cola muy formales y los atados en el suelo aquí tiene don Ántero porque él no les cobraba ni un centavo y ellos dejaban un pollo o unos huevos o un gajito de plátano y el día que el tío Ricardo recibió su diploma de abogado y decidió instalar bufete al lado del abuelo y colocar letrero *a diez pesos consulta* cundió el pánico: quién les iba a resolver tanto pleito si el único que no cobraba en todo el pueblo era don Ántero y más en esa época cuando no había sino trifulcas y pendencias porque los godos no dejaban tener la vida en calma pero él no se inmutó: no haga caso mijito que ese letrero son pendejadas de Ricardo y hacía justicia gratis y resolvía entuertos y camorras desahucios y mortuorias a todos por parejo se ufanaba la abuela, que muy desde el principio le advirtió si no es así pues no hay casorio y él prometió que bueno; que atiendo también godos, no te afanes.

Al tío Ricardo lo nombraron alcalde pero el abuelo no lo dejó posesionarse porque alegó que eso es contra la Ley porque no tienes los veintiuno y siguió como siempre con su ley muy derecha: con su bastón de caña porque le dio mielitis en la pasada de la cordillera cuando venían de Pácora huyendo de los godos y el tratamiento era aplicar hielo en esa época pero hielo de dónde si ni luz ni neveras existían y además pleno monte y lo tuvieron que bajar entonces desde el páramo a lomo de dos mulas y fue como un milagro porque santo remedio gracias a Dios decía la abuela contando que había hecho una promesa y les tocó emprender el viaje por el Valle del Cauca en pleno invierno cuando no habían tampoco trenes ni carros ni apenas carreteras porque eran lodazales y solamente ir a Cartago eran dos días llueve que llueve todo enfangado y húmedo y el alimento escaso porque las postas eran ranchitos donde una negra les ofrecía plátano frito y algún racimo de uvas y la dormida era en el suelo sobre un montón de enea si había suerte y mi Dios es muy grande porque el doctor ya había perdido la esperanza pero a Dios rogando y con el mazo dando y no me arredró ofrecerle al Señor tanto camino pues la gente asegura que es como un viaje a Europa ¿cierto Antero? y el abuelo callado por no decir que en esa historia el único milagro fue el hielo y si no van por él al páramo no habría contado el cuento: ¿no es verdad? y él sí es verdad pero yo quedé cojo y no me insistas que te dejas para arriba eso es muy enredado y nadie sabe pero la abuela sí sabía porque la fe mueve montañas y ella había visto con sus ojos pues cuando le empezaron los dolores y se quedó de que esta mula es dura de cabestro y me tiene molido por no contar que tenía fiebre y ella lo vio rengueando y esa noche le entró la tembladera y el delirio y alguien dijo es muy grave le ofreció al Santo Cristo que iría a verlo a Buga y entraría al santuario de rodillas: el hielo es el remedio aconsejó un arriero y a ella le pareció que era la voz del ángel y le pidió a los hombres que se pusieran en camino porque además el páramo estaba allí pegado dos días de a caballo pero aquí ya no hay caso dictaminó el doctor que habían hecho subir desde Aranzázu pues él ya no conocía y con los ojos vidriosos y ella empezó el *Magnificat* con toda la confianza aplicándole el hielo de a poquitos y cuatro horas después la fiebre fue bajando y el médico aterrado porque es la mano de Dios seguro mi señora y ella sabía que sí, que Dios no desampara a sus ovejas.

Ese bastón de caña con que el abuelo andaba era más viejo que él porque se lo regaló en la guerra de los mil días un coronel famoso que había sido amigo del general Tomás Cipriano de Mosquera a quien llamaban *Mascachochas* porque en una batalla mucho antes de la guerra le partieron la quijada de un sablazo y no encajaba bien y parecía mascando todo el rato: era un jodido ese Mosquera decía el abuelo que era como ella más o menos cuando él fue presidente por la segunda vez y le expropió los bienes a la Iglesia y decretó que abajo curas causando un alboroto pero los liberales muy contentos porque Dios era un cuento y si esos curas predican la pobreza qué es lo que andan haciendo con tanto convento tan lujoso y tanta tierra de labrantío sin producir ni nada mientras que el pueblo que oye misa y comulga y cree en ellos y les paga tributo del sudor de su frente y los muy sinvergüenzas viviendo a la bartola dizque rezando dicen rogando por nosotros cuando más les valiera fijarse en esa viga que tienen en el ojo y no en las pajas ajenas ¿no es así como dicen? y la abuela sí Antero pero no fueron todos porque los buenos siervos del Señor han sido siempre humildes y él barbotando que con esa humildad me limpio un sitio que no digo porque la niña está presente y Ana mirando aquel bastón que no paraba cuando él chillaba que esa viga y acusaba a los curas de aguas tibias y esos ojos oscuros tan brillantes y el bigotón hermoso, pobladísimo: el viejo *Mascachochas* fue presidente por tres veces y la tercera por mayoría aplastante porque no había quien no votara ya que traían la gente como recua de los campos y los acomodaban dos días y dos noches en enormes galpones o en patios de casonas sin salir para nada hasta que en la mañana de elecciones los soltaban a todos con una papeleta y el abuelo se carcajeaba mucho al acordarse porque él tenía diez años y le tocó que en Pácora en la casa de su abuelo albergaron ochenta montañeros y les llenaron el buche de mazamorra y les dieron gallina que no habían probado porque mi don si las matamos quién pone los huevitos y armaron una fiesta donde tiraron voladores y se cantaron coplas hasta quedar dormidos encima de las enjalmas pero él no pegó el ojo y dos meses después vio al general Mosquera desfilando a caballo aquel día en Rionegro que se firmó la Convención con su penacho al viento la espada fulgurante los bigotes ya blancos y esa mirada como de halcón grullero que le quedó grabada en la memoria pues era ya tan águila que a la segunda vez no se esperó que lo eligieran sino que aprovechando la rebelión del Cauca derrocó a Ospina y tomó el mando: ¡ah viejo marrullero...!

Reza por el abuelo para que se arrepienta y mi Dios le dé la gracia de confesarse le cuchicheó la abuela para que él no la oyera porque si se enteraba que desde hacía dos años rogaba a Santa Mónica y que Ana iba a pedir que el abuelo comulgue cuando las cinco gracias de la Primera Comunión iba a vociferar que lo dejara tranquilo viejas beatas y él no era así decía la abuela: cuando más joven iba a misa y la acompañaba a visitar los monumentos pero de pronto un día comenzó a rajar de los curas y las monjas y a decir que si en vez de tanto cántico y tanto Señor mío y Dios mío se dedicaran a cosas de más provecho y la abuela qué más provecho Antero que el aplacar la ira de Dios porque sin ellos ya esta tierra hubiera sido asolada como lo fue Sodoma y él como un basilisco que si le quería hacer tragar todos esos bochinches no perdiera su tiempo ¿yo ir a hacer rogativas? le contestó cuando Ana le preguntó que por qué no iba con ellas a la iglesia para las oraciones por la paz de Colombia: ni amarrado, mijita, y eso la hirió en el alma. Voy a ofrecer que si el Señor libra al abuelo de las malditas garras del demonio y deja que se convierta y vaya a misa y sea buen cristiano haré primeros viernes hasta que yo me muera le secreteó a su vez pero del lado que no era porque por ese oído la abuela era como una tapia y siempre que uno le secreteaba alguna cosa ella dejaba que le contara el cuento bien contado y le decía después ahora vuelves y me lo cuentas de este lado pues por aquí no me entra ya la puertica está cerrada: que están tramando estas cismáticas, porque se daba cuenta que ese aire de conciliábulo tenía que ver con él y sus pecados y Ana no se atrevió a soplárselo otra vez a la abuela en el oído izquierdo, porque la cara de él amenazaba tormenta de las bravas.

Los temporales del abuelo eran famosos por sus arranques fulminantes que comenzaban como trombas marinas y ese mal genio le viene del abuelo porque lo que es misiá María Jesús fue una santa mujer con la paciencia y la prudencia a toda prueba pero a don Severiano le daban también unas viarazas de esas que le duraban ocho días y hasta que lo bañaban con unos baldados de agua fría no entraba en raciocinio pero al abuelo Antero no le duraba tanto porque una vez hecho el aspaviento y organizado un alboroto que se oía hasta el atrio y entonces las Montoya se asomaban por encima de la cerca pues vivían pegadas y preguntaban ¿le dio la tremolina? él se calmaba como un niño y se le olvidaba que hacía un minuto había puesto la casa en emergencia te da una congestión decía la abuela al verlo como un pavo de encendido pues en las últimas le dio palpitaciones y hubo que llamar médico que dijo si te sulfuras de esa manera Antero la próxima te arriesgas a terminarla en San Camilo pero si estoy calmado que es la bulla y se sentaba en el andén a tomar solecito en su taburete de vaqueta hasta que acertaba a pasar alguien y entonces él con el bastón de caña atravesado alto ahí compañero ¿usted

380

conoce la reina más linda de este pueblo? y el otro pues tal vez no don Ántero y el abuelo pues no lo vaya a dejar para mañana bien pueda éntrese que allá están las muchachas y esa que tienen chapaleando en una estera de Envigado es la Reina Victoria la más linda bien pueda mi compadre con confianza y el otro entraba y no le quedaba más remedio que decir buenos días yo vengo a ver la niña que al lado del guayabo biringuita parecía un ratón de flacuchenta, la cabeza pelona y unos ojos grandotes esta es la reina ¿no? porque si no iban a criticar que qué tan desatento que ni siquiera dijo si es bonita o si es fea y el pobre en un aprieto puesto que esa desmirriada no le inspiraba mayor cosa y las tías que sí que cómo le parece y así con todo el pueblo y la gente opinando tiene sonrisa muy bonita o tiene los ojos del abuelo o tiene las cejas de la madre y el abuelo ufanísimo y la abuela contenta dando gracias porque desde que nació la niña es más sangriliviano y los temporales amainaron hasta que la más linda del pueblo justamente le desató un tifón con rayos y centellas cuando le dejó abierta la jaula al arrendajo.

En realidad lo que fue en el conjunto quedó idéntica. Un ratón flacuchento con dos hebras de pelo que por más que su mamá y Sabina bregaran con fricciones de Tricófero y con aceite de pata para que fortalezca y se le aumente no hubo manera pues la naturaleza así dispuso o porque hijo de tigre sale pintado como decía la tía Ligia o sea biznieto en este caso pues insistía en que ese pelo era igualito al de misiá María Jesús y esos ojos tan grandes a los de Severiano y esa flacura y el desgarbo las sacó al padrino que era el abuelo a quien había que saludar con sacramento del altar padrino y arrodillarse para que él la bendijera pero el abuelo era definitivamente refractario a eso y a los emperifollamientos de las viejas y ella por más vestidos de popelina o trajes de pana con gorgueras o las faldas de gro de cuadros escoceses con las que la llevaban a todas las piñatas y a todos los cumpleaños y todos los domingos a la misa de doce y su mamá diciendo esta muchacha con ese cuerpo de percha no le va a lucir nada y la abuela a lo mejor cuando sea grande da la vuelta pero llegó a los siete igual de lombricienta como decía Sabina que le alegaba todo el día que si sigues andando así toda despelucada y con esos bluyines día y noche no vas a tener éxito cuando seas señorita porque los hombres no se fijan en esas marimachos y la agarraba por las malas y le llenaba el pelo de materias untuosas que lo dejaban pegotudo y tenía que ir al colegio y soportar los pipos de las monjas que le decían que si no se bañaba la cabeza y yo no quiero tener pelo bonito quién te dijo pero ella ¡Avemaría! si es por su propio bien pues los pelos bonitos causan admiración y menos mal que no eres rubia porque las rubias qué pereza le decía su mamá con un suspiro tratando de colocarle una balaca de satín color rosa que era la burla del colegio pues quedaba como un conejo en rifa y cuidadito con quitársela pues ella a las dos cuadras la sepultaba entre los útiles y nada le luce a esta niñita decían con desaliento pero cómo querían si el uniforme le bajaba una cuarta de la rodilla o sea que casi tocaba los talones hasta que un día la monja le ordenó que dile a tu mamá que hay que subirle diez centímetros y que te haga unas alforzas en las mangas porque Sabina aconsejaba que qué importa que le queden larguitas por ahora pues al crecer se va arreglando y ella no tenía ligas como las otras niñas que mantenían las medias de hilo de Calabria con la raya en el centro y bien templadas pues eso atrofia las piernas y las pone boludas no importa que se caigan es preferible así pues me parece que eso va a ser lo único bonito si es que no se le dañan de tanto jugar fútbol sopereaba Sabina que andaba con el chisme de que las Aparicio me contaron que se está otra vez juntando con esos tales Bracas que eran los nietos de misiá Genoveva y los tenían fichados porque tumbaban mangos de la plaza y quebraban los vidrios de las tiendas y no podían ver bombillo del alumbrado sano porque lo destrozaban con cauchera y ojalá no te vea porque te zumbo una cueriza era la sempiterna que sin cesar caía en el vacío porque no había placer más grande que bajar hasta la Olaya Herrera sobre todo lloviendo y hacer las competencias de brincarse los charcos hasta que uno de los Bracas ponía el gorro del que se meta en ese grande y no se ensucie los zapatos y ella ganaba siempre porque los suyos tenían suela de goma y Sabina sapeando sin parar que lo que pasa es que anda brinconeando porque nada le dura a esta muchacha era la queja diaria delante de su papá que casi nunca intervenía porque en cuestión de trapos no me meto pues su pasión eran los gallos. La llevaba a ver peleas a la gallera del Campestre donde no entraban sino hombres pero a ella la dejaban porque él recomendaba que tú llevas los gallos y ella cargaba los cubanos que su papá criaba en el patio y que les daban maíz *Millo* porque los contemplaba como si fueran niños y nadie decía nada cuando ella entraba muy campante y se acomodaba en las primeras filas y casi siempre acuclillada mirando por entre las piernas de los hombres que le tapaban casi todo cuando empezaban las apuestas y dos tipos en medio de la gallera ofreciendo los gallos quién da más y los pesos volando desde las graderías hasta que aquellos mismos hombres que recogían la plata comenzaban a hacer cariar los gallos que se ponían hinchados de la rabia y con las plumas tiesas en el cuello y ella veía los espolones que manejaban como cuchillos afilados cuando los hombres los soltaban por fin y comenzaban a darse picotazos y alazos y espuelazos y su papá moviendo la quijada como si estuviera masticando y con las manos tensas sobre las dos rodillas o gritando también que acábalo mi cóndor y ella veía de lejos cómo el tío Emiliano comenzaba a gritar también que doy diez pesos y ella no se atrevía a hacerle señas pues él a lo mejor no tenía ganas de decirle ni quihubo con tanta pelotera y se agarraba entonces de la mano de su papá que la tenía sudando y le decía te gusta y ella que sí pero cuando a los gallos les comenzaba a salir sangre porque los picotazos les sacaban un ojo o les dejaban la cresta chilingueando prefería no mirar y entretenerse viendo las otras graderías hasta que su papá decía vámonos pues porque empezaba a haber borrachos pues allí siempre rumbaba el aguardiente y ella veía el gallo muerto o tan aporreado que no podía abrir el pico mientras que al otro lo paseaban dando la vuelta a la gallera y nadie le creía cuando contaba en el colegio saliendo de la misa que había que oír con mucha devoción y recordando que al sentarse hay que pasar la mano por los pliegues para que no se desplisara el uniforme porque sino Sabina la regañaba que si es que andaba revolcándose y si algo detestaba era tenerse que poner ese monstrenco blanco como decía Camila que se burlaba de ella misma al verse parecida a las niñitas del orfanato de San Vicente y tú cuando estés grande nadie se va a ennoviar contigo pues a los hombres les gustan las mujeres que van bien arregladas seguía la

384

cantinela para que ella se colocara aquel sombrero tejido en lana verde y guantes compañeros y así se fuera donde el médico a que la viera de algo que nunca en la vida supo pues nada le dolía pero su mamá dijo vamos donde el doctor que la auscultó por todas partes y dijo estás flaquita y sin tener que ver pues él no era dentista le opinó a su mamá que yo creo que estos de aquí arriba cuando se caigan los de leche hay que juntarlos un poquito y a mí me gusta así lo interrumpió porque la abuela los tenía igualitos y Ana se derretía cuando con su sonrisa de dientes separados y como si hiciera un siglo de no verla la recibía con brazos en la espalda y en tono picaresco que adivina qué tengo y ella infaliblemente ¡las guayabas! que fueron causa de enormes atracones y eso no quita para que seas tan altanera le dijo su mamá torciéndole un pellizco y el doctor vamos a darle este vermífugo que bacalao nunca sobra y le zamparon el aceite con zumo de naranja y ella lo vomitó por ahí derecho. Cuando salieron por la séptima camino de la iglesia pues su mamá le dijo vamos a hacer la visitica salía en esas una señora de una casa que le contó que la pobre Marina ya está en trance lo que la hizo decidirse a olvidar el Santísimo y entrar mejor en esa casa donde se oían chillidos de otra señora lamentándose que yo ya no resisto y Ana vio a una tercera que trajinaba con una poncherada de agua hirviendo y de aquí para allá con unas sábanas y su mamá le dijo quédate muy juiciosa y le dejó en la sala desde donde veía el trajín de las poncheras y oía los gritos de la señora que pedía por favor San Andrés que salga pronto y comenzó a mirar los cuadros y a hundirse en esa silla forrada de terciopelo y decidió cerrar los ojos pero era inútil porque con aquellos gritos y los retortijones que le empezaron a revolver todo el estómago y haciendo un ruido horrible no podía hasta que se levantó en puntillas y entonces vio cómo en un cuarto grande donde tenían la puerta abierta había tres señoras contando a su mamá y otra en la cama y percibió manchas de sangre y sintió olor a alcohol y aceite alcanforado y presenció cómo una de ellas tenía un niñito untado de sangre agarrado por los tobillos mientras le daba golpes en las nalgas hasta que lo dejó llorando y entonces lo lavaron le echaron talco Johnson y lo envolvieron en pañales y ella sintió de nuevo olor a aceite alcanforado y hoy vi nacer un niño se lo contó a la abuela que contestó bendito sea mi Dios que nos dio estos ojitos y estos oídos y esta boca y estas manos para alabarlo y bendecirlo y seas bendito porque mi niña es tan bonita como el rocío de los campos mientras la cobijaba y la hacía rezar bendito y ella lo repetía bendito y después alabado hasta que las pupilas se ensombrecían del sueño y ella se adormecía con un contento que la hacía olvidarse de ser la desmirriada que no iba a tener éxito cuando estuviera grande y así hasta los ocho años; cuando murió el abuelo Antero y se mudaron a otra casa, como a diez cuadras de la abuela.

Le dieron una tunda cuando le abrió la jaula al arrendajo. Cáscara de novillo como decía el abuelo que colgó la pretina en el perchero y prohibió a la abuela que ahora no la pechiche porque esa pela es para que aprenda a no hacer necedades páseme el capisayo y se empezó a enjuagar con el aguamanil que era una joya rara que costó un Potosí allá en el veintitantos como decía la abuela que le pasó el jabón sin abrir boca pues así hacía siempre que él se quedaba en casa y había que correr bajar subir arreglar traer buscar hacer y deshacer mil veces por minuto porque el Santísimo está expuesto como explicaba a las amigas cuando llamaban por teléfono para algún cuarto de canastas y había que andar como pisando huevos y eso que Antero no le florece la vara de milagro le comentaban todas envidiándole pues era un maridazo y un hombre probo que no decía jamás chocarrerías ni andaba fisgoneando todo el día en lo que hacían las mujeres pues yo lo que es chisgarabís nunca en la vida Adelfa le contestaba cuando le proponía que por qué no le hacemos visitica a fulana que vino ayer de Popayán y cuenta cosas novedosas de la Semana Santa pues su secreto anhelo había sido que él la llevara en tren a conocer la Dolorosa que decían que tenía un manto recamado con joyas muy preciosas y billetes de a cien pero no hagás castillos en el aire que Popayán queda muy lejos y solo los chupacirios van hasta allá a hinchar las pantorrillas andando procesiones y en realidad se le volvió un agua de borrajas cuando anunciaron que suspendían el servicio de los ferrocarriles porque los pasajeros eran repollos y gallinas que los bajaban de las veredas y así el Gobierno perdía plata y hay que ser tonto de capirote para querer oír hablar de unas matracas a mí no me descrestan y adiós muy buenas se cerraba el asunto y ella lo vio secarse lentamente fraccionando la barba y atusando el bigote tengo que recortarlo un día de estos comentó mientras se presionaba el labio porque las cerdas se le erizaban como a un gato y le hacía cosquillas cuando él la pechichaba pero si cree que cuando me ofrezca caramelos voy a decir que están gloriosos y que Reina Victoria quién es la más bonita de este pueblo se quedará esperando hasta mañana y lo que es yo cuando la abuela empiece con sus fábulas se le van a quedar los crespos hechos porque la voy a interrumpir que esa la sé con pelos y señales o le diré que tengo sueño y entonces me dirá que a otra cosa mariposa que hay que rezar las oraciones y yo muy tiesa como muñeco de yeso sin sonreír siquiera cuando ella me haga las otras payasadas ¿vas a seguir toda la tarde como una chirimía y sorbiéndote los mocos? La sorprendió sin ni siquiera dar vuelta a la cabeza solo los ojos negros a través del espejo clavándose en los suyos y Ana pensó y qué importa los sorbo porque quiero y se quedó muy quieta arrepechada cuando él se vino derechito a la veranda y preguntó lógicamente ¿ya se lavó las manos? pues era como un canon ¡avemaría qué manos! Sabina al desayuno ¡qué hubo pues de esas manos! la monja en el colegio ¿sí están limpias las manos? todos a todas horas de maitines a vísperas todos siempre de acuerdo en que aquí hay tanta tierra que se puede sembrar un bulto de papas y ella gastando el Palmolive en cuatro días y su mamá que si es que te lo comes porque si no no entiendo y quién entiende algo en esta casa y respondió que sí porque la abuela no hacía cinco minutos que aconsejó mejor lavemos las manurrias porque estas uñas están como de luto y no seas tan bobita que ya se le pasó la sulfurada a nuestra muerte amén mañana vuelve el arrendajo la consoló en la noche cuando empezó a contar el cuento de la zorra pero no la de las uvas que decía que están verdes sino la de otra que se atrancó comiéndose unos huesos y al fin por un milagro se encontró a una cigüeña y le pidió que le metiera el pico en el guargüero que yo me estoy ahogando y la mantuvo en un hilito porque jamás la había escuchado pero lo de la sulfurada no era cierto porque a la hora del café después de la comida lo había oído hablar con tío Emiliano que nunca decía nada ni se metía con nadie

388

porque tenía subido el apellido como decía la gente pero con ella no era cascarrabias y hasta le regalaba plata cuando ninguno lo miraba y la tía Ligia contó que cuando era chiquita y la ponían a chapalear al lado del guayabo lo había pescado varias veces haciéndole fiestas y candongas siempre pendiente de que no hubiera moros en la costa no hay que dejar la rienda suelta porque lo que es esa muchacha tiene más bríos que una potranca bien cerrera lo repitió emperrada porque así mismo lo dijo el tío Emiliano pero la abuela no seas tonta que el arrendajo vuelve y colorín colorado ya te digo, pero nunca volvió: no lo vieron jamás, ni por el forro.

Las fábulas de Esopo las aprendió a leer después del sarampión que le dio el día que cumplía los cinco. Ella tenía listo el vestido de nylon con las cintas de terciopelo rojo y los zapatos nuevos pero en el baño su mamá dijo Dios mío esta niñita está brotada y la hizo devolver para la cama y arroparse mientras que venga el médico pero en domingo no hubo forma y por la noche se soñó con que las cosas del cuarto eran inmensas y ella era como Alicia cuando se achiquitaba y comenzó a gritar pues las paredes eran transparentes y temblorosas como la gelatina Royal y comenzaron a juntarse a juntarse y su mamá llegó y le cambió el pijama porque estaba ensopado y le dio un Mejoral a ver si así se te calma tanta fiebre y puedes dormir mejor pero no pudo porque cada vez que intentaba medio cerrar los ojos las cosas se agrandaban y entonces los abría pero seguían poniéndose gigantes y si tuviera el hongo yo podría agrandarme y darles una patada porque yo estoy soñando y todo esto es mentira trató de convencerse hasta que vio al hada madrina que la calmó y le dijo que no tuviera miedo que ella la protegía y se durmió tranquilamente y al otro día la despertó la abuela con el regalo de los conos con letras que se podían armar y comenzó a preguntar cuál letra es esta y esta y la abuela es la eme y con a dice ma y es la pe y con a dice pa y era mejor que en colegio donde no le enseñaban sino a jugar con troncos y a dormir encima del pupitre porque es la hora de la siesta y ella aburrida a muerte pues tanta recortadera de papelillos con tijeras y tanto muñeco para hacer muñequeros que eran casitas de cartón con todo pequeñito y las hacía madre Longina que era muy linda y la adoración de todo el mundo y sobre todo de ella que la adoraba más que nadie porque cuando la sorprendía en el cuarto del piano tocando los pollitos no le decía nada ni le armaba alegato como las otras monjas que la sacaban disparada sino que le decía tú vas a ser pianista y sacaba un chocolate del bolsillo y le enseñaba una canción de Suiza porque ella era de Suiza y le cantaba *en los Alpes soy feliz iojoladiría ijojoladió* y Ana pensaba que a nadie quería tanto en el mundo como a la abuela y a la madre Longina que tenía una cara que parecía de porcelana y unos ojos azules como los de las muñecas dormidoras y el día que su mamá la llevó al kindergarden le dio la mano blanca blanca y le sonrió y se parecía al Ángel de la Guarda que ella tenía en la cabecera de la cama y la adoró en seguida y era por eso que se aguantaba tanta recortadera de papelillo porque si no ya habría cambiado de colegio pues son muy atrasados porque no enseñan a leer pero su mamá le explicó que tuviera paciencia que el año entrante le enseñaban y fue por eso que disfrutó como una loca cuando la abuela le regaló los conos y le indicó las letras y todo el sarampión se la pasó preguntando y esta cuál es hasta que su mamá le dijo yo ya no aguanto más deje la neceadera pero al volver al colegio madre Longina dijo y esto qué significa cuando ella comenzó a deletrear en el breviario y le soltó la carcajada pero Ana estaba ufana porque sabía que no lo hacía por burla sino porque estaba contenta pues más tarde le dijo a lo mejor te paso a kinder adelantado y fue ya el colmo cuando la dejó tocar piano todo lo que quisiera y a lo mejor también te damos clases y la dejó bailando en una pata pero al llegar a casa le bajaron los humos porque qué es ese cuento de pianista hazme el favor de no ensuciar el piso que hoy lo sobamos porque le vamos a dar una encerada y entonces se calló muy callada y no contó palabra hasta que llegó el fin del año y la madre Longina le entregó la tarjeta para invitar a su mamá que le dijo qué es esto de Audición Musical pero no tuvo más remedio que arreglarse y madrugar ese domingo y ella se puso como un pavo cuando la monja anunció y ahora Ana va a interpretar *Sobre las olas* y la gente aplaudía y su mamá en primera fila no le creía ni a sus propios ojos pues ella sin caminar como una desgarbada como decía Sabina sino garbosa y muy compuesta se aposentó en el piano y no se olvidó ninguna nota a pesar de que fue de memoria porque no quiso usar la partitura y la gente aplaudiendo y su mamá aterrada pero a qué horas aprendiste por qué no me habías dicho y ella picando el ojo a la madre Longina que sonreía detrás del telón desde donde le estaba rezando a San Gabriel Arcángel para que él la guiara y no la dejara equivocarse y nunca como ese día le tuvo más adoración a aquella monja ni rezó tanto para que Dios la hiciera santa. Lo tenía merecido.

No paró de leer desde ese día. Todo lo que encontraba a su paso por la carrera octava que era donde había más letreros porque es la calle del comercio y desde que tío Ricardo fue al fin alcalde porque cumplió veintiuno y le volvieron a hacer el nombramiento y decretó que todo el mundo colocara un aviso en gas Neón y la carrera octava se parecía a Nueva York con tanta luz de colorines muy bonito decían los forasteros que venían a hacer compras porque en las navidades los almacenes tenían fama de ser los más surtidos de todo el occidente y su papá vendía mucho en los diciembres y su mamá adornaba con guirnaldas y ella ensayándose para así coger práctica y leer de corrido el año entrante y nadie la aguantaba por emborrachadora pero la abuela le regaló el cuento de *Las mil y una noches* cuando cumplió los seis y la novena de la Virgen y le enseñó a rezarla para que en el mes de mayo le hiciera un altarcito con un papel crepé que ella tenía y Ana lo construyó en el cuarto de rebrujos y lo adornó con azaleas que le dejó coger la abuela pero con tanto trasto no cabía porque además a cada rato su mamá la hacía desocupar porque llegaba el hombre de ¡fraaascosybotellascompro! y la devoción se le cortaba pues empezaban a contar las botellas y discutir los precios hasta que al fin lo puso en un rincón del repostero y entonces fue Sabina la que empezó qué haces aquí con ese altar de Corpus ¿es que también te vas de monja? pero no le hizo caso porque la abuela le aconsejó que hay que acordarse de Job que así tenía más mérito y aprovechaba cuando Sabina bajaba al lavadero para cantar venid y vamos todos con flores a porfía y María tu eres mi madre que se la enseñó un día su mamá que al fin y al cabo era más partidaria y sobre todo después que ella ponía la estampa que le dio la tía Ligia pues era devotísima y la salvó el año pasado de quedar tuerta por lo menos les explicó el doctor cuando le vio la herida que le había hecho la astilla que se clavó ese día en que jugando

Montse y ella la pelota rodó debajo del armazón que habían dejado los carpinteros pues el balcón de la casa de la abuela tenía comején y ellos lo estaban arreglando y entonces Ana se metió gateando a recogerla y Montse la empujó para que la soltara y ella fue a dar de cara contra una cosa puntiaguda y no sintió dolor sino como un entumido en esa parte hasta que la mamá de Montse fue la primera que la vio pues estaban jugando canastas en la sala y gritó ¡Dios mío, el ojo! y ella bañada en sangre y su mamá soltó las cartas y las Montoya también y todo el mundo qué cosa tan horrible le vació el ojo de seguro y la abuela muy pálida diciendo no se alarmen y entonces la tía Ligia rezó Santa Lucía que no sea grave te lo pido y el médico les dijo de verdad yo no lo entiendo porque ese chuzo puntiagudo le atravesó casi el tabique y no le sacó el ojo de milagro y colocó una venda en la que su mamá resolvió poner después la miel de abeja porque la sana más ligero y entonces esa noche la despertó una picazón extraña y a lo mejor Santa Lucía la había salvado también en ese caso porque cuando encendió la luz una ronda de arrieras se le estaba subiendo por el cuerpo y muchas de ellas ya habían llegado al parche de algodón que le tapaba media cara y ella dio el alarido y su mamá vino corriendo y le ayudó a quitárselas porque ésas son hormigas de las que comen niños y gracias a Dios que no fue nada tuvieron que calmarle pero ella lloró todo el resto de la noche porque sentía a cada rato el hormigueo hasta que al otro día la tía Ligia le trajo la estampita y le aconsejó que la pusiera en su mesa de noche al lado del Cristo y que le diera gracias al Señor por ese beneficio porque jamás de los jamases mientras viva se va a olvidar de aquella escena cuando creyó que el ojo estaba fuera no se te olvide nunca y en el

393

altar jamás faltó Santa Lucía con una lamparita en la intención de la tía que ella quería tantísimo y le enseñó a prensar obleas en un aparatico que Aniquí la hermana de la abuela hacía con arequipe y en la ventana había un letrero de *se venden obleas* y se pasaban horas prensándolas y las niñitas del colegio pasaban a las once ¿hay obleas? y ella corriendo a recortarlas y no se comía una hasta que Aniquí misma se la daba porque ella era muy pobre y se ganaba solo tres centavos en cada cinco obleas pues las vendía a dos por cinco y apenas le alcanzaba pero qué importa si mi Dios no se olvida de dar de comer a los gorriones y jamás la vio con mala cara sino cantando con su voz de falsete que a Ana la hacía reír por dentro porque se parecía a una viejita chuchumeca cuando la tarareaba pero nunca se rio porque ella era muy santa y solo una vez le escondió el misal y el manto debajo de una tabla de la cocina y ella rendida dando más vueltas que una gallina clueca y Ana se arrepintió, pobre Aniquí, tan buena.

Las mil y una noches fue su lectura predilecta hasta que un día su mamá la descubrió profundamente inmersa y preguntó qué estás leyendo y ella pues las mil y una noches que me dio la abuelita que recorrió las librerías pues estaba agotado hasta que al fin el turco lo tenía y se lo dio a precio de quema francamente pues rebajó dos pesos y ella miró la letra pequeñita y aquellas páginas escritas en dos columnas largas pero no había dibujos y cuando le preguntó abuelita ¿y las láminas? ella dijo ese turco pero cortó la frase porque mejor no murmurar pues te las imaginas ¿no te parece divertido? y en realidad no solamente se las imaginaba todo el día sino que se soñaba por las noches y a ver yo veo qué libro tan bonito le dijo su mamá pero con una letra tan minúscula no se veía ni pizca y la mandó a traer las gafas que están en la mesita y se quedó callada hojeándolo y hojeándolo hasta que al fin puso el grito en el cielo que esta versión es para adultos y su papá tuvo que ver y hasta la tía Ligia y la abuela arguyó yo dije que ese turco pero volvió a cortar la frase y se lo capturaron dándole orden de leer solamente los cuentos de Callejas hasta que se los supo de memoria y me pudre leer siempre lo mismo se le quejó a la abuela que al fin le prometió yo te haré otro regalo y lo vamos a comprar donde don Heliodoro que según el abuelo era aquel mercachifle de la esquina pero según la abuela ese santo varón con la cacharrería muy surtida pues cuando uno pensaba dónde compro tal cosa donde don Heliodoro conseguía y él era un viejo calvo con antiparras anticuadas pues ya no se usaba sin las patas pero lo que es el gusto de Heliodoro es con la plata de Heliodoro como decía siempre que se enteraba de las críticas y a ver qué es lo que quieres le dijo muy sonriente mientras se las calaba en medio de la nariz en forma de gancho y ella mirando los tambores de lata con las correas de cuero y la abuela diciendo una muñeca que se parezca en lo bonita a esta Reina Victoria que continuaba con la mirada fija en los tambores y él qué tal esta con unas pestañotas y un delantal de jardinero o esta otra con las medias de lana y un gorro azul con una borla que vale más barato porque no es dormidora y esta de aquí tan célebre con estos crespos tan cachacos Heliodoro que llegaba cargado con las de celuloide pues era una remesa que le quedaba a precio de oro porque con esta guerra de Europa misiá Adelfa se acabó todo hasta las telas porque el negocio ha demedrado no se ha fijado en la escasez tan espantosa ni don Nepomuceno donde uno se encontraba con las sedas de Italia y los organdís suizos y los brocados de Alemania todo es zaraza últimamente y mientras que ellos hablaban de la guerra Ana daba un vistazo a los maromeros de madera y frugaba en las cajas con yoyos trompos baleros perinolas caucheras navajas navajitas maracas cornetas unas cajas lacadas donde venían los abanicos japoneses y un frascote de vidrio con miles de canicas y se entretuvo con un tiple tamaño para niño pero el tambor seguía colgando de una cuerda muy alta y ella no se atrevía a interrumpirlos porque esta guerra tan cruenta no fue como la del catorce donde los hombres no utilizaban esas armas perdone que le diga pero el progreso a mí me aterra con todas esas cosas que han inventado ahora pues no se sabe al fin y al cabo si sirven para salvar la gente o para matarlos más ligero porque lo que es a mí los gringos misiá Adelfa son muy metelagómez y ella bueno Reina Victoria qué es lo que quiere de cumpleaños escoja pues lo que le guste y Ana pensó en el precio y vio la cara de su mamá cuando llegara con él en bandolera y los palillos en la mano y señaló entonces aquel montón de celuloide y dijo esa de allí porque tenía un vestido de tirolés como el que le trajeron a Marcos cuando la tía Lucrecia viajó a Europa pero don Heliodoro estaba pensando en la escasez que había en el mundo de seguro porque le dijo ¿esta tan linda? y agarró la de la falda de paño lenci con florecitas aplicadas y la metió en la bolsa que le entregó diciendo ñoñerías mientras que le encimaba una chupeta Colombina que se empezó a chupar cuando salieron a la calle pero que tuvo que tirar porque ya estaba revenida.

Desde que nació no había hecho otra cosa que oír que la guerra de Europa qué cosa tan horrible. Su papá llegaba del almacén directamente a oír noticias pero ella no entendía con los chirridos de chicharra que hacía el radio sino que oía los bombardeos que transmitían desde Inglaterra para la América Latina y su papá decía no hagas bulla que hoy están haciendo mucha estática hasta que al fin llegó el anuncio de que ya se acabó y entonces las campanas repique que repique y los *Te Deum* en la plaza y hay que ahorrar mucho de ahora en adelante porque ya no va a ser lo mismo y en realidad donde Cuartas Hermanos no volvieron a traer nueces de las que ella se embolsillaba cuando rodaban por el suelo porque se recostaba siempre contra el bulto como quien no lo quiere y su mamá por Dios ayude a recogerlas y se birlaba una docena por lo menos pero ni nueces ni pistachos volvieron a comer porque eran importados ni tampoco salmón ni el aceite de oliva porque en España también tuvieron guerra y Montse le contaba que ellos estaban desterrados y otro montón de cuentos porque cuando se lo contó a la abuela ella le dijo que desterrado era otra cosa pero Ana le oyó al abuelo que decía que vaya Adelfa llévele a esa señora alguna cosa porque el abuelo no ahorraba para nada y todo lo gastaba el mismo día pues nos sobran las cosas y hay que pensar también en la gente que no tiene y en el portón permanecía un canasto con verduras o frutas que habían sobrado de la paga de los clientes y a veces cuando algún pordiosero era muy pobre el abuelo decía fíjese Adelfa si le sobró un huevito y qué hubo de la plata para arreglar el patio y de los daños de la alberca y de ese tubo que está botando el agua y va a inundar el baño se sulfuraba el tío Ricardo porque decía que si ellos fueran ricos pues estaba muy bien que no cobrara nada y fueran gastadores como los millonarios pero que siendo pobres

397

cómo iban a ser tan manirrotos pero la abuela contestaba que era más fácil que un camello pasara por el hondón de una aguja mi querido Ricardo que un rico entrara en el reino de los cielos y Ana le preguntó al abuelo que cómo era la guerra y el abuelo le dijo no seas tan preguntona que las niñas chiquitas no saben de esas cosas y desde entonces descolgó el trabuco español con llave de Miquelete y una pistola de pedernal que fue la herencia que dejó Severiano cuando murió en la guerra de los mil días y que a su vez lo habían heredado de su abuelo que combatió con *Mascachochas* y conoció a Bolívar y eso era su pasión pues se pasaba las tardes fascinada con aquellos grabados en las armas y dónde están Antero quiso saber la abuela cuando llegó al despacho y no las vio colgadas pero él hizo una seña de que yo las quité y aquí no pasó nada para que suspendieran la habladera pues lo tenían nervioso con tanta acción de Gracias y tanta polvareda que levantaban esos curas que en vez de sermonear que someteos a los amos pues tendréis recompensa en otro mundo deberían de aprovecharse de los púlpitos para acusar las maturrangas de tantos gamonales pues no vio lo que hicieron con mi compadre Eustorgio pero ella lo apaciguaba calma Antero que te da otro soponcio bien maluco y Ana volvía a hacer el voto pues si el Señor le concedía aquella gracia no fallaría un primer viernes si era que al fin llegaba el día que esperaba con ansia cuánto me falta todavía y Sabina año y tres meses pero si sigues haciendo porquerías pues faltarán dos años porque hasta que no te dejes de hurgar esas narices ni te lo sueñes y no paraba con la plancha dándole vueltas a las camisas hasta que estas quedaban lisas perfectas incluyendo los cuellos que era lo más difícil porque quedaban siempre ranuritas y ella repase que repase mientras seguía amedrentándola con mírate esas manos ¿te parece bonito? porque no hay nada más horrible que una muchacha con las uñas comidas los hombres las detestan y ella trataba de hacer caso pero apenas veía que una ya estaba crecidita no aguantaba las ganas y qué le hacemos pues a esta niñita y Sabina ¡ají pique! se le unta por las noches y adiós santo remedio pero la tía Angélica que todo lo sabía porque vivió en Estados Unidos con la abuela y cuando volvió fue la primera que manejaba carro y los chóferes de taxi se burlaban y le decían Marimona y ella hablaba en inglés con el doctor que le sacaba a todo el mundo las amígdalas sin preguntar siquiera que qué tiene y lo llamaban doctor Galo pues era americano pero la tía lo pronunciaba Gálowei y la gente intrigada que cuándo iba a instalar el biuti chop como ella lo llamaba pues hizo un curso de belleza y trajo unos potingues como decía la otra abuela para instalar un instituto que se quedó en veremos porque las cremas se pudrieron y no quedó sino la silla giratoria para hacer el champú y la mesa de los masajes donde ella y Marcos se la pasaban mejor que en los carritos locos y eso es falta de calcio diagnosticó cuando le oyó quejarse a su mamá de que esta muchachita qué hacemos con sus uñas dale Calcibronat y la salvó del ají pique que la hacía ver estrellas. ¡Qué carajo de soponcio! Lo que me da es mucho coraje con ese gamonalito que se creyó el ombligo del mundo porque ahora es consejal y eso le da derecho a atropellar al prójimo pero veremos cómo le va en el pleito con mi compadre Eustorgio y la abuela mucho cuidado Antero que ese hombre es peligroso y él ¿a ti se te olvidó que somos *berreadores*? que era como llamaban la rama de Severiano porque cuando llegó a instalarse al pueblo con trece hijos era los más gritones y gresqueros de toda la comarca mientras que la familia de Alejandro el otro hermano de Severiano que fueron diecisiete los llamaban *cazuelas* no sé si por los bártulos que dicen que traían pues a mi madre Rita le entusiasmaba el guiso y había pailas y peroles como para abastecer a un regimiento o por la media docena de perdigueros ingleses que tenían contaba su papá que heredó la afición de aquella tía abuela que le enseñó a rastrear las guaguas por la orilla de Consota y él se pasaba los domingos en esas cacerías con Capitán y General unos chandosos que según su mamá no dejaban dormir con tanta ladradera pero que a Ana le encantaban porque era muy chirriados como decía Aniquí que estuvo en Bogotá pasando temporadas cuando era jovencita y todavía hablaba así para decir que una cosa graciosa ¡qué chirriado! decía y Ana a las carcajadas o ¡cosa tan cachaca! por decir que elegante y siempre que su mamá salía para los té-canasta se deshacía en florilegios y en palabras rarísimas que Ana apuntaba en su libreta para su colección incluso de frases que a veces se decían entre la gente grande como la que la abuela le contestó al abuelo cuando él le reclamó: pues no, no se me olvida, dijo, pero ojalá que no te salga más caro el caldo que los huevos.

Ese día el señor hizo el milagro. Sabina descorrió la cortina ya son las seis y cuarto dijo mientras que levantó la persiana de dos tirones y comenzó a cantar que ya llegó la fiesta dulce y bendecida y ella la vio pasar dos veces delante de su cama revolviendo las cosas y recogiendo el velo que acomodó mal de seguro la última vez que se lo puso pues no durmió probándose el vestido a cada rato y vigilando de reojo la corona de azahares que hicieron las Marines con miles de ramitos cogidos del naranjo y no pegaba el ojo de pensar en mañana pero cuando ella llegó refunfuñando que si es que ni siquiera va a hacer el sacrificio en el día más bello de su vida Ana intentó pero los párpados pesaban como plomos y no los pudo abrir hasta que ella anunció que está lloviendo a cántaros y entonces sí dio un salto a ver por la ventana y vio el patio inundado y las canales rebosando y comenzó a rezarle a San Isidro Labrador quita el agua y pon el sol para que no se le dañara la piñata pues las sorpresas no se podían poner sino en el patio porque a la sala no me entran tantos niños le advirtieron y ya las mesas estaban preparadas y el agua tenía cara de ser para dos días porque era recia y muy continua pero Sabina que es como la cola del burro de los barómetros y apenas olfatea dice que va a llover hasta mañana o hoy hace viento por la tarde y nunca falla porque su abuela que era vasca de Oñate le enseñó a distinguir un viento cruzado y viento de agua y sabía cuándo iban a haber temblores por el color del cielo y la forma de las nubes que se van encrespando le explicaba y hasta las conocía por los nombres pues de pronto decía esa de allá es Cúmulo Nimbus la consoló que esa agua es venteada que se va ligerito métase al baño no se demore mucho que son las seis y veinte pero nunca se sabe y debajo de la ducha le siguió recitando a San Isidro por si acaso hasta que ella empezó con salga de esa ducha no se olvide los dientes no vuelva el suelo una pozanga y comenzó a cepillarse despacito para no tragar agua y menos mal que se cayó el de abajo y no el de arriba porque para las fotos es menos horroroso y miró el hueco que no era tan vistoso pues esos dientes tan menudos son dientecitos de ratona como decía el abuelo mientras la examinaba como con los caballos en las ferias ¿y esta ratona cuántos tiene a ver... cinco? porque se equivocaba aposta para que ella brincara que no que tengo seis ¿ya se lavó los dientes? y no alcanzó a decir que sí cuando sintió fue el buche de agua que le pasó por la garganta y se quedó como una estatua pensando y ahora qué hago y en la cara de la monja cuando le diga que es que yo tomé agua cuando les advirtió que ni una gota que la Sagrada Forma no se podía mezclar jamás con nada pero lo peor de todo iba a ser los regalos y tener que decirle a cada uno que la haría otro día lo que pondría a Camila muy contenta pues desde hacía una semana le estaba preguntando que cómo es tu piñata y ella le dijo que con festones mexicanos porque la tía Angélica los importó directamente y por supuesto más grande que la tuya que fue una birria de piñata pues no tenía sino confites Colombina con dos o tres sorpresas que valieran la pena pues lo demás eran flautas de lata con unos pitos marineros y alguna que otra serpentina y las muñecas llegaron ayer de Bogotá de todos los colores y en un papel crepé que es extranjero y las sorpresas no las cuento pero los dulces son almendras y avellanas surtidas compradas donde Cuartas y mi papá compró Carmelitano donde los Carmelitas y hay también Milky Way y el ponqué tiene cuatro pisos de torta y chocolate y fue hecho por las monjas del lado del cementerio que son especialistas y hay cuarenta invitados y la tía Angélica nos va a tomar película en colores con una filmadora que ella trajo de Boston y mi mamá compró barquillos donde las Campuzano y helados del Apolo y Camila más verde que una guama muriéndose de envidia y ella contando lo de Nelson que era rubio y hacía de sacristán en la capilla y las tenía a todas cayéndose las medias cuando él era muy serio y con roquete rojo salía con el copón delante del padre pero no fue tan fácil pues su mamá le investigó que Nelson qué y que dónde vive y su papá cómo se llama hasta que al fin le dijo bueno invítalo y así lo remachó para que de una vez dejara de hacer fieros con que los costureros de las niñas que dieron en la mía los trajeron de Cali y los barquitos de los niños que ni necesidad tenía de contarle pues fue con Marcos a navegar el suyo al Lago Uribe Uribe y en la primera vuelta naufragó como si fuera de papelillo chino ¿qué hubo pues que no sale? fue el grito de Sabina que la agarró con el cepillo de dientes en el aire pensando que ay Dios mío y ahora yo qué digo mirándose al espejo como una atolondrada hasta que la zamarreó que son las seis y media y usted a las siete tiene ya que estar lista y comenzó a peinarle los cachumbos que qué será que no se enroscan y echaba la cerveza a ver si así se armaban bien bonito porque hoy va a ser inolvidable y su mamá le comentó que estás muy pálida cuando le puso el velo y hasta la monja lo notó porque en pleno sermón se le acercó diciendo qué te pasa pero Ana nada madre es que busco un pañuelo pues tengo mucha gripa porque los mocos formaban una tupia que no dejaban entrar aire y no era tanto el llanto por lo que el padre Medrano contaba de San Francisco dejando hasta la capa y los zapatos y saliendo él también como un mendigo sino que se dio cuenta que no iba a merecer ser carmelita que era un sueño secreto desde un día que Fernando Vallejo le enterró un palo en la rodilla y le hizo salir sangre y la madre Longina le dijo que aguantara porque si lo ofrecía al Niño Jesús este la premiaría como hizo con una niña que era muy santa y muy sufrida y amaba mucho las misiones y mientras le vendaba la rodilla y echó mercurio cromo le contaba la historia y entonces dejó el llanto y la adoró más que nunca cuando sonrió y le dijo que has sido muy valiente y a lo mejor te vas de misionera y ella anoche pidió las cinco gracias y las dejó encima del altar como las otras niñas que ya se levantaban a hacer el juramento y Fanny la empujó no llores tanto que se te ponen los ojos como albóndigas y mientras que decían renuncio a Satanás sus pompas y a sus obras pensó yo soy una sacrílega y sintió envidia de Fanny tan ferviente y se acordó de Julieta y en si estaría lloviendo todavía y le rezó de nuevo a San Isidro para que no se aguara la piñata hasta que el coro comenzó con Ven Hostia Divina que la ponía erizada pues parecían más bien las voces de ángeles y se sintió de pronto transportada y le pidió Señor perdóname que yo no quise tomar agua y cuando el padre dijo Corpus Christi y recibió la Hostia salió como flotando mientras bajaba la escalera con las manos muy juntas y la mirada baja *más blanca que los lirios* oía que cantaban *más fúlgida que el sol* como en un eco de serafines porque ya todo era muy tenue y muy lejano y en su interior no se oía nada porque ella estaba suspendida de tanto amor por Jesucristo que hoy vino a visitarla y ni siquiera vio las niñas que hacían guardia a los lados ni oyó a la monja cuando ordenó que de esta parte hasta que la despertó el jalón de la Pecosa y escuchó aquella frase que la hizo abrir los ojos pues María Gertrudis Aparicio que estaba arrodillada dos bancas más atrás haciendo que rezaba pero que en realidad estaba fisgoniando a ver a quién veía y a quién le criticaba le comentó a la bizcorneta de Felicinda que mancornada a ella como era su costumbre y con sombrero de plumas y una estola de zorro tan empingorotada como siempre le contestó no te

oigo y la otra en voz más alta MIRA EL DIABLO HACIEN-
DO HOSTIAS y se quedó allí mismo de una pieza cuando lo
vio pasar con el bastón y su chaleco nuevo y el pantalón de
rayas que se ponía cuando iba a alguna boda ponte el reloj
también que queda muy bonito le aconsejó la abuela cuando
se despertó y lo vio tan afeitado y oloroso a vetíver y él contestó yo no me pongo perendengues y farfulló que lo he estado
pensando y es mejor darle gusto a la niña y se caló el sombrero y ella pero si son las cinco ¿y es que los curas no madru-
gan? le contestó en el tono de quien no se arrepiente y está
dispuesto a cualquier cosa y ella claro que sí mijito y le indicó
por dónde entraba si acaso la sacristía la tenían con falleba y
él bajó barbotando que si no fuera por la Reina Victoria no
tenía veinte riesgos de que él se confesara y ella se arrodilló a
decir Bendito y Alabado porque la noche antes les estuvo
alegando que no me vengan con sandungas ni con blanden-
guerías y Ana lo vio pasar muy tieso y abrió y cerró los ojos
varias veces pero él seguía camino de los reclinatorios hasta
que al fin llegó, se arrodilló impertérrito, dejó el bastón en
una esquina y cuando el padre Medrano le dijo Corpus Christi le contestó que Amén, y abrió la boca.

Lo que por agua viene por agua se va fue el comentario
de la abuela aquellas navidades cuando estaban cenando un
pavo que todo el mundo se hizo lenguas porque ya hacía
como tres años que con tanta escasez no se probaban trufas y
su mamá adornó la mesa con el mantel de brujas y puso cala-
bazas con ojos y con boca y alumbradas por dentro con espermas que hacían efecto muy bonito pero todos sabían que
ella desaprobaba aunque jamás lo dijo porque la abuela fue la
prudencia en pasta y apenas vio las velas y ni rastros del árbol

que este año no ponemos porque los adornos los tienen por las nubes le explicó su mamá sin que ella abriera boca sino que simplemente le entregó los regalos: y si Eustorgio está muerto le contestó el abuelo qué nos ganamos con esa agua que era un agua podrida según el tío Ricardo que comenzó huelga decir que él era un gaitanista de los de rompe y rasga y no se aguantó el golpe de la muerte de ese hombre porque después de abril se vino agallinando y Dios santo y bendito por qué hablan de esas cosas dejen los santos quietos lo interrumpió la abuela haciéndoles la seña que ahí estaba la niña que no les hizo caso y se entretuvo jugando con Confite que era un pachón que le llevó el abuelo cuando llegó a la fiesta de la Primera Comunión vestido de cachaco y ya medio copetón porque se había tomado media botella de vino que le dieron las monjas del colegio pues no sabían dónde ponerlo de tanta maravilla que había obrado el Señor con don Antero y todo fueron fiestas y festejos y él con el perro en un cestico y muriéndose de risa porque se meó en el comedor y le mojó el misal a madre superiora que lo aguantó muy digna todo hasta que el abuelo le insistió que tómese un poquito y le sirvió el Carmelitano asegurando que eso de llevar monjas para Cristo debía de ser igual de trabajoso que criar los hijos por cartilla que yo la considero reverencia que no se lo bebió lógicamente y por qué no lo hablamos de una vez lo oyó decir porque era muy porfiado y cuando la abuela le reviraba el tema él se las arreglaba para seguir la perorata que era la muerte de su compadre Eustorgio y ese atorrante y caradura que anda viviendo siempre de prebendas yo me lo he de topar en una esquina y entonces sí que cómo está don Antero sonriente y muy amable y mejor que no se acerque ese tunante

406

porque lo que es yo le pienso voltear la mascadera yo le rompo la jeta carcamán y Ana jamás lo había visto arrebolarse ni manotear de esa manera y todo el mundo tratando de convencerlo de que no se emberrinche porque le va a hacer daño acuérdate del último le suplicó la abuela ya ofuscada pues él no paraba con que ese era un granuja un inmoral desaprensivo un perdulario fue lo último porque se desplomó como un caballo y de ahí lo llevaron a la cama y el tío Ricardo cuando la vio sentada en un rincón le dio turrones de Alicante que él trajo de sorpresa pero no tenía ganas sino de estar sentada en el rincón royéndose las uñas que hacía tiempo no comía hasta que oyó las doce y como en sueños sintió que la llevaban cargada y que la desvestían metiéndola en la cama y entonces preguntó si se murió el abuelo que duró enfermo mucho tiempo por causa de la diabetes lo que no impide que un día de estos despierte bueno y sano decía Aniquí poniendo veladoras a dos manos y haciendo rogativas al Santísimo hasta que el Jueves Santo él ordenó yo quiero caldo de pollo y la pechuga y abran esas ventanas que esto lo están volviendo un monasterio y la abuela afanada a descorrer cortinas y él se puso la bata y las pantuflas y la invitó hasta el patio a ver las azaleas cuidado en la escalera recomendó la abuela que sonreía muy contenta mientras dejaba orear las sábanas pero él no te preocupes que yo soy perro viejo y ya salimos de esta y el sol no era picante sino que la mañana era fresquita y el patio lleno de tórtolas comiéndose las migas que Ana empezó a tirarles y las Montoya asomándose a la cerca y diciendo qué hubo Antero ¿nos vamos de parranda? y él balanceándose en su taburete de vaqueta y contestando sí sí mientras reía bajito y le escarbaba la cabeza a Confite que no paraba de saltar en dos patas y de mover el rabo de contento va a dar buena cosecha dijo viendo el guayabo que no cabía de flores blancas y ella le preguntó ¿quieres que coja una azalea para ponértela en el cuarto? pero lo vio dormido pobre Antero mi Dios lo tenga en Gloria después de lo de Eustorgio no levantó cabeza fue el comentario de Felicinda al día siguiente cuando salieron con él dentro de una caja y en medio de coronas mientras que ella miraba desde la puerta del baño royéndose las uñas porque nadie le permitió que se acercara al muerto.

Irma y la pecosa Velázquez estaban en la puerta. Creí que no las iba a encontrar nunca, dijo, ¿por qué están aquí solas? Porque te estamos esperando, contestó la Pecosa: se nos ocurrió que te ibas a perder, ¿por qué no tienes uniforme?, y era verdad, no tenía puesto el uniforme de gala, me van a regañar, pues yo no sé, esta mañana me lo puse y no sé... la madre Rudolfina seguro te castiga: a ver los documentos; qué documentos... No te me hagas la gansa, tú ya sabes. Qué gansa ni qué gansa, yo no sé de qué me hablas, yo lo que tengo es un calorazo del carajo, no diga groserías, le iba a saltar Sabina, y ella, las digo porque me da la gana: hace un calor del putas.

El cielo era una mancha reverberante, blanca, a la que no podía mirar porque le hacía mal a la retina y no veía sino como puntitos escamosos, titilando, no puedo abrir los ojos, claro que sí, tienes que abrirlos, pero ella no podía porque la luz le daba en plena cara como si fueran reflectores y la Pecosa ¿por qué no tienes puesto el uniforme? van a dejarte sin recreo, tú cállate Pecosa, eso a ti qué te importa, hasta que al fin la gente empezó a desfilar en procesión y Ana vio a la mamá de Julieta, que venía de primera, apoyada en el brazo del papá, con la cara cubierta por un velo. Detrás venían las monjas y el resto de las niñas. La mamá de Julieta se le acercó y le entregó la medalla del primer puesto: es para ti, le dijo, quiero que tú la tengas. ¿Podemos ir esta tarde a jugar con Julieta?, le preguntó, y la mamá le respondió que sí con la cabeza. Idiota, le dijo la Pecosa, ¿no ves que Julieta ya está muerta?, y comenzó a reírse y a escupir el humo del tabaco hasta que la hizo toser: no has hecho las tareas, tienes que dar los documentos y después presentar examen de aritmética.

Cuáles documentos. Yo no sé nada... trató de defenderse, pero Nolaska hizo sonar las llaves dentro de la faltriquera, el castigo es el *coso* tú ya sabes muy bien, te quedas sin recreo, y si no firmas en seguida te vamos a incluir en la lista de los comprometidos, y la hizo caminar por un sendero repleto de pringamoza que le picaba todo el cuerpo: ¡no te hagas la cansada! se llegó el día en que los pinos crecen, ¿no dizque no tienes pelos en la lengua?, y la seguía empujando loma arriba hacia una luz que aparecía y desaparecía y oía el ruido de las gaviotas pero no había mar sino matojos y parásitas y una arboleda impenetrable: ¡entra!, ordenó, y la metió en la gruta que estaba camuflada con un cristal que parecía cascada pero la monja manipuló con un botón y el agua se abrió en dos y le ordenó bajar las escaleras y ella vio las madréporas, los peces de colores, el cielo azul profundo y de repente tropezó con el cuerpo que flotaba desnudo y empezó a acariciarlo, rozándolo muy leve con los labios: Valeria, la llamó en voz muy baja, Valeria... y deshizo las trenzas con cuidado. Le cortamos la pierna pero usted tiene que decir que fue accidente, le ordenó el tipo y ella dijo que sí, yo digo lo que quieran, y le pasó la mano por el pezón izquierdo como queriendo revivir algún latido, pero su pecho de paloma siguió inerte, sin dar ni un aleteo, ni un signo de calor, ni una respuesta, Valeria... no te mueras, y oyó el sollozo al lado suyo y supo que era un hombre pero no pudo verlo porque algo gris se le acercaba, o algo marrón oscuro, no sabía, ¿tú crees que una niña que va a hacer la Primera Comunión dentro de un mes puede tener un corazón así, podrido?, ¿ofrecerle a la Virgen una flor tan marchita?, ¿tú crees...?, y ella, no madre superiora, buscando algún refugio porque ya el látigo zumbaba, y el fuerte ¡ffuuuaaazz!, y ella arrastrándose en el vientre detrás de las macetas de begonias, pero hasta allí llegaba ¡ffuuaaazz!, ¿te parece bonito contestar en ese tono a la madre superiora?; devolverse mejor, recular hasta el poste donde está la campana, perdone, madre, pero no había caso porque ella, ¿ah, sí?, con que perdone, madre, y cuando estabas envalentonada soltando sapos por la boca, ¿crees que eso es ser buena amiga?, y ella quiso decir que no era envidia pero no pudo hablar ni una palabra ni soltar una lágrima ni siquiera abrazarla contra el pecho y protegerla de aquel hombre, que la hizo incorporar y le ordenó ¡camine!, llevándola al balcón a punta de atropellos.

Al otro lado se oían las voces repitiendo el rosario. ¿Es que no sabe rezar?, le gruñó, ¡rece!, o lo tendremos en cuenta en el prontuario, y entonces se oyó el grito. Soy yo, les explicó: tengo que ir, me están llamando, y ellos mudos y sordos, diciendo que no es nada, que eso era el viento entre los árboles, y el grito desgajándose, cayendo en el vacío desde un lugar muy alto, desgarrado, como si alguien arrojara del útero su cría. Después silencio. Un silencio inefable, algodonoso, y una luz imprecisa, amortiguada, que ilumina la escena en la que hay una mesa con una jarra de agua, una botella de aguardiente, un rollo de esparadrapo y una gasa, la silla roja, la chaqueta colgando de una manga, la camisa, las paredes muy blancas con uno que otro cuadro de Martín, todo como antes: todo muy quieto y ordenado, las líneas rectas delimitando la ventana, las curvas enredadas en el atizador, desenroscándose en la lámpara Coleman que está perdiendo aire y esparce un resplandor descolorido desde el techo. Ve el humo del cigarrillo y se da cuenta de que él está despierto. Un ligero calambre le camina por la palma de la mano, mueve los dedos: ¿tienes calambre?, sí: siempre me da en el lado izquierdo, y entonces él levanta un poco la cabeza ¿así?, todo armonioso, perfecto, todo en orden: todo pintado de felicidad, enmascarado, como si no supiéramos la farsa, la trampa colocada con precisión de artífice, piensa, mientras que observa ese color de acero de sus ojos. Color arena del Pacífico, como decía Valeria, pues lo heredaron de su padre: que hay que encontrar mañana como sea, les insistió Martín, y hay que quemar las cartas; que ella leyó, una por una, cuando él llegó despavorido a La Arenosa. Nos encontramos a las siete, le dijo por teléfono, Lorenzo ya está allí y Valeria llega como a las ocho y media. Pero dieron las nueve sin que ninguno de los dos apareciera, y ella recalentó de nuevo la tisana y preparó un emplasto de Lengua de Venado que recogió del monte, pues la herida de Lorenzo no tenía buen aspecto y aunque él le insistió que no me duele, que eso es un rasguñito, le comenzó la fiebre; y Ana estaba diciendo por qué será que no aparecen, cuando silbó Martín, y ella le vio la cara cuando entró en la cocina y se sentó en el banco con ojos extraviados y el pulso tembloroso, y la miró sin decir nada, pero dos lagrimones le estaban escurriendo, y entonces ella supo. Dicen que la agarraron como a las doce y media y la llevaron directamente a la PM y allí la interrogaron porque estaba en el grupo que se agarró a lanzarle piedra a los chulavos y a gritar viva el Che, *hay que hacer más Vietnams*, y ella llevaba la pancarta que yo pinté la noche antes, y entonces un muchacho tiró una Molotov y organizó el desmadre y me buscaron como aguja hasta que dieron conmigo en el taller de Alcides, vinieron tres chulavos vestidos de civiles: a ver, hermano, sus papeles, y yo saqué mi cédula y ellos enverracados como si yo fuera culpable de algo y me sacaron a empujones y me llevaron a trompadas hasta la camioneta y la gente en la calle convencida de que yo habría hecho sin duda fechorías y así hasta el cuartel de la PM, donde me hicieron llenar unos papeles con nombre y apellido domicilio y oficio y me hicieron firmar que yo la conocía; no la dejaron ver: venga mañana, pero va a ser ya tarde porque de aquí salimos sin esperar que aclare, no hay que esperar a más, ya publicaron en *El Tiempo* la foto de Lorenzo y de los otros prófugos y el contacto de Anserma ya está listo y llega en unas horas y al jeep ya le cambiamos la matrícula, y ella no respiraba porque Martín contaba todo a toda prisa, con la voz tartajosa, agarrotada, las manos vacilantes, con el pocillo tambaleándose y todo el café regado por el suelo y él continuaba que yo no sé cómo salí ni a qué horas me soltaron, el caso es que me disparé como un envenenado directo al Zacatín, a buscar a don Cleto, para que localice al viejo Antonio, pues alguien tiene que ir mañana, un pariente, dijeron, cuando se dieron cuenta que yo no era ni prójimo, y al agarrar camino de La Arenosa me acordé por milagro de las cartas, pues Valeria más de una vez me dijo que las iba a quemar porque era peligroso pero no había tenido corazón y estaban escondidas en una caja de lata, debajo de una tabla, *mi muchachita,* decía una: *otra vez en chirona, y no por culpa de una ingrata, como diría cualquier tango. Porque esta vez sí es de verdad. Me dices que te cuente. Que*

413

no tendrás más vida. Pero qué quieres que te cuente, linda. Además, si agarran al compañero que te la lleva no queda ni el pegado: a estos berriondos no se les frunce el culo viendo muertos..., y Ana las releyó diez veces, hasta que al fin Lorenzo despertó y le preguntó qué estás haciendo y ella, nada, leyendo, y él le quitó las cartas y comenzó a besarla, a desvestirla lentamente, pero ella estaba arisca, retrechera, y cuando él le preguntó que qué te pasa ya estaba dentro de ella. Ana sintió sus manos apaciguando sus caderas, sin prisa, sin violencia, como la vez que la inició en el gran misterio de aquel profundo laberinto, que ahora él recorría con paso tan seguro, ¿por qué te decidiste? Dímelo. Ahora que todo viene y va, que se agiganta y se achiquita como en la feria de los espejos, se deshace en partículas; es el momento de mirar para atrás: de terminar de una vez con este cosmos de imágenes sin lógica, la raíz, por ejemplo, porque la vi en aquel momento: un árbol gigantesco, las ramazones desprendiéndose, todo cayendo igual que un escenario: es la felicidad, aseguraste dulcemente, como la vez primera, mientras tus manos, tan parecidas a las suyas, vencían mis ijares y producían aquel calor por dentro. Aquel olor a dulce de guayaba, que el viento entraba a rachas por la ventana medio abierta, y tu risa indolente, que hacía arrojar a los fantasmas por la borda, ¿te recuerdas? Aquel sabor de cuando estábamos pequeños y nos quedábamos tardes enteras en las ramas y Valeria venía con una canastica y la llenaba de frutas mientras nosotros, los dueños del castillo, apoderados del fortín, nos las comíamos cantando porque era un desvarío tanto sol, y tanta vida por delante. Me acuerdo que mi hermana nos cantaba vestida de hawaiana. Me disfrazaba de marinero y se escondía detrás de una cortina que había colgado entre la alberca y el almendro, y con ajorcas de trinitaria en los tobillos comenzaba a bailar igual que en las películas: *y en la Balalaika, mis dulces penas yo te contaré...* era su tema preferido, mientras que yo me derretía porque su voz era lo más divino que había oído, y por las noches, a veces, prendíamos fogatas y nos bañábamos desnudos. Ella le había contado también de la casita con los postigos verdes y los matarratones, pero dejó que él le siguiera con la historia, sin preguntarle al fin por qué esa decisión, y sin saber por qué pensó, mañana lloverá, que también podría ser el equivalente de mañana, entonces, por consecuencia ilógica, va a ser el fin del mundo, sin remedio. ¿Podré olvidarme un día que yo nací de un vientre, de un orgasmo, de un acto como todos los actos de otros días, de un espermatozoide unido a un óvulo, de algo que fue la causa de que hoy esté yo aquí, presente, sintiendo cómo tu piel respira, cómo todo por dentro se rebela, se queda en vilo y nos asombra? Ana notó el calor del cuerpo ardido por la fiebre y la premura de su miembro penetrando de nuevo, con dulzura: me parece mentira, lo había soñado tanto... lo había soñado tanto, muchachita, y ella sintió de pronto que las paredes se cerraban, que se juntaba el cielo con la tierra, yo también, dijo, amor, y entonces él gimiendo pronunció el nombre de ella, y Ana gimió también: Valeria, como un rito; se desgarró mil veces; buscó asidero en el vacío, pero esta vez no había señales. La silla con la camisa siguió en el mismo sitio. El cosmos daba sus vueltas como siempre. Se ordenaba incansable. Nada indicó el terror. El sudor frío que desató el comienzo de la visión definitiva: aquel derrumbe de cosas cotidianas como el ir por el pan o el caminar del brazo por el parque: ¿podremos esperar a que la noche pase, y el alba, y después otro día?, le preguntó ya en el delirio, como si hablara con él mismo, y al fin cerró los ojos, quedándose dormido, bajando al fondo del misterio y reposando en él como si hubiera sido siempre un pececito de agua dulce: como si nadie lo hubiera acunado de pequeño, cantándole la nana de la flor de poleo.

¿Ya se te fue el calambre?, le pregunta, y ella dice que sí, que es cosa de la columna, que con cambiar de posición y con mover los dedos un poco se le quita, y se acomoda contra su pecho sudoroso y por un rato no se oye nada más que los ladridos de un perro a la distancia y los sollozos de Martín, que no probó bocado y se encerró en el cuarto del estudio. ¿Sabes por qué no fui al entierro de la vieja?, pregunta de improviso, y ella no le contesta porque no quiere que él le cuente y entonces se levanta, voy a hacerte una pócima pues tienes mucha fiebre, y se va a la cocina a preparar las hojas de culantrillo de monte con ruibarbo, que Rosa Melo les enseñó que era santo y bendito para quitar las calenturas. Brega con el fogón de leña hasta que al fin lo enciende. Se sienta al lado de la ventana, y percibe el olor de ruda y de romero que sube desde el río, ligero, refrescante. La *Primavera* de Vivaldi corta de pronto el aire quieto; él no ha parado de ponerla como si aquel *allegro* reprodujera cosas o mitigara golpes o llevara al olvido, pero es como un martillo que destruyera vísceras; no pongas esa música, no más, no más, y él, como si la oyera, la apaga bruscamente. La escultura del jardín es una sombra opaca entre los sauces. No hay ni una estrella. La luz de los cocuyos es lo único que ilumina la noche oscura como un pozo, y Ana piensa en Valeria, mientras que el agua se calienta en la tetera y el llanto de Martín sigue rompiendo aquel silencio que reproduce paso a paso los latidos cansados de la sangre, el ritmo fatigado del cerebro que le repite como un yunque mecánico las frases, los gestos, los paisajes, *soy un pez en el aire, un pájaro en el agua*, y estaba entonces a la búsqueda de la liberación definitiva, porque no soy de las que van a podrirse en este hueco, le dijo un día muy segura, mientras que la esquivaba pintando garabatos. Porque aquel viaje a Grecia era la cumbre de sus sueños y lo que habían planeado de irse a Providencia por un tiempo era un castillo de naipes, lo sabía: lo escondía en los ojos, que la miraron fijo, con el color de arena del Pacífico, no me voy a podrir, le repitió, y Ana, claro que no, la beca es estupenda, y se fue más de un año, a caminar: a mirar cosas. A descubrir que el mundo allende el mar no es nada más que una tortuga milenaria con un museo a cuestas, y desde allí lanzó aquel grito: *¿eres capaz de oírme desde* aquí?, como si el Partenón y el mar y los molinos, la Puerta de los Leones y el Auriga, fueran pasos perdidos, *porque ahora solo queda el único punto vital: el de estar solos, y caminaba en una vasta paranoia de sueños, de pájaros, de resplandores que se desvanecen ¿sientes esto?,* y el grito se repite: llega por rachas como si entrara desde el río, igual que aquel olor a ruda y aquellas luces vacilantes que los cocuyos expanden en el huerto.

Esta vez puede decirse de verdad que algún océano nos separa, lento, inmenso, como la misma agua antiquísima la madre primordial que nos une...

La tetera está hirviendo y ella prepara el culantrillo y se dirige al cuarto donde Lorenzo está acostado, de cara a la pared, ¿estás dormido?, le pregunta en voz baja acariciándole el cabello pues no se mueve cuando le ofrece la tisana, y él se da vuelta lentamente y Ana le ve los ojos secos, enrojecidos por la fiebre, no fui al entierro porque esos hijueputas me dijeron que si quería asistir iría con esposas a sepultar la vieja, ¿te das cuenta?, y el rostro demacrado, con una barba de tres días que lo hace ser más pálido, se crispa en una mueca de impotencia, ¡con esposas!, repite, y las manos le tiemblan mientras que bebe a sorbos con los ojos cerrados, la frente transpirándole, ¡malparidos de mierda! Yo prefiero cagar para adentro y tragarme los orines y aguantar mecha en ese cuarto donde me tienen encerrado interrogándome sin darme una gota de alimento, hasta el domingo, cuando me llevan otra vez, y veo al tipo que insiste en que me tienen sindicado como un agitador, que yo tiré una bomba, que me vieron, y yo amarrado con esposas al asiento sin decirles ni pío porque si digo una palabra van a sacarme diez los muy berriondos y por la tarde llega otro individuo como de cuarenta años vestido de civil pero se ve que es militar a las mil leguas: le garantizo que nadie sabe ni va a saber jamás su paradero mientras que no confiese porque su detención será secreta y por mucho que se las dé de gallo usted va a hablar pues si es inteligente sabrá muy bien que no nos faltan métodos y entonces me doy cuenta que detrás de él hay un hombre enruanado con capucha y después entra otro más y me pone una venda con cordones elásticos para que apriete como un diablo pero no se contentan y me colocan otra hasta que dejo de respirar prácticamente pues es un torniquete que da vueltas y vueltas con los tales elásticos que me trituran la cabeza y me joden los párpados que se me quedan incrustados sin poderlos cerrar qué dolor tan verraco y a esas alturas llevo dos días sin comer y comienza el estómago pues se torea la gastritis y yo disimulando para que no se vayan a dar cuenta pero uno de ellos se percata ¿le duele la barriga? no se queje que no ha pasado nada con usted apenas comenzamos y se troncha de la risa y me dice no sea bobo ni que usted sea pendejo para no darse cuenta de que ni Dios con peones lo saca de este enredo en que usted mismo se metió de aquí no sale ni aunque vomite sangre y si no colabora no le dan alimento ni lo dejan dormir no sea tan terco ni se emberrinche tanto porque lo que es esas agallas se le van a gastar dentro de muy poquito me dice el otro que llega al cambio de guardia y yo pensando yo no aguanto me voy a reventar me duele la cabeza si no para este ardor en el estómago voy a cantar hasta cielito lindo mi Dios bendito que se acabe aunque yo tenga que morirme y el otro cizañero intrigante diciendo que si yo amanezco y no les digo datos me entregan a los del DAS directamente y allá va a ser distinto porque otros gallos cantan en lo que llaman Sala Verde y ahí te jodes dicen ¡ahí te jodes! como si no estuviera ya jodido hasta los mismos huevos, y comienza a gritar ¡chulavos asesinos! ¡la mataron...! yo sé..., y ella empieza a llorar, a llorar, sin parar ni siquiera cuando oye el batacazo de la taza, que se hace trizas contra el muro, y deja la pared con un reguero.

El tiempo pasa como una clepsidra, gota a gota, y Ana mira las sombras en el techo. Oye las ramas del arrayán golpeando contra el ataque del agua, el canto de las chicharras, de los grillos, todo calmo, armonioso, todo a la espera de la aurora que llegará anunciando el nuevo día, mientras que identifica esa dulzura dolorosa que llegó así, de pronto, igual que las catástrofes. O los milagros, simplemente. Desalojándolos del miedo que corre por las venas y evita el parto que debería celebrarse: porque esa es la función que se le dio a los cuerpos cuando penetran en la zona donde el amor se multiplica como los arcoiris y produce las flores y los vientos. Las cascadas que ahora mismo la inundan de ternura cuando sus manos vencidas por la fiebre le acarician el pecho como si todo fuera un juego: es el más lindo que yo he visto, ¿tienes frío?, porque ella se estremece; y entonces los protege con sus palmas formando un nido caluroso, donde las sombras no se infiltren. Hace un rato gritaste como si fuera alguna pesadilla, ¿qué te estabas soñando?, y Ana le dice que un sueño con Julieta, su amiga del colegio, que la mató un tranvía a los siete años, y comienza a contarle cuando con Irma y la Pecosa le hacían gambetas a Pulqueria porque si no las correteaba con el cordón de San Francisco y él se sonríe con gran calma: tienes que ir tú a la policía porque no creo que el viejo se presente, si es que Cleto lo encuentra, recomienda, y se extiende a su lado, boca arriba, la mano entre la suya, un ligero temblor en las quijadas que lo hace castañear pero no le hace caso cuando le dice que subirá otra vez la fiebre, que hay que poner la manta, y le sigue explicando dónde encontrar a Alcides el del taller mecánico, que le dará la plata del entierro. Dile que yo estoy bien, que me fui para el monte con toda la gallada, y le habla entonces de Camilo y del Che; que se murieron porque creían que al hambriento hay que darle de comer y al sediento de beber y hay que enseñar al que no sabe y darle ropa al pueblo y romper las cadenas aunque después te llamen visionario o loco o mártir y una bala te deje frío en medio de la cañada y te entierren sin cruz y sin que doblen las campanas: la pelea es peleando; y ella le ve su cara de hombre que todavía parece adolescente pero que tiene ya el vestigio de su historia, y se da cuenta de que el mirar atrás es vano; de que aquella raíz ya se arrancó de cuajo: que la felicidad y el árbol de guayaba son nada más que un espejismo. Ya son casi las cuatro, ya es muy tarde, les anuncia Martín entrando al cuarto y descolgando la Coleman para echarle más aire: voy a hacer un café, dice después, sacando las mochilas: no te preocupes, yo las hago, tú piensa en el café. Y mientras que él va a la cocina, ella busca las cosas y les prepara el equipaje.

Lorenzo tiene sed y Ana sirve de la tinaja un vaso de agua que él bebe de un tirón. Tienes fiebre otra vez, dice cuando le ve los ojos que son como dos ascuas y le toca la frente que está ardiendo y no tienen termómetro para saber a cuánto sube. Serán más de cuarenta porque el calor que emana de su cuerpo es igual al de un horno, voy a frotarte alcohol, pero él le dice que más agua, y ella saca del termo el culantrillo con ruibarbo, que él toma de un sorbo y pide más, pero no es bueno que se embuche y entonces le fricciona los brazos y las piernas y le pone en el pecho hierbas de cascarilla machacada y lo envuelve en la manta para que así transpire y salgan las toxinas. Ella me perdonó, ¿no crees?, le pregunta, y Ana no sabe de quién habla pero le dice que sí, que claro, y se queda tranquilo por un rato, depauperado por la fiebre, alicaído. De vez en cuando abre los ojos y trata de sonreír en el vacío, porque es una mirada que divaga en el cuarto como buscando alguna cosa. Está juagado del sudor y tiembla, como un perro apaleado. Ella no se tiró del balcón, como ellos dicen, ¡no se tiró...!, grita de pronto: díselo al viejo para que no se trague la patraña, y Ana empapa un pañuelo para ponérselo en la frente y busca la manteca de cacao para aplicársela en los labios que están cuarteados y resecos: no hables más de eso, le suplica, mientras Martín desde un rincón, sentado en una estera, los mira sin añadir ni una palabra, y el resplandor del alba comienza ya a filtrarse y a amortiguarse el canto de las chicharras: ¡fueron ellos!, ¡yo sé...!, ¡los muy cabrones...! Dicen que ya veremos si este gallito canta cuando le hagamos cortocircuito en los cojones y que si eso no me basta me quemarán la pinga metiéndome un alambre, me obligarán a abrir la propia fosa, y de nada le sirve que ella le diga cálmate, trata de no acordarte de esas cosas, intentando arroparlo porque él se agita mucho, pero él no le hace caso y se incorpora. Me colgarán después, le explica con la voz alterada y los ojos perdidos y brillantes. Que en la noche veremos si canta o no y como a las siete y media abren la puerta y meten una bandeja con comida que la devoro toda pues tengo un hambre que me ladra y después trato de dormir porque me caigo de sueño pero al ratico empiezan unos efectos raros pues siento el corazón que me golpea como queriéndose salir y la sangre circulando a todo chorro y los párpados se quieren abrir solos a pesar de que cierro los ojos con más fuerza y entonces comienzan a temblar los brazos y las piernas y me sacudo a brincos porque el temblor es espantoso y así toda la noche con el zangoloteo y un nerviosismo en todo el cuerpo que me produce ganas de lanzarme contra las paredes hasta romper la crisma como si quisiera suicidarme Dios bendito y oigo los alaridos que al principio no sé quién es el que grita de esa forma pero de pronto me doy cuenta que soy yo y me deben de estar vigilando por un hueco pues siento que me espían por detrás de la puerta y se abren como hendijas y entonces grito auxilio sálvenme y así pasan las horas y las horas y ya en la madrugada se comienza a pasar y entonces sé

422

que me drogaron malparidos en cuatro días con sus noches no volví a pegar ojo qué tal noche pasó preguntó al otro día un cabrón de esos cuando me trasladaron para el cuarto pero yo no respondo y otra vez me amenazan con que te vamos a hacer cositas regias me dice uno y el otro si no te gustan mucho te mandamos al DAS para que sepas lo que es tamal con chocolate y aprendas lo que es bueno y yo siento culillo y sudor frío porque en el DAS la vaina es negra pero peor para dónde si me tienen ya frito vuelto un sobrado de tigre pero la conga no ha empezado según lo que ellos dicen hasta que al fin se encienden de sopetón las luces pues me tienen a oscuras y un hombre corpulento vestido de negro y con capucha se me planta delante y comienza con que no cantas ¿no? y en esas entra el otro y grita que por no hablar chusmero y señala al verdugo que se me lanza como fiera a darme remesones y a colocarme unos sopapos que me hacen ver estrellas mientras que me amenaza lo que es a mí me dices la verdad o te reviento contra las paredes collarejo y entonces les contesto que yo no tengo idea de qué me hablan que si quieren me maten porque yo estoy transido ya no puedo con mi alma estoy mamado vamos a interrogarlo decide el mono con bigote que es un bebeco que me sacó a la brava de la celda y me llevan entonces hasta un carro que no es de policía sino particular y uno de ellos me dice te van a torturar por ser tan lenguaraz y no comento nada pero pienso para adentro de esta camisa de once varas no me saca ni el Patas ya me tragó la tierra porque me veo delante al edificio de concreto con alambrada encima y puerta de hierro cerrada con candados y si le doy un empujón a este de al lado y le quito la pistola mientras lo agarro del pescuezo y me lo arrastro hasta la esquina amenazando con tostarlo si no me dejan libre y me prendo a correr cuando ellos menos piensen pero no tengo chance pues me rodean con soldados más los que me interrogan y alcanzo a ver en la penumbra más hombres que me observan y que se esconden cuando yo me doy cuenta y también miro: escúlquelo le ordenan a un soldado y el hombre me requisa poniéndome de espaldas y me hacen andar después por un pasillo estrecho hasta que enfrente a un cuarto con una puerta de hierro nos paramos, tiéndase dicen y me tiendo en el piso y ellos me gritan ¡métase! y entro arrastrándome porque no hay modo de entrar de otra manera pero me encuentro a los tres pasos una pared delante y entonces busco a tientas a los lados extendiendo los brazos y me tropiezo con paredes que me raspan la piel y los de afuera gritan ¡meta las piernas quihubo apúrese! y logro incorporarme pero compruebo que ya no sobra espacio ni para el Ángel de la Guarda porque es un ataúd de un metro por un metro que ellos cierran hermético y desde afuera oigo cómo se carcajean diciéndome que ahora sí voy a ponerme como una gelatina blandítico podríte por el pueblo se burla uno con acento de Antioquia muy marcado y mientras que celebran sus chistes con grandes risotadas yo exploro las paredes al tacto y siento que baja agua y hay un olor hediondo a chivo y entonces me tropiezo con algo y me agacho y toco el piso y se me pringan las manos de excrementos pura mierda y los zapatos se me empapan cuando trato de seguir explorando con los pies pues eso está inundado y maldigo para adentro pero después me entra la verraquera y comienzo a cagarme a grito herido en lo que caiga en la madre que los parió y hasta en la abuela y las tripas con los retortijones y el ardor porque el estómago está pegado al espinazo y una sed la berrionda que me hace ver Pilsenes bien heladas o Naranjadas Postobones y así paso la noche parado en medio del calabozo hasta que empieza a goterear y eso se llena de agua y trato de apañar un poco de lluvia pero es inútil porque no veo nada sino que apenas siento las goteras que se van escurriendo y que van calando hasta los huesos y huele a orines y a excrementos y ya en la madrugada vuelve el efecto de la droga y comienzan los brincos y no me da ni pizca de sueño pero la sed me vuelve un garabato aniquilado y el frío del páramo y chapuceando todo el tiempo en esa mierda ya no me acuerdo ni de qué día es hoy ni cuándo me agarraron y solo tengo grabado el himno nacional que oigo constantemente como cantado por un coro y se me van las horas sin recordarme nada solo la voz del tipo que me asegura te venceremos por el sueño y aquellos golpes en la puerta para que yo no duerma y así se turnan y son lo menos diez y yo soy uno solo ya te veré me dicen cuando empieces a cabecear y te bañemos con agua fría y te arranquemos el pelo con un esparadrapo y entonces llega otro interrogador que se presenta como si fuera mi abogado nosotros nos conocemos dice y ahora vas a contarme de corrido cómo es todo el asunto porque lo necesito para empezar con la defensa y yo estoy turulato extenuado pero no soy ningún pendejo y pienso ahí amanece el hombre porque no voy a decir media palabra y trato entonces de explicarle que soy inocente pero las cosas se me traban pues el cerebro está desconectado y todo el tiempo veo como en una película a Valeria vestida de hawaiana y yo de marinero y allá en la Balalaika me ronronea en la cabeza hasta que llega un interrogador con un café y me pregunta que si quiero y le digo que sí y entonces salen a buscarlo pero les pido que no me le echen droga y entonces se encabronan respéteme pendejo me contesta y hace ademán de darme el suyo por si yo desconfío y entonces yo lo agarro y antes que se dé cuenta me lo tomo de un trago y cuando entra el otro con una jarra entera y me lo ofrece le cuento que ya tomé del de su amigo que no le queda más remedio que beberse el nuevo que trajeron y al momentico empieza a restregarse los párpados pues se le cierran solos y a tratar de hacerse el sietemachos pónganlo aquí les dice y ellos me hacen sentar en una silla con los pies hacia arriba y me aseguran con esposas pero ya el hombre está muy grogui y cuando empieza a interrogarme tiene la voz tembleque dónde están los contactos en qué zona trabajan contésteme o le conectamos los alambres me intimida pero se ve que está aturdido mirando todo el rato hacia la puerta que se abre al fin y entran los otros de refuerzo y el hombre entonces se levanta y camina haciendo eses te vamos a poner una inyección con una droga que te va a dejar como una cabra de por vida ya estamos preparando a jeringa y los otros instrumentos todo a su tiempo, compañero y siguen preguntando y preguntando y yo diciendo que no a todos porque ellos quieren que confiese que yo asalté no sé cuál Banco y que maté a dos tipos y si no cantas no hay problema y el muerto al hoyo compañero vas a sentir los correntazos en los huevos y entonces si no das un brinco y deben de ser las cinco de la mañana pues entra ya un claror por una hendija y el interrogatorio sigue y la sed ese maldito ardor que no me deja y tengo ganas de orinar y me hago encima pues debo tener una infección en la vejiga porque estoy meando quince botellas diarias por lo menos mejor nos dices todo pues los que van a venir sí son especialistas me aconsejan no se andan con melcochas y mira a la ventana y veo las caras de delincuentes que me observan y se ríen después porque seguro están pensando cuál es el método con el que van a empezar cabrones sádicos entra uno de ellos y me hace levantar y yo no puedo pues tengo los pies amarrados pero él insiste y caigo al suelo y él me hace levantar por un apache de esos que parece un Sansón y me solivia como si fuera peso pluma y le veo que tiene un bulto grande en la chaqueta que él se saca después y son un par de esposas y una Luger yo necesito un cuarto dice y el otro le contesta que no porque lo degenera todo y al fin se van y yo me quedo solo con el tipo y el mundo me da vueltas y siento el amargo de la bilis que me sube a ver cómo es la cosa oigo que dice pero yo no lo miro ni siquiera porque los párpados no aguantan por más que los mantengo y la cabeza es un zumbido cómo es la cosa a ver vuelve a decir y se me acerca y tengo la sensación que las paredes se agigantan que más allá hay un lago inmenso y hago un esfuerzo enorme por tirarme pero él me ataja jalándome del pelo que casi me lo arranca a ver el culolindo dice y le veo las uñas pintadas con esmalte y hiede a pachulí pues se echó en todo el cuerpo que se mueve felino por el cuarto buscando un par de guantes y siento que los dedos de las manos son inmensos como unos troncos de árboles que yo soy un balón y que me estoy inflando inflando...

Madrid, 1971
Barcelona, 1975

Este libro se terminó
de imprimir en los talleres de Romanyà-Valls,
en Capellades (Barcelona), en junio de 2022.